他風流鐵齒、才華洋溢；他巧舌如簧、貪婪驕橫；
他學問淹貫、一身正氣；他奢侈狡詐，工於權術……
伴君如伴虎，在錯綜複雜、隨時可能引來殺身之禍的朝廷疑雲中，
且看大清帝國第一才子紀曉嵐，
如何在險惡的政治生涯中大施拳腳、機敏扳倒貪污之王和珅！

紀曉嵐智鬥和珅

鄭中【著】

序

《鐵齒銅牙紀曉嵐》是中國膾炙人口的經典連續劇，一共製作了四部之多。喜愛這部戲的觀眾，無不被紀曉嵐的博學多識、機智詼諧深深吸引，其中讓人印象格外深刻的，便是紀曉嵐與和珅的智鬥。無論從哪種角度，哪個方面鬥智，紀曉嵐總是比和珅略高一籌。每一回和珅都是想盡辦法，但最後總落個被搞得團團轉的結局。

紀曉嵐出生於官宦之家，從四、五歲時，就已得到「少年神童」的稱號。雖然和珅的祖父也當過大官，但是到了他父親這一代，由於清廉作風，得罪了不少權貴，加上父親早逝，因而和珅的家境極為貧寒。父母早逝和貧寒的卑微生活，使得和珅在受盡屈辱、缺乏人間溫暖的環境中長大。或許正因為少年時代苦不堪言的生活，才導致了他扭曲的性格。

乾隆是中國歷史上最後一位成就輝煌的君主。而和珅與紀曉嵐這兩位背景迥異的人，卻無巧不成書地成了乾隆的左右手。

為何這樣說？

紀曉嵐的超凡智慧與機敏、幽默風趣的風格，以及對極盛之世的讚頌，贏得了乾隆的恆久看重。和珅藉由俊美相貌、恰到好處的溜鬚拍馬技巧，受到乾隆青睞，因而產生了與天子之間的同性之戀，自然受到信任與欣賞。但是和珅卻憑這些條件，暗地裡勾結官府，做著貪贓枉法的勾當。

在紀曉嵐與和珅同朝為官的這段時間，兩人之間展開了正義與邪惡的較量。

紀曉嵐以鐵齒銅牙的兩片嘴，以及心裡「想百姓所想，急百姓所急」的襟懷，與這一位「阿諛逢迎、在官道上苦心經營生財之道」的和珅之間，展開了鬥智、鬥勇、鬥嘴的遊戲。而紀曉嵐的神機妙算，似乎和珅總是難以應付。正可謂「邪惡永遠壓不倒正義」。

本文從紀曉嵐與和珅的不同背景、相同環境入手，藉由敘述他們的從官之道，精彩展現「天下第一才子」紀曉嵐的機智博學，以及「世界第一大貪官」和珅的醜惡嘴臉。希望讀者能從本書的脈絡中一飽眼福，大呼過癮。

目錄

目錄

第1章 初次交鋒，拋妻別子走西域

紀曉嵐以出眾的才華，得到乾隆皇帝的寵信。和珅在拉攏紀曉嵐的過程中，因為受到無情的嘲弄而記恨在心，多次交鋒中一次又一次地敗下陣來。於是一不做二不休，來個一箭雙鵰之計，把攻擊的矛頭直指紀曉嵐的姻親盧見曾。盧見曾因「營私舞弊、虧空庫銀」之罪最終下獄致死，紀曉嵐因為替盧見曾通風報信而獲罪，被貶至烏魯木齊，被迫拋妻別子，踏上了遠赴西域之路。

01

正月十五，是歡樂喜慶的元宵佳節。

紫禁城內分外熱鬧，張燈結綵，喜氣洋洋。各色彩燈爭奇鬥豔，燈上五花八門的謎語吸引了大清王朝的臣民們圍觀著。

圓圓的月亮升起來，把輕柔的光芒灑向人間，增添了福慧圓滿的氣息。

這一晚，乾隆的興致高昂，他信步走著，左顧右盼，細細觀看著彩燈上的謎語。只見他低頭沉思一會兒，一道謎語就被猜中了。跟隨在他身側的和珅連聲稱頌道：「萬歲英明！」乾隆龍心大悅，緩緩走向下一個燈謎。

和珅雖說最近頗受乾隆寵信，但他深知自己出身貧寒，沒有可以依賴的權貴，只能緊緊巴結乾隆，才能飛黃騰達。因此他時時追隨在乾隆身邊，施展各種手段，博得乾隆的歡心。

乾隆果真不俗，文學修養極為深厚，謎語一道又一道地被他猜中。和珅拍馬屁的功夫也是了得，總能恰到好處地講到皇上的心坎裡，而且用字絕不重複，把乾隆捧得忘乎所以。

這時，乾隆的目光被一個造型別緻、製作精美的花燈吸引了。他走近細看，只見上面工筆正楷寫著一副謎聯：

黑不是，白不是，紅黃更不是；和狐狼貓狗彷彿，既非家畜，又非野獸。

詩也有，詞也有，論語上也有；對東西南北模糊，雖是短品，也是妙文。

要求上下聯各猜一字。

乾隆沉思良久，腦中想出幾個答案，但與和珅印證討論之後，就自行否定了。這反而讓他的興致越來越高，便站在原地沉思默想起來。

和珅見狀，認為表現的時機到了。他把謎聯看了半天，卻也摸不著頭腦，自知學歷有限，因此急忙叫來燈會主持人，輕聲問道：「這個謎底是什麼？」

主持人回答道：「回大人，小人不知。」

和珅又問：「這個謎聯是誰出的？」

主持人答：「是翰林院庶吉士紀曉嵐。」

「紀曉嵐？」和珅在腦子搜尋一番，對此人毫無印象。想那紀曉嵐還是個庶吉士，肯定剛進翰林院不久，自己當然不會知道這種小人物了。和珅這段日子炙手可熱，幾乎是一月一升，朝野上下均對他趨之若鶩，料想那紀曉嵐也曾來奉承逢迎他，肯定是因為自己事務繁忙，未曾留意罷了。

這麼一想，和珅就有主意了。他回頭看看乾隆仍在苦苦思索，就對主持人吩咐說：「你去找紀曉嵐，問一下謎底是什麼，速來向我報告。」

主持人接令，匆匆走了。

才一會兒功夫，乾隆身邊已聚集了不少臣子，都圍著這一道燈謎發愣。

和珅湊到乾隆身邊，諂笑著說：「這謎語胡說八道。萬歲，您看，什麼什麼都『不是』，又『也有』，『既非家畜，又非野獸』，那是什麼怪物呀？」

乾隆從沉思中回過神來，說：「這正是這道謎聯讓人無法琢磨的地方。」他突然發現身邊聚了不少人，便笑道：「好，朕今天想考考大家，誰能猜出來，有賞！」

臣子們都知道乾隆有妄自尊大、目空一切的毛病，現在連皇上都猜不出來，誰也不敢自作聰明，說自己能猜出來。更何況這條謎聯確實不易猜中，因此群臣紛紛表示：「微臣愚鈍，猜不出來。」

「那就猜猜看吧！」乾隆興致正濃，又注視起那條謎聯。

過了一會兒，主持人匆匆趕回，向和珅輕聲稟報：「和珅大人，紀曉嵐說，既製謎，就須猜，如果把謎底公布，這條謎聯就不必掛出來了。」

「哦！」和珅說，「你沒告訴他，是我派你去的嗎？」

「說了，但他說和珅大人是個聰明人，飽學多才，一定能猜出來。」

和珅惱怒，心想：「這紀曉嵐如此不識抬舉，多少人挖空心思想巴結我，本人都不予理睬，這紀曉嵐居然不給我面子！」他揮揮手，叫主持人退下去，想了一想，走到乾隆身邊說：「萬歲，這條謎聯故弄玄虛，只怕謎底與謎面風馬牛不相及，是在愚弄大家也未可知。何不把出謎人傳來，問問如何？」

乾隆正在苦思無策，漸漸有點不耐煩，聽和珅一說，也對製作這條謎聯的人產生了興趣：「好，就把他傳來，朕要看看他到底是何方神聖？」

不久，一個儒雅和善的中年人被太監引了進來。他長得並不高大，微微有些發胖，彎彎的眉毛，細長的眼睛，一對眼珠很是靈活，散發出智慧的光芒。頷下三綹長髯隨著他敏捷的步伐飄在胸前。

他來到乾隆面前，跪倒施禮：「臣紀曉嵐參見萬歲，吾皇萬歲萬歲萬萬歲！」

乾隆看他很是面熟，猛然想起他是年前中的二甲進士，前些日子還進呈過一篇《聖駕東巡恭謁祖陵賦》，語言華麗，文思飛揚，很得自己褒獎。只是畢竟資歷尚淺，召見的次數很少，因此乾隆對他的印象不深刻。

乾隆說：「起來吧，紀曉嵐，你這條謎聯相當刁鑽啊，這麼多人都猜不中。你倒給朕說說，謎底是什麼呀？」

紀曉嵐說：「回萬歲，這上聯是一個『猜』字，下聯是一個『謎』字，合起來是『猜謎』二字。」

「哦！」乾隆回過頭去看那條謎聯，可不是嗎？那個「猜」字，有一個「青」字，和「黑不是，白不是，紅黃更不是」相符，左邊的「犭」部，自然「和狐狼貓狗彷彿」，而「既非家畜，又非野獸」，兩者合在一起，便是「猜」字。那個「謎」字，是言字旁，當然是「詩也有，詞也有，論語上也有」了；至於右邊的「迷」字，與「對東西南北模糊」一致，合在一起便是「謎語」的「謎」字，不正意味著「雖是短品，也是妙文」嗎？

乾隆撫掌讚道：「好！這條謎聯果然無懈可擊！朕要重重賞你！」

和珅在旁滿腹的不痛快，心想：「姓紀的小子，不過是玩了一點小聰明罷了，就敢把我和珅不放在眼裡！今後若能依附我，就萬事皆休，否則要你的好看！」

只聽乾隆繼續問道：「紀曉嵐，你今年多大了？」

「三十二歲。」紀曉嵐回答。

「嗯，還很年輕嘛，何方人氏啊？」

「直隸省河間府人氏。」

「啊，河間府啊，」乾隆古怪地笑了，「從明成祖以來，就以盛產太監聞名，是不是呀？」

「是，窮苦人家，迫於生計，只能走上這條道路。」紀曉嵐聽出嘲弄的語氣，心裡有些不快，但還是恭敬地回答。

「好！你很不錯！憑你的才能，河間府不光彩的歷史要改寫了。」乾隆收起了玩笑的口吻，意味深長地說。

＊＊＊

京城虎坊橋有一座簡樸的院落，正房五間，東西各有配房，通過兩側的角門，可走到後院。後院有數間房舍，一座不高的假山，一株青桐樹高高挺立，灑下一地綠蔭。這就是紀曉嵐的住宅。他把自己的書房命名為「閱微草堂」，隨著他的文名日益高漲，這個「閱微草堂」也傳遍天下。

這時，紀曉嵐剛從翰林院回到家中，走進書房，坐在椅子上，隨手翻開一本書，他習慣性地去腰間掏摸那只獨一無二的大煙袋。

「糟了！」他一聲驚叫，大煙袋不見了！怎麼會不見呢？他急出一頭大汗。這大煙袋可是他的命根子啊！每天煙不離口的他，不吸上幾口，可是會渾身無力的。

丟到哪裡去了呢？剛才回家的路上還抽過的，後來將煙管往腰帶上隨手一插，可能沒有插好吧，一定是遺失在路上了。

房門一開，侍妾郭彩符端著茶壺、茶杯，輕手輕腳地走了進來。她雖已年近三十，仍舊容貌脫俗，楚楚動人。自從十三歲來到紀曉嵐身邊，至今已與紀曉嵐共渡十餘年的幸福時光。她善於操持家務，對全家上下呵護有加，細心體貼，深得紀曉嵐之妻馬月芳的喜愛。

郭彩符一見紀曉嵐抓耳撓腮、坐臥不寧的神態，急忙問道：「老爺，怎麼了？」

紀曉嵐一臉苦相：「煙袋不見了，我這條小命就丟了一半。」

郭彩符被他誇張的言辭逗笑了，但隨即焦急起來，她知道紀曉嵐一刻都離不開那只煙袋，是著名的「紀大煙袋」，不抽煙，比殺了他還讓他難受。她忙說：「趕快叫施祥去訂做一根吧。」

紀曉嵐擺擺手：「不用不用，我那大煙袋，別人拾去也無用。你叫施祥到京東小市場看看，多半能在雜貨攤上找到。」

郭彩符答應一聲，為紀曉嵐斟好茶，匆匆出去，把下人施祥叫來，吩咐他去找尋大煙袋，施祥匆匆去了。

紀曉嵐邊看書邊喝茶，總覺得心緒不寧，似乎缺了什麼。他明白是少吸兩口煙的原因。平時他總是邊吸煙邊看書的。

房門又猛地被推開了，郭彩符驚慌地闖了進來，說：「老爺，皇上宣你進宮，劉公公正在客房等你呢！」

「啊！」紀曉嵐的心狂跳。能有什麼事呢？才剛剛回家不久呢！他惴惴不安地換好衣服，急忙跟著劉公公向皇宮走去。

「禍不單行，剛剛丟了大煙袋，現在萬歲召見，只怕凶多吉少。」他心中嘀咕著，加快腳步，走得大汗淋漓。

下人施祥迎面走來，手中捧著那只大煙袋，老遠就喜孜孜地叫道：「老爺，老爺，煙袋找到了，果然在京東小市場的雜貨攤上。」

紀曉嵐接過煙袋，心裡安定了許多，他揮手叫施祥回去，心中暗想：「今天見駕雖說會有麻煩，但必定也是有驚無險。」

原來，乾隆正徘徊在後花園，怡然自得地賞花。和珅侍立在旁，湊趣地談論風月。乾隆詩興大發，讓和珅猛然想起那個不給他情面的紀曉嵐，於是提議：「萬歲，何不命紀曉嵐前來，賦詩應對，以助雅興？」

乾隆說：「朕正有此意。」紀曉嵐就這樣被招入宮中。

乾隆對紀曉嵐說：「朕早就聽說你才思敏捷，你看這些雞冠花，何等婀娜多姿，你就以此為題，賦詩一首如何？」

紀曉嵐看看乾隆指的那朵鮮紅豔麗的雞冠花，沉思了一會兒，就脫口而出，吟道：

「雞冠本是胭脂染，體態婀娜滿紅光，」

他正要再吟出接下來的兩句，突見和珅摘下一朵白色的雞冠花，遞到乾隆面前，向乾隆擠眉弄眼。乾隆心領神會，接過白色雞冠花，對紀曉嵐說：「錯了，朕叫你吟的不是紅色雞冠花，而是這朵，白色的！」

紀曉嵐腦中「嗡」的一聲，一片空白，一時竟不知說什麼好。開頭兩句是針對紅色而吟詠，現在突然改成白色，想改口也無法收回，這下子只得在後兩句巧妙改變吟詠的方向，才能渡過此關。

他明知是和珅故意為難自己，但萬歲既已說出口，自己就必須設法讓詩句符合聖意。

他讓自己鎮定下來，把思路放到如何轉換色彩上去，搜索枯腸，展開想像，忽然腦中靈光一閃，他喊道：「有了！」於是朗聲吟道：

「只因五更貪早起，染得滿頭盡白霜！」

乾隆說道：「好！」

和珅驚得目瞪口呆，他實在想不到，紀曉嵐竟有如此過人的才能，竟能如此奇妙地把本來吟誦的紅色花轉換成白色花，而且又如此合情合理。

乾隆對紀曉嵐的敏捷才思大加讚歎，想再試試他的才華。他抬起頭來，正看見有隻白鶴從天空中飛過，就說：「以這隻白鶴為題，再吟一首，如何？」

紀曉嵐說：「遵旨！」他信手拈來，響亮吟道：

「萬里長空一鶴飛，朱砂為頂雪為衣。」

乾隆又起了捉弄之心，急忙打斷他的話，說：「你看看，那鶴不是白色的，而是黑色的。」

紀曉嵐向那鶴看去，只見那鶴已在遠方天際變成了一個小黑點。

這次紀曉嵐不再驚慌，他低頭思索了一會兒，於是改口吟道：

「只因覓食歸來晚，誤入羲之蓄墨池。」

乾隆連連點頭：「紀曉嵐，你這幾句真是神來之筆啊！這樣吧，從明天起，你就入值南書房，伴朕讀書吧！」

紀曉嵐叩頭領旨。

和珅對這樣的結果大感意外——本想讓紀曉嵐出醜，沒想到紀曉嵐竟以自己的才華折服了皇上，在這麼短暫的對談時間內，竟一躍而成能夠時常接近皇上的親信——看來紀曉嵐確實不簡單，與其刁難暗算他，還不如設法籠絡，讓他為已所用。

想到這裡，和珅對紀曉嵐說：「紀先生果然才思出眾，和某敬佩不已。近日小弟私宅剛剛落成，尚缺一塊匾額，不知先生是否肯以墨寶見贈？」

紀曉嵐對和珅的為人早有耳聞，不願與他打交道。就推託道：「我的字寫得不好。早就聽說劉墉的書法天下聞名，和珅大人何不請他題寫匾額？」

和珅笑道：「紀先生何必過謙？」

乾隆也說：「既然和珅誠意相求，紀曉嵐，你就寫吧！」

紀曉嵐只好答應：「是，臣領旨！」

走出皇宮，紀曉嵐才發現全身衣衫都已濕透。他長長吐出一口氣：「真是有驚無險呢！」

02

第二天，和珅坐著八抬大轎，前呼後擁，大搖大擺地來到虎坊橋看望紀曉嵐。這讓紀曉嵐大感意外。

和珅是當今皇上面前如日中天的人物，只有別人卑躬屈膝地前去逢迎他，何曾見過他屈尊拜訪一個小人物？昨天紀曉嵐雖已答應為他題寫匾額，但由於不齒他的為人，心中不情願，因此並未動筆。本想寫成之後，派人送去即可，哪曾想到他竟親自登門來了。

紀曉嵐絕對猜想不到，和珅此舉，竟是為了籠絡他！和珅認為，自己屈尊拜訪紀曉嵐，已是給了紀曉嵐天大的面子，紀曉嵐不感激涕零、甘效犬馬，那不是愚蠢至極嗎？

豈知紀曉嵐並不識相。當郭彩符勸他出去迎接時，他卻很不耐煩地說：「和珅來做什麼？多半不懷好意。」

郭彩符說：「不管他要做什麼，老爺還是應酬一番吧！這種人，惹不起。」

紀曉嵐一想，也有道理。聽說這和珅長相與乾隆青年時的初戀之人、雍正皇帝身邊的貴妃非常相像，因此乾隆一見和珅，就情不自禁對他異常寵愛。這年輕俊美的男人，從此常常侍奉在乾隆身邊，逐漸飛黃騰達起來。朝臣背後指指點點，說和珅是「相公之寵」，也就是我們今天所說的「同性戀」。出身於書香門第的紀曉嵐，對和珅自然是打心眼裡瞧不起。雖說如此，他也不能不強裝笑臉，略事收拾一番，迎出門來。

和珅在門口已等得不耐煩，正在惱怒，但又轉念一想，這紀曉嵐遲早會成為皇上身邊的紅人，文人都有恃才傲物的毛病，既來之則安之，再忍片刻吧！

紀曉嵐走出大門，躬身施禮：「不知和珅大人到，紀曉嵐有失遠迎，失禮失禮。」

和珅一聲乾笑：「紀大才子名滿京城，這架子果然不小啊。」

紀曉嵐嘿嘿笑了：「和珅大人真會說笑話，你這番氣派，叫我望塵莫及，真有高山仰止之感呢！」

和珅越聽越不對勁，怎麼剛說兩句話，就針鋒相對，你諷刺、我挖苦起來，這豈不與原本籠絡紀曉嵐的初衷大相徑庭嗎？他故作正經，對紀曉嵐的嘲諷置之不理，說：「客人到此，總該進屋喝杯茶吧？」

紀曉嵐連說：「該死該死，看我都老糊塗了，哪能把貴賓晾在門口？和珅大人，請！」

和珅在紀曉嵐的陪伴下走進院子，整潔的四合院盡收眼底，和珅讚道：「樸素、淡雅，紀先生就在這樣的環境中飽讀詩書，別有情趣，只是未免艱苦了些。」

紀曉嵐說：「陶淵明有詩說『結廬在人境，而無車馬喧』，一介寒儒，怎能與和珅大人的大紅大紫相提並論？」

和珅說：「紀先生此言差矣！『魚，我所欲也，熊掌，亦我所欲也』，詩書固然要讀，榮華同樣要享，豈不是世間至樂之境？正好，我的私宅建成之後，還餘一些上好木料，紀先生如不嫌棄，改日我差人送到府上如何？」

紀曉嵐口中「唉喲」了一聲，心中立刻明白，原來和珅今天是來送禮的。然而黃鼠狼給雞拜年，肯定居心不良，收下他這份禮，自己最起碼會鬧個消化不良。

因此紀曉嵐委婉地回絕道：「和珅大人，我這是清貧了一些，但紀曉嵐自信『書中自有黃金屋』，對世間萬象都視作過眼雲煙。平生又一貫疏懶，不想大興土木大費周折，和珅大人的美意我心領了。」

和珅碰了個軟釘子，臉上有些掛不住，只好強壓心頭惱火，暗暗罵道：「敬酒不吃吃罰酒，紀曉嵐，你太不識抬舉了！」他乾咳了兩下，轉換了話題，問道：「和某請你題的匾額，不知寫好了沒有？」

紀曉嵐將和珅請入客房，吩咐施祥獻茶，然後說道：「區區小事，和珅大人何必親自跑一趟？寫好之後，我差人送去府上即可。」

和珅說：「和某到此，專程拜訪紀先生而來，至於匾額，並不忙在一時。」他端起茶杯飲了一口，品品滋味，說道：「這茶並非上品，我府上有浙江巡撫前日送來的上好龍井茶，借花獻佛送給先生品嘗，可好？」

紀曉嵐暗想，和珅對自己真是不惜血本，居然下這麼大的功夫，倒真讓人大感驚詫。他忙陪笑道：「和珅大人眷念紀某，真讓我受寵若驚，只是紀曉嵐對茶道並無研究，再好的茶水送入我的口中，就如同飲水一般。上佳龍井，只配和珅大人享用，如果送給我，豈不白白糟蹋了？」

和珅笑道：「紀先生真會說笑。紀大才子享用不了龍井，天下還有哪個人有資格？先生不要推卻，就權當為和某題寫匾額的潤筆吧！」

話已說到這個份兒上，紀曉嵐知道再一味推辭，就會鬧僵了，於是一拱手，說道：「既如此，我就卻之不恭了。」

和珅大喜，忙命下人回府去把那盒龍井取來。

紀曉嵐也命施祥：「筆墨伺侯！和珅大人，我要獻醜了，如果這字不入大人法眼，您盡可扔到垃圾堆去。」

和珅說：「先生過謙了！」接著站起身來，走到書桌邊，觀看紀曉嵐揮毫潑墨。

紀曉嵐略一沉思，揮筆寫下「竹苞」兩個蒼勁有力的大字。

和珅大喜：「紀先生果然名不虛傳。和某沒有記錯的話，這『竹苞』出自《詩・小雅・斯干》，原文為『如竹苞矣，如松茂矣』，後人就以『竹苞松茂』來頌揚華屋落成家族興旺，我說得對嗎？」

紀曉嵐眼中閃動狡黠的光芒，微微一笑，誇讚道：「和珅大人果真飽讀詩書，才學深厚啊！說得一點不差！」

和珅心中得意，暗想今日不虛此行，紀曉嵐還是可以收為己用的，就向紀曉嵐高興得一翹大拇指，說道：「寫得好！太貼切了！」

兩人坐下敘話。不一會兒，和珅府下人將一個異常精美的大錦盒捧了進來，忙說：「上佳龍井到了，請紀先生笑納！」

紀曉嵐哈哈笑道：「這份潤筆太重了，紀曉嵐唯恐承受不起。」

和珅說：「聽說吳侍郎以百兩白銀求購先生一字，尚且不能如願，和某能以一盒茶葉得到先生兩字，已是榮幸之至了。」

紀曉嵐連連擺手：「哪有此事？和珅大人不要取笑。」說著，再也忍俊不禁，突然縱聲大笑，笑得眼淚都出來了。

和珅目瞪口呆，頓時愣住了。

＊　＊　＊

和珅的新宅闊綽豪奢，不僅修建了陽宅，而且還為死後預修了陰宅。

他的新居面積相當可觀，北起大翔鳳胡同，南至合前海西街南側，東起氈子房胡同，西至三轉轎。

整座住宅結構嚴謹，井然有序，分為左、中、右三路，中有「嘉樂堂」，右有「天香庭院」和「葆光室」，唯有左路稍微遜色些，卻也令人歎為觀立。再往後走，是和珅妻子住過的「壽椿樓」，最後面是別有洞天的後花園。

這天，和珅陪伴乾隆在新宅中興致勃勃地遊覽。

乾隆邊走邊讚歎：「你真不簡單呢，才當幾天官，就把私宅弄得如此氣派。」

和珅笑道：「託萬歲的福，沒有萬歲的恩賜，哪有和珅的今天？」

乾隆對這句話非常滿意。大凡為人君者，總把自己想像成無所不能的上帝，似乎芸芸眾生的生存都與自己的恩賜有關。乾隆自然也不例外。他很快就看出這所新宅有明顯越制的地方，比如只有王府才能鋪的琉璃瓦，和珅竟偷偷摸摸地用上了，大門門釘的數目也超出了要求，而且還用楠木建造了房屋，這些都是不被允許的。然而乾隆心情正好，對和珅又是打心眼裡喜歡，因此裝作視而不見，繼續往前走。

眼前出現一座華美的亭台，上面懸掛一塊蒼勁的匾額，上書「竹苞」二字。乾隆駐足觀賞了片刻，又把匾額細細觀賞了好一會兒，突然哈哈大笑起來：「這個紀曉嵐，真會捉弄人呀，居然寫出這樣的字？」

和珅愕然不解：「這不是挺好嗎？」

乾隆繼續大笑，笑得腰都彎下來了。過了好久，他終於忍住笑，正色說道：「紀曉嵐在挖苦你，你居然還蒙在鼓裡，可笑啊可笑……」

和珅被笑得異常尷尬，突然想起紀曉嵐在題寫匾額時就曾笑得不懷好意，心中惱怒起來，卻又不好發作，只好陪笑問道：「萬歲，奴才愚鈍，實在不明白這『竹苞』應該如何理解？」

乾隆笑道：「紀曉嵐寫的不是兩字，而是四字，你看，『竹』字拆開是『個個』，『苞』字拆開是『草包』，合起來是『個個草包』。你呀，居然還堂而皇之地掛在這裡……」

「啊！」和珅頓時氣得面無人色。他想暴跳如雷、捶胸頓足，但礙於聖上在自己面前，只能咬牙切齒地罵道：「紀曉嵐！你真是好樣的！來人呀，把這匾額摘下來，砸了！」

＊＊＊

南書房位於乾清宮西南隅，最早由康熙皇帝開設。康熙命幾位學問淵博的漢族翰林官入值，陪伴自己學習詩詞歌賦，稱為「南書房行走」。從此南書房身價倍增。

無職無權的翰林們要想出人頭地，「入值南書房」就成為一條終南捷徑。因為能夠經常侍奉在皇帝身邊，升官晉爵的可能性就大大提高。後來草擬詔諭的權力也交給這些翰林代辦，這些翰林的地位隨即扶搖直上。

雖說翰林們夢寐以求地渴望進入南書房，但如果不具備琴棋書畫、詩詞歌賦方面的突出才能，也是很難如願的。紀曉嵐以自己出眾的才華，在人們驚羨的目光下，開始步入南書房，隨侍在乾隆身側。

乾隆常常和紀曉嵐賦詩應對，紀曉嵐才思敏捷、出口成章，因此深得乾隆的賞識，入值南書房的時間數倍於其他翰林。這讓別人眼紅，也讓和珅怒火中燒。

和珅時刻盤算著如何暗害紀曉嵐，但眼看紀曉嵐如此受寵於乾隆，一時之間無法下手，不由得又急又恨，仇恨的火苗越燒越旺。

其實，紀曉嵐並不如別人想像的那麼志得意滿。事實上，他常常感到苦不堪言。原來這些日子，紀曉嵐越來越胖，轉眼已是盛夏，他常常熱得大汗淋漓，只得脫光上身坐在家中看書。然而面見乾隆卻絕對不能如此隨便，必須衣冠整齊，畢恭畢敬，時間稍久一些，就汗流浹背，濕透幾層衣服，心裡只願早早退出，趕快回到南書房，脫衣涼快。不料乾隆卻感受不到紀曉嵐的這些痛楚，興致來了，就引經據典，天南地北，說得沒完，紀曉嵐只能耐著性子，洗耳恭聽。

和珅常常與紀曉嵐同時隨侍乾隆，很快發現這一狀況，心頭暗喜。為了讓紀曉嵐更加難堪，他常常有意轉移各種話題，讓乾隆談興更濃，使紀曉嵐逗留在乾隆身邊的時間更長。看到紀曉嵐狼狽的窘相，和珅心中樂不可支，總算出了胸中一點惡氣。

紀曉嵐從乾隆那裡出來，必須先回到南書房，脫了上衣，涼快一陣，然後再穿好衣服，出宮回家。和珅發現這個祕密，急忙向乾隆添油加醋地描述一番，果然引起乾隆的極大興致，決定捉弄紀曉嵐一番。心想：「紀曉嵐，你出醜的日子到了！」

這天，紀曉嵐剛剛從養心殿拜別乾隆出來，大汗淋漓地回到南書房，急忙三下五除二，扒光上衣，搖著扇子，與另幾個翰林高談闊論。

乾隆悄無聲息地走了過來，和珅笑容滿面地跟在乾隆身後。

有個翰林眼尖，叫聲：「萬歲來了！」急忙穿好衣服。

其他幾個翰林見狀，紛紛利索地穿戴整齊，跪迎乾隆。

紀曉嵐談興正濃，眼睛又因看書過多而近視得厲害，發現別人七手八腳地穿衣戴帽，他還不知道究竟發生了什麼事。等到弄明白是萬歲駕到時，乾隆已走到門口了。偏偏他脫掉的衣服最多，急忙之間連披衣都來不及，一著急，趕快鑽入桌底，低下頭去，連大氣都不敢出。

乾隆見狀，心中暗笑不止。他忽然起了捉弄紀曉嵐之心，順手拉過一張椅子，坐了下來，一句話也不說，一連坐了兩個時辰。

那幾個翰林都在地上跪得腰痠腿疼，但皇上既不說話，就誰也不敢動一下，室內鴉雀無聲，和珅侍立在乾隆身後，暗暗得意，知道紀曉嵐這下子有苦頭吃了。

紀曉嵐在桌子底下趴了兩個時辰，不僅極其難受，而且酷熱難耐，雖說沒穿上衣，仍舊熱得如同從沸水中撈出來一般。

他實在忍不住了，心中猜測乾隆一定走了，於是小心翼翼地探出頭來，問離自己最近的一個翰林：「老頭子走了沒有？」

紀曉嵐平日說話幽默慣了，和熟人在一起常愛搞些惡作劇，把皇上稱作「老頭子」也是他的發明。誰知此言一出，跪著的幾個翰林都大驚失色，厲聲喝道：「紀曉嵐，大膽！」

乾隆倒笑了，不過他很快就收起笑容，故作惱怒地喝道：「紀曉嵐大膽包天，還不快給我滾出來！不穿官服已是藐視朕了，現在還居然說出『老頭子』這樣無禮的話！你說，什麼是『老頭子』？如果說得有理，還可饒恕，否則，定斬不饒！」

和珅心中樂開了花，瞪著眼睛，想看看紀曉嵐如何倒楣。

紀曉嵐不慌不忙，對乾隆說：「臣還未穿上衣服，如此回話不大雅觀。」

乾隆吩咐太監把紀曉嵐的衣服拿來，微微笑著看他穿衣，心裡暗想：「這紀曉嵐聰明過人，看他這次如何渡此劫難？」

紀曉嵐穿好衣服，莊重地答道：「啟奏萬歲：萬壽無疆之為老，頂天立地之為頭，父天母地之謂子。」

紀曉嵐隨機應變，把「老頭子」三字拆開來進行闡釋，雖是信口開河，但卻說得合情合理，讓乾隆心花怒放：「好！說得好！」

和珅旁邊垂頭喪氣，心想：「比才學，論機變，這紀曉嵐果然高人一等。要想扳倒他，只有另尋途徑，妥善安排，才可奏效。」他胸中又燃起了妒嫉之火，使他變本加厲，下定決心，就算是不擇手段，也要讓紀曉嵐死無葬身之地。

03

和珅還沒盤算出整治紀曉嵐的妥善之策，紀曉嵐已受到新的委派，到福建擔任提督學政。這意味著紀曉嵐在仕途上又登上一個新的高峰，取得了等同於督撫的地位。

這年他三十九歲，距離他踏入翰林院已過去八個年頭。在這段時間裡，少不了與和珅的明爭暗鬥，但紀曉嵐都有驚無險，他的滿腹才學與隨機應變的能力，使他能從容應對和珅的明槍暗箭，屢獲成功。

和珅因而變得越發喪心病狂，他咬牙切齒地發誓，說：「姓紀的，我遲早要讓你栽在我手裡！」

紀曉嵐卻絲毫未曾留意自己已種下如此大的仇恨，他躊躇滿志地到福建上任去了。

兩年後，父親病故，他歸鄉守孝三年，隨即被乾隆任命為侍讀學士，充日講起居注官、侍讀右庶子，再次回到了乾隆身邊。

和珅這時已紅得發紫，權傾朝野，見了紀曉嵐卻還故作親熱：「唉呀，是紀先生呀！不不不，現在應改稱紀大人了。這幾年過得很自在呀！」

紀曉嵐僅僅對他拱拱手，應酬兩句：「哪比得上和珅大人呼風喚雨、自由無邊？」

和珅知道這話暗含譏諷，就言不由衷地笑道：「這下好了！又是同殿為臣，紀大人今後多指教啊！」

紀曉嵐雙手連搖：「豈敢豈敢！和珅大人取笑了。」語畢，轉身走了。留下和珅一人錯愕呆立著。

他望著紀曉嵐的背影，終於「呸」地唾了一口，咬牙切齒道：「姓紀的，咱們走著瞧！」

這些年，和珅除了花費大量心思去逢迎乾隆，剩餘的精力全部放在紀曉嵐身上。蒼天不負苦心人，終於讓他抓住了一個能置紀曉嵐於死地的可乘之機，可惜的是，紀曉嵐遠在千里之外，無法付諸實施。現在紀曉嵐終於回來了，自己的計謀即將付諸實行，這讓和珅怎能不高興呢？鍘刀已磨利，就等紀曉嵐把人頭伸出來，這是何等愜意的事！

和珅回到家中，立刻寫了一封密信，派遣心腹將信連夜送往江蘇，把信送到江蘇巡撫彰寶手上。信中叮囑彰寶，要對盧見曾全家嚴加監控，並盡快對盧見曾的財務帳本下手，不惜一切代價，取得真憑實據，以便給紀曉嵐致命一擊。

盧見曾何許人也？為什麼要捨近求遠，如此大費周折呢？原來，盧見曾和紀曉嵐是姻親。紀曉嵐與郭彩符所生之女紀韻華嫁給了盧見曾的孫子，也就是舉人盧蔭文。和珅發現自己無論如何都難以從與紀曉嵐的正面交鋒中取勝，經過幾年的痛定思痛，終於想出了這條「一箭雙鵰」之計，他要藉由打擊盧見曾，達到懲治紀曉嵐的目的。

紀曉嵐縱是諸葛再世，也難以料想得到，和珅竟如此心狠手辣！

盧見曾時任兩淮鹽運使，這是一個肥差，同時也是一個足以吞沒性命的沼澤。

鹽在當時是供不應求的商品，由政府專賣。清政府特意制訂了「鹽引」這種憑證，商人只有持「鹽引」才可進行運銷。商人領取「鹽引」時必須繳納稅款、鹽價、鹽規。每引鹽二百斤，提引銀三兩。這筆收入相當可觀，兩淮鹽政每年收入數十萬兩，最多時超過五十萬兩。而兩淮鹽運使總攬兩淮鹽政，收入的豐厚可想而知。

循私舞弊、以權謀私，在當時的朝野上下相當普遍，盧見曾自然做不到「出淤泥而不染」。他本就心胸寬廣，為人豪爽，不善於斤斤計較，在鹽政上隨性而為，縱容了下屬貪贓枉法的惡習。他又喜愛結交名流，動輒大宴賓客，出手豪綽，任意揮霍，導致兩淮鹽政的漏洞越來越大。這本來也不是什麼祕密，大家心照不宣，有利益共同分享，也都過得滋滋潤潤。乾隆事務龐雜，早就將兩淮鹽政忘得一乾二淨，因此盧見曾過得相當愜意。

現在和珅為了扳倒紀曉嵐，就要將黑手伸向盧見曾了。

彰寶接到密信，立刻加派人手，對盧見曾進行祕密調查。他本就眼紅盧見曾的生活奢華，現在機會來了，當然是不遺餘力。他透過各種管道，祕密接觸盧見曾的下屬，許以重利，加以收買，以便弄到證據。

尤拔世就是這樣投靠了彰寶。尤拔世是兩淮鹽政的主要負責人，本來就是個貪心的人，眼見鹽業豐厚，就想大撈一把，於是他公然向鹽商索賄，結果碰了一鼻子灰。後來他弄明白了，原來那個鹽商與盧見曾關係相當密切，這使他懷恨在心，決心伺機報復盧見曾。

根據彰寶的授意，尤拔世藉助職務之便，查閱了兩淮鹽政的大量帳冊，很快掌握了確鑿的證據。

經過暗中策劃，尤拔世率先向乾隆上奏摺報告鹽務弊情，隨即彰寶也向乾隆奏報，稱歷任兩淮鹽政使均有營私舞弊的行徑，令乾隆大為震怒。

乾隆即刻下旨，令彰寶協同尤拔世共同查辦此案。

和珅得到消息，大喜過望。管家劉全見狀，討好地說：「和珅大人，這下總算讓紀曉嵐受到懲罰了！」

和珅搖搖頭，說：「沒那麼簡單，萬歲對紀曉嵐異常寵信，不會因此重責他。營私舞弊的是盧見曾，並不是紀曉嵐。充其量只能讓紀曉嵐受些皮肉傷，無法造成致命的打擊。」

劉全問：「那怎麼辦？我們費了這麼大的勁，難道就這麼便宜了紀曉嵐？」

和珅陰森地冷笑一聲，說：「哪有這麼便宜的事？你立刻派人日夜監視紀曉嵐。紀曉嵐常常隨侍在萬歲身邊，必定最先得到消息。一旦發現他向盧見曾通風報信，就立刻報予我知，我要讓他栽在我的手裡！」說畢，和珅的拳頭「通」地一聲砸在桌子上。

劉全心領神會，連聲應道：「大人高明！小人這就去安排！」

紀曉嵐從宮中回來，心緒不寧，坐臥難安。郭彩符送上飯菜，他也是食不知味，吃了兩口就推開了。

郭彩符試探地問：「老爺，你今天是怎麼了？有什麼煩心的事？」

紀曉嵐欲言又止，急得在院子裡團團打轉。郭彩符心中不忍，命下人施祥去買來三斤牛肉，切好，給紀曉嵐端來。

紀曉嵐平時最愛吃肉，可以米麵不沾，一頓吃光二、三斤肉，就吃飽了。以往遇到紀曉嵐不開心的時候，郭彩符就給他端去三斤肉，讓他風捲殘雲地吃個痛快，隨即一切都煙消雲散了。

然而今天卻不同於以往，紀曉嵐抓起一片牛肉，塞進嘴裡，嚼了兩下，隨即煩躁地揮揮手，讓人把牛肉端走。

郭彩符心疼地說：「老爺，有什麼事不痛快，就說出來，別憋在心裡，會傷了身子的。哪怕向我發火都行，千萬別這樣！」

紀曉嵐扶住郭彩符的肩膀，眼中突然溢出了淚水，他顫聲說道：「彩符，有件事我不知怎麼向妳說。妳聽了，可千萬要挺住啊！盧見曾因涉嫌營私舞弊，已被聖上下旨革職查辦，查封所有財產……」

猶如晴天一聲霹靂，郭彩符全身木然，「撲通」一聲栽倒在地，昏死過去。

紀曉嵐大吃一驚，急忙連聲呼喚：「彩符，彩符……」喚來下人將她抬入房內床上，又是掐人中，又是急切呼喚，過了好久，她才悠悠醒轉。

一醒過來，她就嚎啕大哭：「我苦命的女兒啊，妳怎麼偏偏嫁到盧家去了……」接著撲倒在紀曉嵐身上，哭喊道：「老爺，老爺，你想想辦法，快救救女兒，救救盧家吧……」

紀曉嵐心如刀絞，但他深知此乃朝廷機密，一旦自己通風報信，洩露出去，就是砍頭的大罪。如果眼睜睜地看著盧家遭受嚴懲，即便自己因為姻親關係而受到一定程度的株連，與砍頭大罪相比，也僅是微不足道的懲罰……何去何從，讓他頗感躊躇。

理智告訴他，必須嚴守祕密，做大義滅親的舉動，才能保全自己。但愛女之心讓他無法坐視女兒遭遇災難，無法冷靜。他心中愁苦已極，只是撫著郭彩符的頭髮，柔聲說：「別這樣，別這樣，妳這個樣子，讓我心裡更難受……」

郭彩符已哭成了淚人，她突然從床上連滾帶爬地撞下來，「撲通」一聲跪在紀曉嵐面前，「老爺，那也是你的女兒啊！女兒跟著人家受到懲處，你怎能坐視不理？你的心怎麼這麼狠呢……老爺，救救女兒吧……」

紀曉嵐將她扶起來，捧住她的臉頰，看到她的雙眼已經紅腫，不由得心都碎了。他狠狠心，一咬牙，就猛地點了點頭：「好吧，讓我想想辦法，我也不想讓女兒倒楣呀……」

郭彩符頓時轉憂為喜，破涕為笑：「老爺，你答應了？這是真的？」

紀曉嵐連連點頭，鄭重地說：「我答應妳，救盧家，救女兒！」他在心中暗暗吶喊著：「彩符啊！妳伴我二十餘年，對我體貼得無微不至，我就是赴湯蹈火，也絕不能傷妳的心啊……」

他命下人將郭彩符扶到床上休息，再三叮囑她放寬心。然後回到書房，來回踱步，緊張地思考著應該如何救援盧家。

對盧見曾的貪贓行為他是相當氣憤的，他懊悔自己怎麼攀上了這麼一個姻親，但事已至此，氣憤、懊悔都毫無用處，現在要做的只能是想出妥善的辦法，讓盧見曾獲悉此事，提前轉移家產，銷毀罪證。他深知乾隆精明過人，而且懲處貪官從不心慈手軟，一旦將自己牽連進去，必會禍及家小。但又不能見死不救，他就起了僥倖之心，希望能透過巧妙的方式蒙混過關。

沉思良久，他終於想出了一個辦法，他拿了一撮茶葉、一撮鹽，小心地裝進一個空信封中，再用漿糊把封口細心地封好。他把信封拿起放下，看了又看，彷彿這信封重似千鈞，讓他感到難以應付。他決定不要在信封上寫任何一個字，信封裡也沒有隻字片語。然後把施祥叫來，吩咐連夜送往盧見曾家中。

他對施祥再三叮嚀：「快去快回，路上要小心，不論誰問，都說去給盧老爺送一件古董，千萬保密，不可讓外人知道。」

施祥見他如此不厭其煩，神色莊重，便知事關重大，連聲應是，匆匆去了。

紀曉嵐坐在椅子上，仍是忐忑不安，不知如此處理是凶是吉。他只好自我安慰說：「即便信被人截獲，信中無字，也不會給我定罪吧？但願盧見曾能明白我的苦心。」

讓他無法預料的是，施祥一出大門，就被和珅派在這裡監視的下人發現了。更讓他無法想到的是，一張陰險的大網已在他的身邊張開，令他插翅難逃……

盧見曾聽說紀曉嵐派人送來一件古董，十分驚訝，猜不透紀曉嵐為何會突然心血來潮，給自己送禮。

一個古色古香的紫檀木盒呈現在盧見曾面前，施祥說：「盧老爺，我家老爺說了，這件古董一定要親手交到你的手裡，請你仔細鑑賞。」

盧見曾點點頭，輕輕撫摸木盒，讚道：「盒子已如此珍貴，盒中之物當然更是稀世之寶了。」他命下人帶施祥下去休息，然後小心翼翼地打開木盒。

令他百思不解的是，盒中並無什麼古董，在絲綢夾層中他發現了一個信封，疑惑地拆開一看，只有一撮茶葉、一撮鹽。

他把茶葉和鹽抓在手裡，翻過來覆過去看了好幾遍，也搞不清紀曉嵐在搞什麼名堂。他把東西丟在桌子上，苦笑一聲說：「這個紀曉嵐，捉弄人的毛病又犯了，居然千里迢迢來和我開這種玩笑！」

正想置之不理，轉念一想：「不對！紀曉嵐雖愛惡作劇，但還不至於荒唐到如此地步。」突然又想起施祥所說：「請你仔細鑑賞。」更感此舉非同尋常。

他又把鹽、茶抓在手裡，嘴裡喃喃自語：「鹽茶、茶鹽，唉呀，莫非是嚴查、查鹽？」想到此處，他頓時驚出了一身冷汗，猛然想起自己鹽政虧空已經多年，總算蒼天保佑，一直平安無事，難道現在竟被人告發了不成？

他不敢怠慢，連夜將家產轉移，並抓緊時間設法彌補虧空，無奈漏洞太大，僅靠拆東牆補西牆，是絕難奏效的。

這一切，都被彰寶派來監視的心腹看得一清二楚，一一記錄在冊。彰寶得到報告，樂得心花怒放，眼看一切都按照預先策劃的順利進行著，便立即躊躇滿志地派人向和珅報喜。

和珅喜出望外，但仍叮囑彰寶不可打草驚蛇，靜待諭旨來到，再把盧見曾全家拿獲。等到把紀曉嵐通風報信的真憑實據全部拿到手，到那時，紀曉嵐即便練就蘇秦、張儀的辯才，也只能乖乖認罪伏法。

彰寶一一照辦。朝廷關於查封盧見曾全家的諭旨果然很快來了，彰寶如同一匹隨時準備撲向獵物的狼狗一般，立刻率人將盧家翻了個底朝天。

果不出所料，盧見曾家產轉移得相當徹底，家中「僅有錢數十千，並無金銀首飾，即衣物亦甚無幾」。彰寶將這種結果寫在奏摺飛報乾隆，同時不遺餘力搜尋紀曉嵐通風報信的證據，結果令他大失所望。

乾隆火了：「居然有人如此大膽！來呀，即刻派人查出走漏風聲之人，嚴懲不貸！」

紀曉嵐心中撲通亂跳，低下頭去，不敢正視乾隆的眼睛。

和珅斜了紀曉嵐一眼，立刻向前跪倒：「萬歲，奴才願領旨前去徹查，必能給萬歲一個滿意的答案！」

乾隆點點頭：「好，朕就命你提任欽差，前往兩淮鹽政徹查！」

和珅得意地高聲說：「臣領旨！」

04

紀曉嵐日夜寢食難安，時刻提心吊膽。聽說盧見曾將家產徹底轉移，他連聲罵道：「蠢！蠢！哪能轉移得如此乾淨？不留下一點贓物給查封之人交差，如何能夠過關？」

聽說盧家全家老小已被打入大牢，他憂心如焚：「這下是玉石俱碎了！我那可憐的女兒，如何經得起牢獄之苦呀？」聽說此案株連甚廣，先後下獄的大小官員已達百人，他心驚膽顫：「此番我命休矣！」

看到和珅那副得意忘形，不可一世的嘴臉，他突然產生了強烈的預感：這事多半是和珅暗中策劃的：「竹苞」之恨竟至不共戴天啊！

他雖說心亂如麻，但回到家中，又必須裝得鎮定自若。他告訴郭彩符：「盧家得到消息，已將家產全部轉移，沒有真憑實據，現在他們安然無恙……」

他盡量用美麗的謊言來安慰郭彩符，獨自承受痛苦。他甚至預感到一場滅頂之災就在前方等著他，但大錯已經鑄成，一失足成千古恨，饒是他足智多謀，也想不出辦法來渡過這場浩劫。

他只能默默禱告：「蒼天有眼，保佑我全家吧。我傳信的方式如此巧妙，諒不至於被發現吧？」

然而一旦冷靜下來，他就發現自己玩的簡直就是掩耳盜鈴的把戲，現在盧家轉移家產的事實俱在，盧見曾塗改帳冊的罪證俱在，盧家老小一干人證俱在，如何能夠逃脫得了？

他把更多的時間放在體貼夫人馬月芳和侍妾郭彩符上，放在和孩子們的天倫之樂上，他靜靜地等待災難的到來。

和珅會同彰寶提審要犯盧見曾。他威嚴地端坐在大堂之上，神氣十足地一拍驚堂木，喝道：「盧見曾，你可知罪？」

盧見曾跪在地上，低頭回答：「下官疏於管理，帳目混亂，給鹽政造成虧空，罪不可恕！」

和珅冷笑一聲，說：「盧見曾，並不僅僅是管理不善的罪責吧，聽說你隔三岔五地大宴賓客，闊綽得很呢！」

盧見曾額頭冷汗直冒：「回大人，下官一向奉公守法，偶而和朋友聚會，也是自掏腰包，不敢亂花鹽政一兩銀子……」

和珅一拍桌案，喝道：「說得倒輕巧！來呀，傳證人！」

尤拔世點頭哈腰地走了進來。按照和珅的授意，他捧出兩淮鹽政歷年的帳冊，誇大其詞地攻擊盧見曾貪贓枉法、循私舞弊。

盧見曾越聽越憤怒，連聲喊冤。彰寶厲聲呵斥：「事實俱在，盧見曾，你不低頭認罪，還敢抵賴不成？」

和珅下令：「上刑！看他招是不招？」

盧見曾被打得皮開肉綻，又拖回大堂。和珅問：「姓盧的，這下子你肯招了吧？」

盧見曾情知今天絕討不了好，索性閉上眼睛，一言不發。

和珅又問：「你的消息倒蠻靈通。家產轉移了，帳冊塗改了，你以為這樣就能蒙混過關嗎？」他猛地拍下手中的驚堂木：「說：是誰給你通風報信？是你的姻親紀曉嵐，是不是？」

盧見曾聞聽此言，心中雪亮，這和珅還想一箭雙雕，藉機除掉紀曉嵐。他猛地睜開眼睛，聲音宏亮地大聲說道：「好漢做事好漢當，我姓盧的犯了罪，自會認罪伏法，請大人不要誣陷好人、牽連旁人！」

他雖說身材矮小，被人稱作「矮盧」，但說起話來鏗鏘有力、擲地有聲，令旁聽眾人悚然動容。

和珅氣急敗壞，惱羞成怒地罵道：「好小子，死到臨頭還如此強硬！」他獰笑著：「來人呀，把他關入大牢，好生看管！」

後來，盧蔭文被押了上來。和珅見他是一個文弱書生，就與彰寶對視一眼，覺得應把突破口放在他的身上。

和珅猛拍桌案：「盧蔭文，你身為舉人，理應為國效力，為何知情不報，替你祖父遮掩罪行？」

盧蔭文何曾見過如此場面，早就嚇得渾身哆嗦，驚慌地說：「回大人，小人只知讀書，不明天下大事，祖父所作所為，小人一概不知。」

彰寶重重地「哼」了一聲，說：「一問三不知，裝傻充愣，只能害了你！告訴你，你爺爺死定了，至於你的死活，全看你說是不說！」

盧蔭文驚呆了，好半天說不出話來。彰寶見此情況有些著急，「盧蔭文，你想清楚了沒有？說，還是不說？」

盧蔭文聲音顫抖地說：「小人確實不知。」

和珅喝道：「大刑伺候！」

兩邊衙役齊聲高呼：「威武！」幾個衙役走過來，把各種刑具一股腦地扔到盧蔭文身邊。

盧蔭文臉色煞白，驚慌失措地叫道：「大人饒命！小人千真萬確，並不知情……」

和珅與彰寶相互看看，把頭湊在一起商議了一番，覺得盧蔭文很可能真不知情。和珅暗罵：「盧見曾這老小子真是狡猾，居然連自己的孫子也要欺瞞。」他卻不曾想到，不是盧見曾存心欺騙，而是這位盧蔭文眼中只有聖賢書，對其他事情一概不聞不問。

和珅沉思片刻，換了一副笑臉，和珅和藹地說：「好，本官暫且信你一回。我再問你，前些天，你岳父紀曉嵐給你爺爺送來一信，你可知道信在哪裡？」

盧蔭文一臉茫然，說：「信？我沒聽爺爺說過，哪有此事？」

和珅有些惱火了，但仍是強壓怒火，盡量和善地說：「只要把那信交出來，本官敢保你平安無事，也可在萬歲面前為你爺爺求情，從輕發落。」

盧蔭文對他的話有些半信半疑，但還是堅持原來的說法：「我岳父不曾送信前來。」

和珅再也忍耐不住，就要發作，忽聽盧蔭文叫道：「唉，我想起來了，岳父曾派施祥送來一件古董，可是並無什麼信……」

和珅頓時喜形於色，暗想這其中定有名堂，忙命衙役呈上搜家所得的各式錦盒，讓盧蔭文仔細辨認。盧蔭文看了好一會兒，終於認出了那個古色古香的紫檀木盒。和珅急忙打開，發現裡面空無一物。

和珅問：「古董在哪裡？」

盧蔭文說：「小人實在不知。」

和珅又問：「是什麼樣的古董？」

盧蔭文說：「小人不曾看到。只是那天吃飯時遇到施祥，聽他告訴我的。」

和珅再追問，發現盧蔭文確是一無所知，就命人將他押下去。

盧蔭文下堂之前，突然急切地叫道：「大人，你一定要說話算話啊，一定要救我爺爺、救我全家呀……」

和珅陰森森地一笑，「你放心，我會給你們一個圓滿的結局。」

盧蔭文被押走之後，和珅沉思了一會兒，又令人將盧見曾押了上來。盧見曾腳步踉蹌，衣衫上斑斑點點全是血跡，他晃動著滿頭銀髮，怒視著和珅。

和珅指著那個紫檀木盒，陰陽怪氣地說：「姓盧的，你孫子已經招了，說這就是紀曉嵐給你報信的工具，你還不招嗎？」

盧見曾渾身一震，心中怒罵孫子廢物，這樣就招了，豈不害了紀曉嵐嗎？他轉念又想，紀曉嵐傳信的方式孫子並不知情，此說多半是訛詐，於是他昂頭挺胸，響亮地吼道：「蒼天在上，紀曉嵐不曾走漏絲毫風聲，我已是快要入土的人了，這把老骨頭能值幾個錢？憑什麼還要陷害好人呢？」

和珅見他如此強硬，倒也敬佩他的骨氣，便指著紫檀木盒繼續追問：「盒中放的是什麼？東西哪去了？」

盧見曾滿腔怒火無處發洩，見和珅一再追問紀曉嵐走漏風聲的罪證，不由得火冒三丈，大吼道：「你問我？我還要問你呢？我盒中放的是價值連城的唐朝玉器，你們一抄家，就不見了，是被哪個龜孫子盜去了？如果不交出來，我就向萬歲奏上一本，告你們貪贓枉法，借抄家之機中飽私囊！」

和珅大怒，一拍驚堂木，喝斥道：「老小子，你敢倒打一耙！來呀，上刑！」

可憐一個白髮蒼蒼的老人，被折磨得奄奄一息，又被抬回大牢。

和珅心緒煩亂，焦躁地踱來踱去。計畫如此周密，行動如此果斷，但還是只成功了一半，扳倒了盧見曾，卻沒查獲紀曉嵐通風報信的真憑實據，怎不讓他沮喪至極？

彰寶沉思良久，向和珅建議說：「和珅大人，現有盧蔭文的口供，證實紀曉嵐確曾在查抄盧家的諭旨發出之前，給盧見曾送去一物。雖無實物在手，我們盡可說是密信，盧見曾閱後已經毀去了。」

和珅一拍大腿，叫道：「好！我怎麼沒想到呢？就這樣寫奏摺，管叫紀曉嵐有口難辯！」

和珅以八百里加急將奏摺送入京城，隨後他才大搖大擺地押著盧見曾等一干人犯，徐徐返回。

＊＊＊

陰暗的宮牢座落於紫禁城為一處偏院中，這是臨時囚牢，專門用於臨時囚禁的犯罪官員。紀曉嵐獨自坐在一間牢房裡，捧著大煙袋，吸個不停。他失去了平時談笑風生的興致，眉頭深鎖，滿腹憂愁。乾隆一接到和珅的奏摺，就立刻傳旨將紀曉嵐押入監牢。儘管多名大臣為紀曉嵐苦苦求情，但乾隆板著臉，一概不准。紀曉嵐不僅為自己未卜的命運擔憂，更擔憂家人。按照清朝的法律，一人犯法是會株連全家的。即便全家能逃脫牢獄之災，那份精神折磨就足以令全家大小難以承受了。

一個年輕的獄卒看到紀曉嵐愁眉苦臉地抽悶煙，好心安慰他：「紀大人，你別擔心。皇上對你那麼信任，不會重罰你的。朝中大臣又聯名保你，定能讓你平安無事。」

紀曉嵐向他感激地一笑：「謝謝你，這是我這幾天聽到最好的話。」

獄卒露出潔白的牙齒，笑了：「紀大人你真幽默。這樣吧，我給你測測字，不管靈不靈，全當消愁解悶吧。」

紀曉嵐本想拒絕，但又不願拂了獄卒的好意，就把煙管從嘴裡抽出，比劃出一個「董」字，說：「就測這個字吧。」

獄卒仔細端詳片刻，眼中放出喜悅的光芒：「紀大人，恭賀你呀！你定能逢凶化吉。你看，『董』字由草頭、千、里組成，喻示你將到千里之外的草原流放，這種處罰不是很輕嗎？」想了想，他又說：「大人，你再寫個字，讓我再看看。」

紀曉嵐又用煙桿在地上寫了個「名」字。

獄卒仔細看了看，說：「我知道了，大人要到關外去。這『名』字，上面是『外』的偏旁，下面是『口』字，『口外』不正是關外嗎？」

紀曉嵐頹然坐在地上。他難以想像，獨處關外該是多麼淒涼的一番景象。

獄卒見狀，又安慰他說：「大人莫怕，這種日子不會長久。這『口』字比『四』字少兩筆，就是說大人戍邊不會超過四年；這『名』字又和『君』、『召』極其相像，說明大人會被皇上赦免召回……」

紀曉嵐說：「但願如此。」他長歎一口氣，心事重重地再度抽起煙來。

這時，太監前來傳旨，帶紀曉嵐進殿候審。

紀曉嵐走進養心殿，看見乾隆威嚴地坐在寶座之上，紀曉嵐心中無限惶恐。他連忙跪倒叩頭，聲音低沉地說：「罪臣紀曉嵐叩見萬歲！」

乾隆目光炯炯，嚴厲地盯著他，說：「紀曉嵐，朕平日待你不薄，你為何要做出此等國法不容之事？」

紀曉嵐還想為自己辯解，以圖減輕罪責，就說：「萬歲，盧見曾雖為我家姻親，但我確實未曾向盧家傳遞一字啊。」

乾隆歎息一聲，說：「事到如今，你走漏風聲之事已是證據確鑿，又何必苦苦抵賴？念你在朕身邊多年，朕很想網開一面，可是國法無情啊。」

和珅在旁暗自幸災樂禍，聞聽此言，忙上前奏道：「萬歲，紀曉嵐所傳之信已被盧見曾銷毀。似紀曉嵐這般大膽徇私之徒，不嚴懲，不足以立國威，請萬歲明察。」

紀曉嵐抓住機會，質問和珅：「和珅大人，你憑什麼說我肯定送去密信？證據何在？」

和珅張口結舌，無言以對。

乾隆有些惱火了：「紀曉嵐，你如此狡辯，對得起朕嗎？朕現在就想知道，你是用何種方式通風報信的？事已至此，抵賴又有何益？」

紀曉嵐既知無法抵賴，只好一五一十地交待了通風報信的整個過程。

乾隆不由得啞然失笑：「高明！高明！和珅，你沒有想到吧？」

和珅垂頭喪氣，剛剛還是一副志得意滿的勝者風範，這時突然充滿了挫敗感。

紀曉嵐向乾隆連磕幾個響頭，嚴肅地說：「萬歲以國法為重，是大公無私的正義之舉，微臣以私情為重，是眷戀人倫的淺陋習氣。臣膽大妄為，走漏風聲，有負萬歲多年恩寵，罪不容恕。請萬歲治罪！」

這番話措辭得體，慷慨激昂，既盛讚了乾隆的明君作為，又闡釋了自己的循私做法，讓乾隆感到異常滿足。乾隆沉思良久，終於下定決心，提筆批道：「謫戍烏魯木齊。」

與此同時，本案主犯盧見曾卻被處絞監候，由於受刑過重，年紀過大，獄中又得不到應有的照料，不久就病死了。

05

虎坊橋紀家大院籠罩在一片悲傷之中。

家中一片混亂，傢俱、衣物都在設法變賣，房屋也即將抵押出去。由於紀曉嵐被貶至烏魯木齊，將失去俸祿，一家老小的生活頓時陷入困境，不得已，只得變賣家產，暫時搬回河間府紀曉嵐的老家，由紀曉嵐的大哥給予照料。

看著房內房外一片狼藉，夫人馬月芳流下了眼淚，侍妾郭彩符更是哭得死去活來，只有紀曉嵐仍舊笑容滿面，口含心愛的大煙袋，井井有條地處理家裡的一切。

紀曉嵐深知，他是家中的支柱，只要他不被厄運壓倒，全家老小就會渡過難關。

郭彩符突然衝到他的面前，又一次抱住他的大腿，一把鼻涕一把淚地哭喊著：「老爺，你打我吧！是我害了你，害了全家，你動手吧，打死我吧……」

哭著喊著，她突然伸出巴掌，左右開弓地猛搧自己的嘴巴。紀曉嵐急忙抱住她，柔聲開導她，讓她的情緒漸漸安定下來。

這已經是第三次了。紀曉嵐的眉頭擰成了疙瘩。

他將郭彩符送入臥室休息，囑咐丫環好好照料，然後來到夫人馬月芳的房間，憂心忡忡地對她說：「家中的事要妳多操心了。我這一去，別人倒不擔心，就是最擔心彩符，她一味自責，精神狀態很不好啊……」

馬月芳說：「這個我知道。老爺儘管放心去吧，我會好生照顧的。」

家中諸事料理完畢，紀曉嵐收拾好行裝，帶上下人施祥、咸寧，準備啟程。朝中關係不錯的同僚紛紛前來送行，紀曉嵐向大家感激地拱拱手，說：「我紀曉嵐承蒙諸位看得起，在此多謝了！今日一別，不知何時才能重逢，但我堅信，總有那麼一天還能與諸位相聚，到時對酒當歌，吟風弄月，以慰平生，何等暢快！」

他一身學士打扮，雖遭厄運，卻絲毫沒有鬱鬱之相，而是神采飛揚，風流瀟灑，讓人感到他即將去赴一個人生盛宴，而不是遠謫新疆。

和珅這些日子裡天天擺宴慶賀，今天聽說紀曉嵐即將遠行，就得意忘形地前來看熱鬧。他滿以為會看到一幅悲慘的別離場面，沒想到眼前的場景卻大大出乎他的預料。

和珅再也無法按捺自己的快意，他走上前去，得意非凡地對紀曉嵐說：「今日紀大才子遠行，不可無詩。和某大膽在這裡獻醜，出個上聯，請先生對對，如何？也算是助助興吧。」

這還像人話嗎？送行眾人無不憤然。

紀曉嵐卻微微一笑，說：「有和珅大人的佳句壯行，增色不少啊。請講吧！」

和珅清清嗓子，搖頭晃腦地大聲吟道：

「有水為清，
無水也為青，
去水添心便是情。
不看僧面看佛面，
不看你情看我情。」

這哪裡是送行？分明是嘲弄和珅報復。「竹苞」之恨終於得報，和珅如何能不趾高氣揚？如同貓逮住老鼠，在吃之前還要盡情戲弄一番，似乎這樣才滿足了自己的勝者欲望。

紀曉嵐何等聰明，立刻聽出了弦外之音。他略一尋思，響亮對吟：

「有水為溪，
無水也為奚，
去水添鳥便為雞。
野獸得勢狂似虎，
落魄鳳凰不如雞。」

這下聯針鋒相對，響亮地回擊了和珅的挑釁。送行眾人齊聲叫好，在驚天動地的呼喝聲中，和珅灰溜溜地離開了……

紀曉嵐向眾人拱手作別：「山高水長，後會有期！」語畢轉過身，邁開大步，踏上漫漫西行之路……

第2章 鐵骨錚錚，漫漫東歸修正果

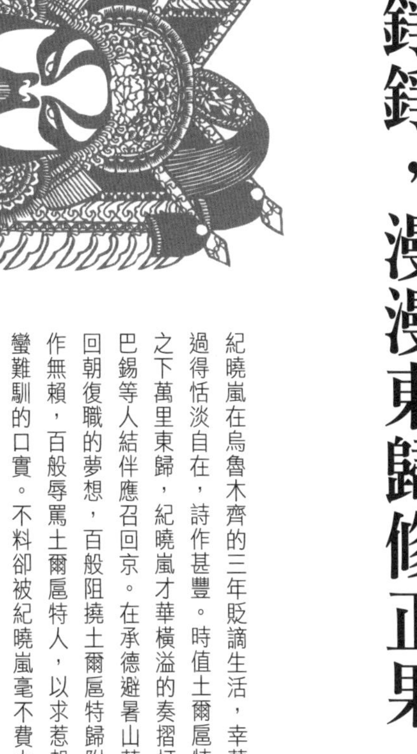

紀曉嵐在烏魯木齊的三年貶謫生活，幸蒙大學士溫福照應，日子過得恬淡自在，詩作甚豐。時值土爾扈特部落在首領渥巴錫率領之下萬里東歸，紀曉嵐才華橫溢的奏摺打動了乾隆，於是他與渥巴錫等人結伴應召回京。在承德避暑山莊，和珅為了破壞紀曉嵐回朝復職的夢想，百般阻撓土爾扈特歸附的盛舉。他指使家丁扮作無賴，百般辱罵土爾扈特人，以求惹起事端，造成土爾扈特野蠻難馴的口實。不料卻被紀曉嵐毫不費力地化解了。和珅一計不成，又生一計……

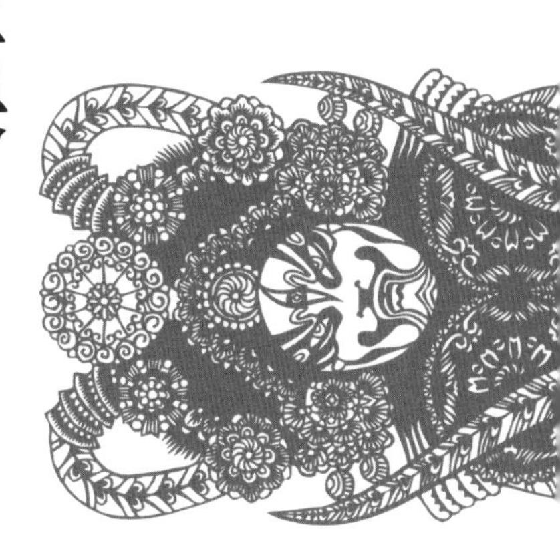

01

謫戍新疆的道路是漫長而艱難的，紀曉嵐一行數人腳步沉重，心情鬱悶，觸目皆是淒涼之色。正應了「愁雲慘澹萬里凝」，儘管紀曉嵐故作豁達開朗，仍難以激發大家的興致，因為在大家的心目中，對西域的印象全是「春風不度玉門關」、「西出陽關無故人」之類的悲涼詩句。

少不了餐風露宿，常常是忍饑挨餓，在當時交通條件下，他們只能邁開腳步，一步一步地走向遙遠的烏魯木齊。這一走，竟走了漫長的八個月，從北京出發時還是陽光燦爛的六月，踏上烏魯木齊的土地已是冰天雪地的次年二月。

在天山腳下，烏魯木齊這座被稱作「美麗牧場」的新興城市，正以其誘人的姿容，迎接遠道而來的客人。

紀曉嵐眼前一亮，他做夢都想不到，烏魯木齊竟如此繁華。雖無法與關內省府媲美，但已是人煙稠密、商貿興隆、五穀豐登、安居樂業。處處弦歌相聞，人人笑顏逐開，遠遠超過了關內的縣鎮。

紀曉嵐實在是異常幸運，一百年前流放到這裡的犯人看到的卻是「窮荒大漠，風景寒慘」，經過康熙、雍正、乾隆時期的西北大開發，才有了如此令人賞心悅目的局面，這令他原本悲涼的心境有了了莫大的安慰。

大學士溫福等人在烏魯木齊總督府設宴迎接他，這讓他既感動，又惶恐。他眼含淚花，激動地說：「戴罪之人，不敢有勞諸位如此盛情。」

溫福滿面春風，笑著說：「紀先生大名享譽九州，今日相見，真是三生有幸啊！來，坐下敘談。」

紀曉嵐遲疑著不肯入座，說：「我是犯人，只怕與諸位大人同席，有諸多不便。」

「先生這是哪兒的話？」溫福挽住他的臂膀，把他拉到自己身旁坐下，豪爽地說：「到我這裡來的都是我的客人，這裡由我說了算。先生遠道而來，一路辛苦，設宴洗塵，有何不妥？」

烏魯木齊當地官員同席相陪。溫福殷勤勸酒，儘管紀曉嵐不善飲酒，但盛情難卻，只好勉強飲了幾杯，頓時，一股暖流湧遍全身。

維吾爾少女在廳上婆娑起舞，簫鼓琵琶合奏著歡快的迎賓曲。別具一格的西域風情讓紀曉嵐陶醉不已，他讚歎道：「『此曲只應天上有，人間難得幾回聞』，如果不是貶謫到此，這般風光只怕終生難見。」

溫福大笑：「我正想留先生在此助我一臂之力，只要先生願意，終生在此居留，就是我溫福的天大福分了。」

紀曉嵐一驚，忙站起誠惶誠恐地說：「溫大人說笑了，我哪能承受得起大人如此關愛？」心中突然想到真要在這裡生活一世，與家人遠隔千山萬水，該是何等不幸啊！

溫福和藹地拍拍他的肩頭，請他坐下，說：「先生不必憂慮，我縱有此心，只怕也難以如願。說不定哪一天萬歲就會傳來一道諭旨，召先生東歸了。」

紀曉嵐誠懇地說：「溫大人如此抬愛，讓我無以為報，但有差遣，我定會全力以赴。」

溫福說：「先生說哪兒的話！先好好休息幾天，等體力恢復之後，再到總督府佐助軍務吧。」

紀曉嵐再次站起：「大人，我明日就可以開始工作。」

溫福連連擺手：「不急不急。來，坐下，吃菜！嘗嘗新疆烤羊肉串……」

流放烏魯木齊的生活品質超乎紀曉嵐的想像。他每天到溫福的府衙抄寫軍書，有時也十分繁忙，但精神卻是愉快輕鬆的。再沒有人排擠他、打擊他、暗算他，再不用費盡心機看某個人的臉色行事，如果不是尚有「貶謫」的精神壓力和思念家人的無限情懷，他定會樂不思蜀了。

在烏魯木齊市區東北部，有一處美麗的狹長山谷，被稱作「水磨溝」。溝中有大小泉眼數十處，積流成溪，潺潺流動，清澈見底，終年不竭。溪水兩岸濃蔭蔽日，景致清幽。一座純木結構的小樓，矗立在一條小溪之旁。房間很大，分內外兩間，打掃得一塵不染，布置得高雅脫俗。

紀曉嵐與下人施祥、咸寧就生活在這裡。

紀曉嵐辦完公務，就回到這裡，讀書下棋，吟詩作文，倒也其樂融融。出門就可看到美麗的天山，徜徉在小溪之旁，遠離了塵世煩惱，他不由得詩興大發。

他揮筆寫道：

秀野亭西綠樹窩，林藜攜酒晚春多；
譙樓鼓動棲鴉睡，尚有遊人踏月歌。

溫福讀後，深有感觸地說：「唐朝以來的邊塞詩，無不寫得悲涼有餘，秀美不足。先生文才舉世無雙，詩文寫來也別具一格啊！」

紀曉嵐說：「不到新疆，就無法體驗邊關之秀美。我這番流放，見識增進不少。比如以前我老以為青稞就是荑芨稗[1]之類的東西，現在才知道竟如大麥一般，可以釀酒、餵馬，也可以當人類的糧食；

1 荑，草木新生的嫩芽；芨，牛羊飼料；稗，田間雜草。

以前看《漢書》時，認為芨芨草[2]是馬百吃不厭的飼料，現在才發現，馬對它是不屑一顧……」

溫福讚道：「先生說得極是。像先生這般不為厄運所動，能保持開朗的胸懷，處處留心，增長學問，令溫某佩服不已。」

紀曉嵐謙虛地說：「溫大人過獎了。讀萬卷書，行萬里路嘛……」

兩人相視而笑，都感到神采飛揚。

轉眼間三年過去了。這天，紀曉嵐從總督府回來，一條名叫「四兒」的黑狗在他身前身後歡快地奔跑著。他一邊緩步走著，一邊觀賞著兩邊的街景。

三年的歲月並不算長，然而他已對這裡的生活產生了濃厚的感情。那賞心悅目的街景，那世外桃源般的生活，都使他遭受重創的心靈得到及時的撫慰，他對生活重獲信心，仍像以往一樣精神抖擻。

他的心中突然湧上兩句詩，於是興致勃勃地吟詠出來：

「到處歌樓到處花，塞垣此地擅繁華。」

正意興盎然地吟唱時，忽然看見大街上出現了三匹高頭大馬，馬上各端坐一人。中間那人是個器宇軒昂的老者，身著花條布的長袍袷袢[3]，頭戴彩珠小帽；兩旁各為一名目光炯炯，威武雄壯的大漢。

紀曉嵐暗暗納悶。本來新疆就民族眾多，烏魯木齊街頭經常見到維吾爾、哈薩克、回族、柯爾克

---

2 一種禾本科植物，在中國北方分布廣，其嫩芽是牛羊的飼料。

3 中亞地區的傳統服飾，類似大衣，以複雜多色的條紋及圖案織成。

孜等民族的男女老少，身穿民族服裝四處走動，但看這馬上三人，裝束卻很不相同，有點類似蒙古人，卻又不完全相同。

那三人放馬徐徐走來，邊看邊讚歎，從他身邊走過，有幾句話就送入了他的耳中。他卻全然不懂，雖說各族語言他並不精通，但畢竟住得久了，對當地人的日常用語，他也略知一二，然而從那三人的口音聽來，卻完全不像是當地人。

他目送那三人的背影漸漸走遠，發現他們去的方向正是總督府。莫非是駐守邊防線的將領回烏魯木齊述職，還是有什麼緊要軍情？他沉思了一會兒，就向那條黑狗叫道：「四兒，回來！」四兒撒開四蹄，跑到他的腳邊。

他轉過身來，向總督府大步走去，四兒很快地跑到了他的前面。

總督府裡，溫福正在接待客人。一見紀曉嵐走進來，溫福高興地說：「紀先生，你來得正好。我正打算派人去請你呢！來，見見客人！」

紀曉嵐路上所遇三人正在客廳就坐，見他進來，紛紛站起，含笑招呼。

座中另有一名翻譯，向紀曉嵐介紹那三人：「這名老者是土爾扈特部可汗渥巴錫，另兩名大漢分別叫作策伯克多爾濟、舍攏。」

紀曉嵐忙拱手施禮，連說：「久仰！久仰！」心中卻猜不透他們的來歷。

溫福笑著說：「我給你簡單介紹一下吧，隨後還要勞你大駕，寫奏摺向萬歲陳奏呢！土爾扈特部原本是漠西厄魯特蒙古四部之一。明朝覆亡之前，該部不堪忍受準噶爾部的欺凌，長途遷徙，到了伏爾加河流域。誰知才離狼窩，又入虎穴，鄂羅斯國[4]人又對該部百般刁難，橫加凌辱。該部一直不屈不撓，為生存而抗爭，在忍無可忍的情況下，首領渥巴錫決定率部東歸。沿途遇到鄂羅斯國人的狙擊和阻撓，但土爾扈特人眾志成城，浴血苦戰，殺出一條血路，毅然踏上歸途。經受了惡劣氣候的考驗，跨過了不毛之地，跋涉了千山萬水，該部由原先的十餘萬人銳減至七萬餘人，終於勝利返回我大清邊界，現已在邊境線上集結待命……」

「好！」紀曉嵐走向渥巴錫三人，深施一禮：「紀曉嵐對土爾扈特部的不屈不撓致敬，向大汗表達我的由衷敬意！」

渥巴錫急忙回禮：「先生過譽了。我們為求生存，求自由，雖九死而不悔。還望先生多加援手，為我部七萬餘眾謀得一片立足之地。」

紀曉嵐說：「當今皇上仁厚有清，天下昇平，欣聞你部東歸，定會多方關愛。」

渥巴錫說：「如此甚好。」

將渥巴錫三人安排好住宿，溫福與紀曉嵐坐下商議。

紀曉嵐讚道：「渥巴錫等人雖是前來歸附，但言談舉止不卑不亢，全無絲毫媚骨。他們雖不曾渲染沿途的艱辛，但僅從該部損失近半的情況推斷，此行所遇的艱難險阻遠遠超出我們的想像。」

「不錯！」溫福由衷地說：「這三人都是錚錚鐵漢。我們大清王朝理應歡迎他們的回歸及加盟，

---

4 俄羅斯譯名的來源是蒙古語。羅斯人，俄語為Русь，俄語的「Р」音近英文的「R」。蒙古語此字不放字首，蒙古人便按照蒙古語的語音規則，將其後的母音「O」放到字首，因此稱羅斯人為「Oros」，音近「斡魯思」（元朝譯名）、「鄂羅斯」。明清大致上沿用蒙古的稱呼，但隨著雙方接觸增加，對俄羅斯的稱呼也一一出現，例如「羅斯」、「烏魯斯」、「阿羅斯」、「露西」等，直到乾隆年間修訂《四庫全書》，官方才統一稱為「俄羅斯」。

而這都有賴於先生的生花妙筆，向聖上陳述利害，玉成此事。」

紀曉嵐說：「此乃千古盛事，正合曉嵐心意，我責無旁貸！」

紀曉嵐內心思緒澎湃，立即揮筆給乾隆寫奏摺。寫到土爾扈特人百折不撓、東歸不息的艱難行程，他禁不住潸然淚下。

他猛然想到：這不就和我的人生之旅一樣嗎？遭受重創是可怕的，但更可怕的是從此一蹶不振，悲觀失望。土爾扈特人以自己的悲壯行程，展現了百折不撓、愈挫愈強的勇者風範，值得自己效法啊！

數千言的奏章他一揮而就，溫福聽聞內容，不禁多次拍案叫好：「先生出筆不凡，當真有驚天地泣鬼神之效！」沉默了一會兒，他又說：「先生這篇奏章一上，只怕不久就要被召回京了。我可真捨不得你啊！」說到最後，竟有些黯然神傷。

紀曉嵐很是詫異：「溫大人何出此言？」

溫福說：「珍珠豈能蔽於塵埃，蛟龍豈能困於沼澤，先生大才，雖一時不慎而遭貶，又豈能老死邊塞？此篇鴻文，必能使聖上對你再加關注，召你入朝。」

紀曉嵐笑了：「溫大人太會開玩笑了。我只是盡己所能，為土爾扈特人助一臂之力，豈敢別有所求？」

溫福連連搖頭：「紀先生過謙了。先生古道熱腸，確實讓溫某好生相敬。」

「好了好了，別往我臉上貼金了，再貼下去，我的臉都不知變成什麼顏色了。」紀曉嵐幽默地說。

溫福朗聲大笑。

結果不出溫福所料，時隔不久，乾隆的諭旨就到了，令紀曉嵐隨同渥巴錫等人入京見駕，因為乾隆正擬編纂一部前無古人的大型《四庫全書》，發愁著應由何人擔綱。一讀紀曉嵐的奏摺，不由得喜出望外：一喜土爾扈特人東歸乃當朝一大盛事，二喜《四庫全書》的總纂官有主了。

溫福在總督府為紀曉嵐設宴送行。

溫福說：「三年前的盛宴還記得嗎？今非昔比，宴是喜宴，酒是喜酒，紀先生要高升了，這喜酒不能不飲！」

紀曉嵐心情歡暢，他不曾想到，籠罩心頭三年的陰霾轉眼間被吹得一乾二淨。他動情地說：「這三年來，溫大人的關愛、諸位的厚意，我銘記在心，永不敢忘，今後如有用得著我的地方，只要捎句話來，我定會傾力相助！」

烏魯木齊大小官員齊聲道：「祝紀先生苦盡甘來，步步高升，請滿飲此杯！」

紀曉嵐明知自己不勝酒力，但仍是紅光滿面，與大家一一碰杯，一飲而盡。

他醉了。在這喜慶的時刻，他難得大醉一回。他仰面向天，忽而哈哈大笑，笑著笑著，笑出了眼淚，眼淚流滿臉頰，他也不去擦。猛然間，他一聲長嘯，朗聲吟道：

「一笑揮鞭馬似飛，夢中馳去夢中歸。

人生事事無痕過，蕉鹿何須問是非。」

語調蒼涼，悲喜交加，在座眾人無不動容，唏噓不已。

02

早春二月，紀曉嵐帶著下人施祥、咸寧踏上回京之路。

真要離開這座美麗的城市，紀曉嵐欣喜之餘，不由得產生了無限的留戀。他一遍遍環顧四周的景色，似乎要把這一切永遠留在心底。

他把自己這三年來所寫詩稿整理成《烏魯木齊雜詩》。撫摸著這厚厚的一疊稿紙，他的眼前一一閃現這三年中所涉足的這片熟悉的山水。別了，烏魯木齊，別了，溫福大人……

土爾扈特首領渥巴錫率領策伯克多爾濟、舍攏，以及數十名壯士隨同紀曉嵐出發。一路上旌旗招展，馬蹄飛快，紀曉嵐的心也像是插上了翅膀，已經飛回家人身邊。

咸寧突然湊近紀曉嵐所乘的馬車，驚喜地嚷道：「老爺快看，四兒！」

紀曉嵐從車窗探出頭去，向後張望，只見一條黑色小狗飛快地跑著，向自己狂奔而來，不正是四兒嗎？臨出發前，不是特意把四兒送給當地一個同僚了嗎？誰知四兒竟還是眷戀舊主，不辭辛苦，追隨而來。

紀曉嵐的眼眶濕潤了，他下了車，靜靜地等候著。四兒終於奔到他的面前，鼻中呼呼喘氣，圍著他的雙腿歡快地打轉。

他把四兒抱在懷裡，輕輕撫摸：「四兒，好樣的！我帶你走，咱們一同入京！」

四兒，這隻他在烏魯木齊收養的小狗，沒想到三年相處下來，這狗竟對他如此深情。他感慨萬千，吟詩一首：

「空山日日忍飢行，冰雪崎嶇百廿程。
我已無官何所戀，可憐汝亦太癡生。」

施祥追隨紀曉嵐多年，這時已是頭髮花白，年老力衰，見此情景，不由得感慨道：「老爺這兩年變得多愁善感了，連一條狗都值得老爺如此動情。」

紀曉嵐卻正色說道：「狗通人性，狗比人更懂得珍惜感情。也許是年紀大了，也許是這幾年變故太多，我總覺得以前恃才傲物，鋒芒太露，今後卻再也不會那般張狂了。」

渥巴錫站在一旁，靜靜地看著他們，他含笑聽完了翻譯，然後走過來，說道：「大凡生命，都有自己從生到死的歷程，我們在追尋，都在渴望修成正果，正如西天取經的唐三藏一樣。我們土爾扈特人以自由生存為最大願望，先生以匡扶正義、報效蒼生為人生目標，這都是我們心目中的『正果』。狗也不例外，四兒能追隨先生左右，定是最大的快樂。」

紀曉嵐聽完譯文，望著眼前這位飽經風霜的老人，心中震撼無比。他不曾想到一向被視作粗野無文的夷狄之族居然還能有如此見識，他細細回味這番話，只覺得意味深長，含意無窮，不由得叫道：「好！我們一起東歸，一起修成正果！」

金色的陽光灑遍了遼闊的草原，這一行數十人的隊伍，在陽光沐浴中，向著東方，向著太陽升起的地方，堅定地走下去。遠處傳來維吾爾少女悠長清亮的歌聲，似在為他們送行……

奉詔回京的行程是異常愉快的。沿途各地官員早就接到聖諭，熱情接待，起居飲食樣樣周到，這與謫戍時的冷落恰成鮮明對照。

紀曉嵐不由得感慨萬千，說道：「真是如人飲水，冷暖自知啊！錦上添花時常有，雪中送炭卻太罕見。」

渥巴錫卻說：「先生尚且有撥雲見日、享受錦上添花的一天，可憐我們土爾扈特人，百餘年來一直在異族的欺凌下生活，屈辱的歲月太漫長了。」這番話說得無限傷感。

紀曉嵐安慰他說：「放心吧！回來了，就要回到家了！」

渥巴錫昂起頭來，眼中放射著希望的光芒，爽朗地笑了：「好！咱們快走吧！」

一行人不顧旅途勞頓，晝夜兼程，行程異常迅速，很快進入了嘉峪關。

謫戍時兩天走的路，現在一天就走完了。紀曉嵐欣喜地說：「難怪李白遇赦時會說：『朝辭白帝彩雲間，千里江陵一日還』了。現在我也有一日千里之感呀！」

這天來到了張家口，離北京越來越近了，所見的風土人情也一日繁華過一日。渥巴錫等人何曾見過此等風光，興奮地連連讚歎。紀曉嵐再次踏上故鄉的土地，也是激動得徹夜難眠。

眼前是險峻的五回嶺高峰，一上一下各四十里，山路崎嶇難行，而且山頂終年積雪，過山相當不易。紀曉嵐心情激動，只想連夜翻山越嶺。渥巴錫看看山勢，勸他道：「紀先生，我們土爾扈特人有句俗語：『草原上的雄鷹是不會逆風而飛的。』任何時候都必須審時度勢，量力而行，才不至於以卵擊石啊！」

渥巴錫與紀曉嵐一路同行，朝夕相處了近四個月，這時已能用比較流利的漢語與紀曉嵐對話，不需要翻譯了。

紀曉嵐聽了，雖覺得十分有理，但畢竟無法按捺住激動的情懷，堅持上路，說：「這段山路我走過的，並不難行。」

渥巴錫只好依從。

一行人點亮火把，牽馬挑擔推車，沿著山路逶迤而行。山風呼嘯，到了夜晚更是冷入骨髓，紀曉嵐的頭腦冷靜許多，看看已到半山腰，前面的山路更加難行，不由得懊悔自己的莽撞，對渥巴錫說：「大汗，還是你說得對，看來只有退回去了，否則定會凍僵在山上。」

「退？」渥巴錫的臉色異常冷峻：「土爾扈特人的語言中沒有『後退』二字，認準了要做的，就堅定地做下去！」他大聲下令：「馬匹暫時無法過山，先留下，行李也先留下一部分，僅將重要物品帶上。大家一鼓作氣，輕裝前進，務必翻過山去！」

土爾扈特將士得令，很快行動，將行李、馬匹歸置一起，隨後過來兩人，攙扶紀曉嵐。一行人頂著刺骨的山風，互相鼓勵，互相幫助，經過半宿的跋涉，終於在黎明時分到達了對面山腳下，這時紀曉嵐已累得筋疲力盡。

當地官員很快安排好了食宿，紀曉嵐正要休息，忽然想起了四兒，急忙叫道：「咸寧，四兒呢？」咸寧回答說：「老爺，四兒還在半山腰上看行李呢！那會兒我要抱牠走，牠死活不肯，還把我的腿咬了一口。」

紀曉嵐眼中迸出淚花：「不就是幾本書嗎？有什麼好看的？這半夜只怕把四兒凍僵了。真是一條義犬啊！」

渥巴錫走過來說：「紀先生，不要多想了。當地官員已派人上山搬取行李，四兒一定會平安無事。好好歇著吧！」

紀曉嵐點點頭，說：「大汗，你也休息吧！累了這大半夜的，都是我不好。」

渥巴錫走後，紀曉嵐躺在床上，久久沒能入睡。儘管身心異常勞累，但他的頭腦卻分外清醒，耳邊不時迴響著渥巴錫那沉著有力的話語：「草原上的雄鷹是不會逆風而飛的，認準了要做的，就堅持做下去……」

他忽然明白了，一個弱小的部落，在惡劣的生存環境之所以能抗爭至今，發展至今，就是仰賴著這種頑強的信念與明智的決斷。而他自己呢？不正是因為恃才傲物、自命清高，才惹下那個大對頭嗎？

不知何時，他才沉沉睡去。夢中看見四兒僵成一團，烏黑的一對眼珠卻死死地盯著他，眼珠旁邊已有淚水凝成冰塊，煞是可憐。

他痛心地大喊一聲：「四兒！」猛然醒來，坐起身來，只見陽光正從窗口射入，暖融融地照在他的身上。

咸寧笑嘻嘻地走過來，說：「老爺，四兒已經回來了，有點凍傷，但不礙事。行李都已取回，馬匹也有一些凍傷的，並不嚴重。老爺，洗洗臉，起來吃飯吧。已經中午了……」

紀曉嵐長長呼了一口氣，起身下床，接過毛巾擦臉，只覺得腰痠腿疼，渾身無力，但精神卻異常暢快。

＊ ＊ ＊

承德避暑山莊，乾隆正伏案批閱奏摺，和珅侍立在旁，關注著乾隆臉部的細微變化，揣摩著乾隆的心理，時刻準備投其所好，說出一些左右逢源的漂亮話。

乾隆忽然抬起頭來，問道：「紀曉嵐、渥巴錫一行人現在到了何處？」

和珅躬身回答：「回萬歲，已經到了北京，估計很快就到這裡面聖了。」

「嗯，」乾隆點點頭，「紀曉嵐回來得挺快嘛，二月啟程，六月就入京，僅用了四個月。」

「是啊，」和珅本就對召紀曉嵐回京心懷不滿，但聖命難違，他也無計可施，這時就趁機搬弄是非，「去新疆他走了八個月，分明是拖延不肯去，現在倒好，飛回來了。」

乾隆笑了：「這本是人之常情嘛。如果換了你，你會怎麼樣呢？」

和珅無話可說。

這時，太監進來稟報：「啟奏萬歲，紀曉嵐在宮外求見。」

「哦？」乾隆又驚又喜，「說曹操，曹操就到。快傳紀曉嵐進來。」他回身又對和珅叮嚀道：「朕對紀曉嵐另有重任，你們今後同殿為臣，你不可小肚雞腸，太過計較。」

「是，臣遵旨！」和珅儘管心裡一萬個不樂意，但仍是恭敬回答。

紀曉嵐走進大殿，看見乾隆，抑制不住內心的激動，快步奔了過來，「撲通」一聲跪倒，行三拜九叩大禮道：「罪臣紀曉嵐叩請聖安，吾皇萬歲萬歲萬萬歲！」語調顫抖，激動難抑。

乾隆站起身來，心情也很激動：「快快起來，紀曉嵐，朕早已赦你無罪，來來來，讓朕看看，這幾年你變了沒有呀？」

紀曉嵐走到乾隆面前，春風滿面：「託萬歲洪福，臣這幾年生活得很好。」

「這就好！這就好！」乾隆異常興奮，「黑是黑了點，不過還挺結實。」

和珅心中的妒火很快燃燒了起來，酸溜溜地插話道：「萬歲，紀曉嵐哪裡是流放，分明是享福去了。臣讀過幾首別人傳抄來的紀曉嵐詩作，什麼『夜深燈火人歸後，幾處琵琶月下聞』，什麼『到處歌舞到處花，塞桓此地擅繁華』，簡直是人間仙境。」

紀曉嵐說：「萬歲治理有方，天下歌舞昇平，昔日流放犯人的苦寒之地，今日已成塞北江南，萬民稱頌，可喜可賀！」

乾隆大喜：「如此甚好！紀曉嵐，聽說你在烏魯木齊寫了不少詩，讀兩首給朕聽聽。」

紀曉嵐說：「臣遵旨。」他清清嗓子，朗聲吟誦道：

「山圍草木翠煙平，迢遞新城接舊城；
行到叢祠歌舞處，綠氍毹上看棋枰。」

「玉笛銀箏夜不休，城南城北酒家樓；
春明門外梨園部，風景依舊憶舊遊。」

他接著解釋道：「前一首描寫烏魯木齊全城景色，草木蒼翠，建築井然；後一首描寫城內酒樓夜夜演出，一派繁華。」

「好好好！」乾隆激動到來回踱步，眉飛色舞：「確實是人間仙境啊！看來你這次謫戍新疆，收穫不小！」

乾隆本就好大喜功，如今聽了紀曉嵐的詩作，對自己的政績更感到十分得意。

紀曉嵐微微一笑：「臣只是盡心竭力，圖報萬歲而已。」心中卻想：「這不過是苦中作樂罷了。」

獨有和珅心裡很不是滋味。看見紀曉嵐一回朝就如此受到乾隆賞識，和珅心中又氣又妒，又無可奈何，要多難受就有多難受。

乾隆問道：「渥巴錫一行人現在何處？」

紀曉嵐說：「現正在承澤館安歇，等候萬歲的召見。」

紀曉嵐皺眉沉思說：「紀曉嵐，你對渥巴錫東歸之事大唱讚歌，你可知朝中有不少反對者，和珅就是一個！」

和珅聽見乾隆提及自己，急忙開口：「萬歲，此事不可不慎。想那土爾扈特人一向遊牧為生，驃悍有餘，久不馴服，新舊兩部共計七萬餘眾，一旦滋事，必起禍端。我大清人多勢眾，只求開疆拓土足矣，何必收納這批亡命之徒，以致後患無窮呢？」

原來四個月前，當乾隆接到紀曉嵐的奏摺，召集群臣商議時，和珅就站出來極力反對，所持論調就現今如出一轍。其實他對此事並無如此大的反感，只因紀曉嵐之故，他定要站出來唱唱反調。有句話說得好：「凡是敵人贊成的，我就要堅決反對；凡是敵人反對的，我就要堅決贊成。」和珅深明此理，始終把這番言論貫徹於自己行動。

乾隆笑了：「你就不能說點新鮮的？還是老套！土爾扈特人跋涉萬里，誠心歸附，朕豈能拒人於千里之外？這不是叫天下看朕的笑話嗎？」

紀曉嵐說：「萬歲說的極是。臣一路與渥巴錫等人同行，發現他們深明事理，斷非久不馴服的亡命之徒。以我大清的國威，理應接納他們，給他們一片繁衍生息之地，以向海內外昭示萬歲的博大胸襟。」

和珅說：「鄂羅斯國人狡詐貪婪，一向垂涎我大清疆土，說不定這正是鄂羅斯國企圖掠奪我大清疆土的陰謀詭計，以土爾扈特人為內應，裡應外合，萬歲不可不防！」

紀曉嵐說：「和珅大人此言差矣！土爾扈特人飽受鄂羅斯人欺凌，東歸途中又有數萬人死於鄂羅斯人之手，與鄂羅斯國不共戴天，豈能成為鄂羅斯國的內應？和珅大人太異想天開了！」

和珅有些理屈詞窮，惱怒地說：「渥巴錫自己所說的話，未必可信，紀先生可曾親到伏爾加河流域考證？只怕紀先生與渥巴錫有什麼瓜葛也說不定？」

紀曉嵐聽出和珅的弦外之音，顯然是說自己得到了渥巴錫的某種好處，才如此不遺餘力地為土爾扈特人呼籲，不由得心頭冒火，嚴肅地說：「紀曉嵐只認蒼生社稷，只知為萬歲效力，拳拳此心，日月可鑑！只是和珅大人所說，又有幾分事實根據呢？多半是捕風捉影，信口開河吧？」

「你！」和珅氣得面紅耳赤，向乾隆叫道：「萬歲，我今日所說，字字句句全是為萬歲著想，紀曉嵐他竟肆意歪曲，請萬歲明斷！」

「好了好了，」眼看兩人一見面就成水火之勢，乾隆也有些不快，忙從中排解，「你們二位都是一片赤膽忠心，朕心裡異常明白，以後相處的時間還長，你們要互體互諒，千萬不要意氣用事啊！」

紀曉嵐、和珅異口同聲說：「臣遵旨！」

03

好一座壯觀的皇家園林！乾隆、紀曉嵐、和珅三人在綠樹掩映的林蔭道上漫步走著，說說笑笑，不一會兒就走出避暑山莊，向附近的大佛寺走去。

紀曉嵐遠望山莊高高的城牆，紅磚碧瓦，富麗堂皇，在陽光下閃閃發光，不由得感慨萬千。這裡的一切是那麼熟悉，又是那麼陌生。他又回到了往日令人羨慕的生活，但卻失去了在新疆的恬淡和閒適，現在再度開始誠惶誠恐，過著「伴君如伴虎」的緊張歲月。

乾隆幾乎每年夏天都要到這裡來避暑，邊處理政務，邊打獵遊玩，心情十分暢快。他走在前面，如數家珍地談論被稱作「外八廟」的八座寺院，聽得紀曉嵐、和珅敬佩不已。

走進大佛寺，乾隆說：「這座寺廟香火很盛，就是因為彌勒佛造型栩栩如生，袒胸露腹，開口常笑，不能不看。」

三人走進大殿，果然看見那尊龐大的彌勒佛笑容可掬，注視著上香的善男信女。

紀曉嵐走上前上香。

乾隆看著紀曉嵐恭敬磕頭的背影，心中忽然冒出一個念頭：「三年不見，不知紀曉嵐還是不是像往常一樣才思敏捷？」他略一沉思，就有了主意。

當紀曉嵐站起身來，他故意問道：「紀曉嵐，你說這彌勒佛為何對著朕笑個不停？」

紀曉嵐愣住了，心想：「這佛對別人也一樣笑啊！」他很快便從乾隆含笑的眼神中，猜出其用意——分明是想考考我啊！

紀曉嵐沉吟片刻，答道：「這是佛見佛笑。」

「哦！此話怎講？」乾隆疑惑地問。

紀曉嵐躬身答道：「萬歲乃當今活佛，彌勒佛看見萬歲這尊活佛，自然要笑容滿面了。」

「好！」乾隆非常高興，兩眼發亮。

「那麼，」和珅一聽之下，發現找碴的機會來了，急忙插上一句，「紀曉嵐，彌勒佛為什麼對你也笑容滿面？」

這個問題相當厲害，如果依照紀曉嵐剛才的解釋，豈不是與乾隆平起平坐，都成了活佛了嗎？紀曉嵐驚出一身冷汗，急切間，竟無言以對。

乾隆笑得更開心了，說道：「這個問題提得好！紀曉嵐，你倒說說看，為什麼彌勒佛見你也笑呢？」

既然萬歲開了口，紀曉嵐已無法迴避。他努力鎮靜下來，思考了一會兒，然後說道：「回萬歲，彌勒佛是在笑臣無法成佛。」

「好！紀曉嵐風采不減當年啊！」乾隆哈哈大笑，異常歡暢。

和珅又一次洩了氣，心想：「紀曉嵐太難對付了，以後要多長幾個心眼啊！」

紀曉嵐的神經又繃緊了——他知道，他必須以這種聚精會神的狀態度過未來的歲月。

突然，一名大內侍衛匆匆走來，向乾隆叩頭：「啟奏萬歲，有緊急軍情！」

乾隆接過奏摺，匆匆一看，頓時臉色鐵青，叫道：「走！回宮！」和珅、紀曉嵐提心吊膽，都不敢發問，緊隨其後，快步返回避暑山莊。

和珅雖說較胖，但畢竟時常摔跤、打獵，身體健壯，還不算什麼；紀曉嵐是個文人，又日漸發福，雖說平時常常健步如飛，但在這般炎熱的天氣裡，早已累得大汗淋漓、氣喘如牛了。

乾隆端坐大殿之上，傳旨將呈遞奏摺之人叫來，細細盤問。

紀曉嵐、和珅肅立殿中，連大氣都不敢出，一五一十地聽清了事情原委，不由得憂慮萬分。

原來，四川西部大金川、小金川的土司再次反叛，乾隆令四川總督阿勒泰率兵征剿，不料阿勒泰損兵折將，一敗再敗。

乾隆聽完，拍案大怒：「阿勒泰無能，折我天朝軍威，傳旨，將他召回處死！」

紀曉嵐、和珅都是渾身一顫，有一種肝膽俱裂的畏懼。空氣似乎凝固了，大殿中誰都不敢開口說話。

乾隆站起身來，不停地踱步，顯然心中煩躁已極。過了片刻，他停住腳步，終於下了決心，叫道：「傳旨，令大學士溫福、尚書桂林率軍出征，務必取勝！」

停了一會兒，他忽然想起什麼，轉身對紀曉嵐說：「紀曉嵐，你在溫福軍中效力三年，對此人定有相當了解，你認為此人掛帥如何？」

紀曉嵐字斟句酌地說：「溫大人待人謙恭有禮，士卒愛戴，上下同心，是個帥才。」

乾隆點點頭：「那好，就這麼定吧。」

和珅眼見局勢明朗，急忙施展逢迎本領：「萬歲聖明，此番出征定能旗開得勝！」

乾隆歎了一口氣：「大小金川為何屢討不平？讓朕大傷腦筋啊！」

原來十餘年前，大小金川土司叛亂，大學士訥親、四川總督張廣泗貽誤戰機，被乾隆下令處死。後來大學士傅恒率軍迭出奇兵，終於平叛成功。不料現在大小金川新任土司竟再度勾結，死灰復燃，再次反叛。

紀曉嵐說：「萬歲不必憂慮，叛匪不得人心，失道寡助，早晚都會失敗的。」

和珅說：「天朝大軍一到，定叫他玉石俱焚，萬歲安心聽候捷報吧！」

乾隆憂心忡忡地說：「但願如此。」

和珅忽然想起令他日夜不安的土爾扈特人，心想：「這倒是個鬥倒紀曉嵐的機會。」於是上前一步，謹慎地說：「微臣有句話，不知當不當講？」

「說吧！」乾隆有些疑惑地盯著他說。

「微臣以為，對土爾扈特人一定要慎重，千萬不要養虎成患，使他們成為第二個金川啊！」此言使乾隆渾身一震，他的眉頭擰了起來，心事重重地在殿中走來走去。

顯然這番話打中了他的心坎，使他不能不徬徨起來。

紀曉嵐見狀，明白了和珅的險惡用心，急切間來不及思考，就衝口而出：「萬歲，渥巴錫等人萬里東歸，其心至誠，和大小金川的反叛毫無瓜葛，豈能相提並論？」

和珅一擊奏效，豈肯甘休，於是一鼓作氣，繼續說道：「紀曉嵐如此慌張，定與渥巴錫有不可告人的交易。一旦土爾扈特人落地生根，就很可能走上大小金川反叛的道路，請萬歲三思而定！」

紀曉嵐怒不可遏，叫道：「和珅大人，你無中生有，一再蓄意阻撓土爾扈特人歸附的盛舉，意欲何為？是欲陷萬歲於不義嗎？」

「夠了夠了，你們都退下！」乾隆煩躁地連連揮手，「容朕再細細斟酌。」

走出大殿，和珅洋洋自得，紀曉嵐憤憤不平，為土爾扈特人的命運憂慮不已。

＊　＊　＊

避暑山莊一處僻靜的院落裡，紀曉嵐光著上身、僅穿短褲，搖著大蒲扇，躺在竹涼床上，頓感涼爽了許多。外面陽光如火，山風送來陣陣蟬鳴，他愜意地閉著眼睛，進入昏昏欲睡的狀態，然而他的心中卻一點也不平靜。

經過北京的幾日休整，他旅途的勞頓已消去大半，不料來到承德避暑山莊，一見乾隆，他的精神又高度緊張起來，尤其是與和珅的唇槍舌劍，使他感覺自己再度被沉重的壓力緊緊包圍。

「萬歲怎麼就不明白呢？」他喃喃自語，「這可是千載難逢的盛舉啊！豈能杞人憂天，怕土爾扈特人日後滋事，就閉門不納？堂堂天朝，豈能如此懦弱，讓人笑掉大牙？不行，得向萬歲再次陳明利害！」

他翻身就要下床，轉念一想，「不行！萬歲英明過人，有自己的決斷，聖意難測，只怕反會弄巧成拙、惹火上身！」他掏出大煙袋，裝上煙絲，吸了兩口，仍是愁眉不展。「偏偏趕上大小金川反叛，唉，真是好事多磨呀，但願溫福大人旗開得勝，能給大家帶來一個福音……」

心中煩躁，身上就燥熱不已。紀曉嵐使勁搖扇，但仍無法減輕煩悶……

＊＊＊

和珅回到住處，叫來自己的管家劉全，問道：「可曾派人監視渥巴錫一行人？」

劉全躬身答道：「已遵照您的吩咐，精選十二個腿腳利索的家丁，分成四班，晝夜給予嚴密監視。」

和珅點點頭，啜了一口茶，說道：「做得不錯。渥巴錫今天都做了什麼？」

劉全說：「吃過早飯，渥巴錫同策伯克多爾濟、舍攏等人到『萬樹園』、『誠馬棣』遊玩。他們策馬賓士，很是暢快。渥巴錫還說：『這片皇家園林太壯觀了！僅這片平原區域，就可駐紮上千兵馬。策伯克多爾濟竟想把他們數十人都帶到那裡，搭個帳逢駐下來。還是舍攏老成一些，認為還是聽從主人安排的好。我們的人作為陪同，對他們的為人、性格都摸得一清二楚。只是小人有些不明白，何必對這些化外之民下如此大的功夫？』

和珅瞇細眼睛，盯著手中的茶杯，幾片茶葉在水中漂浮不定，過了一會兒，他才開口說話：「漂漂浮浮，升升降降，這世上的事又有幾個人說得清？我對土爾扈特人並無成見，僅僅是因為與紀曉嵐賭氣，想用這個辦法，使紀曉嵐回京復職的如意算盤落空。但今天大小金川反叛的軍情卻給我很大刺激，我現在覺得，這已不僅僅是我與紀曉嵐爭鬥的問題了，而是有關社稷安危的重要關頭。在殿上我講了這番意見之後，連萬歲都要放棄原先的決定了。」

劉全恭敬地說：「大人心憂社稷，高瞻遠矚，令小人崇敬萬分。」

和珅笑得雙眼瞇成一條線：「我覺得，僅僅監視還不夠，要想辦法讓渥巴錫一夥人鬧點事，以此來證明他們驃悍難馴，作為他們日後定會滋事的口實。」

劉全說：「和珅大人此計甚妙。我立刻去找一些家丁，假扮成地痞無賴，對他們百般辱罵，激怒他們動手。」

和珅覺得這個辦法雖拙劣，但尚可一用，便點頭道：「可以。你這個腦袋瓜越來越頂用了，不過千萬不可露出馬腳，對紀大煙袋也要盯緊一點啊！雖說他剛剛回朝，尚且不曾復職，但他一向詭計多端，不可不防。」

劉全點頭稱是，正要退出，忽然想起什麼似地說：「大金川新任土司索諾木、小金川就任土司僧桑格派人給大人送來大量禮品，不知能否收納？」

和珅一聽，大吃一驚道：「哦？他們竟如此大膽！我和珅雖說貪財貪色，但尚知進退，大小金川乃我朝當今大敵，我豈能被他們收買？有萬歲在，才有我和珅在，我絕不能做背叛萬歲的事情！劉全，你見過他們派來的人嗎？是不是拿了什麼好處，膽敢通報給我？」說到最後，和珅已是聲色俱厲。

劉全見狀，「撲通」跪倒，連連磕頭：「和珅大人，小人不曾收受他們什麼財物，只覺此事重大，才稟明大人。」劉全深得和珅寵信，以往辦事常蒙誇獎，這次眼熱大小金川的厚禮，才咬牙答應給他們引見和珅，不料剛一提及，就碰了個硬釘子，嚇得心驚肉跳。

一看劉全這副表情，和珅就明白了，因為玩弄這套把戲同樣是他的拿手好戲。他說：「劉全，你起來吧！本來我應稟明萬歲，把大小金川的使者全部抓起來。你是我的人，不能做得那麼絕，把你牽連進去。你把他們的東西給退回去，禮再重，咱們都不能要！你記住，有萬歲，才有我，有我，才有你劉全！大小金川算什麼，決不能因小失大！」

和珅說得非常誠懇，這番推心置腹的表白把劉全完全打動了。

劉全十分懇切地說：「和珅大人，您放心，我全聽您的。」

* * *

天近傍晚，暑氣漸消，紀曉嵐口含大煙袋，悠閒地走出門來，準備前往承繹館驛看望渥巴錫一行。他考慮了一整天，深感此事宜速戰速決，否則夜長夢多，還不知道會惹出什麼麻煩。

剛剛走近館驛所在的那條街，就見前面吵吵嚷嚷，人們東奔西走，紛紛呼喊：「蒙古狗殺人了！」

紀曉嵐大吃一驚，心想：「這裡還有什麼蒙古人？不就是渥巴錫等土爾扈特人嗎？難道出什麼事了？」

他加快腳步，來到館驛門口，只見一隊清兵手執鋼刀，正逼視著門口的一條大漢。

那大漢手拿亮晃晃的蒙古刀，雙眼圓睜，嘰哩咕魯地說著誰也不懂的話。正是策伯克多爾濟。

渥巴錫人在門內，聲音卻宏亮地傳到大街之上：「策伯克多爾濟，把刀扔下！」

策伯克多爾濟說聲：「遵命！」心裡很不情願，僅把刀鋒往下偏了偏，卻沒扔到地上。這時舍擺走了出來，拍了拍他的肩頭，把他的刀奪到手中。

清兵頭目下令：「把這傢伙帶走！」

紀曉嵐異常震驚，急忙叫道：「且慢！不知因何抓人？」

清兵頭目傲慢地瞪了他一眼：「你是何人？」

紀曉嵐一抱拳：「在下紀曉嵐。」

「啊？是紀先生啊？」清兵頭目果然客氣了許多，「我等奉福康安大人之命前來捉捕毆傷他人的人犯。」

「福康安？」紀曉嵐一愣，心想福康安官居協辦大學士，何等顯赫，今天怎麼多管閒事，連「毆傷他人」這等小事也管起來了？

紀曉嵐忙說：「這位兄弟是土爾扈特來的客人，是前來拜見萬歲的，我想這事多半出於誤會，能否暫且通融一下，等調查清楚之後再抓人？」

清兵頭目連連搖頭：「紀先生，不是我不給你面子，實在是上命難違。」

紀曉嵐略一沉吟，問道：「你叫什麼名字？」

清兵頭目恭敬地回答：「小人林銳。先生大名小人早就如雷貫耳，即使先生無官無職，小人也一樣敬仰，只是這件差事小人實有難處，福大人早就命小人在此守候多時，等到他們毆打起來，小人就上來抓人！」

渥巴錫已經走出大門，站在那裡聽了一會兒，這時插話道：「這位軍爺，今日之事我看多半是個陷阱，有幾個無賴對我們百般辱罵，說什麼『蒙古狗』、『野雜種』、『叫化子』等等，要多難聽就有多難聽。我一再約束屬下，叫他們忍耐，不料那些無賴以為我們好欺負，變本加厲地辱罵，還砸來磚頭、瓦塊，策伯克多爾濟忍無可忍，才動了手，也不過打傷了一個無賴罷了，就被這位軍爺不分青紅皂白地抓了……」

紀曉嵐頓感此事非同尋常，嚴肅地問林銳：「渥巴錫他們被辱罵的經過，你都曾看見？」

林銳異常尷尬，自感剛才失言，急忙掩飾道：「小人不曾看見……小人聽說土爾扈特人在毆打百姓，就趕快帶人前來……」

身側不遠處站著四個遊手好閒的青年，地上還有一個青年捂著肚子「哎喲哎喲」叫聲連天，看到紀曉嵐出頭來管閒事，都一齊吵吵嚷嚷：「是他動手打我們！」「我們都是證人，什麼辱罵，我們是禮儀之邦，豈能和這些蠻子一般見識？」「打了人，還倒打一耙，不能饒了他們……」

紀曉嵐冷眼旁觀，早就看出這五人是虛張聲勢，只是地上那人滿頭滿臉都是血，看上去頗為嚇人。

策伯克多爾濟大喝一聲：「別裝蒜了！爺爺我的拳頭又沒打到你的臉上，哪來這麼多血？」

那幾個無賴卻不依不饒，吵成一片：「打了就是打了，你那麼英雄，打了人還不敢承認？這些蠻子敢到熱河來撒野，是欺我大清無人嗎？」

周圍不明真相的人們也跟著嚷成一片，只聽四處罵聲連連：「蠻子太可惡！」「打！打他們！」「把他們抓起來，聽候萬歲處置！」

紀曉嵐不慌不忙，點燃大煙鍋，吸了一口，緩緩掃視周圍的人群，明白在這種情況下必須當機立斷，否則只會讓別人的陰謀得逞。

想到這裡，他對渥巴錫說：「大汗，我看此事定有誤會，能否暫時委屈策伯克多爾濟走一趟，容我稟明萬歲，設法消除誤會？」

渥巴錫說：「我們遠來是客，不願招惹是非，一切全賴紀先生關照了。」

紀曉嵐又把林銳拉到一旁，叮囑道：「你把策伯克多爾濟帶去之後，一定要好生招待，不可有絲毫失禮之處，否則我堂堂天朝，顏面何存？他們可都是萬歲的客人啊！」

林銳連連點頭，說：「小人雖說行事魯莽，但對此等大事尚知一二，紀先生儘管放心。」他轉身下令將策伯克多爾濟押走，自己也邁開腳步跟著走去，走了幾步，他突然停住腳步，想了一想，回過身來，走到紀曉嵐身邊，低聲說道：「紀先生，依小人看來，此事還須仰仗大人才行。」

紀曉嵐眼睛一亮，急忙一拱手：「多謝指教！」

林銳說：「不必客氣。小人對先生一向仰慕，剛才小人就好生為難，深怕先生強行阻撓，使小人束手無策。先生讓我將人犯帶走，可以向福大人交差，小人已萬分感激了。日後如有差遣，小人願效犬馬之勞。」

紀曉嵐被感動了，他連連拱手，動情地說：「紀某何德何能，你給我這麼大的面子？多謝，多謝……」

目送策伯克多爾濟高大的背影在衣甲鮮明的清兵簇擁下漸行漸遠，那五個無賴也罵罵咧咧地跟隨而去，紀曉嵐的臉色卻越來越凝重：「又是和珅……」

忽聽渥巴錫說道：「紀先生，請進館驛敘話。」

紀曉嵐右手將煙管從嘴中抽出，「唔唔」了兩聲，心事重重地走進館驛。

街道上圍觀的人們議論紛紛，慢慢散去。

04

乾隆用過晚膳之後，在避暑山莊輕鬆漫步。這是乾隆批閱奏章、召見臣僚的所在，他親筆題名為「萬鶴松風」。一池湖水碧波蕩漾，晚風送來陣陣涼爽。乾隆頓覺爽快了許多，日間征剿大小金川失利的消息給他帶來的不快，已經消去大半。現在已再度調兵遣將，加大征剿力度，他自信天朝大軍一到，定會旗開得勝。

有什麼事情是他辦不了的？自登基以來，他大權獨握，處置得體，決斷有力，四海臣服，大小金川算得了什麼？八旗子弟兵懼怕過誰？他驕傲地一笑，一腔豪情在胸中洶湧波動。

忽然想起土爾扈特部歸附，他不禁啞然失笑。不過區區七萬之眾嘛，能掀起什麼風浪？可笑和珅竟誇大其詞，杞人憂天，害得自己也瞻前顧後起來。

他拿定了主意，正想派人將紀曉嵐宣入宮中，商議土爾扈特歸附之事。忽有太監走來，向他稟報：「啟奏萬歲。福康安在宮外候見。」

「啊？快宣他進來。」乾隆心中納悶福康安幹什麼來了，但不管怎麼說，福康安的到來還是令他十分高興。

不一會兒，福康安就來到他的面前，福康安的長相和乾隆有七分相像，而且十分驍勇善戰，這使乾隆十分喜歡他，不過還有些更深的原因是不足為外人道的。

福康安之父就是第一次征討大小金川獲勝的大學士傅恒。傅恒之妻異常美貌，乾隆為得到接近美人的時機，就時常派遣傅恒到外地征戰。等到傅恒察覺此事為時太晚，木已成舟，徒喚奈何！更何況情敵是當今皇上，他只能佯作不知。

福康安明為傅恒之子，實為乾隆的私生子，就因為這個緣故，福康安連連高升，不可一世，與和珅共同為乾隆最寵信的臣子。

看見福康安，乾隆的喜悅之情溢於言表。福康安叩頭施禮已畢，乾隆就笑容滿面地說：「福康安，這兩天又打到什麼野味啦？是來給朕嘗嘗鮮的吧？」

福康安說：「回萬歲，這兩日不曾打獵，不過卻發現一件於我大清大為不利的事情。」

「哦？」乾隆關注地盯著他。

「微臣得到報告，說土爾扈特人滋事行兇，幾出人命。現已將滋事之人捉捕歸案，請萬歲聖裁。」

「竟有此事？這土爾扈特人竟如此野蠻？」乾隆大感驚訝。

福康安正要回答，太監進來稟報說和珅、紀曉嵐在宮外候見。

乾隆急命他們進來，心想：「他們一同進宮見朕，可是很少有的事情啊，莫非又爭鬥起來了……」

和珅、紀曉嵐走進來，乾隆笑吟吟地看著他們施禮，然後問道：「你們又給朕帶來了什麼不愉快的消息啊？」

和珅、紀曉嵐對視一眼，都感到無法開口，因為他們知道自己一開口，肯定要使乾隆「不愉快」。

本來和珅的計畫是周密的，由幾個家丁扮作無賴去找土爾扈特人惹起事端，另由福康安派兵抓人，向乾隆稟報。不料他卻接到下人報告，說紀曉嵐出現在現場，他吃了一驚，暗想紀曉嵐一定會向乾隆面奏，自己就不能不來。於是他匆匆趕來求見萬歲，正好在宮外與行色匆匆的紀曉嵐不期而遇。

現在萬歲就在面前，兩人都明白一場正面交鋒已不可避免。和珅自思證據在手，又看見福康安在場，猜想福康安已奏明此事，於是率先開口：「啟奏萬歲，微臣給萬歲帶來的是好消息。」

「哦，什麼好消息？」乾隆倒覺得有些意外。

和珅說：「臣探知土爾扈特人野蠻難馴，毆傷百姓，只有將他們驅逐出境，便可保四境平安，以免遭遇與大小金川同樣的生靈塗炭。萬歲，這豈不是有利社稷的好消息？」

乾隆笑了：「和珅，你的消息蠻靈通的嘛，那麼你也知道福康安已經抓人了？」

和珅有些尷尬，心想「莫非萬歲也疑心我與福康安串通一氣？」他勉強笑了笑，說：「微臣只是聽家丁如此說，並未親見。」

紀曉嵐：「啟奏萬歲，此事微臣親眼目睹。土爾扈特誠心歸附，絕無悍然滋事之理！只是一些無賴對他們百般辱罵，才使他們忍無可忍，終至動起手來。」

和珅嚷道：「萬歲，紀曉嵐信口胡說。並無什麼無賴辱罵，而是土爾扈特人野性難馴，無端撒野！」

紀曉嵐反問道：「和珅大人，你既說『並未親見』，又怎麼知道我是『信口胡說』呢？」

「這……」和珅被嗆得說不出話來。

紀曉嵐轉向乾隆，說道：「啟奏萬歲，臣倒有證據在手。臣去晚了一步，並未趕上辱罵、毆打的熱鬧場面，僅僅目睹了福大人的兵丁如何抓人的過程，確實令臣大開眼界。臣隨後查詢了館驛中的當值人員，他們所說的與渥巴錫的描述完全一致。這是筆錄，請萬歲御覽。這幾個證人萬歲可隨時傳訊。」

說著，紀曉嵐將幾頁紙張呈到乾隆面前。

乾隆打開，匆匆看了一遍，不由得臉色陰沉下來，叫道：「豈有此理！我大清的臉面都被他們丟盡了！」

和珅心中恨恨地罵：「這個紀大煙袋，竟如此厲害！難道這一次就這樣認輸不成？」他腦中飛快地旋轉著，但急切之間卻想不出辦法。

福康安辯解道：「可是土爾扈特人確確實實動手傷人，現在人證俱在，不加以懲處，是無法交待的！」

乾隆大怒：「向誰交待？向那幾個無賴嗎？剛才我就納悶，土爾扈特人何以無緣無故尋釁滋事，莫非他們頭腦發熱、燒迷糊了，忘了他們此行是來幹什麼來了？福康安，你立刻把抓捕的那個土爾扈特人放了，恭敬有禮地送回去！把那幾個無賴就地正法！」

福康安被訓斥得滿臉通紅，一肚子地不情願，但還是恭恭敬敬地答道：「臣遵旨！」

和珅腦中「轟」地一聲巨響，險些栽倒在地，他明白這次可輸慘了，真正是偷雞不成蝕把米。要知道，那幾人扮作無賴的家丁可全是他的心腹啊。他在心中暗暗責怪劉全這個主意太糟了，竟讓紀曉嵐不費吹灰之力地戳穿了。

只有紀曉嵐喜不自勝，他萬萬沒料到事情竟會如此順利，他本就做好了與和珅周旋到底的打算。他不得不佩服乾隆的確英明過人，在處理朝政上當機立斷，富有遠見，於是衷心地讚頌道：「萬歲英明，為土爾扈特人洗去不白之冤，使土爾扈特人歸附的心願終於實現，普天之下同感皇恩浩蕩！」

乾隆含笑點頭，心裡異常舒坦，說道：「朕已反覆權衡多次，覺得我堂堂大清理應有大國氣度，收納土爾扈特人，正表明四海歸心，社稷永固！」

和珅不甘心失敗，這時腦中靈光一閃，急忙說道：「萬歲高瞻遠矚，澤被蒼生，世人無不感恩戴德。對土爾扈特人敬之以禮，更顯示萬歲仁厚有德。只是千萬不可寵壞他們，現在他們連幾個無賴都無法容忍，將來一旦得勢，還會將誰放在眼裡？」

乾隆說：「和珅此言也有道理，必須將他們巧做安置，既遂了他們歸附的心願，又不致使他們肆意發展，釀成禍端。」

紀曉嵐說：「萬歲深謀遠慮，這一點臣倒未曾考慮。」

乾隆仰面看看夜空，只見繁星點點，夜色迷人。他笑著說：「如此良辰美景，盡說這些敗興的話，豈不無趣之極？好吧，你們都回去想想，對土爾扈特人如何安置，明日再議。明日朕也想見見渥巴錫，看看他到底是何樣人物。走，咱們就繞著這湖走一走，湖光山色，美不勝收啊！」

和珅、福康安、紀曉嵐三人都附和著叫好，跟著乾隆繞湖漫步。

和珅向遠處望去，在一池碧水的那邊，是空曠的一片草原。他心中一動，忽然想起渥巴錫、策伯克多爾濟等人對「萬樹園」風光異常羡慕，立刻有了主意，向乾隆說：「萬歲，渥巴錫等人住在承澤館驛，難免惹出是非，臣以為讓他們駐進『萬樹園』，搭幾個帳篷，既可讓萬歲方便接見他們，也營造了一種獨特的草原風光，豈不是好？」

乾隆連聲叫道：「這個主意好！和珅，你說到朕心裡去了。好，明天就讓他們搬進來。」

在柔和的星光下，和珅的雙眼閃耀著深不可測的光芒。紀曉嵐看了，心裡一個勁翻騰：「和珅怎麼可能這麼好？莫非他還有什麼壞主意……」

只有福康安疑惑不解，心想：「和珅大人怎麼了？吃了個啞巴虧，氣糊塗了……」

第二天，乾隆端坐在「萬鶴松風」大殿內，文武官員侍立兩側，太監高聲叫道：「土爾扈特部渥巴錫、策伯克多爾濟、舍擺進殿見駕！」

渥巴錫三人身穿民族服裝，在禮部尚書的引導下，畢恭畢敬地走進大殿，來到乾隆面前，行跪拜大禮：「土爾扈特渥巴錫拜見萬歲。我部萬里東歸，誠心歸附，全族上下齊頌吾皇萬歲萬歲萬萬歲！」

乾隆滿面笑容，等他們施禮已畢，然後說道：「請起！來人，賜座！」

太監搬進三張花團錦簇的椅子，渥巴錫謝恩，然後三人一起走到椅旁，小心翼翼地坐下。

乾隆說：「土爾扈特歷盡艱辛，萬里東歸，其心至誠，其情至真，朕甚感欣慰。渥巴錫，你部現居何處？尚有什麼難處？可一一向朕講來。」

渥巴錫躬身答道：「萬歲恩德我等銘記在心，不敢有什麼非分之想，只願在萬歲的恩澤沐浴中和平生息，世世代代。」

乾隆點點頭，心想：「渥巴錫言談得體，絕非剽悍難馴之輩，可見和珅他們的擔憂是完全多餘的。」他接著問道：「聽說你們東歸途中艱險重重，損失不小，是嗎？」

「是！」渥巴錫眼眶濕潤了。他一五一十地講述了東歸途中的血淚悲歌。講到動情處，禁不住熱淚滾滾。

滿朝文武無不感動，乾隆也是熱淚盈眶，讚道：「真是鐵骨錚錚、威武不屈！我大清以有你們這樣的壯士而驕傲！」

渥巴錫急忙離座，到乾隆座前跪倒，口稱「謝主隆恩！」策伯克多爾濟、舍攏見狀，也跟隨在後，向乾隆跪倒謝恩。

乾隆笑了：「都起來！都起來！朕一定會妥善安置你部。你們所住的館驛不太方便，從今天起，就搬進萬樹園吧，朕也好隨時傳見你們。」

渥巴錫三人再次謝恩。

紀曉嵐站在群臣之中，也是笑容滿面。他高興地想：「土爾扈特東歸，今日終成正果，實在是可喜可賀啊。」扭頭一看和珅，卻發現和珅雖也在笑，卻笑得異常僵硬。

紀曉嵐心想：事已至此，大局已定，和珅應該不會玩什麼花樣了吧？

05

萬樹園內，綠樹婆娑，青草遍野，現在搭起了八座白色帳篷，渥巴錫等數十人已住進這裡。中間那座寬敞的大帳由渥巴錫居住，策伯克多爾濟與舍擺合住一帳，其餘土爾扈特勇士分住其餘六帳，如眾星拱月一般，團團保衛著大汗渥巴錫。

在這幾天中，乾隆又數次召見渥巴錫，噓寒問暖，徵詢如何安置土爾扈特部的意見，令渥巴錫振奮不已，有一種萬里歸家的親切感，讓他興奮得無法入睡。

這天已是夜半，渥巴錫回思土爾扈特部多年來的酸甜遭遇，不由得百感交集，正坐在帳中書寫給乾隆的謝恩奏摺，忽聽帳外喝道：「什麼人？唉呀——」好像有人倒地，發出一聲悶響。接著帳外接二連三地嚷道：「有刺客！快保護大汗！」

隨後，十幾名土爾扈特勇士湧進帳內，隨即舍擺手提鋼刀，也闖了進來，向渥巴錫稟報：「大汗，刺客已逃去，策伯克多爾濟已率人追了下去。」

渥巴錫緊皺眉頭，喃喃自語：「奇怪，這裡怎麼會有刺客！」

舍擺說：「大汗，刺客有什麼好怕的？我們面對刀山火海都不曾猶豫，何況只是個刺客？抓住他，一審就知道了。」

渥巴錫在帳內走了幾步，沉思片刻，說：「此地是萬歲的避暑山莊，刺客哪能如此輕易混進來？再說，在這裡我們無怨無仇，也不該有誰會來行刺呀？唉呀，不好！」他突然想起在承澤館驛居住時招惹的軒然大波，頓感不寒而慄，向舍擺命令道：「快去把策伯克多爾濟叫回來，這裡是皇宮內苑，不可擅闖！」

舍攞看渥巴錫神色嚴峻，情知此事非同小可，急忙答應一聲，奔出帳外，剛剛奔了幾步，忽聽一聲吶喊，四周燈籠火把亮成了片，數百名大內侍衛呼嘯而來，把土爾扈特營帳團團包圍。

舍攞大吃一驚，回身就要向渥巴錫稟報，卻見渥巴錫已經大步跨出帳外。

舍攞大聲叫道「保護大汗！」數十名土爾扈特勇士手執鋼刀。在營帳周圍成一圈，將渥巴錫護在中間。

舍攞焦急地說：「大汗，我們保護你殺出去，不然就來不及了。」

渥巴錫卻大聲喝道：「放下兵刃！」

舍攞頓時愣住了，土爾扈特勇士面面相覷，都懷疑自己聽錯了。

渥巴錫再次下令：「把刀放下！其中必有內情，容我面見萬歲，澄清是非！」

舍攞等人只好放下兵刃。大內侍衛中走出一個滿臉橫肉、膘肥體壯的軍官，陰笑著說：「策伯克多爾濟擅闖內宮，意圖行刺萬歲，已被捉獲。土爾扈特渥巴錫等人名為東歸依附，實為鄂羅斯人內應，意圖不軌。立刻全部拿獲，聽候御審！」

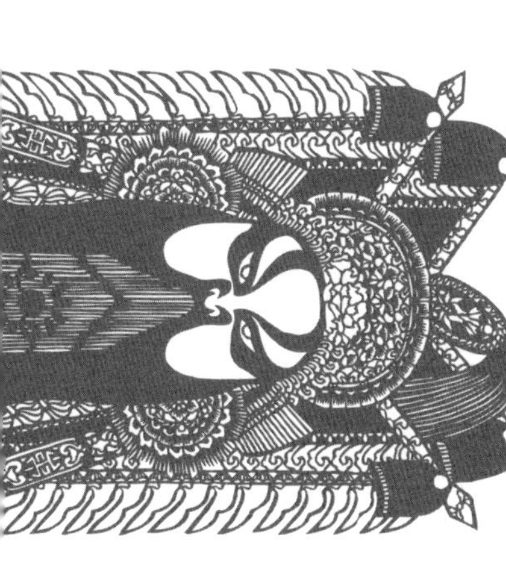

第3章 峰迴路轉，寒岩變暖枯卉萌

大小金川奸細佐索術以重金買通大內侍衛副統領王均輝，刺探軍情，這番行蹤被和珅察覺。和珅便利用他們安排了一齣陰險的刺客風波，嫁禍渥巴錫，並企圖進一步株連紀曉嵐。所幸紀曉嵐同時也抓住和珅的疏漏，雙方在大殿上鬥智，使這場危機得以緩解。乾隆命和珅、紀曉嵐二人協同調查刺客案件，兩人的鬥智更趨白熱化。和珅抓住有利時機，誘騙渥巴錫上當，意圖扭轉結局。紀曉嵐在困境中，幸得林銳相助，使得真相得以大白，土爾扈特部落東歸的盛舉終於如願以償。

01

早朝時分，紀曉嵐與和珅迎面相遇。和珅滿面春風，笑得臉上的肥肉不停顫動：「紀先生，你來得好早啊！」

紀曉嵐剛剛戍邊回來，尚無官職，僅在翰林院準備《四庫全書》的編纂工作，因為乾隆對《四庫全書》這項前無古人的浩大工程極為關注，因此，特命紀曉嵐每日早朝，時時見駕。紀曉嵐一見和珅這副笑容，心就一沉。他知道和珅只有在得意忘形之時才會如此張狂，那麼自己今天要遭遇什麼不測了？

紀曉嵐心中直打鼓，驚疑不定，僅對和珅拱拱手，就在大殿末端自己的位置上站好。

果然，走進大殿的乾隆，臉色特別難看，雙眼紅腫，顯然一夜不曾安歇。他在座中坐下，處理完幾件奏摺，然後說道：「朕昨夜遇到一件疑難之事，頗難決斷，眾卿議議如何？事情是這樣的：昨夜土爾扈特人策伯克多爾濟居然擅闖內宮，驚動朕及眾妃嬪，大內侍衛將他拿下，並將土爾扈特其餘眾人圍於萬樹園中，朕連夜審問策伯克多爾濟，又召渥巴錫等詢問，均稱有刺客在宮中出沒，他們追捕刺客才誤闖內宮，而大內侍衛們則眾口一詞，說不曾看見甚麼刺客，定是渥巴錫等人無中生有，圖謀不軌。大內侍衛副統領王均輝更認定渥巴錫入京有不可告人的目的，求朕他們打入大牢。」

說到這裡，乾隆嘆了一口氣，沉默片刻，接著說道：「朕與渥巴錫相見數次，自信不曾看錯人，渥巴錫等人，都是錚錚的硬漢子。可是事實俱在，朕又不能不懷疑。朕下令將避暑山莊搜尋半夜，卻連刺客的影子也沒看見，莫非朕錯了不成？」

和珅出班奏道：「萬歲英明，處置得體，對心腸歹毒之人也常懷慈悲之心，令人感激涕零。可歎好心沒好報，土爾扈特這些蠻子，竟恩將仇報，意圖不利於萬歲，現已證據確鑿，不容置辯。請萬歲早下決心！」

福康安附合道：「和珅大人所言極是。對這種蠻子，只能痛下殺手！」

朝中和珅的同黨甚多，紛紛表示贊同，一時之間，「嚴懲土爾扈特人」的呼聲甚囂塵上。

紀曉嵐一陣心驚，心想：「怎麼會鬧出這樣的事情來？」他情急之下，伸手去摸大煙袋，想吸兩口定定心神。手剛摸到煙桿上，他才猛然醒悟：這裡是大殿，怎能吸煙？

事情是明擺著的，渥巴錫等人定是被人陷害，演了一齣「林沖誤入白虎堂」的戲。幸喜乾隆對渥巴錫已有一定的認識，尚且不致釀成冤獄，僅是半信半疑，也已經是兇險萬分了。紀曉嵐腦中靈光一閃，忽然想起和珅建議讓渥巴錫等人進駐萬樹園時那深不可測的眼神，當時他心中就翻騰不止，現在看來果然是有謀而來、居心叵測……

紀曉嵐情急智生，急忙出班跪倒請罪：「罪臣紀曉嵐不識好歹，誤引土爾扈特人入京，給萬歲造成驚擾，請萬歲治罪。」

「哦？」乾隆詫異至極，不解地問：「紀曉嵐，連你也認為土爾扈特人是在行刺朕嗎？你居然請罪來了？」

紀曉嵐答道：「眾口一詞都認定渥巴錫等人，意圖行刺，甚至認定他們為鄂羅斯人內應，意圖為鄂羅斯人侵我疆土做前鋒。微臣愚鈍，不曾把他們想得如此卑劣，如今經諸位大人點撥，方茅塞頓開。想那渥巴錫，行事果真出人意料，他不選派年輕少壯的勇士悄悄摸入皇宮，而是以年邁之軀，捨身犯險，這種刺客風範，臣第一次領略，可謂眼界大開。」

乾隆眼睛一亮，似乎明白了紀曉嵐話中深意，喜道：「說下去！說下去！」

紀曉嵐接著說道：「臣對和珅大人、福大人由衷敬佩，真如火眼金睛，一眼看穿渥巴錫的肺腑。福大人甚至派兵捉捕土爾扈特人，英明至極、果敢之極！只是，臣至今仍不明白，渥巴錫用了什麼辦法，走通了何人的門路，竟得以進駐萬樹園，謀求到千載難逢的行刺良機呢？」

和珅正站在那裡洋洋自得，看見紀曉嵐伏地請罪，更是喜悅之情溢於言表，誰知聽了幾句話，就越聽越不對勁，聽到最後幾句，已是滿頭冷汗直冒，心知紀曉嵐已把矛頭直接對準了自己，要知道讓土爾扈特人進駐萬樹園的建議，可是他自己提出的啊！

和珅臉色蒼白，雙腿顫抖，跌跌撞撞撲到乾隆座前，磕頭如搗蒜：「萬歲，臣罪該萬死！臣誤信土爾扈特歸附是真，才建議讓他們進駐萬樹園，誰知卻釀成如此大禍，引狼入室，臣罪不容赦！」

乾隆臉色沉了下來：「和珅，你倒給朕說說，這到底是怎麼一回事？」

和珅渾身衣衫已經濕透，身上卻仍是汗如泉湧，他深知此事非同小可，必須咬牙硬挺：「啟奏萬歲，臣一直認為渥巴錫等人居心叵測，但卻被紀曉嵐的花言巧語所迷惑，放棄了原先的正確主張，才一失足成千古恨啊。如今，臣是追悔莫及。」

紀曉嵐說：「萬歲，和珅大人忠心可嘉，情有可原，請萬歲開恩，僅治紀曉嵐一人之罪吧，因為歸根結底，禍源由我而起。」

和珅瞪了紀曉嵐一眼，來不及細想紀曉嵐話中深意，就搶著說道：「萬歲，是臣糊塗，才讓喔巴錫等人入駐避暑山莊，找到行刺良機，臣罪大惡極，甘願受死。」

紀曉嵐說：「臣是禍源，理應治罪！」

和珅說：「臣是禍首，甘受重罰！」

乾隆看看紀曉嵐，又看看和珅，不由得大笑起來：「有趣，有趣，真是妙不可言。朕一向認為你們二人只會明爭暗鬥，沒想到卻看見你們爭著請罪。」

紀曉嵐、和珅互相對視一眼，都長長出了一口氣。紀曉嵐明白渥巴錫等人的危機已經過去，刺客風波不會造成難以挽回的局面，那顆懸著的心放了下來。和珅則發現乾隆的神情明顯好轉，即便治罪，也不會受懲太重，剛才的恐懼心理才消去了大半。

果然，乾隆收住笑聲，正色說道：「朕反覆思考了一夜，紀曉嵐的意思朕也明白，也覺得渥巴錫等人行刺的可能性並不太大。但是真正的刺客並未抓住，也不能證明渥巴錫所說的就是實話，他們的嫌疑並未消除。這樣吧，朕決定將策伯克多爾濟放回，對土爾扈特營帳暗中監視，增派大內侍衛加強巡邏，外鬆內緊，確保避暑山莊安全，眾卿以為如何？」

紀曉嵐說：「這個辦法既暗中戒備，又不失待客之道，臣以為萬歲高明之極！」

和珅說：「萬歲，臣是驚弓之鳥，對內宮的安危極為憂慮。臣覺得還是把渥巴錫等人趕出萬樹園，才為萬全之策。」

乾隆仔細聽完，笑道：「和珅未免過於膽怯，但處處為朕著想，此般忠腸，朕心甚慰。諒渥巴錫區區數十人，又豈能在高手如雲的避暑山莊鬧出什麼名堂？縱使真想存心不軌，也不過以卵擊石罷了。」

福康安抓住時機，高聲奏道：「渥巴錫如果膽敢犯上，臣就砍下他的腦袋當球踢！」

乾隆被逗樂了：「福康安，你總是出言粗俗，這都是不好好讀書的結果。」

福康安唯唯而退。

乾隆臉色又嚴肅起來：「不過，土爾扈特人行事確實魯莽，才到承德幾天功夫，就接連闖禍。朕心裡一直在琢磨，如果對他們安置不當，一旦與當地居民衝突起來，那後果也相當驚人了。即便他們無心反叛，但釀成事端，處置起來也是相當麻煩的。眾卿好好想一想，應該如何安置，才能於人於己都有利呢？」

眾位大臣一時間議論紛紛，莫衷一是。乾隆聽了幾位大臣的意見，不置可否，說道：「此事容後再議，眾卿回去都好好想想吧。和珅、紀曉嵐，你們雖有過錯，但都是出於對朕的忠心。朕心中完全明白，你們都起來，恕你們無罪。宮中鬧刺客，絕對不是空穴來風，理應查個水落石出，這件事就交給你們處理吧！和珅負責，紀曉嵐協助，限十日內破案，怎麼樣？」

和珅、紀曉嵐齊聲說：「臣遵旨！」站起來相互苦笑一聲，心裡都明白：冤家碰頭，可有好戲唱了。

和珅回到住處，立刻叫來管家劉全，摒退左右，兩人在室內密議。

和珅心神不寧，來回踱步，問道：「劉全，你認為咱們這次的計畫是否周密？」

劉全奉承地說：「和珅大人此計無懈可擊，定能治渥巴錫行刺大罪，株連紀曉嵐禍滅九族。」

「哼！」和珅陰沉地說：「險些禍滅九族的是我，而不是紀曉嵐！」

「啊？」劉全大驚失色。

和珅簡單地講述了殿中較量的經過，憤憤地說：「紀曉嵐太可怕了！任何一點微不足道的疏漏都會被他抓住。本來這一次吸取了館驛滋事失敗的教訓，整個過程我們都不曾插手，大小金川的使者充當刺客，大內侍衛副統領王均輝出面捕人，自以為萬無一失，哪想到百密一疏，竟忽略了我建議渥巴錫等人入駐萬樹園這一細節，就被紀曉嵐有隙可乘，硬是起死回生，這番心血就白費了……」

劉全見和珅一副頹唐不安的模樣，忙安慰說：「大人勿憂，此番行事甚是隱密，並無把柄落入紀曉嵐之手，諒他也查不出什麼來。」

和珅點點頭，情緒有所好轉，問道：「大小金川的使者叫什麼名字？現在住於何處？」

劉全說：「小人派人跟蹤多次，那傢伙行蹤異常詭祕，費了很大功夫，才發現他落腳在普樂寺中，以一個巴蜀富商的面貌出現，名叫佐索術。另有隨從十餘人，散居各處。」

和珅仍舊心中不安，繼續問道：「你和他見過幾次面？都說了些什麼？可曾留下什麼把柄？紀大煙袋可是無孔不入啊！」

劉全說：「大人放心。我僅和他見面三次：第一次他求我引薦於你，第二次我給他退回重禮，回絕了他的要求，他很失望。第三次我謹遵大人吩咐，沒有親自出面，而是通過暗中跟蹤得知他收買了大內侍衛副統領王均輝。我找到王均輝，威脅說要向萬歲告發。王均輝既貪財，又貪生怕死，就乖乖地按照咱們的安排行事了。」

「這就好，這就好，」和珅長籲一口氣，「縱使佐索術被抓獲，也不致牽連到你我的頭上。不過你再好好想想，刺客風波的全程有無疏漏之處？」

這下連劉全都頗感驚訝了，他不明白為何不可一世的和珅大人，竟會被一個無職無權的紀曉嵐弄得如此神經緊張，但他還是耐心地回答說：「佐索術冒充刺客行刺，王均輝安排得滴水不漏。詳細經過王均輝已向我講明，我也向大人稟報過，大人認為還有不妥之處嗎？」

和珅拍著腦門，認真推敲每一個環節，終於笑逐顏開地說：「好，我可以放心了，紀曉嵐無職無權，又怎能動得了王均輝一根毫毛？又怎能抓得住佐索術這個老狐狸？不過，佐索術來者不善，收買王均輝多半是為了探聽朝廷虛實，我大清征剿大小金川的軍隊只怕要遭遇不測了。」

劉全說：「管不了那麼多了，現在咱們只要能扳倒紀曉嵐，就算大功告成。」

和珅歎道：「也只能如此了。王均輝雖說不是東西，所作所為要令萬歲震怒，但暫時對咱們還有用，就放他一馬吧！你要記住，與王均輝見面時不能留下絲毫蛛絲馬跡，不要讓任何人聽到你們的談話，將來就是王均輝事發，供出了你，咱們也來個矢口否認，推個一乾二淨。」

「高！大人這主意高！」劉全恭順地翹起大拇指，讚不絕口，「既不承擔風險，又實現了咱們的目標，一本萬利啊！」

和珅哈哈大笑，到了這一刻他才有了放聲大笑的心情，不過他的笑聲很快就止住了，他皺眉思索著：「萬歲令我破獲刺客案件，該如何向萬歲交待呢？」

劉全說：「大人，咱們何不來個更狠的，抓幾個土爾扈特人，來個屈打成招？」

和珅連連搖頭：「太莽撞了。吃一次虧還不夠嗎？還是應該著落在渥巴錫等人身上，不過不能蠻幹……」沉思一會兒，苦無良策，忽然想起了紀曉嵐：「紀大煙袋腦筋真夠用，我怎麼就想不出呢？這會兒，紀大煙袋只怕在偷著樂吧？也許他還在琢磨著對付咱們呢……」

和珅猜錯了，紀曉嵐這時既沒心情偷著樂，也沒精力考慮如何偵破此案，而是在為自己的家事而傷心落淚。

他回到自己的住處，就看到下人咸寧正在等候他。原來，他從新疆回到北京時，老僕施祥病倒了，於是他在同僚的幫助下，在珠巢街賃下一處民宅，將施祥留下，命咸寧回故鄉搬取家眷，自己匆匆趕赴熱河避暑山莊。

現在咸寧趕來了，顯然家眷已順利搬至北京。咸寧向他簡要講述了搬家經過，接著向他報告了三件傷心事：

一是長子汝佶身亡。汝佶聰慧好學，被紀曉嵐夫婦視為至寶，不料在紀曉嵐貶謫的日子裡，他變得憤世嫉俗，轉而學寫《聊齋志異》之類的東西，整天鬱鬱寡歡，很快就死去了。

二是愛妾郭彩符病勢沉重。郭彩符在這三年裡自責不止，痛苦不堪，發瘋致病，身體已極其脆弱。三是老僕施祥臥床不起。施祥隨紀曉嵐貶謫烏魯木齊，萬里奔波，艱辛倍嘗，在回京途中又於五回嶺受了風寒，身體竟一日弱於一日，現在雖湯藥不斷，也難以下床行動了。

紀曉嵐仰天長歎，淚流滿面，心情極其沉重。他真想插上翅膀飛回北京看看，可知道自己即便回去也於事無補，而這裡有天大的事情等候他處理呢！

他心如刀絞，肝膽俱裂。他大口大口吸煙，吸得滿嘴苦澀，卻毫不知覺。

咸寧看他那張憂傷的面孔籠罩在灰色煙霧中，慘不忍睹，不由得落下了眼淚，說：「老爺，您別這樣，要保重自己啊！馬夫人交待說，家裡有她照應，萬事都會好起來，要您不要傷心，處理好自己的事情要緊。老爺，您是家裡的梁柱，你好起來，家裡就會好起來，就會有好日子過。」

紀曉嵐似乎聽見了，又似乎渾然不覺，過了一會兒，他才像猛然醒過來一般，突然轉頭盯住咸寧問道：「你說什麼？馬夫人可好？咸寧，你馬上回去，照料家裡的一切！」

咸寧被他那副神情嚇壞了，以為他傷心過度神經錯亂，不由得撲倒在地，抱住他的雙腿大哭起來：「老爺，您可不能出事啊，一家老小都等著您呢……」

紀曉嵐完全清醒過來，不由得一聲苦笑：「我挺好，咸寧，家裡需要人手，你趕快回去，我會照料自己的。」

咸寧站起身來，仔細端詳紀曉嵐的神情，終於驚喜地叫道：「老爺，您真的沒事，可把我嚇壞了！老爺，夫人吩咐我照料你，我不走，你一個人需要人照料。」

紀曉嵐說：「聽話，咸寧，趕快回去！你再不聽話，我可要生氣了。」

在紀曉嵐的一再催逼下，咸寧只好眼含熱淚，離開避暑山莊，朝向北京匆匆趕路。

02

盛夏的陽光異常毒辣，剛剛日上三竿，大地就暑氣蒸騰，酷熱逼人。渥巴錫坐在大帳中，與策伯克多爾濟、舍攏商議近日發生的事情，雖渾身冒汗，他們的心中卻透著一股股的寒意。

渥巴錫再三叮嚀：「此地危機重重，咱們一定要多加小心，不可胡亂走動。」

策伯克多爾濟惱怒地說：「早知如此，還不如不來呢！」

舍攏慢吞吞地說：「還不是為了能有一個自己的家嗎？還能連一點委屈都受不了？」

渥巴錫說：「舍攏說得不錯，我看萬歲對咱們還是真心歡迎的，只不過有小人作梗罷了。」

忽聽帳外有人叫道：「大汗，紀先生來了！」

帳門一掀，紀曉嵐披著一道強烈的陽光走進帳中。帳門一關，帳中又恢復陰暗。

紀曉嵐從口中取出煙管，沙啞著嗓子問道：「大汗剛才說小人作梗，可有所指？」

渥巴錫聽他嗓音不對，很感驚訝，向他臉上一瞧，卻見面容憔悴，眼窩深陷，很是吃驚，急忙站起施禮：「紀先生這些日子辛苦了，沒想到為我們這些素昧平生的陌生人，紀先生竟憂慮到了如此地步，這讓我們怎麼過意得去？」

策伯克多爾濟、舍攏也發現紀曉嵐神情不對，雖盡量露出微笑，但難掩神色間的淒苦之情，不禁感激萬分：「土爾扈特能有紀先生這樣的朋友，實在是天大的幸運！今後紀先生如有用得著我們的地方，我等一定萬死不辭！」

紀曉嵐連連擺手：「你們誤會了。我是有些傷心之事，不過與你們無關。」

渥巴錫關切地說：「不知什麼事情令紀先生不開心？我們能否助你一臂之力？」

紀曉嵐故作輕鬆，輕描淡寫地說：「沒什麼，我已經處理好了，現在還是來商議一下正事吧！你們把昨夜遇見刺客的情形詳細談一談，咱們想想辦法，看能不能把那刺客擒獲歸案。」

渥巴錫三人見他有意掩飾自己的傷心，反而無限關切他們，都是心中不忍。他們懷著滿腔感激之情，詳盡描述了昨夜刺客來襲的經過，又將昨夜被刺客打傷的那個土爾扈特壯士抬進帳來，盤問了一番。之後，紀曉嵐又走出帳外，觀察了刺客來去的路線。

回到大帳坐定，渥巴錫問：「紀先生可曾發現什麼被人忽略的線索？」

紀嵐咬著煙管，鼻子裡冒出來濃濃的煙霧，半晌才說：「這刺客難道會施什麼法術？上天了，還是入地了？」

帳外忽然傳進一聲宏亮的吆喝：「和珅大人到！渥巴錫快快出帳迎接！」

渥巴錫三人與紀曉嵐一同走出大帳，只見和珅一身官服，滿面笑容地打量著眼前的營帳，顯得興致很高。身後不遠處是一個八抬大轎與數十名身強力壯的家丁。

雙方施禮寒暄，和珅笑道：「土爾扈特營帳別有風味，這個萬樹園都變成蒙古草原了，妙不可言啊！」

紀曉嵐也笑著說：「這不正是和珅大人的功勞嗎？」

和珅明白他此話所指，心中立刻回想起昨天殿上自己狼狽不堪的醜態，氣就不打一處來，但他很快地忍住了，陰笑著說：「紀先生來得比我早啊！可曾查獲什麼罪證？」

紀曉嵐噴出一口煙霧：「和珅大人放心，搶不走你的頭功，到現在連刺客長得什麼模樣都不清楚，只知道個頭矮壯，行動敏捷。這就如同大海撈針，我可是束手無策啊！」

和珅得意了，心想：「你紀曉嵐也有被考倒的時候。」他轉頭對渥巴錫神氣十足地說：「讓本官到營帳中查看查看吧，萬歲吩咐本官偵破此案，本官可是義不容辭啊！」

渥巴錫只知和珅是乾隆身邊的紅人，卻並不知道和珅對土爾扈特歸附之事多方阻撓，這是因為紀曉嵐為使他們一行寬心，從不提及之故。

因此，渥巴錫對和珅執禮甚恭，說道：「和珅大人，請吧！」

和珅進了渥巴錫的大帳，只見帳中陳設簡陋，桌椅都很普遍，只有上面鋪的獸皮還算珍貴，就漫不經心地說：「渥巴錫，你身為大汗，未免太寒酸了吧？明天叫人給你搬一套全新傢俱過來。」

渥巴錫臉色一沉，策伯克多爾濟、舍擺都露出惱怒之色。

和珅趾高氣揚、居高臨下的姿態深深之刺痛了他們的自尊心，但渥巴錫仍是恭敬有加，不卑不亢地說：「我們土爾扈特人，以地為床，以天為被，四方遊牧，隨遇而安，錦衣玉食、雕樑畫棟對我們而言毫無用處。和珅大人的美意我們心領！」

和珅心中暗罵：「不識抬舉的東西！」臉上卻仍是堆滿陽光般的笑容，別有用意地說：「我看大汗這裡也沒有什麼可值得搶掠的東西，怎麼會招來刺客？莫非是你們看花了眼？」

策伯克多爾濟忍無可忍，叫道：「大人這是什麼意思？我們的弟兄都受傷了，人證都在，難道我們還會無中生有？」

舍擺連忙拉拉策伯克多爾濟的胳膊，要他不可動怒，然後說道：「大人，你可以驗驗我們弟兄的傷痕，再下結論，就會更公正些。」

和珅眼見土爾扈特眾人表情不善，情知自己說話過了頭，但他自恃權傾朝野，對這些化外之民何曾放在眼裡？他仰天打個哈哈，說道：「好吧，就把那位受傷的壯士傳來見我。」

渥巴錫見和珅盛氣淩人，心中更加不滿，但仍命人將那個受傷的壯士抬了進來。和珅草草看了一眼，故作姿態地說：「受傷並不重嘛，紀先生，你說是不是？」

紀曉嵐正要答話，不料旁邊的策伯克多爾濟已經接捺不住，跳了起來，吼道：「沒有丟掉性命，受傷當然不重！受傷嚴重的話，大人看到的只能是死屍！」

和珅吃了一驚，環顧帳中眾人，都是滿臉怒色，知道自己已觸眾怒，勢難收場，但他還是口氣強硬，蠻橫地說：「萬歲命我查案，你們不予合作，難道你們不想結案了嗎？」

紀曉嵐眼見雙方鬧僵，忙出面打圓場：「眾位息怒，和珅大人此來也是一番好心。只要能洗脫不白之冤，使刺客水落石出，就應該和和氣氣，共同合作。」

渥巴錫沉著地命令：「策伯克多爾濟、舍攏，你們都出去！以下犯上，成何體統？」這二人便憤憤地走出帳外。

渥巴錫對對和珅說：「和珅大人，你大人大量，消消氣，別和他們一般見識。回頭我會嚴厲處治他們！」

和珅得意地笑了，心想：「也不看看我和珅是什麼人，膽敢在太歲頭上動土？」但卻假裝寬宏大度地說：「算了算了，我怎麼會和他們一般見識？還是談談這個案子吧！你們一到這裡，就不斷惹事，先是無賴辱罵，後是刺客驚駕，你們究竟惹下了什麼仇敵，要三番幾次置你們於死地？」

渥巴錫心中惱怒，說出的話便自然硬梆梆的：「我們一再約束自己，不敢招惹是非，哪曾想到禍事不斷，連我們也莫名其妙。在這裡我們無怨無仇，到底為什麼會是非不斷，只有靠先輩大人明察秋毫，揭開謎底了。」

紀曉嵐也搭腔說：「和珅大人全面負責此案，一定早有錦囊妙計了吧？」

和珅說：「紀先生真會說笑，我想破了頭也是百思不得其解，還要向紀先生求教呢！萬歲可是讓咱倆一同偵破此案的！」

紀曉嵐微微一笑：「你為主，我為輔，凡事我都聽你的吩咐。」

和珅皮笑肉不笑地說：「能得紀先生協助，和珅三生有幸！只是和某才疏學淺，自知難當此任，這就想向萬歲遞交辭呈，力保紀先生全面負責，你意下如何？」

紀曉嵐連連擺手：「我何德何能，敢當此重任？只會謅幾句歪詩、吸兩口旱煙罷了。和珅大人如有差遣，紀曉嵐聽命就是，再不要用這種話來取笑我了，我可承受不起！」

和珅哈哈大笑，一副小人得志的狂妄之貌。

紀曉嵐吸了一口煙，嘴角流露一抹輕蔑的微笑，顯得胸有成竹。

渥巴錫望望他倆，敏銳地覺察到他們之間暗藏著你死我活的矛盾，而矛盾的焦點正集中在自己和土爾扈特弟兄身上。

＊＊＊

黃昏時分，紀曉嵐、和珅被召入「萬鶴松風」大殿，向乾隆稟報查案的經過。

乾隆認真聽完他們的敘述，然後問道：「這個案子竟是一個查無實據的無頭案，讓人無從入手，你們打算下一步怎麼辦？」

和珅說：「臣以為土爾扈特人無中生有，無端捏造，當然，也有可能隱藏著一個極大的陰謀，只是尚無實據。」

乾隆轉向紀曉嵐：「紀曉嵐，你看呢？」

紀曉嵐說：「臣有一個大膽的推測，懷疑大內侍衛中有刺客的內應。」

乾隆大吃一驚，說道：「這怎麼可能？」

和珅心中驚慌，暗想：「這紀曉嵐何等敏銳，居然猜到大內侍衛中有內奸，可又全然瞞著我，不把這番推測講給我聽。」他故作鎮靜，色厲內荏地叫道：「紀曉嵐大膽！大內侍衛都是精挑細選的忠勇之士，怎能混入內奸？為了洗脫渥巴錫等人的嫌疑，紀曉嵐，你竟信口雌黃，膽子不小啊！」

紀曉嵐不理會和珅，繼續說出自己推測的依據：「以我對渥巴錫等人的了解，可以斷定他們所說是真，況且還有受傷的土爾扈特壯士為證。既然昨晚確實出現了刺客，那麼這個刺客後來躲到哪裡去了？臣仔細觀察了刺客來去的路線，覺得只有一個可能：宮中有人接應。在當時的情勢下，內奸極有可能就隱身於大內侍衛之中。不過這僅僅是推測而已。」

和珅反駁道：「但也不能排除另外一種可能，就是土爾扈特人有意撒謊，那個受傷的壯士，也僅是『苦肉計』而已。」

乾隆凝神聽著，思索了良久，終於說道：「朕對大內侍衛有充分的信任，對渥巴錫也自信不曾看錯，但聽你們的分析，也覺得很有道理。朕讓你們合作辦案，不料剛一開始，意見就如此截然不同。這樣吧，你們就分頭行事，看看最終誰的推測是正確的。」

兩人齊說：「臣遵旨！」

紀曉嵐上前一步，說：「萬歲，臣有一個請示，請萬歲傳見昨夜當值的大內侍衛，請他們講講當時的情形。」

乾隆說：「就依你的意見。來人，傳大內侍衛總統領額吉豐進殿。」

不一會兒，一個虎背熊腰、行動敏捷的大漢疾步走進大殿，向乾隆跪倒施禮：「臣額吉豐見駕！」

乾隆說：「額吉豐，你把昨夜的情形詳細講述給他們聽聽！」

額吉豐答道：「臣遵旨！」就站起身來，極其詳盡描述了昨夜搜尋刺客的全程。然而他並沒有講出什麼新鮮的內容，因為刺客出現時他並未在場，而是得知情況匆匆趕來，親率大內侍衛把避暑山莊搜尋一遍，並無所獲。又查問當值的侍衛，都說並未看見什麼刺客，只是發現土爾扈特人在宮中亂闖，才隨副統領王均輝前去抓人。

和珅聽完之後，大為放心，看來這次行動真是滴水不漏，連大內侍衛都被瞞住了，一個無職無權的紀曉嵐，又能查出什麼來？

紀曉嵐緊皺眉頭，靜靜聽完，頓時感到一陣茫然。他無法斷定自己的推測是否正確，但即便是正確的，他又怎能從數百名大內侍衛中找出那個內奸呢？

紀曉嵐仍不甘心，繼續奏道：「萬歲，臣懇請召集當值侍衛，由臣問幾個問題。」

額吉豐臉上惱怒，說道：「所有當值侍衛，我已一一查問清楚，並無新的發現，紀先生難道不信任我嗎？」心中只想著：「你紀曉嵐不過是一介布衣，居然敢管起我的事來，真是吃了熊心咽了豹子膽啦！」

紀曉嵐對額吉豐一揖到地，極其懇切地說：「大人，我對你的話深信不疑。只是我想，多查問一次，或許能有新的線索。要知道，內奸藏在萬歲身邊，可是兇險無比啊！」

和珅見紀曉嵐得寸進尺，居然要直接查問大內侍衛，就感到有些心驚肉跳，故意挑撥說：「萬歲和額吉豐大人都不曾發現什麼，紀曉嵐，你自認為很高明嗎？」

紀曉嵐神情嚴肅，響亮地說：「萬歲，臣自認愚鈍無比，才不敢掉以輕心，凡事都要再三查對。

臣不敢冒犯任何一位大人，有的只是一顆對萬歲的拳拳忠心。」

乾隆很受感動，說道：「難得紀曉嵐如此盡心，額吉豐，你就把侍衛們召集起來，帶紀曉嵐去問問話吧！」

額吉豐躬身答道：「臣遵旨！」與紀曉嵐一同退出大殿。

等他們走後，和珅對乾隆說：「萬歲，紀曉嵐手伸得太長了，分明是越權，不把眾臣放在眼裡，自恃才高，目空一切，照這樣下去，不就把他寵壞了嗎？」

乾隆瞪了他一眼：「此事朕自有分寸。破案要緊，和珅，你可要抓緊一點，別讓紀曉嵐捷足先登啊！」

和珅連連點頭：「是，萬歲，臣謹記在心。」

03

轉眼三天過去了，紀曉嵐仍是毫無進展。大內侍衛們一口咬定並未發現什麼刺客，如果真有刺客，就是策伯克多爾濟等土爾扈特弟兄；渥巴錫等人則是眾口一詞，執意堅持刺客襲擊他們，他們追捕刺客才惹出事端。

一個說無，一個說有，雙方都信誓旦旦，甚至賭咒發誓，說自己不曾撒謊。事實上，紀曉嵐也無法找到他們撒謊的依據，這讓他百思不解，問題究竟出在哪裡？

紀曉嵐堅信當晚確曾出現刺客，這是因為他與渥巴錫等人朝夕相處數月，對他們已經有了深入的了解。但是大內侍衛對皇上一向忠心不二，即便有個人是內奸說了謊話，也不可能數百名侍衛們一齊撒謊呀！只有一個可能，就是刺客不知用了什麼巧妙的手段躲起來，致使大內侍衛搜尋半夜，一無所獲。

真相到底如何？紀曉嵐如同遇見一個死結，怎麼都解不開。煙一口一口地抽，愁緒一陣一陣襲來，他感到自己真有些黔驢技窮了。

「老爺！」一個熟悉的聲音在輕輕呼喚他。他從沉思中猛然驚醒，抬起頭來，只見咸寧雙眼含淚，悲傷地站在他面前。

「咸寧，出什麼事了？」紀曉嵐一驚，心直往下沉。咸寧在四天前剛剛返回北京，現在又匆匆趕來，莫非家中出了什麼事？

「老爺，」咸寧的眼淚大顆大顆地滾落下來，「老爺，施祥他……他……去世了……」

「啊！」紀曉嵐一聲驚叫，手中的煙管「啪」地一聲掉到地上，人也頹然跌坐在椅子上，瞬間眼淚已溢滿了眼眶。

施祥名為下人，但與紀曉嵐早已超越了主僕情分。他跟隨紀曉嵐數十年，終日勤勤懇懇，任勞任怨，不曾享過半天福，卻伴隨紀曉嵐萬里貶謫，歷盡艱辛，這怎不叫紀曉嵐痛斷肝腸？

咸寧平日與施祥最為要好，又一同在烏魯木齊生活三年，感情相當深厚，施祥去世時他曾哭昏過去，現在看見紀曉嵐如此悲傷，便強忍悲痛，勸道：「老爺，您別難過，施祥臨終前還呼喚老爺，一再叫我照顧好老爺……」

紀曉嵐仰面向天，淚流滿面，悲聲大叫：「天啊，為什麼要如此懲罰我？」

先是喪子之痛，現在又是施祥去世，家中肯定亂成一團，夫人馬月芳如何應付得了？還有郭彩符……

一想到郭彩符，紀曉嵐的心猛地一縮，急忙問道：「咸寧，郭夫人病情如何？」

咸寧拭去眼角淚水，強笑著說：「郭夫人仍不見好轉，只是精神好了一些。她天天盼著老爺回去，她說：『只要能再見老爺一面，我就是死了也心甘情願。』老爺，郭夫人天天都在等您呢……」

紀曉嵐胸中波瀾起伏，他再也無法平靜了，大叫道：「咸寧，走，咱們回北京！」

＊＊＊

和珅笑容滿面，哼著小調，眉飛色舞地回到住處，命令下人：「上酒來！把那罈二百年的茅臺拿來，老爺我今天高興，要一醉方休！」

劉全見和珅如此興奮，忙命下人準備酒菜，然後歡喜地問道：「大人有什麼喜事，說出來讓小的們也高興高興？」

和珅哈哈大笑：「喜事，真是喜事，天大的喜事！紀曉嵐倒楣了，回家奔喪去了。」

「啊！果然是個好消息！」劉全驚喜得心花怒放：「紀曉嵐的痛苦，就是我們最大的歡樂！」

酒菜上齊了，劉全斟滿一杯酒，端到和珅面前。

和珅端起來一飲而盡，讚道：「好酒，好酒啊！老天真是睜眼，要助我和珅一臂之力！紀曉嵐已向萬歲告假返京，如今，這件案子要由我全權負責了。」

「好！」劉全樂孜孜地說：「咱們想怎麼辦，就怎麼辦，看來，渥巴錫等人是在劫難逃了。」

「哼！如何結案，現在就等我的一句話了！」和珅異常自負。

劉全提醒他說：「和珅大人，萬歲對此事極為關注，只怕不容易應付過去吧？」

和珅收起笑容，眼珠一轉，有了主意：「渥巴錫等人有勇無謀，吃軟不吃硬，只要給他們灌些迷魂湯，保證讓他們乖乖地被咱們牽著鼻子走。」

劉全奉承說：「大人深謀遠慮，渥巴錫只能低頭認輸了。」

和珅又是一陣得意的大笑：「好！我要再次拜訪渥巴錫，讓這個案子按照我的意圖了結！」

＊＊＊

紀曉嵐向乾隆告假之後，心中掛念土爾扈特人，又來到渥巴錫的大帳，向渥巴錫告別：「大汗，我因家事纏身，不得不回去處理一下，三五天內一定趕回。」

渥巴錫動情地說：「紀先生，你待我們真是恩重如山啊！我們這裡都挺好，你放心去吧！不用操心了，再這樣操心下來，讓我們都過意不去了。」

紀曉嵐說：「大汗言重了。不為你們洗脫嫌疑，我心中不安啊！」

與渥巴錫等人告別之後，紀曉嵐帶著咸寧，匆匆踏上了返京的大路。

剛走了不到五里路，忽聽身後有人叫道：「紀先生，請留步！」

紀曉嵐吃了一驚，回過頭來，只見一個濃眉大眼的青年神色倉皇地趕了過來，頭上汗珠滾滾，顯然趕路相當匆忙。那青年甚是面熟，紀曉嵐略一尋思，就猛然想起，不正是那天奉福康安之命到館驛抓人的清兵頭目林銳嗎？只是今天換了便裝，一下子沒有認出來。

紀曉嵐很是驚訝：「你找我嗎？不知有何見教？」

林銳擦著額頭的汗珠，焦急地說：「小人有急事要稟報先生。小人趕往先生住處，聽說先生要回京，這才隨後趕來。」

紀曉嵐更加困惑了：「為什麼不稟報福大人，反而來告訴我這個外人？這可讓人無法理解了。」

「唉！」林銳急得連連跺腳，「我稟報過福大人的，可是福大人置之不理，偏偏此事又相當重大，刻不容緩，我思來想去，覺得只有先生才是值得信賴的人，因此冒昧趕來，求見先生，請先生做主。」

紀曉嵐心中尋思：「莫非這又是什麼圈套？」但反覆審視林銳，又覺得不像。正遲疑不決，咸寧已有些不耐煩，催促道：「老爺，還是趕路要緊，快走吧！」

紀曉嵐對咸寧說：「稍等片刻。」又對林銳說：「你且說來聽聽。」

林銳說：「兩天前小人在福大人府中當值，看見總管送一個富商打扮、個頭矮壯的人出去，身後下人抬了十盒沉甸甸的禮品。小人很感納悶，原來只知道福大人是有禮必收的，誰知現在竟會拒絕不納。那富商看上去相當惱火，總管也對他冷若冰霜。」

「總管與我一向交情不錯，後來我問及此事，他告訴我那人是個巴蜀富商，盒中所盛禮品全是黃金。我非常吃驚，難怪禮盒不大，卻要兩個下人合抬一個呢！管家也並不知內情，只是囑咐我不可亂說……」

紀曉嵐笑道：「你是想讓我知道，福大人是個拒禮不納的清官嗎？」

林銳說：「不不，先生容稟。昨天我在大街上又遇到此人，卻是一身大內侍衛裝束。因為他長相特殊，個頭矮壯，面孔黝黑，因此我敢肯定沒看錯。當時小人心中疑惑，不知他怎麼搖身一變，就成為大內侍衛了？因此起了好奇心，暗中跟蹤，發現他竟進了大內侍衛副統領王均輝的府中。」

「我心中疑雲更盛，在府外守候多時，到傍晚時分他出來了，卻又是一身富商打扮。我感到其中定有陰謀，於是暗中跟蹤下去，不料他身手竟相當敏捷，幾次險些跟丟，還有一次險些被他發現。幸虧我自幼習武，功力不弱，一直跟到普樂寺中。」

聽到這裡，紀曉嵐已感到此事非同小可，急切地問道：「後來怎樣？」

林銳說：「小人乘著夜色，摸到那人所在房間的窗下，偷聽多時，終於發現了一個大陰謀。那人竟是大小金川派來的奸細佐索術，專程前來重金收買朝廷命官，刺探軍情。」

「啊！」紀曉嵐臉上變色，「如此性命攸關的大事，你為何不速速向上稟報？」

林銳神色間極為憤慨：「我當然知道此事非同小可，大小金川盛產黃金，以黃金開道，哪能不得手？王均輝肯定已被拉下水。我急忙趕回向福大人稟報，誰知福大人卻不動聲色，說他自會處置，令我嚴守祕密，不可再多管閒事。我等了一天，毫無結果，心裡惶恐不安，猛然想起先生，就匆匆趕來了。」

紀曉嵐臉色凝重，沉思片刻，隨後果斷地說：「此事必須盡快稟報萬歲！」他轉身對咸寧說：「咸寧，你先回家照料家小，此事一旦解決，我就立刻趕回去！」

咸寧也感到此事非同小可，雖心中不樂意，但還是答道：「是！老爺要多加小心！」然後邁開大步，向北京急急趕去。

紀曉嵐朗聲說道：「林銳，走，咱們一起去面見萬歲！」

04

和珅走進渥巴錫的大帳，滿臉堆笑，做出一副和藹可親的模樣，說道：「這幾天不曾發生什麼意外吧？本官日夜憂慮，為你們的事操碎了心啊！」

策伯克多爾濟、舍攏不理睬他，渥巴錫見他一身便裝，也不見往日那副盛氣淩人的驕態，心中納悶他葫蘆裡賣的什麼藥，冷淡地說：「和珅大人有何指教？」

和珅連連擺手：「哪有什麼指教，大汗言重了。我是專程探望大汗來了。這幾天本官絞盡腦汁，就是為了讓此案大白於天下，此番苦心，你們能夠理解吧？」

渥巴錫說：「有勞和珅大人的掛念。渥巴錫等人死生由命，區區一個刺客並不放在心上，大人過慮了。」

和珅見他一副拒人於千里之外的姿態，不禁心中有氣，正想發作，但轉念一想，「還是忍忍吧，不然自己的計畫不就落空了嗎？」他繼續佯裝和善，歎了一口氣，說：「你們不是把希望都放在紀曉嵐身上嗎？可惜他是力不從心，家中又是變故頗多。」

渥巴錫三人聽他話中有話，都困惑地望著他。渥巴錫更是掛念紀曉嵐，雖知紀曉嵐為家事所擾，但紀曉嵐卻執意不肯向他們透露一句，不由關切地問：「紀先生家中出了什麼事？」

和珅故作驚訝地說：「你們還不知道？他的大兒子已經死了，現在又死了一個家人，夫人郭彩符已是奄奄一息，不久就要沒命了。他能不急嗎？唉，你們居然還要他為你們這點沒有影子的事情操心，我的心都不安呢！」

渥巴錫三人都大吃一驚，渥巴錫大聲喊道：「原來如此！」

策伯克多爾濟動情地說：「我們不能為紀先生分憂，怎麼還能讓他操心我們呢？」

舍攞連聲讚道：「紀先生是好人呢！」

和珅見狀，心中得意：「渥巴錫，你們的一念之仁，可要被我利用了。」

他故意做出一副悲天憫人的姿態，說道：「本官認為，要想讓紀先生安心離去，只有盡快了結此案。此案一了，不僅紀先生可以放心守護在夫人病榻前，而且萬歲也可疑心頓除，文武百官也免去了人心惶惶，你們也可以順利地被我大清接納。如此一來，豈不皆大歡喜？」

渥巴錫三人都動心了，渥巴錫施了一禮，問道：「和珅大人不知有什麼辦法，可以了結此案？」

和珅故作沉思，然後才以莫測高深的姿態說：「想了好久，只有一個辦法。就是你們上一道奏摺，說刺客事件是你們看錯了，眼睛花了，根本就沒有這回事，不就萬事大吉了嗎？」

策伯克多爾濟大聲嚷道：「可是我們分明有一個弟兄受了傷的！」

和珅狡黠地一笑：「這還不容易？就說他是與人發生爭執而受傷，為隱瞞真相，故意撒謊。或者乾脆讓他把責任全部承擔下來，就說他為逃避大汗的懲處，故意捏造了刺客事件，才使你們在避暑山莊亂闖一通。」

渥巴錫三人遲疑不決，都覺得這並不是一個好辦法。

和珅有些著急了，說：「紀先生在北京已是肝腸寸斷，你們難道還要麻煩他不辭勞苦地趕回來嗎？此案一了，我就派人回京告訴紀曉嵐，讓他安心地忙自己的事！」

渥巴錫思前想後，把牙一咬：「也罷，為了紀先生，我們認了！」

策伯克多爾濟、舍攞也覺得理應為紀曉嵐分憂，齊聲說：「為朋友兩肋插刀，正是我輩本色！」

看著渥巴錫坐在桌前振筆疾書，拚命撰寫奏摺，和珅陰險地笑了：「這下你們上當了！紀曉嵐遠在北京，等到返回之時，已是無力回天了。」

＊＊＊

乾隆端坐在寶座上，注視著肅立階下的和珅，微笑著說：「和珅，你本事不小嘛！才用了五天時間，就把這個案子破了。好！不過你說是土爾扈特人自己生事，渥巴錫受了部屬的蒙蔽，才闖出禍來，朕總有些難以置信。」

和珅說：「現有渥巴錫親筆所寫的奏摺在此，請萬歲御覽。」

太監將奏摺呈到乾隆面前。

乾隆細細讀完說：「真是想不到啊！人常說：『林子大了，什麼鳥都有。』渥巴錫手下出一個欺上的敗類，也是完全可能的。」

和珅趁機煽風點火：「就這麼點小事，渥巴錫他們居然誇大其詞，故弄玄虛，搞出一個刺客事件來，鬧得大下人心惶惶，驚擾萬歲不得安寧，罪不容恕。」

乾隆點點頭，說：「渥巴錫有失察之罪，策伯克多爾濟有驚駕之罪，依你來看，朕應如何處置呢？」

和珅說：「臣以為，他們既已歸附，萬歲也已答應收納他們，就應按照大清刑律處置，依律當斬！」

乾隆說：「土爾扈特眾人遊牧為生，疏於禮儀，都是勇猛剽悍之士，況且誠心歸附，豈能因這點小錯而處如此重罰？」

和珅說：「那就乾脆拒絕他們的歸附要求，讓他們奔走無門，我們大清也可避免日後的不安寧。像這樣剽悍的亡命之徒，還是不要收納比較好，目前可有一個現成的藉口啊！」

乾隆沉吟著說：「土爾扈特行事是魯莽一些，但朕卻不能因此而行此絕情之舉，這不顯得太無氣量了嗎？朕尋思，還是讓渥巴錫自行處置來得好。」

和珅大失所望，沒想到自己費了這麼大功夫，卻落得如此結局，這和珅他的預期相去甚遠，他很不甘心，正要再作辯解，忽見一名太監進殿稟道：「啟奏萬歲，紀曉嵐殿外候見。」

和珅大吃一驚，臉上變色，心想：「紀曉嵐不是回京了嗎？難道是虛晃一槍，故意騙我的？還是被渥巴錫派人追回來的？」

乾隆也很是驚訝，問道：「紀曉嵐沒走嗎？」他轉頭對和珅說：「叫紀曉嵐進殿，咱們再聽聽他的意見吧！」

和珅一臉苦笑，心想：「紀大煙袋一來，事情多半要糟。」

紀曉嵐進殿施禮，向乾隆奏道：「萬歲，皇天保佑，峰迴路轉，我在離京之前，終於破獲刺客案件，實乃萬歲鴻福，因此特來向萬歲奏知。」

乾隆大喜：「哦？你們兩人竟在同一天破案實在太巧了。只是不知你們聽奏的案情是否也完全一致？」

紀曉嵐很感意外，望了和珅一眼，心裡想：「怎麼？和珅大人捷足先登了？刺客抓獲了嗎？」

和珅心中忐忑，表面上卻故作輕鬆，說：「都是土爾扈特人遇事不冷靜，自己生事，渥巴錫已向萬歲呈送奏摺請罪了。」

紀曉嵐吃了一驚：「竟有此事？」心中頓時亂成一團，不知如何會產生如此戲劇性的變化，他大聲嚷道：「絕不可能。臣所獲悉的案情與此恰相反！」

和珅頓時緊張起來，惱怒地說：「渥巴錫都承認了，你瞎攪和什麼？」

乾隆見此情形，納悶至極，問道：「怎麼？結果不一樣？說來，讓朕聽聽。」

紀曉嵐說：「萬歲，臣有人證，可以指認大內侍衛副統領王均輝就是內奸，他收受大小金川奸細佐索術的重禮，與佐索術頻繁來往，狼狽為奸，圖謀不軌。佐索術常扮作大內侍衛，出入王均輝府衙，而刺客驚駕當晚，率大內侍衛捉捕土爾扈特人的正是王均輝，可見他們早有安排。」

乾隆大感震驚，從寶座上「騰」地站起，本能地叫道：「不可能！不可能！朕對王均輝不薄，他豈能叛我？五年前在木蘭圍場狩獵，朕遭一頭黑豹襲擊，他捨命救駕，朕才得以脫險，他能做出如此不忠不義之事嗎？朕難以相信！」

和珅的震驚絕不亞於乾隆，他想不到紀曉嵐這麼快就知悉全部內情，不由得心亂如麻，急切間竟找不出合適的詞語來應對，現在見乾隆並不相信，和珅如同抓到一根救命稻草，強打精神，叫道：「萬歲，紀曉嵐肆意誣衊朝廷命官，膽大包天，理應處斬！」

紀曉嵐冷笑道：「和珅大人，萬歲尚未開口，你已把罪名給我定好了！萬歲，我有人證，可以證明我所說的句句是實！」

乾隆已經從震驚中清醒過來，問道：「人證在哪裡？快傳來見朕。」

紀曉嵐說：「人證是福康安大人的部將林銳，他親眼看見佐索術以重金收買福大人，但福大人對萬歲忠心不二，斷然回絕。佐索術這些日子活動頻繁，王均輝就是因為貪財，才誤上賊船。剛才臣與林銳走到避暑山莊門外，恰遇佐索術身穿大內侍衛服裝，匆匆走出。臣斷定佐索術在萬歲身邊潛伏已有多日，必然獲知不少機密軍情，因此急忙讓林銳跟蹤下去，臣獨自前來奏報萬歲。」

乾隆猶如遭遇晴天的霹靂，驚得離開椅子，在大殿上來回走動，瞪著紀曉嵐問道：「你說佐索術已在朕身邊潛伏多日，朕竟毫不知情？」他猛然停住腳步，讓自己鎮靜下來，向身邊的太監傳旨說：「去把福康安給朕叫來！」

那名太監走後，乾隆又問紀曉嵐：「這麼說，你認為那晚的刺客事件都是王均輝與佐索術串通所為，那麼他們到底意欲何為？究竟用了什麼手段，怎麼朕搜尋半夜，卻毫無獲呢？」

紀曉嵐答道：「這個嘛，只有等到抓獲他們，才能得知了。」

乾隆又轉向和珅，問道：「和珅，土爾扈特人為何要把罪責攬到自己身上？是否另有隱情？」

和珅心中雖十分慌張，但想到自己行事相當隱密，僅有自己、劉全與王均輝知情，而王均輝也僅接觸劉全，自己大可置身事外，因此暗中給自己打氣：「不要緊的，大不了讓劉全當個替罪羊。福康安對此事全不知曉，即便傳來也說不出什麼。」緊張的情緒才剛剛有所緩解，忽聽乾隆問到自己，和珅來不及細想，只好硬撐著說：「回萬歲，好漢做事好漢當，渥巴錫等人都是勇猛之士，對自己做的事，當然要一力承當。」

乾隆望望他倆，一時頗難決斷，不由得陷入沉思之中。

過了不久，福康安匆匆趕到了，他誠惶誠恐，給乾隆施禮時緊張不安，因為他感受到大殿之中有一種不同尋常的氣氛，而皇上這麼匆忙地召見自己，一定有很不尋常的事情發生。

乾隆開門見山，毫不客氣地問道：「福康安，聽說最近有人給你送了不少金子啊？」

福康安頭上的汗水「刷」地冒出來，他急忙說道：「回萬歲，是一個叫佐索術的巴蜀富商向臣行賄，臣斷然拒絕了。」

乾隆一聲冷笑：「哼，如果不是因為你拒賄不納，今天朕派去請你的就會是大內侍衛了！」

福康安全身一震。乾隆的意思分明是說，如果他收受重金，此刻就要抓他法辦，他如何能不肝膽俱裂？他忙跪倒在地，顫聲叫道：「臣對萬歲忠心耿耿，不敢做出絲毫對社稷不利的事情，請萬歲明察！」

乾隆看著他那副伏地請罪、顫抖不止的模樣，不由得更加惱怒：「那個佐索術並非什麼富商，而是大小金川的奸細，這你是知道的吧？為什麼不向朕報告？」

福康安臉色蒼白，極力辯解：「他向臣行賄之時，臣並不知道他的真正身分，後來臣的部將林銳向臣報告之後，臣大吃一驚，但想如果打草驚蛇，反而會逼他們狗急跳牆。因此臣想放長線釣大魚，摸清他們的全部底細之後，再一網打盡……」

乾隆氣得把桌子重重一拍：「糊塗！你的線放得太長了，再遲一會兒魚就逃得無影無蹤了。不要說一網打盡，連抓一個都不可能，反而讓他們把絕密軍情盡數探去，要你何用？成事不足敗事有餘！」

福康安唯唯諾諾，猶豫了一會兒，終於一咬牙，說道：「這都是和珅大人教臣這麼辦的。臣當時曾去找和珅大人商議，和珅大人胸有成竹，告訴臣要這麼做……」

乾隆聽了越發震怒，他瞪著和珅，吼道：「和珅，又是你幹的好事！」

和珅本來心裡就很緊張，這時見自己終於被牽涉進去，反而鎮靜下來了，福康安所知道的也僅此而已，雖說平時一向交情不錯，但他卻不曾把老底和盤托出。他忙跪下說道：「萬歲，此事確是臣的主意。福大人來與臣商議時，臣對佐索術的行動已有所察覺，他曾試圖賄賂於我，被我拒絕。那時我並不知他的來歷，只是派人留意他的行動。我想，只有掌握他們所有行動，把涉及其中的所有人員都偵察清楚，才可一網打盡。」

紀曉嵐問道：「那麼，和珅大人認為直到現在，仍沒有悉數偵察清楚嗎？」

和珅說：「大致上清楚了。」

紀曉嵐緊追不放：「也就是說，刺客事件也已經很清楚了？」

和珅明白他的意思，卻異常肯定地說出另一番意思：「很清楚！不過這是兩回事，佐索術意在刺探軍情，與土爾扈特人毫無恩怨糾葛，斷然不會刺殺他們！渥巴錫的奏摺言之鑿鑿，也已經說得很清楚了。」

紀曉嵐心想：「和珅真是狡猾，明明狐狸尾巴已經露出半截了，卻仍要設法遮掩。看來他是不見棺材不掉淚，等抓獲王均輝之後，看他還說什麼？」於是，紀曉嵐轉向乾隆，聲音宏亮地說：「臣以為，必須儘快抓捕王均輝、佐索術等人！」

乾隆說：「事已至此，必須採取行動！福康安，給你一個將功補過的機會，你率人將王均輝捉捕歸案！」

和珅心裡又緊張起來，擔心王均輝歸案之後會把自己牽涉進去，匆忙間向福康安使了一個眼色，可是福康安完全沒留意。其實即便福康安注意到了，也絕對不會理解其中的含義。這只不過是和珅心裡緊張造成的反射動作罷了，和珅自己也清楚不會起任何作用。

乾隆想了一想，傳旨說：「令額吉豐即刻率大內侍衛搜尋佐索術的窩點，將一干奸細擒拿歸案。和珅，你既掌握佐索術的有關情況，就與額吉豐同去，如果悉數抓獲，朕重重有賞，否則，朕要兩罪並罰，治你知情不報、走漏疑犯之罪。」

和珅說：「臣遵旨！」心裡卻不住祈禱，但願蒼天保佑，讓自己渡過此關。

紀曉嵐唯恐和珅再施詭計，就向乾隆建議說：「萬歲，臣願一同前往！」

乾隆搖搖頭說：「紀曉嵐，你去派不上什麼用場。這樣吧，朕對渥巴錫的奏摺感到有些困惑，你就去渥巴錫那裡走一趟吧！」

紀曉嵐大喜，這正是他渴望去做的，因此高興地說：「臣遵旨！」

05

紀曉嵐最先返回大殿，向乾隆彙報說渥巴錫之所以寫出那樣的奏摺，完全是和珅一手策劃的。乾隆聽了心裡異常煩躁，嘴中喃喃自語：「和珅，你到底想幹什麼？」他絕對不願相信，自己最為寵信的和珅會在背後做出對自己不利的事情。

接著返回大殿的是福康安。他去抓捕王均輝，王均輝自知罪孽深重，定要遭受千刀萬剮之苦，因此橫刀自刎，畏罪自殺。

乾隆很是吃驚：「啊？他竟然自殺了？搜獲什麼罪證沒有？」

福康安說：「搜出八盒黃金，正是佐索術行賄的物證。還有一干人證，都說曾見佐索術多次出入，不過他們只知道他是王均輝新招的心腹侍衛，名叫張冠雲。」

乾隆冷冷地說：「王均輝死有餘辜，這樣死去算便宜他了。」他一直留意是否牽涉和珅，卻沒有結果，心中暗喜：「和珅興許只是辦事糊塗，還不至於背著朕胡作非為吧？」

紀曉嵐暗暗歎了一口氣：「這下子和珅又逃脫懲罰了。王均輝已死，佐索術卻是和珅自己前去捉獲，只要設法將佐索術害死，或者乾脆放走，就再無人證，可以指認和珅了。」

讓紀曉嵐大感意外的是，和珅與額吉豐進殿之時，竟把身材矮壯的佐索術一併押了進來，身後還跟著林銳。

額吉豐、和珅向乾隆奏道：「萬歲，大小金川奸細已全部抓獲，無一漏網。林銳一直跟蹤佐索術，使我等能順利抓捕，當屬首功。」

乾隆非常高興：「額吉豐、和珅、林銳有功於社稷，各有封賞。」心中卻想：「和珅對朕還是相當忠誠的，不然他就會讓佐索術逃之夭夭了。」

紀曉嵐見佐索術仍是大內侍衛裝束，就問道：「佐索術，你是怎樣混入大內侍衛之中，化名張冠雲的？」

佐索術毫無懼色，坦然地說：「既被你們捉拿，要殺要剮，悉聽尊便。我到這裡來，就沒有想活著回去。」

乾隆大怒：「死到臨頭，還如此嘴硬！佐索術，朕且問你，朕對大小金川一向厚愛有加，為何你等一叛再叛？」

佐索術「呸」地唾了一口，吼道：「我們眼中只有僧桑格、索諾木，你們這些只會耀武揚威的酒囊飯袋，算什麼東西？只要幾斤黃金就可以收買，還算是人嗎？」

乾隆被罵得火冒三丈，心裡倒也敬佩他是一條漢子，便強壓怒火繼續問道：「你到這裡來想刺探什麼，可否讓朕知道？」

佐索術傲慢地說：「該得到的我都已得到了，你問這話已經太遲了。」

和珅在旁邊早已忍無可忍。事已至此，他已不會被牽涉進去，說起話來自然強硬無比：「佐索術，不可用這種態度對萬歲說話！萬歲，依臣之見，還是用刑吧！」

紀曉嵐叫道：「佐索術，我且問你，渥巴錫等人與你此行目的毫不相干，又並無恩怨，你為何要以行刺為名，設下圈套，陷害他們呢？」

佐索術說：「這是一件閒事，說出來也無涉大局。這是王均輝要求我做的，據他說是他與渥巴錫之間有些私怨，我幫了他這個忙，他才與我合作。我本不願鬧出這樣的軒然大波，但事出無奈，只好答應。果不其然，就是因為這件事，使我們的行動被人察覺，如今，悔之已晚啊！」

紀曉嵐很感意外，他本來以為這是和珅暗中策劃的，卻沒想到幕後主使人竟是王均輝，他繼續追問道：「那晚你是如何行事的？」

乾隆也說：「對呀，你到底躲到何處？為什麼大內侍衛遍搜不得？」

佐索術得意地大笑：「我身穿夜行衣，襲擊渥巴錫的營帳，故意讓他們察覺，引誘人們追趕。等到他們追至內宮附近，我就加快腳步，逃出他們的視線。他們多蠢啊！失去我的蹤影，只會吵吵嚷嚷，四處亂撞。我卻躲在一處假山石後，很快換好大內侍衛服裝。等到王均輝率大內侍衛出來捉人時，我就混跡其中。你們想抓刺客，怎能抓得到？我也在跟著一塊抓呢！哈哈哈，有趣有趣，賊喊捉賊……」

說著說著，他笑得眼淚都流出來了。

乾隆暗道：「原來如此！傳令大內侍衛將他押下，容後再審。」

還沒等乾隆發話，和珅已跪倒在地，口稱「萬歲，臣犯了欺君之罪，請處治臣吧！」

乾隆痛心地說：「和珅，朕對你如此信任，你為何要誘騙渥巴錫、蒙蔽朕呢？你既已知罪，就說說你的想法。」

和珅痛哭流涕地說：「臣見萬歲日理萬機，不忍萬歲再為這種無頭公案耗費心神，因此只想盡快結案。再加上臣對渥巴錫等人成見甚深，深恐他們日後不利於社稷，因此才想出這個『一石二鳥』之計，既化解了刺客案件，又消除了日後之患。微臣一片苦心，只願社稷安泰，萬歲康健，縱使粉身碎骨，也決不皺眉！」

和珅真情流露，聲情並茂，深深打動了乾隆。

說：「和珅，你起來吧。念你捉捕佐索術有功，將功補過，這次朕就不追究你了。你雖是一片好心，但手段卻不光明正大，好心也會辦壞事啊！以後不可再犯。」

和珅感激涕零：「謝萬歲！」並再次施禮，才站起身來。

紀曉嵐冷眼旁觀，總覺得和珅與王均輝之間有不可告人的陰謀，否則王均輝與渥巴錫素無來往，又怎會布下圈套陰謀加害呢？然而王均輝已死，佐索術卻無片言隻語涉及和珅，可見並不知情，已經無法繼續追查下去了。

紀曉嵐張口想說什麼，但略一沉思，又閉上了嘴巴。他想：「明明已到最後關頭，窗戶紙一捅就破，和珅的面目就完全暴露，可惜竟功虧一簣。和珅的運氣太好了，事已至此，也只能這樣了。不過總算為渥巴錫等人洗脫了嫌疑，也算不虛此行了。」

乾隆說：「此次大小金川派出奸細，刺探朝廷機密，非同一般。我征剿大軍只怕要遭遇不測，傳朕旨意，令溫福不可輕舉妄動，對敵情有全面了解、有決勝把握之時，才可進軍。」

和珅說：「萬歲所慮極是。」

紀曉嵐歎了一口氣：「亡羊補牢，不知道還來不來得及？」

乾隆眉頭一皺，臉上隱有憂色，想了一想，說：「對渥巴錫等人必須盡快做出安置，這些日子眾卿考慮得如何啊？」

和珅閉口不答，他對渥巴錫等人排斥心理甚重，自然不會出謀劃策。

紀曉嵐這些日子裡對土爾扈特人極為關注，曾多方籌畫，思考了幾個方案，見乾隆發問，當即答道：「臣在烏魯木齊之時，曾對新疆全省多方考察。據臣所知，伊犁地區地廣人稀，水草豐富，適合土爾扈特部落遊牧為生。當地人極其好客，惹起事端的可能性極小。唯一可慮的是該部肆意發展，落地生根之後恐怕會走上大小金川反叛之路。為此，臣思考很久，認為可將該部分兩處安置，以削弱他們的實力。同時明令渥巴錫等首領，要配合當地軍民，確保邊關安全，使該部成為邊關的一道屏障。不知萬歲意下如何？」

乾隆聽得眉飛色舞，連聲叫道：「好！紀曉嵐，這個大難題被你解決了。你考慮得相當周全，就這麼辦！」

避暑山莊主殿「澹泊敬誠」之中，莊嚴肅穆，這座由楠木建造的大殿古樸清雅，散發出濃郁的香氣。乾隆神采奕奕，身穿龍袍，端坐在寶座上，文武百官錦袍玉帶，精神抖擻，侍立兩側。

土爾扈特首領渥巴錫雙手捧著該部至寶——明朝永樂八年所受敕封漢篆玉印，在策伯克多爾濟、舍楞的陪同下，畢恭畢敬地走到寶座旁邊，雙膝跪倒，將印盒高舉頭頂，朗聲說道：「土爾扈特渥巴錫率七萬餘眾萬里東歸，今呈上大寶，以示誠意，千秋萬代，願永遵號令，長沐皇恩！」

乾隆滿面含笑，雙手接過印匣，高興地說：「土爾扈特部不懼艱險，跋涉萬里，歸依大清之心一片至誠。我大清以仁德治國，豈能見人危難而不救，豈能視一片至誠如敝屣？傳朕旨意，將土爾扈特部安置於伊犁河流域放牧。今朕親封渥巴錫為大汗，封策伯克多爾濟、舍楞為郡王，其餘首領封為台吉！」

渥巴錫等人再次叩頭，齊呼：「皇恩浩蕩，渥巴錫等人永記在心。」

乾隆繼續說：「傳旨，令伊犁地方官員全力安置，辦理應救濟事宜，務使土爾扈特部落安居樂業。另由皇上調撥二十萬兩白銀，十四萬頭牲畜，兩萬封茶，四萬石米，分賞該部上下人等，使該部上下豐衣足食，永享太平！」

渥巴錫等人熱淚縱橫，長跪謝恩。群臣山呼萬歲，聲震九霄。

紀曉嵐出班奏道：「臣做成一詩，賀土爾扈特全部歸附，為此盛事歡欣鼓舞。」

乾隆大喜：「好！快快誦來！」

紀曉嵐昂首挺胸，朗聲誦道：

「湯網原常祝，堯天詩再生。

寒岩俱變暖，枯卉忽含萌。

踴躍瞻風意，般勤獻曝情。

黃龍何用約，白馬不須盟。

……」

五言三十六韻，洋洋灑灑，蔚為壯觀，不僅描述了土爾扈特東歸的盛舉，而且極力頌揚了乾隆的仁慈寬厚，亦表達了紀曉嵐對自己被恩詔還京的感激之情。

乾隆心花怒放，開懷大笑：「好！好詩！紀曉嵐文才蓋世，名不虛傳！朕授你為翰林院編修，回京之後，就著手籌備《四庫全書》的編纂工作。」

紀曉嵐滿心喜悅，跪倒謝恩。

在這普天同慶的時刻，只有和珅一人心情極其沮喪，他惱怒地想：「君子報仇，十年不晚，紀曉嵐，你別得意得太早！」但表面上，他仍要強顏歡笑，那副笑容真是比哭還難看。

正在這時，一名太監由外匆匆奔進，向乾隆稟道：「萬歲，大小金川有緊急軍情上奏！」

乾隆接過奏摺一看，臉上頓時變色，他痛心地說：「征剿大小金川的軍隊陷入重圍，損失慘重，大學士溫福戰死，文武官兵四千餘人當了俘虜，連溫福的頂戴也成了索諾木的戰利品，可惡之極！」

滿朝文武面面相覷，無不大驚失色。紀曉嵐更是五內俱焚，痛斷肝腸，溫福大人和善的面孔、爽朗的笑聲彷彿就在眼前，然而僅僅過了不到半年，溫福大人竟已命喪黃泉……

和珅更是臉無血色，他猛然悟道這樣的慘敗正是由於自己私心作祟，放縱奸細佐索術所致，不由得既後悔，又惶恐，後來索性把心一橫：「反正慘劇已經釀成，何必再將自己也搭進去呢？」索性一言不發，把自己的過錯深深埋在心底。

乾隆牙咬得「咯咯」直響，恨恨地說：「索諾木、僧桑格如此猖獗，叫朕如何咽得下這口氣？傳旨，命阿桂為定西將軍，豐伸額、明亮為副將軍，再次征伐大小金川。再增派健銳火器營二千人、吉林索倫兵二千人，即刻出發，務必取勝！」

渥巴錫見狀，忙上前說：「萬歲，我部歸附，寸功未立，願萬歲降旨，允許我部為前鋒，為剿滅大小金川叛逆助一臂之力。」

乾隆很受感動，說：「渥巴錫，你的忠心，朕甚欣慰。只是你部跋涉萬里，急需休養，這一次就不調派你部了。日後定有機會，讓你部大顯神威。」

渥巴錫說：「是，臣遵旨！」

乾隆站起身來，咬牙切齒地大聲說：「給阿桂傳旨，不惜一切代價，給朕踏平大小金川！」

第4章 皓首窮經，曾讀人間未見書

紀曉嵐受乾隆重用，被委任為《四庫全書》總纂官。為求得《永樂大典》重現人間，他齋戒三日；在編纂過程中，他嘔心瀝血，皓首窮經。和珅心中忌妒，伺機報復，費盡心機，成為《四庫全書》總裁官，時時刻刻不忘給紀曉嵐找麻煩。乾隆對漢人學者本就猜忌，因此紀曉嵐的精神壓力十分沉重，編纂異常艱辛。在文字獄愈演愈烈之際，他斗膽上書，勇救禁書；隨後將計就計，使和珅搜家的行動一無所獲，後又於金殿上真情控訴，終於打動了乾隆，免去和珅的總裁之職。

01

北京珠巢街，紀曉嵐暫居的民宅裡，此時一片慌亂。

郭彩符又一次昏死過去，大夫給她進行針灸急救。紀曉嵐坐在病榻之側，握住郭彩符枯瘦的手，急切地呼喚她的名字。

馬夫人在一旁暗自落淚。全家大小無不悲傷欲絕，因為郭彩符二十幾年來一直操持家務，對男女老幼無不厚愛，與大家相處融洽，感情深厚。

好不容易，郭彩符才悠悠轉醒，她睜開眼睛，看到大家都圍在她身前，就微微一笑，虛弱地說：「你們這是怎麼了？我挺好的，哭什麼呀？老爺，你不用守著我，皇上命你編纂《四庫全書》，你還不趕快忙著去？」

紀曉嵐緊緊攥著她的手，眼淚已溢滿了眼眶，他動情地說：「彩符，妳別說話，要好好休息。千萬不要胡思亂想，我這不是回來了嗎？咱們一家人還像以前那樣，多開心……」

郭彩符蒼白的臉上露出了欣喜的笑容：「好，好，我總算盼到了這一天。你去新疆的日子裡我天天哭，天天罵自己，天天盼老爺回來。沒想到還真見到了老爺，那天到帝廟求籤，籤上的話不太好，我還以為今生今世再也見不到老爺了……」

紀曉嵐已聽馬夫人講過，郭彩符擔心自己的病體等不到紀曉嵐遇赦歸京，就特意派人到關帝廟求了一籤。籤詩上是這樣寫的：

喜鵲簷前報好音，知君千里有歸心。
繡幃重結鴛鴦帶，葉落霜雕寒色侵。

籤意很明確，紀曉嵐定能歸來，定能夫婦團聚，只是最後一句暗淡傷感，很不吉利。郭彩符知道後，卻非常高興：「只要能再見老爺一面，就是我當即死在他面前，也無怨無悔。」

如今，紀曉嵐回來了，闔家團聚了，郭彩符的病情卻一日重似一日。

紀曉嵐背轉身，悄悄拭去眼角的淚痕，強作笑臉，安慰她說：「彩符，妳會好起來的，咱們全家都會好起來。我還盼著妳為我磨墨，伴我編書，讓妳當《四庫全書》的第一個讀者呢……」

郭彩符歎了一口氣：「只怕等不到那一天了。能見到老爺，我願已了……」

馬夫人也安慰她說：「彩符，妳正年輕，心裡別亂想，病定會好起來……」

紀曉嵐派人四處延請名醫，偏方、神藥吃了無數，可是終歸無力回天，在他返京半年之後，郭彩符就與世長辭了。死時年僅三十七歲。紀曉嵐痛不欲生，淚如雨下，在郭彩符的墓前悲痛地吟出兩首詩：

「鳳花還點舊羅衣，惆悵酴醾片片飛；
恰記香山居士語，春隨樊素一時歸。」

「百折湘裙占畫欄，臨風還憶步珊珊；
明知神讖曾先定，終惜芙蓉不耐寒。」

早春三月，乍暖還寒，紀曉嵐遠眺四野，心中無限空虛、寂寞，陡然覺得自己蒼老了許多。

圓明園景色秀麗，周長約十公里，彙集江南無數名園勝景，極富詩情畫意，被譽為「萬園之園」。這些日子來，圓明園內喧鬧非凡，門庭若市。各省各地進呈的各類書籍，成綑成箱地搬進園中，紀曉嵐忙得團團轉，將書籍分為經、史、子、集四部，指揮人們將書分門別類地搬入指定的書庫中。

乾隆笑容滿面地走過來，看到這片忙碌的場面，異常高興，對紀曉嵐說：「各省進呈的書籍相當多，紀曉嵐，聽說你也進呈了一百餘種，相當積極，朕日後定有重賞！」

紀曉嵐跪下謝恩：「謝萬歲！萬歲對臣委以重任，臣怎敢不殫精竭慮，以報萬歲知遇之恩？」

乾隆滿意地呵呵大笑。在紀曉嵐的陪同下，乾隆一一巡視了各個書庫，只見庫中書籍堆如山丘，蔚為壯觀，乾隆歎道：「要把浩如煙海的書籍彙編成書，工程相當浩大啊！」

紀曉嵐由衷地讚道：「這是一項前無古人、輝映萬世的巨大工程。『宋代四大書』的《太平御覽》、《太平廣記》、《冊府元龜》、《文苑英華》在它面前小如草芥，就是令人歎為觀止的明朝《永樂大典》，在它面前也是小巫見大巫。萬歲欲成就文治千秋大業，微臣自當盡心竭力，以效犬馬之勞，只是唯恐才疏學淺，難當大任。」

乾隆微微一笑，說：「你的才學，朕深深了解，試問滿朝大臣，除你之外，還有何人能勝此任？朕深知此項工作相當繁難，朕定當給予全力支持，要人給人，要錢給錢，只要你提出來，朕定會照准！」

紀曉嵐心情激動，感動得跪下謝恩：「萬歲如此厚愛，讓臣肝腦塗地，無以為報！」

乾隆心理上得到了極大的滿足，他喜歡這種賜予，更喜歡他的臣民在這種賜予面前表現的感恩戴德，使他覺得自己高高在上，儼然成了萬物之主。

他滿意地點點頭，說：「起來吧，紀曉嵐，你只要給朕編好這部書，朕就非常高興了。對了，朕給你新修的虎坊橋故居，感覺怎麼樣？還滿意嗎？」

紀曉嵐胸中湧上一股暖流，雙眼含淚，就要再次跪下謝恩，卻被乾隆攔住了。

紀曉嵐感激地說：「萬歲如此厚愛，處處為臣著想，臣只有嘔心瀝血，皓首窮經，窮畢生精力，完成萬歲託付的重任，才能報萬歲恩德於萬一！」

原來，紀曉嵐三年貶謫，回京後已是一貧如洗，沒有能力將虎坊橋的老宅再次買回，只好暫住珠巢街一座臨時租賃的民宅裡。乾隆聽說之後，為顯示皇恩浩蕩，激勵紀曉嵐全力編書，所以特令內務府花錢贖回，進行修繕，讓紀曉嵐再次擁有屬於自己的家。

在萬紫千紅的圓明園裡，乾隆深切關懷的明媚陽光下，紀曉嵐既感到精神極度振奮，同時又感到一種無形的壓力，促使他運用全部的才智與精力，去完成一件曠古未聞的浩大文化工程。

在和珅豪宅的後花園裡，和珅坐在涼亭中，眼望滿園花草，若有所思。連管家劉全走到他的面前，他也毫無察覺。

劉全站了一會兒，見和珅仍是一副茫無所覺的樣子，便輕咳一聲，說道：「大人，新任甘肅總督前來向大人辭行，不知大人見還是不見？」

和珅不耐煩地揮揮手：「不見，你打發他走吧。」

劉全答應一聲，轉身出去。過了半個時辰，劉全回到花園中，準備向和珅稟報甘肅總督離去的情形。卻見和珅正在花叢中慢慢走著，肥胖的身軀顫顫巍巍，一副失魂落魄的模樣，嘴裡喃喃自語：「紀曉嵐，紀曉嵐……」

劉全走到他身邊，輕聲稟道：「大人，甘肅總督已經走了，他再三要我轉告您，一定不會忘記您的大恩大德……」

「夠了夠了！」和珅煩躁地打斷他的話，「走就走了，還囉嗦什麼？」

劉全見狀，試探地問：「大人，您是不是為紀曉嵐而心煩？」

和珅顯然吃了一驚，兇狠地瞪著他：「你怎麼知道？」

劉全嚇了一跳，後悔自己不該道破和珅的心思，忙陪笑說：「剛才大人嘴裡不停念叨紀曉嵐的名字，我碰巧聽到了。大人，機會有的是，收拾一個手無縛雞之力的書生，還不是手到擒來的事？」

和珅的臉色緩和下來，歎了口氣：「唉，紀曉嵐這些日子紅得很呢！萬歲一天召見幾次，隔三岔五還到圓明園巡視一番。朝中許多王公大臣都去給他幫忙，他儼然成了朝廷的頂樑柱了……這讓我怎麼能心平氣和呢？」

劉全說：「大人，小人想出了個辦法。小人帶幾個人守在紀曉嵐必經之路上，等他路過，將他按倒痛揍一頓，看他還能威風不能？」

和珅被他逗樂了：「這也能算個辦法？虧你想得出！你呀，頭腦太簡單了！朝中那麼多人護著他，萬歲寵著他，你怎麼能動得了他？就是僥倖把他打了，萬歲定會追究，別以為你劉全是我的人，這襲擊朝廷命官的大罪，夠你掉腦袋的！」

劉全辯解說：「我們化化裝，做得隱密點，肯定查不出來。」

和珅沒好氣地說：「世上沒有不透風的牆，無論再隱密，也會無意留下一些疏漏。前幾次吃的虧還不夠嗎？」

劉全有些不服氣，但也覺得和珅言之有理，只好反問道：「大人，難道我們就只能如此唉聲歎氣，看著紀曉嵐如日中天？」

和珅望著眼前盛開的芍藥，默思良久，突然伸出手來，將那朵芍藥惡狠狠地掐掉，說：「要想掐掉它，就必須靠近它。編纂《四庫全書》定能找到許多可乘之機，我必須設法進入『四庫全書館』，取得決策權，就可隨時對紀曉嵐吹毛求疵，落井下石了。」

劉全說：「大人考慮得十分周全，可是怎樣才能如願以償呢？」

和珅有些憂慮地說：「這正是我沒有把握的事。萬歲對此項工程極為重視，專門設立了『四庫全書館』，館中機構龐大：上為總裁、副總裁，只行領導之責；中為總纂、提調、總閱、總校、繕寫、監督各處；下為經史子集四部的分校官、纂修官。紀曉嵐已被萬歲明確任命為總纂官，全面負責《四庫全書》的編寫工作。只有這總裁、副總裁，徒有其表，先後由親王、郡王、內閣大學士、各閣領事等兼任。我已向萬歲毛遂自薦，懇請擔任總裁之職，實在不行，擔任副總裁也行。只要把我的手伸進去，嘿嘿，紀曉嵐，可就由不得你了！」

最後幾句話和珅說得極其冷酷，讓劉全聽得打了個冷顫。劉全問：「萬歲會同意嗎？」

和珅又是一聲歎息：「還很難說。如果這一步都走不通，以後就更難辦了。不過，萬歲對我的話一向言聽計從，想來不會遇到什麼麻煩吧？」

＊＊＊

莊嚴肅穆的金鑾殿上，乾隆認真聽取紀曉嵐關於《四庫全書》的構想，聽完之後，他說：「紀曉嵐建議全書改用手抄，既可隨時更改原書之誤，又可保持書的大小整齊劃一，還可節省大量的印刷費用。朕覺得這個建議很有道理，只是不知需花費多長時間？」

紀曉嵐回答說：「臣保守估計，假如每人每天抄寫一千字，一年就可抄錄三十萬字，相當可觀。」

乾隆興奮地說：「就這麼辦。挑選舉人、貢生、監生中擅長書法者，調入四庫全書館，由紀曉嵐安排。」

紀曉嵐說：「臣自受命以來，常常夜不能寢，唯恐力不從心，有負萬歲厚愛。因此臣想增派幫手，共同完成此番盛舉。」

「哦？」乾隆眼睛一亮，「前幾天和珅曾向朕請求，與你一同編纂《四庫全書》，不知你意下如何？」

紀曉嵐一愣，心想這種耗費心神的事情，和珅怎麼會產生興趣？莫非他心血來潮，一時衝動？紀曉嵐心裡是一百個不樂意，表面上卻異常客氣地說：「和珅大人有此雅興，我深感榮幸。只是四庫全書館門樓太低，只怕委屈了和珅大人，我可擔待不起。」

和珅聽萬歲與紀曉嵐提及自己，急忙走上前來，笑容滿面地說：「我和珅自知才力有限，只要能在四庫全書館沾點雅氣，哪怕磨墨掃地，我也心甘情願。」

紀曉嵐猜不透他的用意，只得應酬道：「和珅大人真會說笑，論官階，你比我高，不論到哪裡，你都是上司。」

乾隆叫道：「好！紀曉嵐，朕就任命和珅為四庫全書總裁官，與你一同戮力同心，共編此書，如何？」

和珅大喜：「臣遵旨！」

紀曉嵐心中暗暗叫苦：「今後的日子不好過了。」但也只能咬牙答應：「臣願在和珅大人的指導下善始善終，成此大業！」

02

座落在虎坊橋的紀曉嵐老宅，現在以全新的面貌迎接老主人的歸來。整座院落油漆一新，新建的高大門樓氣派非凡，宮殿式正房敞開胸懷，給予紀曉嵐全家無限的欣喜。院內新修的假山別有情趣，盛開的各式鮮花芬芳無限。後院新蓋的幾間房屋也相當精美，與幾年前的老宅已截然不同。

紀家老小個個笑顏逐開，家中天天笑語不斷。紀曉嵐身負重任之後，天天來去匆匆，走路都是一溜小跑，被人戲稱為「神行太保」。回到家中也常常是寢食不安，手捧厚厚的書籍，拚命研讀。家中的客人也多了起來，大都是上門請示有關《四庫全書》的編纂工作的。他確確實實成了一個大忙人。

這天，他突然向家人宣布，他要齋戒三日，這讓馬夫人大感意外。

馬夫人問：「老爺，好端端的，你怎麼想起齋戒了呢？」

紀曉嵐一臉虔誠，說：「三百年前，明朝編纂了一部迄今為止規模最大的《永樂大典》，可惜這部巨著並未付印，僅抄寫兩部，正本不知所蹤，副本散失嚴重。為編纂《四庫全書》，必先找到這部蹤影不見的《永樂大典》。按說它應藏在皇宮之中，難道竟因李自成攻入北京，而毀於一旦了嗎？為示誠意，我決定齋戒三日，願神靈保佑，讓此書重視人間。」

馬夫人深受感動，但還不忘提醒他說：「老爺，你平日不吃米麵，一頓就要吃三斤肉，這齋戒三天，你吃什麼呀？如何能熬得下來？你又何苦相信這些怪論、折磨自己呢？」

紀曉嵐吸了一口煙，從嘴中抽出煙袋，搖頭晃腦地說：「夫人，這叫心誠則靈。」

果然，吃飯時，紀曉嵐就只吃素菜，強迫自己咽下一碗米飯，看他那副痛苦的模樣，馬夫人都覺得好笑。

飯後，紀曉嵐口含煙管，信步走到後院，只見他從烏魯木齊帶回的那隻黑狗四兒正在食盆前吃得有滋有味。他走到眼前一看，原來四兒的食盆中竟拌了不少肉末。

平時為滿足紀曉嵐的吃肉欲望，家中常常要儲存幾斤肉，現在紀曉嵐突然要齋戒，馬夫人擔心三天之後肉全放壞了，索性剁了一些，讓狗打打牙祭。

紀曉嵐蹲在狗身前，用煙管敲敲牠的腦袋：「嘿嘿，今天倒便宜你了！」

四兒不理睬他，繼續大口大口地吃。

紀曉嵐不由得頓生羨慕之情，口水也在嘴裡越聚越多，眼看就要流出來了。他把口水硬咽回去，端起四兒的食盆，放到鼻子底下嗅了嗅，叫道：「好香啊！」口水又流了出來。

四兒見食盆被拿走，又蹦又跳，圍著他直轉圈。他輕輕踢了狗一腳，佯怒道：「貪吃的東西！」

「老爺！」咸寧笑嘻嘻地走過來，見此情形，不由得笑歪了嘴巴，「老爺，您怎麼和狗搶食呀？」

「放肆！」紀曉嵐把臉一沉，「咸寧，你怎麼對老爺說話？沒看見我正在餵狗嗎？」

咸寧吐吐舌頭，做個鬼臉：「是，老爺，我說錯了。廚房裡還有肉，老爺，你要想吃，我這就叫劉媽做去。」

「算了算了，」紀曉嵐放下食盆，再也不看四兒吃食的饞相，轉身向書房走去。咸寧在他身後連連搖頭，轉身去向馬夫人彙報。

晚飯時，紀曉嵐面前又擺上了一盆上好的大肉。紀曉嵐很是困惑，問馬夫人：「唉，我不是齋戒了嗎？為什麼還給我肉吃？」

馬夫人和氣地勸他：「老爺，不要為難自己了。你少吃幾頓肉，《永樂大典》也不會從天上掉下來呀！」

紀曉嵐堅決地說：「不吃！就是不能吃肉！說齋戒，就齋戒，我紀曉嵐說話算話！」

馬夫人連連搖頭：「唉，你這副牛脾氣，真拿你沒辦法。」

＊＊＊

兩天後，紀曉嵐正坐在四庫全書館批閱書籍，突見一名太監匆匆忙忙地奔進來，興高采烈地向他叫道：「紀大人，快，快，快，《永樂大典》找到啦！」

「啊！」紀曉嵐從椅子上蹦了起來，「真的？是真的嗎？」他抓住那名太監的胳膊用力搖晃，等到太監再次確認這個喜訊，他突然轉身跪倒在地，雙手合十，大聲說：「神靈保佑，讓《永樂大典》重現人間，我紀曉嵐感激不盡！」

說罷，他跳起身來，拉住太監的手：「公公，快走，帶我去看看！」也不管太監能否跟得上，他撒開腿飛跑起來。可歎他發福的身軀竟奔跑得那麼迅速，急得太監連聲大叫：「慢點，紀大人，慢點，我跑不動了！」

紀曉嵐這才放慢腳步，向太監抱歉地笑笑：「你看我，太激動了！還忘了問你，《永樂大典》是如何找到的？」

太監喘了幾口氣，這才說道：「是孫公公找到的。這幾天為找《永樂大典》，大夥兒把皇宮都翻了個遍。剛才，孫公公爬到『敬一亭』的頂架上，居然在雜物堆中，發現了這部寶書，上部積的灰塵，足有一尺厚……」

「是啊是啊，塵封了三百多年了，當然灰塵很厚，萬幸，今天重見天日了……」紀曉嵐激動得不知道說什麼話好。

敬一亭前，圍了許多人。乾隆手撫《永樂大典》，激動地說：「列祖列宗賜福於朕，讓朕完成這一千秋盛事，這才讓《永樂大典》重現人間。來人，厚賞孫公公！」

紀曉嵐來了。君臣二個圍著這部如同小丘般的鴻篇巨制，從這裡拿一本翻翻，從那裡取一冊看看，興奮得滿臉發光。

乾隆問：「紀曉嵐，聽說你齋戒三日，今天是第幾天呀！」

紀曉嵐說：「是第二天。」

乾隆大笑：「真是心誠則靈。今天你就可以敞懷吃肉，予以慶祝了。」

「不能！」紀曉嵐嚴肅地說：「既說齋戒三日，就必須做足三天，否則不就成了蒙蔽神靈了嗎？」

「好！紀曉嵐，你果然一片至誠，朕沒看錯你，這部典籍由你當總纂官，朕選對了！」乾隆讚道。

＊＊＊

回到家裡，馬夫人聽說《永樂大典》再現人間，也異常興奮，正要讓劉媽做些肉食，卻被紀曉嵐攔住了：「齋戒還沒做足三天呢！」

「你呀，」馬夫人哭笑不得，「腦筋這麼死，你還怕《永樂大典》飛了不成？」

《永樂大典》出現的消息一經傳出，頓時轟動了整個京城，滿朝文武奔相走告，人人歡欣鼓舞。只有和珅心中不快，但表面上還是隨著眾臣一起向乾隆上賀表，表現得無限喜悅。

回到府裡，他恨恨地對劉全說：「紀大煙袋真是時來運轉，連老天爺都幫他忙，難道我再也沒辦法鬥倒他了嗎？逆天而動，可是要遭天譴的啊！」

劉全安慰和珅：「老爺想得太多了。紀曉嵐算什麼東西，哪有神靈保佑他？還不是萬歲下旨全宮內外一起尋找，水到渠成，自然就找到了。神靈保佑的是萬歲，哪會是紀曉嵐？」

和珅一聽大喜：「你說得不錯，是我想歪了。我雖擔任總裁官，但對編書卻插不上手，這卻如何是好？」

劉全眼珠一轉，就想出了一個辦法：「聽說《永樂大典》已運到了四庫全書館，今夜我想辦法摸進去，把它偷出來。」

和珅聽得眼都直了：「那不是一本兩本，放在一起像個座小山似的，你怎能偷得出來？再說，館中有人晝夜值班，也不會那麼容易得手。」

劉全笑了：「原來書這麼多啊！那就這樣吧，乾脆一把火燒了它！」

和珅嚇了一跳，忙走到門口向外望了望，確信附近無人後，才陰沉著臉走回來：「胡鬧！你呀，淨會想出這些蠻幹的主意！要知道，《永樂大典》僅此一部，是國寶，你若毀了它，萬歲掘地三尺，也會把你抓出來，碎屍萬段！」

劉全嚇得面色蒼白：「和珅大人，我不知道……不知道……會這麼嚴重……」

和珅嚴肅地說：「不能在《永樂大典》上打主意，明天我到四庫全書館去，多看看，多問問，從雞蛋裡也要挑出骨頭來。我就不信，幾百人的四庫全書館會無懈可擊！」

＊＊＊

四庫全書館裡，人人都是一派緊張忙碌的神情。纂修官們各司其職，或檢索，或抄錄，或校對，都把這項工作視為畢生幸事，認真對待。紀曉嵐守著一部《永樂大典》坐著，嘴咬大煙管，看得聚精會神，就連和珅出現在他身邊，他也毫無察覺。

和珅哈哈笑道：「紀先生，紀總纂官，你幹得相當不錯嘛。」

紀曉嵐吃了一驚，從書本上抬起頭來，瞇細近視眼瞧了好一會兒，才驚叫一聲，站起身來，「唉呀！原來是和珅大人駕到，有失遠迎，恕罪恕罪。」

和珅親熱地說：「我這總裁官當得太自在了，真不像話，今天專程向紀先生報到，請紀先生分派一項工作，磨墨、掃地、搬書，都可以，要不是我的字太差，真想抄它兩本，也讓我和珅名留青史。」

紀曉嵐心想：「和珅真會唱高調，明明是個甩手掌櫃，什麼都不管，嘴上卻殷勤得不得了。只要你不當蠻不講理的婆婆，不給我穿小鞋，我就燒高香了。」嘴上卻不得不客套一番：「唉呀，和珅大人，你折殺我了。你是總裁，就坐在這裡，泡杯茶，聊聊天，就行了。來人，快給和珅大人上茶！」

立刻有人走過來，端過一把椅子請和珅坐下，接著又獻上一杯熱茶。

和珅不懷好意地笑著：「萬歲命我協助你，你卻拒我於千里之外，是不是瞧不起我啊？」

紀曉嵐真恨不得立刻把這尊瘟神打發走，但眼見他定要賴在這裡，就不能不打起精神，與他周旋一番：「和珅大人是要指導在下的工作嗎？大人請看，這部《四庫全書》計畫抄錄七部，分藏全國七處。全書工筆抄錄，封面色彩各不相同：經部是綠色，史部是紅色，子部是藍色，集部是灰色，簡明目錄是黃色。為使全書整齊劃一，特規定採用宣紙朱欄，每頁寫十六行，每行二十一字，紅框白口，天寬地闊。」

和珅聽得暗暗心服，心想：「紀曉嵐果真才學無雙，難怪萬歲對他如此器重。」就又問道：「現在參與編纂的有多少人？協調得如何？」

紀曉嵐說：「擔任總纂、提調、總閱、總校、繕寫、監督及四部分校、纂修的學者已達三百餘人，參與謄錄的普通人員也有兩千之眾，隨著編纂的深入，謄錄員還要進一步擴充。目前大家各司其職，雖有爭論，也僅限於學術範圍，人際關係相當融洽。」

和珅不由得豎起大拇指，說道：「紀先生果真是當世奇才，能把當今各流各派的學者聚於麾下，組織得如此井然，令人佩服之至！」

「和珅大人過獎了，」紀曉嵐手持大煙袋，連連擺動，他見和珅對自己的工作給予真誠的讚美，不由得喜上心頭，這幾天困擾他的一個難題就冒了出來，想聽聽和珅的意見：「和珅大人，你身居要職，又常在萬歲身邊走動，見識自然不凡。現在我有這麼一個難題，就是在體例上，如何安排萬歲的御制文，使萬歲的地位更加突出，不知和珅大人有何高見？」

「唔，這個嘛，萬歲的文章，自然要放在最突出的位置。」和珅說。

「是，我也這麼想，但頭疼就在這裡。如果把萬歲放在最前面，就會淩駕於我朝前幾代帝王之上，是不是有點欺師滅祖？但如果把前幾代帝王的御制文依時間順序排下來，萬歲只能放在最後了，萬歲的地位又怎能突出？」

和珅說：「這個嘛……這個嘛，倒確實是個難題。」他搔搔頭皮，半晌無語。

紀曉嵐靜等下文，卻不見和珅開腔，只好再次問道：「和珅大人有何高見？」

和珅一聲苦笑：「紀大才子都想不出來，我自然是束手無策了。」心中卻想：「就是我知道怎麼做，也不會告訴你！我還想看你的笑話呢。只可惜我真的想不出……」

紀曉嵐微微一笑：「我倒想出了一個辦法，和珅大人看看是否可行？我想在經史子集四部之前，另外單列『聖火』、『聖謨』等六門，專門恭錄我朝前幾代帝王以及萬歲的御制文，達到兩全其美的目的，行不行呢？」

和珅沉思良久，覺得這是唯一可行的辦法，對紀曉嵐的良苦用心，他不由得暗暗歎服，嘴上卻說：「這也並未行得通……」

紀曉嵐的心直往下沉，他開口問道：「和珅大人認為應該怎麼辦呢？」

和珅說：「讓我再想想。」他放下手中的茶杯，又敷衍一番，便轉身離去。

留下紀曉嵐搖頭歎息：「幹的不如看的，這世道……」

＊＊＊

和珅在回去的路上就想好了主意。他敏銳地覺察到這是一個刁難紀曉嵐的時機，因此立刻對轎夫下令：「先不回府，我立刻到皇宮去面見萬歲。」

養心殿御書房內，和珅向乾隆彙報紀曉嵐編書的有關情況。他添油加醋地說：「萬歲，紀曉嵐動機不純，意圖以編書向萬歲行諂佞之事，造成體例嚴重不協調，臣以為以這種心態，必將給這部文化大典帶來災難。」

乾隆仔細聽完和珅的陳述，微笑道：「和珅，你這總裁官當得不錯嘛。你知道朕為什麼單單選你當這總裁官嗎？」

和珅愣住了，他一臉茫然地說：「萬歲，臣愚鈍無比，難以領悟。」

乾隆嚴肅地說：「自我大清入主中原以來，漢人一直未能全心臣服，尤其是讀書人，自以為文明儒雅，視我滿人為夷狄。朕編纂此書，正有意刪除、禁毀一切有所違礙的文字，使我大清的統治上應天時、下順民意。四庫全書館內漢人學者眾多，朕派你去，正是要你多加留意，使這部鴻篇巨制真正能收到文治大功。」

和珅滿心歡喜：「臣懂了。臣定當竭盡全力，將館內不忠不孝之人一一查出，以確保這項文化大典的順利進行。」他心中暗暗得意：「有了這把尚方寶劍，紀曉嵐，看你還能神氣幾天？」

＊＊＊

圓明園勤政殿內，乾隆召集四庫全書館纂修人員訓話。他面沉似水，嚴厲地說：「朕給予你們格外照顧，期望你們完成這一偉業，可是你們卻掉以輕心，敷衍塞責，擅改體制，弄得面目全非！」

全體纂修人員跪倒在地，屏住呼吸，眼盯地面，個個膽戰心驚。紀曉嵐跪在最前面，更是驚慌失措，不明白乾隆為什麼發這麼大火，不知道自己將會面臨什麼樣的命運。

乾隆突然厲聲叫道：「紀曉嵐！」

紀曉嵐顫聲應道：「臣在！」

乾隆說：「紀曉嵐，朕且問你，你將我朝歷代先皇的御制各書分別置於四部之首，又將朕題寫四庫全書的詩文置於《總目》卷首，意欲何為？是為了突出朕嗎？朕編修《四庫全書》是為了什麼，你忘得一乾二淨了嗎？文治大業，利在千秋，你豈能以這般伎倆，向朕邀功？」

紀曉嵐緊張得全身汗水如泉般湧出，心中卻已豁亮，又是和珅搗的鬼！他不敢抬頭面對乾隆，只是顫聲答道：「在臣心目中，萬歲文治武功，赫赫出眾，理應在書中占據突出位置。是臣糊塗，鼠目寸光，辜負了萬歲的期望，請萬歲降罪。」

乾隆見立威的目的已經達到，口氣便緩和了下來：「紀曉嵐，朕也深知編纂此書相當不易，你定要體諒朕的苦心，盡職盡責才是啊！這樣吧，將總目卷首的朕的御題四庫諸書詩文全部撤出，分別收入朕的詩文集內；將『聖火』、『聖謨』等門類全部撤銷，將本朝帝王的著述與歷朝歷代的帝王著述同等對待，一視同仁，各按門目，至公至平，使綱舉目張，體裁醇備，《四庫全書》才能昭垂久遠！」

紀曉嵐等人齊聲高呼：「萬歲聖明，臣等謹遵聖諭！」

乾隆得意地笑了。他之所以這麼做，並非完全聽信和珅的挑撥，而是完全出自他的長遠考慮。他要殺雞儆猴，使這些漢人學者戰戰兢兢，不敢做出越軌之舉；他要藉此顯示自己的聖明，博得謙虛的美名，讓世人感到他是一位有德之君，贏得萬民稱頌。一箭雙雕，他的目的完全達到了。

紀曉嵐皺著眉頭，大煙袋含在嘴上，也顧不得吸一口。《四庫全書總目》被乾隆幾句話就推翻了，現在他只好從頭再來。

要知道，編這《總目》絕對不是說兩句話那麼簡單。館中的眾位學者閱讀了浩如煙海的書籍，歷時近兩年的時間，才搞出這麼一點成果，就輕易被否定了，這叫紀曉嵐怎能不傷心欲絕？

＊＊＊

和珅隔三岔五地到館中巡視一番，指手劃腳地發些指示，神氣十足。自從乾隆向他交代了絕密任務之後，他就感到自己高高在上，完全可以對紀曉嵐吆五喝六了。

這時，一個纂修官前來向紀曉嵐請示：「紀大人，《揚子法言》的研究成果如何排序？如果按朝代排列下來，萬歲的論述可是要放在最後的呀！」

紀曉嵐略一思索，說道：「萬歲早有聖諭，要『同等對待，一視同仁，各按門目，至公至平』，就按朝代排序吧，我想萬歲不會怪罪的。」

纂修官答應一聲去了。正恰和珅走來，把這一幕全看在眼裡，他一聲冷笑，轉身出了四庫全書館，直奔皇宮。

不久，一名太監就匆匆來到四庫全書館：「紀曉嵐接旨：萬歲宣你即刻進宮。」

紫禁城養心殿內，乾隆陰沉著臉，瞪著紀曉嵐訓斥道：「你在《揚子法言》中把朕放在最後，是說朕的論述比不上別人嗎？是貶低朕，瞧不起朕嗎？」

紀曉嵐的腦袋「嗡」地一聲漲開來了。他瞧了瞧立於乾隆身側洋洋得意的和珅，真想大哭一場。他感到左右為難，不管怎麼做都是錯，滿腹委屈，無處可訴。他只好強忍淚水，低頭認錯：「萬歲，是臣的失誤，臣立刻改過來。」

03

為編纂《四庫全書》，紀曉嵐常常通宵達旦，忘我工作。有時一連幾天不回家，晚上就住在四庫全書館中，與一庫一庫的書籍做伴。

編纂的過程是相當艱辛的，纂修官們必須認真閱讀浩如煙海的書籍，進行甄別、考證，然後寫出提要初稿，歷述該書的狀況、學術價值及處理意見，交給紀曉嵐覆核，最後還要交給乾隆審定。經過乾隆審定的書籍，才能送到繕寫處謄錄。

乾隆日理萬機，自然不會審定得特別仔細，於是修訂的重任全部壓在紀曉嵐身上。紀曉嵐誠惶誠恐，兢兢業業，不敢有絲毫的懈怠。因為他異常清楚，和珅在身邊虎視眈眈地盯著他，露出鋒利的牙齒，時刻準備著撲上來咬他兩口。乾隆雖不會對每一本書都進行審定，但卻常常心血來潮地抽檢幾本，那副挑剔的神情讓紀曉嵐不寒而慄。

有一次，和珅陰陽怪氣地對紀曉嵐說：「紀大才子，這次萬歲抽檢的兩本書編得相當不錯嘛，居然萬歲都挑不出毛病來。」

紀曉嵐鬆了一口氣，說：「謝天謝地，今天你總算告訴我一個好消息。」

「好什麼呀？」和珅冷笑道：「萬歲並不高興，知道為什麼嗎？」

紀曉嵐一臉茫然：「還請和珅大人指教。」

「唉，到底是書呆子，」和珅這時興致頗高，這些日子來把紀曉嵐玩於股掌之間，使他的情緒相當高漲，很想顯示一下自己的高明，「知道我為什麼混得這麼好嗎？論本事，論才學，我不及你一半，可是我卻在你頭上，原因是什麼？告訴你，就在於摸清萬歲的心理，巧到好處地說話、辦事，左右逢源，討萬歲的歡心。就以著書這事來說，你以為做得萬無一失，就能讓萬歲高興嗎？不是的。萬歲是明君，察察為明，事事都要高人一等。你不在書中留出幾個錯誤，讓萬歲挑出來，怎能顯示萬歲比你更高明？」

紀曉嵐恍然大悟，心中不得不敬佩和珅的處世之道，但書生意氣又使他懷疑這種做法是否可取：「和珅大人，聽君一席話，勝讀十年書，只是我仍擔心，萬一萬歲大發雷霆怎麼辦？萬一萬歲挑不出來怎麼辦？」

和珅狂妄地一笑：「讓我告訴你：這錯誤不能太大，否則萬歲定會動怒，責你辦事不力；這錯誤必須留在醒目處，萬歲才會發現，否則審定之後，就不可更改了。」

紀曉嵐感激地說：「多謝和珅大人指教。」並異常熱情地把和珅送走，心中卻開始納悶：「和珅不會是在搗鬼吧？不過他這番話確有道理啊！」轉念又想：「文章乃經國大業，我豈能如此投機取巧？」忽又想起土爾扈特首領渥巴錫所說的：「草原上的雄鷹，都知道不可逆風而飛。」暗想自己如此弱小，也許只有這個辦法才能明哲保身，和珅不正是這樣才得道升天嗎？……

當天夜裡，他在床上輾轉反側，久久難以入睡，反覆盤算良久，終於決定，按照和珅所說，嘗試一回，試試效果……

果然，在隨後抽檢的幾本書中，乾隆非常輕易地挑出幾個毛病，得意地用朱筆改正過來，神采飛揚，僅僅責備兩句了事，卻對紀曉嵐的態度異常和善。

紀曉嵐心想：「果然如此。和珅能夠飛黃騰達，這套逢迎的本領確實不可小覷。想不到這次竟是好心……」

他卻不知道這時和珅卻有些後悔：「我這是怎麼了，為什麼還給老對頭出主意？這些天來高興得昏了頭……也罷，讓紀曉嵐嘗點甜頭，讓他對我失去防範，然後我再來個更狠的！」

＊＊＊

日夜辛勞，時時刻刻擔心吊膽，紀曉嵐雖說年富力強，也日漸憔悴。他不由感慨地寫道：「鯨鐘方警，啟蓬館以晨登，鶴籥嚴關，焚蘭膏以夜繼。」

紀曉嵐每天都要面對一連串的麻煩事，最讓他頭疼的是「違礙」文字的處理問題。對於有所違礙的書籍要區別對待，有的要全毀，有的要抽毀。全毀還好辦，只要把該書毀去即可；抽毀卻很難處置，何處該留、何處該毀，並無一定標準，全由乾隆說了算。和珅奉有監察之責，自然在這裡大做文章，小報告打個沒完沒了。紀曉嵐過不多久，就要被乾隆叫去訓斥一頓，警告一番，甚至要「交部議處」。

纂修官們遇到此類問題，只要把問題向上反映，送給紀曉嵐處理就行了。紀曉嵐身為總纂官，卻沒有如此幸運，他不能再把矛盾上交給乾隆，只有硬起頭皮自己處置。乾隆隨意抽檢，一旦發現處置得「不合朕意」，就劈頭蓋臉地訓斥一番，紀曉嵐只好點頭稱是，俯首認罪，回去之後立刻修改。

這天，乾隆指出《四庫全書》中收入的《美人八詠詩》「有乖雅正」，下令撤出。僅僅過了半月，乾隆又下旨對書中收錄的宋人一些碑傳、墓誌進行刪改。

乾隆不容置疑地說：「嫁夫隨夫，從一而終，本就天經地義。可是程朱出現之前，婦女竟可改嫁，而且還帶走了隨前夫所封的誥命品級，簡直荒謬！當時的文人不識大體，竟為她們作傳，更令人無法容忍的是，還在傳中將其前夫姓名、子女姓名一一列出，有傷風化，傷風敗俗，豈能收入《四庫全書》

之中？必須修改，徹底刪改！」

紀曉嵐聽得啼笑皆非，但也只能唯唯稱是。他已經分不清這是和珅的挑撥，還是出於乾隆的偏見和蠻橫。他只能忍氣吞聲，領命而去，遵旨修改。

看著那些被修改得面目全非的書籍，紀曉嵐心如刀絞：「這還是古書嗎？後世子孫見了，一定要罵我毀書無數，罪孽深重啊……」

＊＊＊

圓明園書庫內，纂修官們翻檢圖書，一片忙碌。突然，一隊衣甲鮮明的清兵開了進去，蠻橫地將纂修官們趕開，然後闖入書庫，東翻西尋，頓時書庫內一片狼籍。

有人飛奔前去報告紀曉嵐，紀曉嵐匆匆趕來，正與福康安迎面相遇。紀曉嵐一見福康安那副神情，就知道是他率兵搜檢書庫，便不滿地問：「福大人，這裡是萬歲指定的儲存圖書之所，不知觸犯了哪條刑律，竟勞福大人大駕前來搜查？」

福康安傲氣十足，不屑地說：「我奉萬歲之命，前來搜檢禁毀圖書，在此付之一炬。」

紀曉嵐心中冒火，說：「此處哪有禁書？我紀曉嵐詳加甄別，凡事都奏知萬歲，有違礙之處，也當即更正，何勞福大人多此一舉？」

福康安冷冷一笑，說：「不見得吧。你們漢人自視甚高，把異族都稱作『夷狄』，尤其是明末那些書生，更是把我大清罵得體無完膚。你以為僅僅把『夷』字改作『彝』，把『狄』字改作『敵』，這樣就夠了嗎？」

福康安這番訓斥，讓紀曉嵐熱血上沖，脫口而出：「福大人認為應該怎麼做？」

福康安從衣袋中掏出厚厚一落紙，用手拍著說：「萬歲與和珅大人研究數日，列出一個書目，都屬禁毀之列，今天我就要把這些書搜檢出來，一把火燒了！和珅大人還叮囑說，這書目之外的書籍，如有抵觸李朝之處，也一併焚毀！」

紀曉嵐這下明白了，又是和珅在乾隆面前煽風點火惹的事！自清兵入關統一全國之後，「文字獄」在全國極其殘忍地推廣開來，株連甚眾，文人墨客稍一不慎，就因一句、一字的禁忌，而掉了腦袋，甚至滅了全家。現在，想不到文字獄竟開進了圓明園！

紀曉嵐滿腔悲憤，不敢發洩，只好沉聲說道：「萬歲深明大理，精於文墨，我秉承萬歲旨意，不敢稍有懈怠，處處小心，從嚴把關，《四庫全書》之中決不至於混入禁書，我將向萬歲陳明一切！」

福康安冷冷一笑：「就你那點能耐，能按照萬歲旨意編好書嗎？要麼不分青紅皂白亂改一通，連萬歲都說你把《論語》中的『夷狄之有君』、《孟子》中的『東夷西夷』，改得無法理解；要麼置之不理，任由禁忌、違礙文字留於書中，必待萬歲指明，才得改正。就這點能耐，還以為自己有多了不起呢！」接著是一連串的冷笑。

紀曉嵐這兩年來被違礙、禁忌文字弄得暈頭轉身，早就窩了一肚子火，現在又被福康安這種粗人當眾羞辱一番，氣得差點暈倒在地，向著福康安大吼道：「福大人才高八斗，明日金殿上我會主動讓賢，請福大人主持編纂事宜！」

福康安毫不氣惱，反而樂得哈哈大笑：「大才子，你真看得起我！告訴你，萬歲眼裡只認定了你，不管你有無能耐，能否編好，萬歲還是要你幹下去！」

紀曉嵐臉色鐵青，一句話也說不出來，轉身就走。剛走兩步，就覺一陣頭暈目眩，搖搖晃晃就要栽倒，卻被一雙有力的大手托住了，耳邊只聽得一聲熱情的呼喚：「紀先生，小心！」

紀曉嵐回頭一看，卻是身穿武官裝束的林銳。紀曉嵐勉強笑道：「哦，你也來了？」

林銳痛心地說：「紀先生，我是身不由已，讓先生受這麼大的委屈。」

福康安望著林銳的背影，不滿地罵了一聲，走進書庫，指揮士兵們徹底搜檢。

＊＊＊

一連幾天，紀曉嵐心煩意亂。圓明園內禁毀書籍一批一批地燒，灼痛了他的心；全國上下搜繳禁毀書籍的行動步步升級，窩藏此類書籍的人家動輒遭受滅門大禍，紀曉嵐痛不欲生，日夜難眠。

這天，太監突然到四庫全書傳旨，乾隆命他即刻入宮。他吃了一驚，暗想不知又有什麼禍事降臨了，就忐忑不安地來到養心殿御書房，卻見乾隆神采飛揚，在房內踱來踱去。

乾隆說：「紀曉嵐，你知道朕今天傳你來有什麼事嗎？」

紀曉嵐伏地請罪：「臣才疏學淺，在編纂《四庫全書》上多有不當之處，請萬歲降罪。」

乾隆突然大笑起來：「朕還沒開口，你先請罪來了，有趣，有趣！不過，朕今天要告訴你的是一件大喜事！」

「啊？」紀曉嵐驚異地抬起頭來。

「你且起來，」乾隆說：「朕剛剛接到捷報，大小金川平叛已大獲全勝，阿桂真是一個難得的將才啊！索諾木、僧桑格等叛匪已被擒獲，正在押赴京城的途中。」

「啊，萬歲英明神威，剿匪所向披靡，可喜可賀！」紀曉嵐站起身來，激動地頌揚道。他又一次想起了與自己相處三年、給予自己多方照顧的溫福大人，眼眶不禁濕潤了——如今溫大人可以含笑九泉了。

乾隆說：「這幾天，你把手頭的事情停一停，為朕寫一篇《平定兩金川露布》，宣揚這次赫赫戰功，如何？」

紀曉嵐趕忙應道：「臣遵旨！」

＊＊＊

走到京城的大街上，紀曉嵐看到一派喜慶氣氛：處處旌旗招展、歌舞昇平，人們奔相走告、喜氣洋洋。在明媚的陽光下，他頓時感到神清氣爽，精神振奮，連日在高壓下所造成的精神抑鬱，頓時一掃而光。

夜晚，在躍動的燭光裡，他仍難以抑制激動的情懷，奮筆疾書：「臣聞，威揚星鉞，非鏜斧所能支，怒奮雷石良，雖蠶蟲而亦辭。應天者勝，定中四塚之誅；恃險者亡，難負三苗之固。故王師仗順，歷百戰而無前；逮寇偷生，終一朝而就縶……」

第二天，街道上貼滿這篇《平定兩金川露布》。乾隆興致勃勃，龍袍袞服，登上專門築就的高壇，舉行盛大的慶祝儀式。紀曉嵐朗聲高誦《露布》，那華美的篇章，頌揚的言辭，讓乾隆眉飛色舞，得意非凡。

紀曉嵐在一片歡呼勝利的喜悅裡，突然意識到了自己在乾隆心目中不可替代的位置。

他想：「這兩年來，我為什麼一忍再忍？難道就因為和珅有萬歲撐腰嗎？難道我就沒有辦法反戈一擊？」他猛然憶起渥巴錫大汗講過的一句話：「在土爾扈特的語言裡沒有『後退』二字，認準了的事情，就要堅定地做下去！」而他呢，僅僅記住了「草原上的雄鷹，不可逆風而飛」這句話，卻忘記了另一句剛強無比的話。

為人處事，既有「柔」又有「剛」。一味地「柔」，只能讓惡人為所欲為，不可一世，這些日子的遭遇不正是明證嗎？一味地「剛」，寸步不讓，也會被人暗算，遠謫烏魯木齊不正是教訓嗎？

紀曉嵐前思後想，拿定了主意，必須採取靈活的手段，將和珅的囂張氣焰打擊下去！

04

乾隆手捧紀曉嵐的奏摺，認真讀了好幾遍，沉思片刻，便將奏摺遞給侍立一側的和珅，問道：「和珅，你看紀曉嵐的意見怎麼樣？」

和珅接過一看，原來紀曉嵐認為毀書太濫，其中有些書籍，如明末劉宗周、黃道周等人的文章，雖有個別詞句對大清有所抵觸，但敢於犯顏直諫，浩然正氣盪氣迴腸，就是對大清眾臣也有可貴的激勵作用，理應流存萬世，只須將個別違礙之處刪改即可。

和珅讀畢，將奏摺恭恭敬敬地遞還乾隆，說道：「萬歲，紀曉嵐對焚毀禁書抵觸甚深，前些日子臣聽福康安說，他曾在焚書現場大發雷霆，橫加阻撓。這說明他對大清心懷不滿，與那些窩藏禁書的不法之徒心氣相通，必須予以嚴懲，以儆效尤！」

乾隆這兩天心情特別舒暢，紀曉嵐寫的《露布》更是讓他心花怒放，現在聽和珅把紀曉嵐的一紙奏摺提升到「不滿朝廷」的程度，不由得微微一笑：「和珅，你對紀曉嵐的成見很深嘛，必欲置之死地而後快。」

和珅一愣，覺出此話不太對頭，但又摸不著頭腦，只得含糊答道：「臣忠於萬歲，對一切敢於不滿朝廷的言行無不痛恨。」

「好了好了，」乾隆擺擺手，「紀曉嵐的為人，朕還是很了解的，他的才學也無人可比，換掉了他，還有誰能擔當總纂官？朕想，這些日子來，對他的指責是太多了一些。這樣吧，他的這道奏摺，朕照準就是。」

和珅吃驚地瞪大眼睛：「萬歲，紀曉嵐一派胡言，怎麼能夠照準呢？如果明末那些對抗我朝的書籍都得以留存，那些漢人學者不都樂得發瘋，暗地裡都去反清復明了嗎？」

乾隆說：「你是只知其一，不知其二。忠臣孝子，可為萬世楷模，雖是站在敵對立場，也是各為其主。褒揚其忠，足見我大清胸懷坦蕩。朕想，可以從中選擇一些忠肝義膽的文字，刪除其中違礙之處，編成《明季疏奏》，作為世人仿效的榜樣。」

事已至此，和珅只得答道：「是，萬歲深謀遠慮，臣敬佩不已。」

「好了，和珅，」乾隆笑道：「在這件事上你就不要再說三道四了。」

紀曉嵐的這道奏摺真是煞費苦心，寫了三天三夜，字斟句酌，入情入理。這是他第一次如此精心地寫奏摺，因為他深知，對乾隆首肯的焚書行動提出異議，是要冒相當大的風險。因此他的措辭異常謹慎，刻意強化明末諸臣忠孝之心及其作用，他明白只有這一點才能打動乾隆的心。

奏摺呈遞之後，他一直擔心吊膽，坐臥不寧。這批書籍能否得救，甚至他自己將遭遇什麼樣的命運，完全取決於乾隆的一念之間。

要想在與和珅的智鬥中取得主動權，就必須得到乾隆的支援，紀曉嵐斗膽上奏摺，目的是為了投石問路，看看自己能否把主動權抓在手中。

更何況當前乾隆心緒極佳，他認定這次上奏摺應有八成的把握如願以償。但即便如此，他也不能不做最壞的打算，萬一乾隆聽信了和珅的挑撥，後果就不堪設想啊……

幸虧他沒有聽到和珅是如何向乾隆進言的，否則他只怕要驚得冷汗直冒了。

乾隆的諭旨很快送到了紀曉嵐的手中，紀曉嵐頓時歡欣鼓舞，把諭旨看了一遍又一遍，激動得高呼道：「萬歲聖明，萬歲聖明……」

他把這道諭旨供奉在自己編纂《四庫全書》的桌子前方，時時刻刻面對著它，在看書看累了的時候就抬起頭來望望它，微笑著抽一會兒煙，然後繼續忙碌下去。

＊＊＊

一連幾天，和珅都沒有露面，這讓紀曉嵐輕鬆了許多，心想：「有了這道諭旨，和珅該收斂一些了吧。」

這天傍晚，紀曉嵐回到家中，正在吃著飯，忽然咸寧進來報告說：「老爺，有個叫林銳的軍官前來拜訪。」

「啊，趕快請進！」紀曉嵐扔下飯碗，就到門口迎接。

林銳已經進了院門，黑狗四兒見到一個陌生人，就撲上去又吠又咬。林銳一邊躲閃，一邊笑著對紀曉嵐說：「紀先生，這條狗兒蠻厲害的嘛！」

紀曉嵐忙將四兒吆喝開，也笑著說：「這條狗跟我從烏魯木齊回來，眼裡只認我，家裡的其他人有時也要咬，所以他們都不太喜歡牠。」

林銳回頭瞅了四兒一眼，誇道：「是條好狗。紀先生為人正直，有牠看家護院，可以少惹一些小人算計。」

紀曉嵐一邊把林銳讓進書房，一邊自嘲地說：「一介書生，家徒四壁，除了書之外是一無所有，還能算計我什麼？」

林銳在書房坐下，接過咸寧端上來的茶，突然神情變得極為嚴肅，說道：「紀先生，我這次來，是專程告訴你，和珅與福康安最近可能要陷害於你，你千萬要小心。」

紀曉嵐異常震驚，驚問道：「你如何知道？」

林銳說：「今天我在福大人府上，遇見和珅來訪，雖不曾聽見他們說些什麼，卻見他們在房中商議許久。福大人送走時，我隱約聽見他們提及先生，而且笑得不懷好意。因此我猜測他們想對付你。」

紀曉嵐坦然地說：「我有什麼好怕的？」心中卻想：「原來和珅幾天都不到四庫全書館來，是在暗中策劃陰謀呢……」

林銳真誠地說：「先生必須予以重視，否則只怕要吃不小的虧！」

紀曉嵐站起身來，一揖到地：「多謝你及時告知，紀曉嵐感激不盡。過去你就曾給我不少幫助，這種恩德，叫我如何報答呢？」

林銳慌忙站起：「先生言重了。我對先生敬仰有加，這算得了什麼？」

紀曉嵐感慨地說：「世上還是好人多啊！林銳，有空你就到家來坐坐嘛，為何這兩年來你竟一次都不登門呢，是我慢待了客人嗎？」

林銳說：「先生那麼忙，我怎好打擾？再說，先生做的是學問，我一竅不通，我是個粗人，只會舞槍弄棒，只怕有辱斯文呀。」

紀曉嵐臉上陰暗下來：「如果連你這樣的好人都交不成朋友，我做這些學問何用？」

林銳被感動了，一拱手說：「先生既然這麼看得起在下，這幾天我就常到府上走動走動，反正我正擔憂先生的安危，有些放心不下呢！」

「太好了！」紀曉嵐高興了，向外嚷道：「咸寧，叫劉媽再炒兩個菜，我陪林銳喝兩杯。」

＊＊＊

又有一批禁書在福康安的押運下，運進了圓明園，堆放在一塊空地上。福康安神氣地對四庫全書館的學者們說：「各位先生聽了，這批禁書是從外地搜繳來的，誰都不可妄動，今日天色已晚，明日再來焚燒！」

說罷，他也不理眾位學者不滿的眼神，率領清兵前呼後擁地走了。

紀曉嵐的心緒被攪亂了，他煩躁地推開手中的書，叫道：「今天就到這裡吧，大家都回去好好歇息，明日再幹！」

等眾人走得差不多了，他就獨自一人來到那堆禁書前，東翻西尋，卻發現多是一些尋常的書籍，並無明顯的違礙之處，心裡很奇怪不知它們為何也戴上了禁書的帽子。

忽然，一卷明末野史《潞河記聞》映入了他的眼簾，他瞧瞧四周無人，急忙將書抓在手中，匆匆瀏覽。不錯，這正是那卷被乾隆明令禁止的禁書，如今已銷毀殆盡，世人已不易見到。他抑制住心頭的狂喜，繼續翻尋，不一會兒，又發現了兩卷類似的禁書。

他向周圍偷眼觀看，天已黃昏，園中已無人影，於是壯起膽子，將三卷書都塞入寬大的袍袖中，然後匆匆回家。

也許是做賊心虛吧，走在路上，他總覺得別人都在窺測他、監視他，不由得更加心慌。他將大煙袋叼在嘴上，將煙鍋點燃，站住吸了兩口，才覺得心情好了許多。他繼續向前走，猛然一回頭，分明看見一個人影閃向一處牆壁後。他懷疑自己也許看錯了，因為眼神不太好，他總不敢輕易相信看到的東西。

又走了不太遠，他再次回頭，又一次發現一條人影閃在一處雜貨攤旁。他頓時慌了，莫非自己被跟蹤了？

他走走停停，回頭張望一下，有時能看到那條人影，有時卻沒有。他終於斷定，自己正處於別人的監視中。聯想到林銳對自己的警告，他猜測多半是和珅就要對自己下手了。

他突然後悔起來，不該將這三套禁書帶回家中。也許福康安運來禁書而不當場銷毀，正是安排給自己的香餌呢！

他頓時覺得這三套禁書像燒紅的火炭一般，把他的皮膚灼得滾燙、刺痛。他當即就想將書拋在路上，但轉念一想又放棄了：他不能斷定跟蹤者是否仍在身後，再說，他也捨不下這些書啊！

就這樣他擔心吊膽地回到了虎坊橋家中。一進家門，他就趕快將大門閂上，然後在院子中跑來跑去，嘴裡不停地嚷著：「糟了！糟了！」連咸寧叫他，他也置之不理。

咸寧驚慌失措地去報告馬夫人：「夫人，你快去看看，老爺發神經病了。」

「胡說！」馬夫人嚇了一跳，急忙來到院中，只見紀曉嵐正在院中東翻西尋。

「老爺，你找什麼呀？」馬夫人驚問。

「找一個能藏東西的隱密所在。」紀曉嵐頭也不抬地說。

馬夫人大驚：「老爺，你要藏什麼寶貝？家裡有米缸啦、陶罐啦，不都能藏嗎？」

「不行不行，」紀曉嵐連連搖頭，「如果抄家搜查，不就全完了嗎？」

「抄家？」馬夫人臉上失去血色，「老爺，你又惹下什麼大禍啦？」

「沒事沒事。」紀曉嵐安慰她說：「我就帶回來三套禁書，喏，全在這兒。」

馬夫人鬆了一口氣：「書呀，藏起來還不容易？藏到地窖裡！」

「地窖？」紀曉嵐眼睛一亮，然後又搖搖頭，目光又黯淡下去，「還是能搜出來。」

正在夫婦倆為如何藏書而焦慮時，忽聽大門響起了重重的敲門聲，四兒也撲到門口，「汪汪」地狂吠起來。

紀曉嵐大吃一驚，急忙吩咐馬夫人：「妳先將書送入地窖，暫藏一藏，我去開門。」

紀曉嵐邊向門口走去，邊大聲叫道：「誰呀？」

「紀先生，是我！」門外響起林銳宏亮的聲音。

紀曉嵐急忙打開門，迎他進來，然後又將門死死門上。

林銳很是驚訝：「先生，究竟發生了什麼事？」

紀曉嵐說：「林銳，你說得不錯，和珅果然要對我下手了。」

「啊！」林銳一聲驚叫，「難怪我剛才看到一個人在先生門口徘徊很久，似乎是和珅府下人，看上去很面熟。我沒敢驚動他，等他走後才來敲門。」

「好！」紀曉嵐事到臨頭，往往能冷靜下來，「和珅，你想來就來吧，我怕你什麼？」

林銳問：「紀先生，你打算怎麼辦？」

紀曉嵐說：「我估計，今夜和珅多半會率兵前來搜家，因為我帶回了三套禁書。現在只有將計就計，將這三套禁書藏好，讓他搜不出來，才能反戈一擊！」

「好辦法！」林銳讚道。

「現在有一個難題，就是書藏在何處才能不被搜出呢？」紀曉嵐陷入了沉思。

林銳說：「如果先生信得過我，就請把書交給我，我一定能找到一個隱密所處。」

紀曉嵐大喜：「如此甚好。只是千萬不可藏在你家中，福康安知道你與我頗有交情，只怕會株連到你的身上。」

「先生放心，」林銳說，「我雖說官微人輕，但尚有三五個生死之交，完全可以託付，保證不會出意外。」

「太好了！」紀曉嵐對咸寧吩咐說，「快去告訴夫人，把那三套禁書取來，交給林銳保管。」

夜深人靜，紀曉嵐獨自坐在燈下，口含大煙袋，左手翻書，右手執筆，在紙上不停地寫著什麼。忽聽大門口一陣喧嘩，接著是山崩地裂的一聲巨響，似乎門被撞開了，四兒「汪汪」吠了幾聲，隨即一聲慘叫，就無聲無息了。

紀曉嵐急忙走出書房，來到院中，只見數百名清兵手持燈籠火把，把院中照得亮如白晝。和珅、福康安洋洋得意，大聲下令：「搜！搜出禁書者，重重有賞！」

紀曉嵐滿腔憤怒，厲聲叫道：「和珅大人，福大人，你們夜搜民宅，可有萬歲的旨意？」

和珅一臉獰笑：「我早就發現你將禁書偷帶回家，等搜出來呈給萬歲，到時看你還有什麼話說？」

紀曉嵐明白了，和珅這次是先斬後奏，並未得到乾隆的批准。一轉頭，他突然看見黑狗四兒被斬做兩截，鮮血汩汩流了一地，不由得悲憤異常，眼中含淚，怒叫道：「你們……你們也太囂張了！和珅大人，我且問你，如果搜不出來，該當如何？」

「哈哈哈，」和珅一陣狂笑，「你不必用這話來搪塞我！走，到你書房瞧瞧！」

士兵們四散開來，在院中東翻西尋。全家老小都被驚醒，家中亂做一團。士兵們闖入各個房間，把各樣東西扔得遍地皆是。

數十名士兵簇擁著和珅、福康安、紀曉嵐走進書房。

和珅看著士兵們從書架上抽出一本一本的書，扔得一片狼藉，笑得異常暢快。他湊近書桌，拿起紀曉嵐寫的那篇文字，傲氣十足地說：「這是什麼呀？」

紀曉嵐冷笑道：「這是代萬歲寫的《濟水考》，和珅大人，是否也要拿給萬歲邀功呀？」

和珅拿到眼前一看，果然是一篇《御制濟水考》。他知道乾隆為自誇博學，常常要以自己的名義寫一些文章，其實多半都是紀曉嵐代筆。他將文章不情願地放下，環顧滿室書架，說道：「紀曉嵐，你的藏書不少嘛！」

紀曉嵐不理他，他自覺沒趣，就站起身來，到書架前親自翻檢起來。福康安在書房中覺得無聊，就走到院中督促士兵搜查去了。

過了兩個時辰，士兵們紛紛前來報告：「和珅大人，不曾發現禁書……」

和珅大失所望，轉念一想，如果這麼草草收場，如何下得了台，再說紀曉嵐向萬歲奏上一本，自己也無法交代呀？於是他把心一橫，命令道：「不可能沒有！給我掘地三尺，也要搜出來！假山、地窖、牆犄角、磚頭縫，凡是能藏東西的地方都搜上一搜！」

士兵們得令，對紀宅進行了徹底的地毯式搜查。不僅房中一片大亂，就是院子也被挖得坑坑窪窪，地窖被搜了十幾遍，假山被推倒砸得千瘡百孔，直到天光大亮，仍是一無所獲。和珅、福康安只好率兵灰溜溜地走了。

馬夫人眼望家中的混亂局面，不由得嚎啕大哭：「天啊，這是什麼世道啊！老爺，你這官怎麼當的，怎麼能讓人家如此欺負……」

紀曉嵐感覺四肢百骸沒有一絲力氣，他滿腹苦澀，沉默良久，終於低沉地吼道：「我要上殿面君！」

＊＊＊

金鑾寶殿上，紀曉嵐跪拜在地，痛哭失聲：「萬歲，請為臣主持公道！」

乾隆臉色鐵青，吼道：「和珅、福康安，你們過來！是誰給你們的權力，敢於私搜大臣住宅？你們眼中還有朕嗎？」

和珅、福康安跪在那裡，連大氣都不敢出，渾身顫抖不止。

乾隆手拍御案，叫道：「和珅，這又是你的主意吧！你說說，為什麼要這麼做？」

和珅壯起膽子，顫聲說道：「萬歲，有人看見紀曉嵐將三套禁書帶回家中，臣反覆查核，發現確實少了三套禁書，事出緊急，臣來不及稟明萬歲，因此斗膽自作主張。」

紀曉嵐哭訴道：「萬歲，和珅大人一直對臣積怨甚深，這次分明是公報私仇。臣哪敢窩藏什麼禁書，臣正在連夜趕寫《濟水考》……」

乾隆問道：「和珅，你說紀曉嵐窩藏禁書，你搜到了什麼？」

和珅俯著答道：「紀曉嵐早已將禁書轉移，微臣無能，未搜出什麼。」

紀曉嵐悲憤地說：「和珅大人早就安排了一個圈套，臣回家路上被人釘梢，嚴密監視，即便真有什麼禁書，也無法轉移啊！還有，萬歲皇恩浩蕩，為臣修繕住宅，如今這住宅已面目全非，皇恩已蕩然無存……」

說到這裡，紀曉嵐不由得想起這幾年來所蒙受的委屈，禁不住淚如雨下。

乾隆聽得心酸不已，再加上他對和珅、福康安擅自行動本就十分不滿，於是一拍御案，怒聲說道：

「和珅，你公報私仇，肆意胡為，朕認為，你的總裁官已不宜再做了！福康安，你不分好歹，助紂為虐，令你閉門思過，罰俸一年！」

和珅、福康安急忙嚷道：「臣遵旨！日後臣定當克己奉公，忠心赤膽，報效萬歲！」

紀曉嵐聽乾隆對和珅、福康安的處置如此之輕，知道是乾隆心懷偏袒，卻也不敢表示自己的不滿，只好說道：「萬歲為臣做主，臣定當竭盡才智，完成萬歲託付的大業！」

紀曉嵐心想：「雖說這次又饒過了和珅，但畢竟免去了他的總裁之職，日後在編纂工作中就會少了許多掣肘，也算是個不小的勝利吧。」一想到這裡，他轉憂為喜，臉上露出了難得的笑容。

《四庫全書》的編纂，自乾隆三十七年徵書開始，至乾隆五十五年，七部《四庫全書》繕寫完畢為止，歷經十八個寒暑。紀曉嵐擔任總纂官自始至終，嘔心瀝血，兢兢業業，真是做到了「皓首窮經」。這是後話。

這部文化大典共收書三五〇三種，七九三三七卷，共計七七四九三萬餘字，真可稱得上是一項空前浩大的文化工程，它比明朝《永樂大典》多出兩倍半，是中國文化史上的一座豐碑。

在編纂《四庫全書》的過程中，紀曉嵐付出了全部心血和才智，他的功勞有口皆碑，贏得了乾隆的高度褒獎。

獨坐書齋，悠然地抽兩口煙，一股自豪之情油然而生。他在〈自題校勘《四庫全書》硯〉一詩中寫道：

檢校牙籤十萬餘，濡毫滴渴玉蟾蜍。
汗青頭白休相笑，曾讀人間未見書。

幾多辛酸，幾多甘苦，只有這時才隨風而去，滿腔喜悅如同口中噴出的煙霧般，嫋嫋升起，擴散到天地之間。

第章

俠骨柔情，此恨綿綿向誰訴

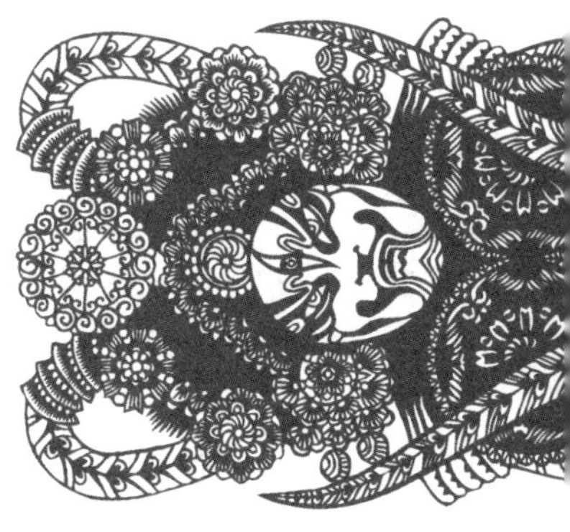

福建災荒激發民變，林爽文率義軍縱橫於臺灣島。紀曉嵐奉旨到福建賑災，為徹查貪官、平息民憤，乾隆、和珅也到福建微服出巡。俠女嬋娟、明軒為伸張正義，將乾隆、和珅、紀曉嵐一併捉拿。紀曉嵐用計讓乾隆、和珅逃脫，乾隆派大內侍衛將紀曉嵐救出，並將嬋娟、明軒擒獲。紀曉嵐冒充和珅，到福州機智地查獲貪官柴大紀的罪證，和珅趕到，揭穿紀曉嵐的身分，幽禁紀曉嵐於大牢。明軒報訊，乾隆及時來到，柴大紀等一干貪官終於伏法。然而義俠林爽文已戰死沙場，滿腔悲憤，又能向誰訴說呢？

01

莊嚴肅穆的皇宮養心殿內，眾官員屏神靜氣，畢恭畢敬地肅立著，他們正靜待乾隆皇帝上朝。

奇怪！已經過了半個時辰，萬歲爺還沒有上朝。莫非有什麼意外？要知道，除非面臨重大變故，萬歲爺是絕對不會不上朝的。有一次龍體欠安，乾隆還是捂著胸口，連聲咳嗽，出來接見群臣。

中堂和珅也有些沉不住氣了，他左右望望，見眾大臣還是站得畢恭畢敬，只好捺住性子，靜候下去，心裡卻不停嘀咕著。

這時，一股濃煙向眾官員頭頂噴出，向大殿中擴散開去。和珅聞到這股辛辣嗆鼻的煙味，忍不住咳了兩聲，回頭一望，正看見紀曉嵐站在自己身側，拿著一支大煙袋，悠然自得吐著煙圈。

和珅惱怒地低聲說：「這是什麼地方？你嗆了大家不要緊，嗆了萬歲爺，薰出毛病來，可是大逆不道啊！」

紀曉嵐向和珅噴出一口煙霧，說：「和珅大人，你忘了，我可是『欽賜翰林院吸煙』呢！」

和珅說：「得了，這兒不是『四庫全書館』，你還是回家再吸吧！」

原來紀曉嵐煙癮特別大，除了睡覺之外，天天煙管不離嘴。他的煙鍋也是碩大無比，堪稱「京城一絕」——每裝一次煙絲，就可以讓他從虎坊橋家中悠然地吸到圓明園，因此被稱作「紀大鍋」，也被稱作「紀大煙袋」。

有一次他被乾隆召見，一袋煙末及吸完，急忙將煙管插入靴筒。不料這次召見的時間太長，沒滅的煙絲繼續冒煙，將襪子烤焦、皮膚灼傷，把他疼得齜牙咧嘴。乾隆見他靴中不停冒煙，又看見他一臉怪相，大為驚訝。等到弄清原委，不由得啞然失笑。乾隆命他撰文述罪，他一揮而就，寫成〈褲焚〉一文。從此他變得到了「欽賜翰林院吸煙」的封號，在京城百姓中傳為美談。

紀曉嵐繼續吞雲吐霧，說：「萬歲今天不會上朝了。」

和珅替乾隆辯護：「萬歲一定有更加緊急的大事要辦。」

紀曉嵐說：「福建災荒激發民變，還有什麼事比這更緊要？」

和珅無話可說，只好閉了嘴。

一名太監走進大殿，向眾官員說：「萬歲有要緊的事要辦，各位大人請回吧！」

和珅拉拉紀曉嵐，說：「我沒說錯吧，萬歲智慧過人，日理萬機，此刻一定在操勞朝廷大事。」

紀曉嵐把煙袋插在腰間，說：「我要去面聖，和珅大人，一起去吧？」

和珅搖搖頭，本想不去，轉念一想，這紀曉嵐一向與自己作對，何不跟去看看他要搞什麼名堂？說不定能抓住時機，來個落井下石，讓紀大煙袋吃不了兜著走。

於是和珅跟著紀曉嵐，走向那個太監，懇求面見乾隆。

太監把他們領入御花園。只見乾隆手扯一根長線，仰面向天。紀曉嵐與和珅抬頭向天上望去，一隻金魚形的風箏在碧空中飄飄蕩蕩，乾隆把線一扯一放，高興地笑著，跑著。

太監急忙稟報：「和珅大人、紀大人求見聖上。」

乾隆一見二人，非常高興，說：「你們看朕的風箏好不好？」

和珅躬身媚笑：「這風箏飛得高，飛得穩，製作精巧，天下無雙。」

紀曉嵐對和珅撇撇嘴，小聲說：「你這馬屁功夫，也堪稱天下無雙。」

和珅臉上變色，正想回敬兩句，卻聽見乾隆向紀曉嵐發問：「你認為朕的風箏沒有和珅說得那麼好嗎？」

紀曉嵐強壓下心中的不滿，躬身回答：「讓臣試放一下，再作評論。」說著，他接過乾隆手中的風箏線，仰面向天，認真看著。

和珅見狀，不由得冷嘲道：「紀大人，你的馬屁功夫高到天上去了呀！」

不料，紀曉嵐突然一把扯斷風箏線，把手一鬆，那風箏飄飄搖搖，隨風向遠方飛去了。

乾隆驚叫道：「紀曉嵐！你怎麼放的風箏！」

紀曉嵐跨前一步，給乾隆叩頭行禮：「請萬歲不要只顧天上，而忘了人間！福建災荒激發民變，哀鴻遍地，官逼民反，臺灣島上林爽文等人聚集數萬烏合之眾，攻城掠地，必須及早定奪。」

乾隆大怒：「紀曉嵐！你是在教訓朕嗎？」

和珅也藉機呵斥紀曉嵐：「大膽紀曉嵐，你這是欺君犯上，罪該萬死！」

紀曉嵐匍匐在地，說：「請萬歲治罪！」

乾隆歎了口氣，臉色也緩和了許多，說：「你起來吧！你以為朕真是無道的昏君嗎？朕已吩咐閩浙總督加調糧餉進行賑災，並令福康安率軍抵達臺灣剿匪。一夜未曾歇息，本想睡一會兒，皇太后卻送來一隻風箏。你知道這風箏是誰做的？是皇太后！」

紀曉嵐、和珅聞聽此言，都大感意外，頓時愣住了。

乾隆接著說：「太后聽說放風箏可以為百姓消災祈福，因此她一夜未睡，親手做了這只金魚風箏，祝願百姓『年年有餘（魚）』。她還特意在風箏上寫了『國泰民安』四字，讓朕放飛，讓她的祈禱與祝願上達天庭。」

「啊！」紀曉嵐張口結舌，一句話都說不出來，「咕咚」一聲又跪倒在地，聲音顫抖地說：「紀曉嵐大膽妄為，曲解君意，罪不可恕！」

和珅說：「皇太后心繫黎民痛苦，仁慈之心感天動地，臣忍不住要落淚了。」說著說著，便用衣袖揩揩眼睛，似乎真為皇太后的善舉感動得熱淚盈眶了。接著他轉向紀曉嵐，義正辭嚴地申斥道：「紀曉嵐，你總以忠臣自居，不問青紅皂白，就辱及萬歲和皇太后，使皇太后的一片善心付諸東流，真是可恨之極！」他心想：「紀大煙袋呀，這一回你可遭殃了！」不由得幸災樂禍起來。

紀曉嵐雖明知和珅是在落井下石，但由於自己魯莽在先，只能跪在那裡，聽候乾隆發落。

乾隆說：「紀曉嵐雖言行莽撞，但忠心可嘉，可以原諒。」說得紀曉嵐內心一喜，和珅則是大失所望。

「但是，沒有這只風箏，朕怎麼向皇太后交待？只怕連後宮也無法進去了。」說到這裡，乾隆長長歎了一口氣。

紀曉嵐抬起頭來，只見空中的那只風箏已在遠方天際，小得成了一個黑點。

和珅心中又高興起來了，表面上卻裝得非常焦急：「唉呀！到哪裡才能把風箏找回來呢？」

乾隆說：「紀曉嵐，現在給你一個補過的機會：三天之內，將這只風箏找回來，就萬事皆休，否則，你就回老家種地去吧！」

紀曉嵐只得低聲答道：「臣領旨！」苦笑著退出去。

＊＊＊

紀曉嵐正坐在家中，一邊吸著煙，一邊讀書。忽有家丁來報，說和珅來了。

紀曉嵐很感意外，這兩天他很為這只風箏頭疼，知道自己無論如何也無法在三天之內把它找到，因此索性聽天由命，在家中看書寫字，表面上似乎很悠閒，但心中卻因苦無良策，日夜不安。他知道和珅在等著看他的笑話，因此聽說和珅來訪，就斷定和珅是來消遣他來了。

紀曉嵐將和珅迎入客廳，含笑問道：「和珅大人，你是不是奉旨前來將我革職呀？」

和珅連連搖頭：「紀大人呀，你把我和某看成什麼人了。我是來幫你的。」說著他從自己的衣袖中取出一張圖紙，在桌上展開。

紀曉嵐一看，只見上面畫著一隻金魚風箏的圖案，在魚腹上還有「國泰民安」四個大字。

和珅說：「那只風箏肯定找不到了，你按照這個圖案重做一只，皇上肯定也無法分辨真假，不就萬事大吉了嗎？」

紀曉嵐驚喜萬分，他看看和珅，看看這張圖紙，又探頭到窗外向天上望了一望。

和珅笑了：「別看了，天上沒有金魚風箏。」

紀曉嵐說：「我想看看，今天太陽是不是從西邊出來了？和珅大人真是一片好心哪！這圖紙從哪裡弄來的？」

和珅說：「是五百兩銀子買來的。」

紀曉嵐說：「讓和珅大人如此破費，這讓我怎麼好意思呢？」

和珅一臉敬重地說：「紀大人心掛災民而遭禍，和某敬佩之極，五百兩銀子算不了什麼，全當我的一片心意吧！」

紀曉嵐感激地說：「既然如此，我就多謝和大人的美意了。」

＊＊＊

這三天和珅沒有閒著，他派出大批心腹和黨羽，在方圓數百里內大肆搜尋皇太后做的那只風箏。皇天不負有心人，在第三天上午，也就是和珅拜訪紀曉嵐之前的一個時辰，風箏被找到了。

和珅坐在書房中，金魚風箏就擺在他面前的桌子上。他拿起風箏反覆端詳，他的黨羽孫御史侍立身側，認真觀察著他的表情。

終於，和珅滿意地點點頭，對孫御史說：「你們幹得不錯。這就是皇太后做的那只風箏，你瞧，這上面不是寫著『國泰民安』四字嗎？」

孫御史討好地說：「這下紀曉嵐可倒楣了，咱們把風箏毀了，紀曉嵐肯定無法交差，到時候他就罪責難逃了。」

和珅冷笑一聲：「你懂什麼？皇上對紀曉嵐異常信任，不會為了這點小事怪罪他的，只不過皇上面子掛不住，有意給他一點難堪罷了。」

孫御史說：「和珅大人高見！依大人看來，咱們該怎麼辦呢？」

和珅說：「你馬上找人照這風箏畫一個圖案來，一會兒我去拜訪紀大煙袋，誘他做一只假風箏。明日上殿，等他向萬歲呈上假風箏，你就拿出這只真風箏獻上去，當面揭穿他，讓他無地自容。」

孫御史諂媚地笑道：「高明！高明！找不到風箏，萬歲不會重罰，而一旦犯了欺君大罪，紀大煙袋的小命就難保了。」

和珅得意地大笑起來：「紀曉嵐啊！紀曉嵐！別怪我心狠哪，誰讓你一向和我作對呢？」

第二天上朝時，紀曉嵐果然把一只風箏呈給了乾隆。

乾隆非常高興，他本來以為紀曉嵐無論如何也找不到這只風箏，心裡琢磨著如何給紀曉嵐一點小小的處罰，讓紀曉嵐從此再也不要膽大妄為就夠了。沒想到風箏居然找到了，可見這三天紀曉嵐沒少下功夫，這讓乾隆很滿意。

乾隆接過風箏，仔細端詳一番，點頭道：「不錯不錯，就是這只，這兩天朕連皇太后的面都不敢見，可真是煩死了。」

和珅忙向孫御史一使眼色。

孫御史急忙出班跪倒：「啟稟萬歲，這只風箏是紀曉嵐偽造的，他眼見限期已到，無法交差，就自己動手造了一只同樣的風箏，蒙蔽皇上。」

乾隆一下子愣住了：「你怎麼知道的？」

孫御史不慌不忙，從寬大的衣袖中掏出一只風箏，說：「皇太后的風箏，萬幸已被臣找到，這只才是真的！」

乾隆看看紀曉嵐，發現紀曉嵐異常鎮靜。他讓太監把孫御史手中的風箏拿過來，放在自己面前，反覆對比。

和珅心中暗暗得意，心想：「紀大煙袋呀，這次看你還能有什麼理由？」

乾隆的臉色越來越難看，他放下風箏，瞪著紀曉嵐，生氣地說：「紀曉嵐，你的風箏是太后那只嗎？」

紀曉嵐微笑著說：「啟奏萬歲，臣從沒有說臣的風箏就是太后那一只，因此臣也從來沒有蒙蔽皇上！」

乾隆大怒：「紀曉嵐，你還敢狡辯！膽子不小啊！」

紀曉嵐鎮定自若地回答：「請萬歲翻到風箏的背面，一看便知。」

乾隆連忙將紀曉嵐那只風箏翻到背面，仔細一看，發現寫著「拋磚引玉」四個小字。

乾隆不解地問：「這是什麼意思？」

紀曉嵐說：「臣平時言語不慎，得罪過不少人，肚量大的一笑置之，肚量小的懷恨在心。這次萬歲給臣出了一個難題，因此這些人就暗中幸災樂禍，盼望臣這次倒大楣，他們之中如果有人找到了真風箏，一定會藏起來，等著看臣的笑話。還好，和珅大人寬宏大量，親自登門給臣教了這一招。」

乾隆忙問：「什麼招啊？」

紀曉嵐說：「和珅大人建議臣做一只同樣的假風箏面呈聖上，如果找到真風箏的那個人看見了，一定會出面指證，這樣，真風箏就完璧歸趙了。這就叫作『拋磚引玉』啊！」

乾隆瞅瞅和珅，笑道：「和珅，你這招『拋磚引玉』很高明嘛！」

和珅尷尬至極，只好小聲地說：「謝萬歲誇獎！」

乾隆宣布：「和珅應予嘉獎，紀曉嵐免予處分。」

和珅、紀曉嵐急忙叩頭謝恩。

乾隆又對孫御史疾言厲色地說：「你找到太后的風箏，居然藏而不報，分明居心叵測；當廷指證紀曉嵐，也不是出於什麼好心，而是挾恨報復。這等小人，留你何用，來呀，拉下去，重打二十！」

孫御史磕頭不止：「萬歲，臣冤枉啊！這都是和珅大人一手安排的。」

和珅大吃一驚，一時之間張口結舌，卻聽紀曉嵐在旁大聲呵斥孫御史：「胡說！你陷害我不要緊，還要讓和珅大人也受牽連，為自己開脫，罪加一等！」

乾隆看看和珅，又看看紀曉嵐，似乎明白了什麼，但他不動聲色，宣布道：「孫御史陷害忠良，一錯再錯，拉下去，重責三十大板！」

四個太監立刻衝上來，把孫御史拉了出去。

孫御史邊走邊喊冤，和珅站在那裡，垂頭喪氣，卻又不好說什麼。

乾隆說：「這幾日，朕一直為福建民變憂心如焚，思慮再三，總覺放心不下。紀曉嵐，既然你對此事深為關切，朕就派你巡視福建吧！」

紀曉嵐磕頭領旨。和珅這下心裡才感覺舒坦了一些：「紀大煙袋呀，誰讓你自作聰明，這下可有苦頭吃了……」

02

在閩南一間小小的茶館裡，紀曉嵐捧著心愛的大煙管，慢吞吞地抽著。他面前放著成套的茶具。在來福建的這些日子裡，他對閩茶情有獨鍾。在公務之餘，他總要走入茶館，飲上幾杯。他覺得閩茶是他平生難遇的最佳飲品，因此長飲不斷。到了晚年，他更是非閩茶不飲。

現在他飲了幾杯茶後，就捧起那只獨一無二的大煙管，一面抽煙，一面觀察南來北往的行人。來福建已有一段時日了，賑災已有成效，福康安在臺灣的軍事行動也初戰告捷，雖說對福康安的兇悍他很不滿，但也拿他無可奈何。

突然，有兩個熟悉的身影映入他的眼簾。前面那人器宇軒昂，手搖羽扇，不正是當今皇上乾隆嗎？後面那人肥頭大耳，滿臉媚笑，不正是和珅嗎？

皇上怎麼不遠萬里，微服私訪到了福建？紀曉嵐心中惴惴不安，不知道應不應該上前拜見。正在猶豫間，卻見乾隆、和珅已走入茶館，坐在另一張桌子旁，飲起茶來。

茶館裡人聲嘈雜，乾隆與和珅的談話，紀曉嵐一句也聽不見。紀曉嵐不動聲色，繼續抽煙。他看見乾隆的目光似乎有意無意地向自己這邊瞥了一下，然後結了帳，走出了茶館。於是紀曉嵐急忙站起身來，把茶錢放在桌上，裝作若無其事地走了出去。

紀曉嵐尾隨著乾隆、和珅的身影，走過幾條小巷，來到一個僻靜的所在。乾隆、和珅站住了，回過頭來，紀曉嵐快走幾步，向乾隆磕頭行禮：「臣紀曉嵐叩見萬歲。」

乾隆一把將他拉了起來，和珅忙俯在他的耳邊小聲說：「這位是金三爺。」

紀曉嵐明白了，乾隆不願暴露自己的身分，於是焦急地說：「這裡很不太平，金三爺是大買賣人，怎麼甘冒奇險，到這種地方做生意呢？」

乾隆說：「這裡的買賣不太順暢，不親自來處理，畢竟放心不下。」

原來，這些日子接到的奏摺仍讓乾隆無法安心。民變並未平息下去，福建官員們互相指責，莫衷一是。皇太后聽說後，建議乾隆親自前往處置，因為激發民變的罪魁禍首不除，民怨難平，民變難止。福康安有勇無謀，難擔此重任；紀曉嵐一介書生，雖頗有才學，畢竟不諳官場人情，難以把那盤根錯節的各種關係梳理清楚。斟酌再三，乾隆決定帶了和珅，微服出巡福建。

果不其然，福康安只知率兵一味攻殺，使許多無辜百姓死於刀下；而紀曉嵐雖有心揪出貪污要犯，卻不知從何入手，只是忙於賑災，苦於抓不住罪證。

乾隆對紀曉嵐說：「跟我來。」三人一起走到一家大客店內，進入乾隆的房間後坐下。

乾隆問：「巡視福建，成效如何？」

紀曉嵐將自己所見所聞扼要地回稟了一番。

乾隆說：「朕接到不少密奏，說這裡貪污成風，幾乎是無官不貪，朕數次派人前來調查，都是無功而返。紀曉嵐，你對此事有何意見？」

紀曉嵐說：「這種事情必須祕密查訪，萬歲這些日子一定很有收穫吧？」

和珅忙插話說：「說是微服出巡，還是驚動了一些人，看到的都是假像，證據是一點兒也見不到。」

紀曉嵐心想：萬歲微服私訪的風聲多半是和珅透露出去的。但他也不能表示什麼，只是關切地對乾隆說：「萬歲在這裡一日，貪官污吏們就會嚴加防範一日，要想抓到證據，勢必比登天還難。這裡又不安全，為了萬歲安危考量，還是及早回京，容臣細細察訪，總有水落石出的一天。」

乾隆想了想，覺得言之有理，便點頭稱好，又反覆叮囑了幾句，要紀曉嵐謹慎從事，萬不可打草驚蛇。

紀曉嵐辭別乾隆，走出客店大門，迎面與一人撞個滿懷。紀曉嵐還沒明白過來，脖子上就被架上一件冰涼的東西，耳聽得一聲脆生生的呵斥：「別動！老實點，不然要你的狗命！」

紀曉嵐大吃一驚，但很快就明白：自己被綁架了！他向兩邊望望，只見五個大漢手執明晃晃的鋼刀，兇狠地瞪著自己。為首的卻是一個身材苗條、柳眉倒豎的姑娘，她正把一把鋼刀架在自己的脖子上。

紀曉嵐腦中飛速盤旋，猜不透對方到底是什麼來歷。想自己到福建時日不多，不可能結下什麼深仇大怨，可偏偏有人找上門來，居然敢綁架朝廷命官！

想到乾隆、和珅都在客店之內，必須給他們報個信，於是紀曉嵐扯開嗓子大喊道：「強盜殺人了……」

一聲未落，嘴巴就被一塊髒布堵上了。然而他這一嗓子還是驚動了乾隆。

乾隆與和珅急忙追出，只見紀曉嵐正被綁架著向遠方逃去。

乾隆見對方人數不多，仗著自己習武多年，喊了一聲：「救人要緊！」率先追了下去。和珅也緊隨其後，很快追上那夥人，雙方拳來腳往，打在一起。

乾隆與和珅拳腳功夫都相當了得，雖以少戰多，仍舊旗鼓相當。乾隆知道再堅持片刻，隨行的侍衛就會趕到，到時就會完全控制局面。不料就在這時，又跑來十幾名持刀大漢，為首的是另一名年紀稍大、光豔照人的女子，三下五除二，就把乾隆、和珅打倒。兩條大漢架住一人，飛快跑著。

紀曉嵐心中暗暗叫苦，心想：還不如自己不呼救呢，這下連萬歲也遇了險，如果有個三長兩短，自己可就死無葬身之地了。

那年紀稍長的女子叫道：「明軒，走快點，把那狗官看好！」

那身材苗條的年輕姑娘答應一聲，說：「嬋娟姐，多虧妳及時趕到，要不然，我們就吃虧了。」

原來她們分別叫作明軒、嬋娟。紀曉嵐心想：「名字叫得好，人長得也不錯，可惜，做了強盜。」正好嘴巴中的髒布掉了出來，他就叫道：「姑娘大王，行行好，我走不動了，歇歇腳吧。」

明軒噗哧笑了。嬋娟喝道：「少廢話，快走！」

一座堆放魚蝦的倉庫內，乾隆、和珅、紀曉嵐站在裡面，東張西望。大門被鎖上，而且有人看守，看來是無法逃出去了。

倉庫裡堆放著整箱整箱的魚蝦，空氣中彌漫著刺鼻的魚腥味。紀曉嵐歎了口氣：「唉，都怪我啊，把萬歲連累了。」

乾隆說：「塞翁失馬，安知非福？也許正好藉此機會，查獲有用的線索。」

紀曉嵐說：「畢竟此地兇險無比，萬歲應及早脫身，留我一人查證就夠了。」

和珅「哼」了一聲，搬來一個魚筐，將自己的外袍脫下，鋪在上面，說：「萬歲，您坐下歇歇吧！」

乾隆正要坐下，紀曉嵐卻伸出煙管一擋，自己搶前一步坐在魚筐上。

乾隆愣住了，和珅勃然大怒：「姓紀的，你太放肆了！」

紀曉嵐抽了一口煙，拔出煙管，向空中吐出濃重的煙霧，說：「只有我坐，你們站，才能讓萬歲脫身！」

乾隆似有所悟，和珅仍不明所以，問道：「怎麼樣才能脫身？」

紀曉嵐說：「和珅大人，你來給我捶背！」

和珅更加惱怒，說：「別太狂妄了！」

乾隆卻命令道：「捶背！」和珅只好不情願地走過去，為紀曉嵐捶背。

紀曉嵐說：「沒吃飯呀？用點勁！」

和珅氣得握緊拳頭，用力揍了紀曉嵐一拳。

紀曉嵐「唉喲」一聲，疼得差點從魚筐上掉下來。他埋怨道：「你會不會捶背？還想不想從這裡逃出去？捶得不好，你就一輩子待在這裡吧！」

和珅無奈，只好用心一下一下地為紀曉嵐捶背。

這時，大門打開了，明軒走進來。

紀曉嵐一見，就對著乾隆大罵：「混帳！」隨即抓起筐中的魚，劈頭蓋臉地向乾隆、和珅砸去：「都是你們這兩個窩囊廢，救不下老爺我，害得我如此悲慘！」

乾隆被魚砸中，倒在地上。

和珅急忙將乾隆扶起，指著紀曉嵐大叫道：「我和你拚了！」

乾隆忙把和珅一拉，低聲說：「這就是脫身妙計。」和珅一愣，仍沒反應過來，頭上就被紀曉嵐扣上了一個魚筐，又被踹了一腳，東倒西歪，和明軒撞在一起。

明軒頓時怒火萬丈：「紀曉嵐！你這狗官！平時作威作福慣了，到了這裡還如此囂張，對下人如此兇狠！」

紀曉嵐笑了：「明軒大王，妳知道我是紀曉嵐，還不趕快把我放了！」

明軒惡狠狠地瞪了他一眼，說：「早就聽說紀曉嵐為人正直，才學、人品都為人敬仰，我們才專程跟蹤你，希望你能仗義執言，為我們說句公道話。不料這些日子的所見所聞，讓我們大失所望，今日一見，更證明你和那些狗官沒什麼區別。」

紀曉嵐忙說：「姑娘，妳有什麼委屈，儘管道來，老爺我為你做主！」說著，他向乾隆一使眼色，心想：踏破鐵鞋無覓處，也許在這裡倒搜尋到一些貪官的罪證了。

乾隆、和珅也專心望著明軒，希望她能說出自己盼望的話。

明軒說：「現在說什麼都晚了。那個叫柴大紀的狗官，與其他狗官一起大肆搜刮，在災荒面前不顧百姓死活，逼得大家只能造反。現在林爽文大軍已陷入絕地，多少無辜百姓的鮮血換來了福康安的赫赫戰功，狗官柴大紀竟因死守諸羅城有功，而受到朝廷褒獎。反正我們已無路可走，不如殺了你這狗官！」

紀曉嵐說：「姑娘莫急，只要拿到證據，不管官職多高，也能讓他認罪伏法。」

明軒說：「騙鬼去吧！」她向乾隆、和珅招招手，說：「你們出來！咱們都是窮弟兄，不要怕狗官，我給你們做主！」

＊＊＊

紀曉嵐獨坐在魚簍上，愣愣出神。雖說他猜不透這些人和林爽文到底有什麼關係，但可以肯定的是，自己留在這裡凶多吉少。現在萬歲與和珅已經逃出去了，這讓他心裡安慰了許多，自己的生死事小，萬歲的安危事大啊！一旦萬歲脫險，勢必發兵來救自己，只是這兩個姑娘如此行事，必有內情，不能不查清楚。

正在左右盤算，忽覺頭頂涼冰冰的，灑落了一些水滴。他抬頭一看，原來下雨了，房頂有無數縫隙，雨滴正從縫隙中漏進來，灑在他身上。

他忙站起來，走到不漏雨的地方，找了個魚筐坐下去，掏出煙管，抽起煙來。

這時，倉庫大門又被打開了。紀曉嵐扭頭一看，大吃一驚，只見乾隆、和珅又被推推搡搡地押了進來。

等大門重新關上，紀曉嵐忙問：「她們為什麼沒把你們放了？」

和珅長籲短歎道：「都怪我啊……」

原來，乾隆、和珅被明軒帶到外面，嬋娟讓取些銀兩，送他們離開。明軒搬來椅子，請他們坐下。和珅這時卻習慣性地用衣袖拂了下椅子，讓乾隆落座。這個動作引起了嬋娟的警覺，她走近乾隆，抓起乾隆的手臂，發現乾隆手上戴著一只翡翠玉戒。

嬋娟說：「明軒，你上當了！下人哪會戴這樣的玉戒？分明也是一個狗官！」

於是，二人又被押回倉庫內。

紀曉嵐氣得心急火燎：「和珅大人，你……你害人不淺啊！」

和珅垂頭喪氣，說：「只怕我們都在劫難逃。剛才她們口口聲聲稱林爽文為大哥，分明是叛匪。她們企圖抓獲幾名朝廷大員做要脅，威逼朝廷撤兵，救林爽文一命。」

紀曉嵐大驚：「原來如此。幸虧她們不知道萬歲在這裡，否則，她們的如意算盤就達成了。」

忽聽乾隆喃喃自語：「那個嬋娟真是光采照人啊！」

紀曉嵐扭頭一看，乾隆正仰起頭，一副神往的樣子。紀曉嵐心想：「都什麼時候了，萬歲的風流病又犯了。」他忙說：「玫瑰雖好，可帶刺呀！」

和珅橫了他一眼，對乾隆說：「萬歲，咱們還是趕緊想辦法脫身為好。」

一聲炸雷，三人都是一驚，抬起頭來，只見雨越下越大，從屋頂的縫隙中嘩嘩地灌進不少雨水。

紀曉嵐心頭一動，突然想到了一個辦法。

倉庫的大門「哐」地打開了，明軒一臉怒容闖進來，罵道：「三個狗官，別再耍什麼花樣！害我讓嬋娟姐臭罵了一頓。」

乾隆說：「既然落到妳們手裡，要殺要剮，悉聽尊便！」

明軒說：「想死？沒那麼便宜！你們都給福康安寫信，讓那狗官撤兵，否則送你們見閻王！」

倉庫內安靜下來。信寫好被明軒拿走了，夜也深了。和珅已經倦得直打盹，突然被紀曉嵐踢了一腳，猛然驚醒過來。

紀曉嵐說：「閒著無事，咱們做個遊戲好不好？這裡這麼多魚，咱們就以魚為題，出口成章，如何？」

和珅莫名其妙，說：「吃飽了撐的！」

乾隆見紀曉嵐向自己直使眼色，就點頭說：「好！咱們來一個苦中作樂。」

紀曉嵐說：「由我開始。緣木求魚！」

乾隆接上說：「魚傳尺素！」

和珅低頭想了一會兒，才說：「大魚吃小魚，小魚吃蝦米！」

乾隆說：「俗不可耐，罰！」

紀曉嵐說：「罰他搬一筐魚！」

和珅不甘情願，紀曉嵐向乾隆擠擠眼，乾隆說：「搬！」和珅只好搬起一筐魚，按照紀曉嵐的示意，把魚筐摞到魚堆上。

三個人的聲音越來越響亮，明軒在門口被逗得哈哈大笑。

＊＊＊

一個時辰之後，魚筐已高高摞起，直達房頂，形成一個高高的梯子。紀曉嵐低聲說：「萬歲，快走！」

乾隆與和珅爬上魚筐，拆開屋頂，頓時，雨水撲面打來。乾隆忙招呼紀曉嵐：「快來！」

紀曉嵐說：「我不能走！如果都走了，裡面無聲無息，肯定會被她們發現。」說著，他大聲叫道：「龍陽泣魚！」又模仿乾隆的聲音說：「鰲身映天黑，魚眼射波紅！」又學著和珅的聲音說：「和尚敲木魚……」

乾隆將和珅推上屋頂，擔憂紀曉嵐的安危，遲遲不肯離去。

紀曉嵐低聲勸道：「只要林爽文不死，她們還要以臣為人質，臣暫無性命之憂。萬歲逃出去，才能把臣救出去。」

乾隆點點頭，感動地說：「你忍耐片刻，朕一定來救你！」說完縱身一躍，跳上屋頂，在風雨聲中遠去了。

只聽見紀曉嵐的聲音更加宏亮地響著：「甑塵釜魚。」「小浦聞魚躍，橫林待鶴歸。」「鱸魚正美不歸去，空戴南冠學楚囚。」……

03

乾隆的行動果真迅雷不及掩耳，他從倉庫脫身後，迅速抽調附近州縣的人馬，乘著夜色的掩護，神不知鬼不覺地摸了回來。

大內侍衛從房頂的破洞中躍入，先將紀曉嵐救出，然後大隊人馬一湧而上，經過短暫廝殺，嬋娟、明軒等人束手就擒。

南安縣衙成了乾隆的臨時行營，縣衙上下忙成一片。嬋娟、明軒被關入縣衙大牢。乾隆、和珅、紀曉嵐坐在大堂上，商議如何處置。

一切都已很清楚了。嬋娟、明軒與林爽文關係密切，以兄妹相稱。這次朝廷大舉進剿林爽文義軍，嬋娟、明軒為減輕林爽文的壓力，決定擒獲幾個朝廷大官，一則可作為與朝廷談判的籌碼，二則企圖查獲貪官們魚肉百姓、貪贓枉法的罪證，處決幾名貪官，大快人心。

紀曉嵐就這樣成了她們綁架的目標。因為紀曉嵐是皇上欽點的欽差，份量自然不輕，同時他為官清正，必能主持正義，而且常常輕裝簡從，容易下手，所以嬋娟、明軒暗中跟蹤他多日，直到找到時機，就採取果斷行動。

紀曉嵐暗歎：「可惜，妳們太高看我了。怎麼才能想個辦法，救妳們一命呢？」

審訊她們的時候，紀曉嵐一直在心中盤算。

她們被押了下去之後，乾隆問：「你們看，應如何處置她們！」

和珅說：「剛才接到福康安的捷報，叛匪已被肅清，林爽文已被誅殺。似這等叛上作亂的逆賊，不殺不行！」

乾隆點點頭，又若有所思地搖搖頭：「她們和林爽文不同，女流之輩，朕都無法容忍嗎？」

紀曉嵐眼前一亮，忙接上說：「萬歲寬宏大量，如能讓她們戴罪立功，必能受到萬民稱頌。仁義廣施於天下，縱有宵小之輩意圖不軌，也無人依附，民變之類的災禍必可消於無形。」

乾隆讚許地說：「正合朕意。不知怎麼才能讓她們戴罪立功？」

和珅說：「如果她們知道林爽文已死，不和我們拚命才見鬼呢！戴罪立功，不太容易吧？」

紀曉嵐說：「她們痛恨的是貪官，如能讓她們設法查獲貪官的罪證，她們必然心甘情願。為民請命，平息民憤，對她們也是一件樂意做的俠義之舉。」

和珅心中暗暗著急，此地的各級官僚大都走他的門路，那柴大紀更是時時孝敬，雖說自己事務繁雜，不曾見過柴大紀等人，但畢竟與自己具有千絲萬縷的關係。這次乾隆微服出巡，和珅利用自己的特殊身分，囑咐那些大小貪官多方遮掩，居然平安無事。本想剿滅林爽文之後，在凱歌聲中，貪贓枉法之事就可大事化小，不料現在紀曉嵐又在他的心窩戳了一下，而且讓那兩個亡命之徒前去查案，說不定會惹出大亂子呢！這讓他如何不著急？

和珅忙說：「臣以為此事不妥。想那嬋娟、明軒二人，滿腔仇恨，一旦放出來，勢如野狼，逢人亂咬，如何是好？依臣愚見，不如把她們留在萬歲身邊，多方薰陶，必能改邪歸正。至於查案吧，微臣願往。」

乾隆沉吟著點點頭：「和珅的話也有道理。」

紀曉嵐聽出了和珅的話外之音——「既然萬歲見了嬋娟就著迷，那就投其所好，讓這二人陪伴萬歲吧！」

紀曉嵐一聲冷笑，說：「和珅大人，你就不怕這兩匹野狼咬傷萬歲嗎？」

和珅張了張嘴，想說什麼，卻說不出來，臉卻漲得通紅。

乾隆笑了：「這樣吧！把這兩匹狼分開，一匹跟隨紀曉嵐去咬貪官，一匹留給朕對付吧！」

紀曉嵐說：「臣領旨。」心想：她們的命是救下了，就走一步算一步吧！

和珅一盤算，紀曉嵐一介書生帶上一個行為莽撞的丫頭，諒也不會掀起什麼風浪，就急忙附合：「萬歲這辦法甚好。就讓嬋娟留在萬歲身邊，接受教誨；讓明軒隨紀大人去吧。有嬋娟做人質，諒明軒也不敢胡作非為。」

乾隆撫掌大笑，似乎嬋娟如同皎潔的月光，已完全把他的整個身心籠罩。

回到自己房間裡，紀曉嵐抽著煙袋，來回踱步，沉思了好半天，然後命人將明軒押來。

明軒一進房間，就向著紀曉嵐大罵不止：「狗官！玩弄陰謀詭計，算什麼好漢！等林大哥殺來，要你的狗命……」

紀曉嵐命人為她去掉木枷、腳鐐，然後揮手叫隨從全部退出去。

「明軒姑娘，坐下來，喝杯茶，消消火。」紀曉嵐為她斟上一杯茶。

明軒坐下，端起茶就喝，說：「狗官，我倒要看看你還耍什麼花招？」

紀曉嵐一聲苦笑，說：「明軒姑娘，妳還把我當作『狗官』嗎？我是真想幫妳呀。妳不是很想除掉貪贓枉法的狗官嗎？現在我和妳一起去，把他們捉拿歸案。」

「真的？」明軒將信將疑。見紀曉嵐微笑點頭，她站起身就向外走：「把嬋娟姐叫來，現在就去！」

紀曉嵐伸出大煙管攔住她的去路：「不行，這樣走不行。」

明軒一屁股又坐下了：「我就知道你又要花招，不會放我走！」

紀曉嵐不慌不忙，含笑問道：「如果妳是柴大紀，我闖到妳面前，說『把罪證全部拿出來，乖乖認罪伏法』，妳答應嗎？」

明軒反問道：「你想怎麼辦？」

紀曉嵐說：「嬋娟留在萬歲身邊，另有要事，妳我二人同去柴大紀府衙，必須先精心籌畫，才能達到目的。」他在房間裡走了幾步，吸了口煙，噴出一股煙霧，然後轉過身來，用沉痛的語氣說：「明軒姑娘，告訴妳一個不幸的消息，就在妳們把我關押在倉庫裡的時候，妳的林大哥已經戰死了！」

明軒「啊」的一聲，從椅子上跳起來，臉色煞白，眼中滿是熱淚，吼道：「我和你拼了！」兩步搶到紀曉嵐身邊，扭住他的手臂，一用勁，就把他的手臂扭到背後。

紀曉嵐毫不反抗，輕聲說：「明軒姑娘，如果妳覺得殺了我可以洩憤的話，那就動手吧！不過，請妳想清楚，這樣值不值得？妳死了，妳林大哥的仇誰來報？妳嬋娟姐還能活嗎？那些貪官照樣逍遙法外……」

明軒愣在那裡，淚珠滾滾而下，打濕了紀曉嵐的衣襟。終於，她的手鬆開了，撲到桌邊，嚎啕痛哭。

紀曉嵐站在她面前，靜靜看著她，心如刀絞。這麼一個年輕的姑娘，卻要蒙受如此深刻的災難，真令人肝腸寸斷啊！他默默地遞上一條毛巾，柔聲說道：「明軒姑娘，只有把那些貪官們繩之以法，才能給老百姓一個公道，讓林大哥含笑九泉，而這正是我們應該去做的……」

明軒抬起紅腫的雙眼，注視著他。從他的眼中，她感受到無限的真誠。她接過毛巾，感激地點點頭，說：「我聽你的……」

＊＊＊

和珅正坐在縣衙裡閱讀福康安送來的密信，忽有家丁來報，明軒來了。和珅心中納悶，明軒剛剛交給紀曉嵐，這會兒跑來這裡幹什麼？便趕快叫她進來。

明軒走進房間，把一張紙遞給和珅，說：「萬歲叫你把一樣東西給我帶回去。」

和珅一看，果真是乾隆的手筆，讓和珅把官印交給明軒，帶回來鑑賞鑑賞。和珅心中疑惑，官印有什麼好鑑賞的？但他還是遵照乾隆的命令，命人把自己的官印拿了出來。

明軒捧著官印，坐上轎子，出了縣衙，來到距縣衙不遠的一處豪華官邸。這是縣太爺的私宅，專門騰出來供乾隆居住。

走進乾隆的房間，她把官印交給紀曉嵐。紀曉嵐把印盒打開，拿出大印端詳著，漸漸地臉上出現了笑容，讚道：「好印！」

乾隆不解地說：「紀曉嵐，你專程跑來對朕說，必須拿到和珅的官印，才能將貪官繩之以法，只是朕還是不明白，你要這顆大印，到底有何用途？」

紀曉嵐神祕地笑笑：「到時便知。」

明軒看見嬋娟坐在角落裡，眼角隱隱掛有淚痕，愁眉不展，就走過去，握住嬋娟的手說：「嬋娟姐，妳全知道了？」

嬋娟點點頭，眼淚無聲無息地滾落下來。明軒問：「妳說咱們怎麼辦？」

嬋娟說：「先幫助紀先生查案，然後伺機脫身。我向萬歲提出兩個條件：一是厚葬林大哥，二是嚴懲貪官。萬歲都答應了。」她說得很低很輕，顯然不願乾隆、紀曉嵐聽到。

明軒說：「現在也只能如此。只是，妳不一起去，我心裡總是空空的。」

嬋娟把明軒的手用力握了握，說：「妳先去。我想辦法隨後趕來。」

04

福州城內，富麗堂皇的柴大紀府衙。

紀曉嵐嘴上叼著煙管，神氣十足地走著。明軒一身公子裝束，走在他的身側。

柴大紀點頭哈腰，討好地笑著，帶領他們走向書房。

紀曉嵐頗為感慨。十餘年前他擔任福建提督學政，在福建生活兩年有餘，對部分官員窮奢極欲的生活就深有憂慮，不料今日一見，更是變本加利，這柴大紀府邸的豪華氣派，已可與京師的王公府第媲美，令他觸目驚心。

「難怪會爆發這麼大規模的民變了。」紀曉嵐想著，不由得怒火中燒。

「柴大人，這次你死守諸羅城，功勞不小啊！」紀曉嵐不無嘲諷地說。

柴大紀忙咧開大嘴笑道：「托和珅大人的福，還要靠和珅大人多多栽培。」

紀曉嵐一到福州，立刻給柴大紀送來了一封信，他假冒和珅，聲稱與柴大紀有要事相商，信尾蓋上了和珅的大印。

柴大紀誠惶誠恐地把紀曉嵐迎入府中，由於他無緣得見和珅真面目，便真把紀曉嵐當作和珅，極力巴結。

紀曉嵐把臉一沉，說：「柴大紀，你本事不小啊！這次林爽文作亂，據說都是你惹的禍。地皮都讓你刮薄了三尺，萬歲震怒，要追究你的責任！」

柴大紀聞聽此言，猶如晴天響了一個霹靂，「噗通」跪倒在地，磕頭不止：「和珅大人救我！卑職就是有天大的膽子，也不敢胡作非為啊！」

明軒柳眉倒豎，喝道：「柴大紀，你害死了多少人啊！今天該你償命了！」

柴大紀嚇得面無血色，頭上汗珠滾滾而下：「和珅大人，和珅大人，卑職對您一向忠心耿耿，日月可鑑……」

紀曉嵐吐出一口煙，輕蔑地笑笑：「起來吧。看你那熊樣。」

「這次你功勞不小，當可將功補過。只是有關賑災款項調撥的帳目，必須細細查核，讓我想想辦法，彌補漏洞，方可保你無事。」

柴大紀再三謝恩，將紀曉嵐、明軒帶入自己的書房，令人送上茶水、水果、糕點，再親自將帳冊捧來，放到紀曉嵐面前，然後躬身退了出去。

紀曉嵐示意明軒把守房門，自己翻開帳冊，冷笑了一聲：「和珅啊，這次你可上當了，罪證在手，柴大紀就等著你乖乖就擒吧。幸虧我到福建之時，柴大紀被困在臺灣島上，從未謀面，不然這一險計只怕難以成功。真是天助我也……」

紀曉嵐一手抓起一串荔枝，有滋有味地吃著，一手翻動帳冊，細細查閱。

「哼！這幫貪官真是無法無天！」紀曉嵐猛拍桌案。「兩年前災荒出現之際，聖上就下令徵調糧餉賑災，如果賑災工作卓有成效，怎麼會出現餓殍遍野、官逼民反的大事？都被他們吞了！不顧百姓死活，只知中飽私囊！直到我上月來到這裡，才有所收斂……」

明軒說：「這些吸血鬼，該千刀萬剮！可惜林大哥，多好的人！死的卻偏偏是他？蒼天不長眼……」

紀曉嵐說：「惡有惡報，貪官們跑不了！」他雖然把聲量放得很輕，卻字字鏗鏘有力。他感到肩上的責任異常沉重，數萬冤死的義軍、餓死的百姓，都盼著他主持正義啊！

「紀曉嵐，你出來！」門外突然響起一聲怒喝，隨後一名身穿大將制服的彪形大漢闖了進來。紀曉嵐抬頭一看，正是福康安。

明軒拔出腰刀，橫在福康安面前：「大膽！見了和珅大人還不下跪？」

福康安把刀撥向一邊，喝道：「紀曉嵐，你好大的狗膽！居然敢冒充和珅大人到此招搖撞騙！來人呀，把他拿下！」

門外走進幾個武士，正要衝上來捉拿紀曉嵐。

紀曉嵐鎮定自若，把大煙管含在嘴裡，有滋有味地抽著。

明軒急了，揮刀攔在紀曉嵐身前：「你們瞎了眼了！和珅大人你們也敢拿？」

柴大紀剛剛走進大門，見此情形，驚疑不定，忙上前拉拉福康安，低聲問：「他真的不是和珅大人？可他有大印啊……」

「廢物！」福康安大怒。「紀曉嵐盜了和珅大人的大印，來騙取帳冊了，我剛剛接到和珅大人的密信，猜想你們定會上當。果然如此！要不是我來，你都走到陰府路上了，還不知道呢！」

柴大紀全身直冒冷汗，咬牙切齒地說：「紀曉嵐，你真狠！看你今天能不能活著走出這屋子！」

紀曉嵐冷笑著，向柴大紀吐出一口煙霧，嗆得柴大紀連連咳嗽。

紀曉嵐嘲諷地說：「喲，才一會兒功夫，我和珅就變成紀曉嵐了？我有萬歲親賜的大印在手，誰敢碰我，就是欺君犯上，我叫你滿門抄斬！」

這番話大義凜然，擲地有聲，柴大紀不由得膽戰心驚，畏畏縮縮地問福康安：「福大人，他……他真是和珅大人……」

福康安哭笑不得地說：「和珅大人我見過上萬次了，他什麼樣我還不清楚，這一位是假冒的！」

紀曉嵐針鋒相對：「福康安這小子我天天見面，長什麼樣我最清楚了，你假冒福康安到此招搖撞騙，狗膽包天！柴大紀，還不把他拿下！」說著，向福康安一指，命令那幾個武士拿人。

柴大紀被弄得暈頭轉向，幾位柴府武士更是瞠目結舌，站在那裡不知如何是好。

福康安急得直跺腳，忽然看見紀曉嵐手中的大煙袋，眼睛一亮，叫道：「柴大紀，你睜大眼睛看看，只有紀曉嵐才用這種大煙袋，他是有名的『紀大煙袋』呀！」

柴大紀臉上一喜，剛想令人上前捉拿紀曉嵐，就聽紀曉嵐不斷冷笑，說道：「誰說我和珅不吸煙？我去年過生日的時候，你柴大紀不是送了一支純金的大煙袋給我嗎？」

紀曉嵐微笑點頭：「你有孝心，好得很！沒有我，你能躲過眼前這一劫？」

柴大紀臉上變色，驚慌失措地說：「福大人，他連這也知道……他……他真的是和珅大人……」

把柴大紀嚇得雙腿直打哆嗦，只想給紀曉嵐下跪。

福康安冷笑道：「好一張利口！我記得這事，和珅大人曾把這支煙管拿給眾人炫耀，紀曉嵐見過，現在他是在騙你呢！」

紀曉嵐故作憤怒地叫道：「福康安，咱們同殿為臣，你一再陷害於我，到底想幹什麼？哦，我知道了，去年我在聖上面前參過你一次，你意圖報復，是不是？」

柴大紀看著雙方唇槍舌劍，愣在那裡，束手無策。明軒目睹這番妙趣橫生的鬥智，心裡對紀曉嵐敬佩得五體投地，暗暗責怪自己行為莽撞，以前對他多有不敬，現在才知道他是一個敢作敢為、智計百出的君子，因此下定決心一定要保護他的安全。為了不露馬腳，她一直強忍住不笑出聲來，努力做出與紀曉嵐一致立場的表情。直到這會兒，看到福康安、柴大紀一副狼狽相，她再也忍不住，終於「噗哧」一聲，笑了出來。

福康安惡狠狠地瞪了明軒一眼，又指著紀曉嵐怒叫道：「和珅大人就要來了，你等著，看你還能要出什麼花招！」

沒想到，和珅果然親自到場了！

和珅穿著官服，搖頭晃腦，踱著方步，走進書房，滿面笑容地拱手施禮：「紀大煙袋，佩服佩服，和某對你佩服得五體投地！」

紀曉嵐也站起來拱手施禮：「紀大人，什麼香風把你吹來了？和某有失遠迎，恕罪恕罪。」

和珅驚訝萬分：「什麼？我是紀曉嵐？」

紀曉嵐看見和珅身後的隨從手中捧著一顆大印，知道那肯定是自己的大印。當天他把和珅的大印拿出，放入自己的印盒之中，又將自己的大印放入和珅的印盒，如此一掉換，再命人將印盒送了回去。和珅一定是發現大印被掉換，才匆匆趕來。

紀曉嵐說：「你的大印上，刻著你的名字啊！」

和珅從隨從手中接過印盒，說：「千真萬確，這印是紀曉嵐的！」

柴大紀盯著那顆大印，眼珠子都直了。

紀曉嵐得理不饒人，喝道：「廢物！還不把這個假冒和某的傢伙抓起來！」

和珅不慌不忙，搖頭歎息：「自作聰明，聰明反被聰明誤，害了只能是自己！」

紀曉嵐說：「主持公道，解民倒懸，和珅雖九死而不悔！」

和珅笑了：「好！現在我就叫你心服口服！」他叫柴大紀把以往自己寫的書信拿來，然後對紀曉嵐笑道：「你不是想冒充和珅嗎？現在你寫封信，讓他們對對筆跡，看看一樣不一樣，如果一樣，我就認你是和珅！」

柴大紀忙伸長脖子，等著辨認字跡。

明軒的心一個勁狂跳，從和珅踏進房門的那一刻，她就緊張得手心冒汗，現在眼見就要露餡，更是緊張得心要從喉嚨口蹦出來。

紀曉嵐鎮定自若，口含煙袋走到桌邊，一揮而就，然後把筆一丟，說聲：「獻醜了！」含笑坐回椅子上。

福康安忙搶過那頁紙，柴大紀急忙湊過去，與以前和珅寫來的信件進行對比，居然一模一樣！

福康安、柴大紀面面相覷，幾乎不敢相信自己的眼睛。

原來紀曉嵐對此早有預料，他本就心靈手巧，這幾天來一直揣摩、模仿和珅的筆跡，早就心領神會，達到以假亂真的地步。

明軒懸著的一顆心才落了地，驚喜叫道：「誰是和珅，誰是紀曉嵐，你們清楚了吧？還不快把這個假冒的傢伙抓起來！」她指著和珅，興奮地下著命令。

和珅也很感意外，頓時愣住了。

過了一會兒，他猛然想起一事，眉頭一展，又笑起來了：「柴大紀，五天前，我曾派人給你送來一封密信，你可記得？」

柴大紀連連點頭：「記得記得！」

「那好！」和珅說：「這封信我只寫了十個字，紀曉嵐，你能背出來，你就是真和珅！」

紀曉嵐頓時目瞪口呆，明軒急得抓耳撓腮！

和珅冷笑道：「這下認輸了嗎？」

紀曉嵐一聲苦笑：「和珅，還是你高明！」

和珅得意的哈哈大笑：「好，我來告訴你，那封密信寫的是：『萬歲微服出巡，速毀帳本！』」他猛然收住笑聲，向柴大紀怒喝道：「柴大紀，為何帳本還沒毀去？」

柴大紀嚇得全身發抖，喃喃著說不出話來。他本想編造一份新帳本，把貪贓枉法的勾當悉數抹平，然而由於虧空過大，無論怎麼絞盡腦汁也無法編得天衣無縫，因此帳本才能保留至今，成為他們貪贓枉法的罪證。

終於，柴大紀回過神來，連聲說：「現在就毀，現在就毀……」忙叫人將帳本拿下去毀掉。

和珅看看紀曉嵐，見紀曉嵐正俯耳給明軒說著什麼。他眉頭一皺，向柴大紀訓斥道：「晚了，太晚了！這紀曉嵐一向過目不忘，帳本早就記在他腦子裡了。還不快把他抓起來！」

柴大紀連聲答「是」，喝令武士上前去捉拿紀曉嵐。

正在手忙腳亂之際，忽見明軒鋼刀揮舞，兩三下衝到門口，向外一縱，已躍出十幾丈去。福康安大叫一聲，隨後追了出去……

紀曉嵐獨坐在大牢裡，悠然自得地吸著煙。他將煙慢慢吸入肚中，過了好一會兒，才徐徐吐出，頓時煙霧在他的頭頂形成各種形狀，如雲彩，似蝙蝠，向周圍飄飛開去。

和珅提著一瓶酒，來到紀曉嵐面前，命人打開牢門，走進去，坐在紀曉嵐對面，說：「來，咱們暢飲一番，如何？」

紀曉嵐嘲諷地說：「和珅大人為何屈尊到此，與我這階下囚對飲呢？」

和珅說：「三國時曹操煮酒論英雄，傳為千古美談，今晚咱們何不仿效一番？」

紀曉嵐說：「可惜你不是曹操，我不是劉備，況且我一向不勝酒力，滴酒不沾，和珅大人的美意只怕要泡湯了。」

和珅打個哈哈，笑道：「這個我倒忘了，不過也沒什麼。聽說你對閩茶百飲不厭，那就以茶代酒，暢飲如何？」

說完，和珅命人搬來桌子，擺上杯盤菜餚，又命人取來上好品安溪鐵觀音，為紀曉嵐斟上茶，為自己斟好酒。

紀曉嵐感慨地說：「奸邪不兩立，冰炭不同爐，清者自清，濁者自濁，我飲茶，你飲酒，道不同不相為謀啊！」

和珅舉杯說：「天下人以你為大善，以我為大奸，你占盡天下清名，我占盡全天下惡名，此時此刻，何不對飲一杯？」

紀曉嵐舉杯一飲而盡，讚道：「鐵觀音，好茶！」

和珅說：「能與天下才子推崇的紀曉嵐痛飲，實乃人生一大快事！」

紀曉嵐說：「只聞大人暢懷痛飲，不曾聞災民啼饑號寒！」

和珅說：「你知道如何救災？救災必須先救官！只有大小官員吃飽喝足，才能把賑災糧款調撥下放，否則，糧款怎麼能到災民之手？」

紀曉嵐正色說：「食君俸祿，為君分憂，是為人臣者的本色！『先天下之憂而憂，後天下之樂而樂』，自古以來多少忠臣賢士都是楷模！災民已在生死邊緣掙扎，怎忍把他們逼入絕路？林爽文反叛作亂，絕非偶然！」

和珅感慨地說：「從你身上，我看到了清官的可怕！」

紀曉嵐說：「只有貪官才會害怕清官！」

和珅連連搖頭：「清官自以為剛直無私，對上吹毛求疵，對下百般苛求，弄得上下不寧，人心惶惶，天下如何不亂？像你這樣的書呆子，只會高談闊論，全不知諸同僚在處理政務時的繁難，在宦海沉浮中的膽戰心驚。你說柴大紀這樣的人貪嗎？正因為貪，他才對上司百依百順，才能全心全意執行朝廷的命令，才能以數千疲弱之師堅守諸羅縣城將近半年！」

紀曉嵐嘲諷地說：「聽君一席話，勝讀十年書，真令人大開眼界！」

和珅說：「民變之事遲早總會發生。連年災荒，就有災民，國庫空虛，賑災糧款有限，就是包拯到此，也是巧婦難為無米之炊，現在各級官僚拿去一點，災民數量增多一點，民變規模增大一點，僅此而已，本質上並無區別。」

紀曉嵐無限感慨：「如此冠冕堂皇的道理，貪贓枉法竟也順理成章了。」

和珅說：「暫且委屈你幾天。現在萬歲已被嬋娟迷得神魂顛倒，什麼也顧不上了。等到一切煙消雲散，和某自會親送紀大人歸京。」

紀曉嵐笑了：「和珅大人安排得真是滴水不漏啊，佩服佩服。」

和珅大笑：「我更敬佩紀大人的聰慧與執著，有你做對手，和某過得異常充實。」

「我可是苦不堪言啊！」紀曉嵐大笑起來。酒杯與茶杯相碰，兩人一飲而盡。

明軒拔步飛逃，福康安在後緊緊追趕。明軒輕功了得，追了大半個時辰，福康安也無力趕上。然而福康安畢竟身強力壯，耐力持久，時間一長，明軒體力漸漸不支，兩人的距離越來越近。

終於，福康安氣喘吁吁地趕了上來，掄刀就砍，明軒累得大汗淋漓，只能捉刀招架，一來一往戰了片刻，明軒轉身又逃。她牢記著紀曉嵐的囑咐，必須盡快找到萬歲，找到嬋娟姐，否則就要一敗塗地。

追追打打，打打追追，又過了半個時辰，明軒實在支持不住了，福康安也是腳步蹣跚，仍頑強追殺著。明軒氣得大罵：「狗官，你真是陰魂不散啊！」

福康安呼呼牛喘，吼道：「臭丫頭，趕快投降，本將軍饒妳一命！」

明軒正束手無策之際，忽聽一聲熟悉的呼喝：「明軒，我來了！」原來正是嬋娟趕到了。

嬋娟早就看出乾隆心懷鬼胎，但她遠比明軒沉著、有心計。她表面上虛與委蛇，暗中卻在盤算脫身之策，等到乾隆與臣子談話、批閱奏摺之際，她就悄悄地溜出來。總算有驚無險，她翻窗越牆，終於脫離了乾隆的行營，一路緊走慢趕，向福州奔來。可巧，正好在路上遇見明軒。

明軒精神大振，與嬋娟一起，回身再戰福康安。

福康安累得已經精疲力盡，如何能夠抵敵得住？戰不多時，他就之情況不妙，虛晃一招，拔步就逃。

嬋娟說：「算了，饒他一條狗命吧！」

明軒大喊：「他就是福康安！嬋娟姐，就是他害死林大哥！」

嬋娟頓時悲從中來，喊道：「追！」率先追了下去。

明軒緊隨其後，狂喊著：「福康安，納命來！」

福康安慌不擇路，抱頭鼠竄，正在危急之際，忽聽一匹馬的鑾鈴聲由遠而近。福康安心中大喜：「搶了這匹馬，就可逃之夭夭了。」

轉眼間馬到了面前，福康安正想動手搶馬，忽然看見馬上乘坐之人，不由得大吃一驚，雙膝一軟，跪倒在地：「臣福康安叩見萬歲。」

來人正是乾隆。當他看清馬前下跪之人是福康安時，大感詫異，隨即發現嬋娟、明軒從遠處追殺過來，立即醒悟到是怎麼一回事。他向福康安怒罵一聲：「沒出息！滾到後邊去！」

福康安答應一聲，急忙連滾帶爬地躲到乾隆馬後。

當乾隆發現嬋娟不告而別時，他顧不上叫上侍衛，騎了匹馬疾馳而來，他知道紀曉嵐與明軒在福州，那麼嬋娟必定也趕去會合，因此他騎馬直向福州馳來，正好與嬋娟迎面相遇。

嬋娟看見乾隆，急忙停下腳步。明軒卻不管不顧，還要去殺福康安，嬋娟忙把她拉住。

乾隆看著嬋娟，柔聲說道：「嬋娟，妳怎麼不給朕說一聲就走了？」

嬋娟恭謹地說：「我擔憂明軒的安全，心裡不踏實，才匆匆離去，請萬歲原諒。」

乾隆發現紀曉嵐不在，奇怪地問道：「紀曉嵐呢？明軒，他不是和妳在一起嗎？」

明軒「啊」地一聲驚呼，猛然想起紀曉嵐正處境危難，忙說：「紀先生被和珅抓住了，現在很危險，萬歲趕快去救他！」

乾隆大驚失色，叫道：「快走！救紀曉嵐！」

明軒說：「不行！先殺了這狗官再說！」說著，她就要去殺福康安。

乾隆忙說：「殺了福康安，紀曉嵐就沒命了！聽我的話，先救紀曉嵐要緊！」

明軒、嬋娟雖不情願，也只好照辦。一行四人行色匆匆，很快就來到了柴大紀府邸。

乾隆一行人徑直走進大堂，和珅、柴大紀聞報，驚慌失措趕來見駕。

乾隆冷著面孔，問道：「紀曉嵐呢？」

和珅忙跪下回奏：「回萬歲，紀曉嵐冒充和珅，到此招搖撞騙，被臣暫時請在書房之中，待萬歲前來處置。」

乾隆「哼」了一聲：「是大牢吧？如果我不來，你想怎麼處置呢？」

和珅聽出話音不對，連連磕頭：「臣不敢，臣不敢……」

乾隆看見和珅這副可憐相，心就軟了：「算了，起來吧。去把紀曉嵐請來！」

紀曉嵐抽著大煙袋，悠然地從外面走了進來，向乾隆磕頭施禮。

乾隆說：「紀曉嵐，你這次玩笑開得太大了，居然玩到牢裡去了。怎麼樣，查案有何收穫？」

紀曉嵐說：「回萬歲，微臣已掌握真憑實據，柴大紀等人貪贓枉法，事實俱在，罪不容恕！」

和珅跪倒說道：「臣對柴大紀等人罪行失察，致釀大禍，請萬歲治罪！」

乾隆說：「僅僅是失察嗎？」

紀曉嵐說：「回萬歲，臣詳細查閱帳冊，不曾發現和珅大人貪贓枉法的事實。」

乾隆點頭說：「既如此，傳旨，拘押柴大紀等人，交刑部嚴審！」

柴大紀面色慘白，癱軟在地上。

嬋娟、明軒對視一眼，既有冤屈得伸的痛快，卻又感到無限的失落，畢竟林爽文大哥已經不在人世了……

＊＊＊

一座簡樸的陵墓前，嬋娟、明軒雙雙跪倒，口中喃喃禱告：「林大哥，你在天有靈，可以瞑目了。貪官柴大紀等人已全部正法，只可惜，福康安這狗賊深得萬歲寵信，我們無力報仇……」

夕陽如血，紀曉嵐手拿煙袋，面色凝重，盯著墓碑。

碑上刻著他手書的大字：「義俠林爽文之墓」。此刻，他在想什麼呢？

嬋娟、明軒向紀曉嵐盈盈拜倒：「我們要走了。今後先生要多多保重。和珅不會認輸，先生要小心啊……」

紀曉嵐將她們扶起，一時竟不知說什麼才好。號稱「鐵齒銅牙」的他，此刻竟啞口無言，這也是從未有過的啊……

夕陽的餘輝潑灑在他們身上，把他們鍍成了金色的塑像……

第6章

柔中帶剛，憂國憂民拳拳心

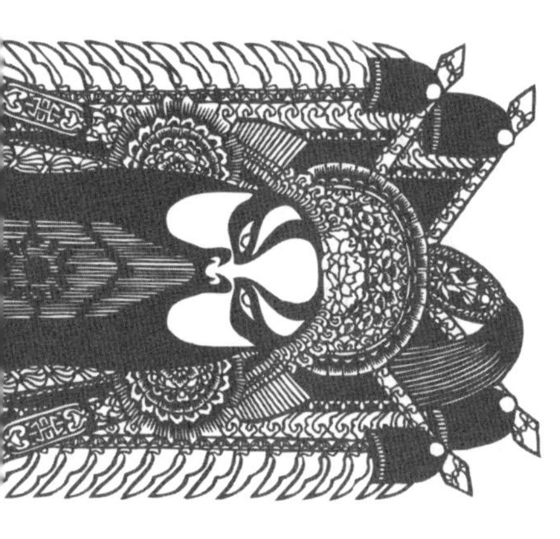

乾隆思念嬋娟竟成心病，欲再下江南。紀曉嵐獻巧計，使乾隆以「流放江南」的旗號順利出行。和珅、紀曉嵐陪同乾隆「流放」，一路上扮作普通百姓，吃盡苦頭。和珅千方百計想令紀曉嵐出醜，不料最終出醜的卻是他自己。紀曉嵐憂國憂民，為家鄉飽受旱災的人民請求賑濟，獲得乾隆恩准。君臣三人乘船沿運河南下，過沒多久就轉變為規模浩大的出巡。駐蹕揚州之後，君臣三人遊覽虹橋，紀曉嵐被乾隆逼迫跳湖，以試其忠，他運用智慧，逃脫大難。歷盡坎坷，他已能做到柔中帶剛，在宦海中把握自我、為民請命了。

01

「九九硯齋」是紀曉嵐最喜愛的一間極其別致的居室。在這間不大的房間裡，精心擺放著一方方形態別致、質地極佳的硯臺。這些都是他想方設法謀求而得的，有的是從市面上高價求購的，有的是厚著臉皮從同僚處討得，有的更絕，是從好友家裡「借」回來的，當然這一「借」，就有去無回了。

當紀曉嵐在書房中坐累了的時候，他就走進「九九硯齋」，撫摸著那一方方硯臺，品味著，陶醉著。他在每一方硯臺上都題寫了硯銘，寥寥數語，卻別有情趣。

此刻，他正捧著一方古色古香的硯臺，心馳神往，神情專注。

過了許久，他突然抓起筆來，寫下如下一段話：「上下同心，政理以成；內外同心，家室以寧。吾見夫挾貳心者，始自利而終自傾。戒之，戒之，毋誤用其聰明。」

他搖頭晃腦吟誦兩遍，又在上面添上大大的四個字：「方勝合銘」。

他想起了這些年來自己與和珅、乾隆之間的恩恩怨怨，不由得喃喃自語：「只有君臣同心，國家才可以治理；只有夫婦同心，家室才可以興盛。可惜，那些所謂的『聰明人』怎麼就想不明白呢？」

他搖頭歎息著，對著硯臺呵了一口氣，再用袍袖拭乾，認真端詳著。

突然，咸寧推門走了進來，說：「老爺，和珅中堂來訪！」

紀曉嵐一愣，和珅與自己積怨甚深，一向明爭暗鬥，面和心不和，今天來幹什麼呢？他不願和珅踏入這間淨土，就說：「請他到客房用茶，我這就過去。」

紀曉嵐將衣冠稍微整理一番，就邁步走向客房。

和珅已在客房等得不耐煩，在房中焦躁地踱來踱去。今天他身穿便服，手搖羽扇，做出一副儒雅的姿態。見紀曉嵐進房，急忙滿臉堆笑，拱手說道：「紀大人忙著呢？」

「哎喲，和珅大人這麼客氣呀，」紀曉嵐心想和珅不知又玩什麼花招，臉上笑得越燦爛，心裡的壞水冒得越兇，他暗中提防著，一面拱手說道：「和珅大人光臨寒舍，蓬蓽生輝，我迎接來遲，恕罪恕罪。」

兩人落座後，和珅沒話找話，搭訕著：「紀大人的院子很清雅嘛，不負才子盛名！」

紀曉嵐嘲諷地說：「還要多謝和珅大人呀。要沒有和珅大人在這裡挖地三尺，我怎會下功夫重新修整？不破不立，和珅大人的破壞之功，我永記在心。」

和珅甚是尷尬，臉上一陣青一陣紅，過了好一會兒，才說：「那一次行事莽撞，至今和某仍追悔莫及，現在再次向紀大人致歉。」說著站起身來，一揖到地，神態非常誠懇。

紀曉嵐慌忙站起還禮，心中更是納悶，不明白和珅今天為何執禮甚恭。他把大煙袋放入口中，點燃，有滋有味地吸著，穩穩地坐在那裡，心想：「你不說，我不問，看你到底要搞什麼名堂？」

和珅終於忍不住了，將身子前傾，湊近紀曉嵐神祕地說：「我這次來，是想請你幫一個忙。」

紀曉嵐笑了：「和珅大人在朝中呼風喚雨，有什麼事辦不到，怎麼想起我來了？」

和珅壓低嗓音說：「此事非同小可。萬歲病了。」

「啊？」紀曉嵐大吃一驚，「早朝時萬歲還好好的，怎麼會突然病了？」

和珅伸出胖胖的食指，在嘴邊搖了搖，輕聲說：「小點聲。此事天知地知你知我知，萬歲早朝時無精打采，難道你沒看出來？」

紀曉嵐猛一回想，確實不錯，乾隆早朝時說話有氣無力，只是自己把注意力都放在當時所議的朝政，不曾像和珅那樣時刻關注乾隆的神情，竟不曾察覺。

紀曉嵐拍拍腦門，嚷道：「和珅大人說得沒錯！不知御醫診斷出什麼結果？吃了什麼藥？」

和珅的嘴巴幾乎湊到紀曉嵐的耳朵上，聲音也壓得更低，細如蚊鳴：「萬歲得的是心病。」

「心病！」紀曉嵐異常驚訝。

和珅點點頭：「確切地說，是相思病。你還記得嬋娟姑娘嗎？」

紀曉嵐頓時心中雪亮：「萬歲思念嬋娟，相思成疾，是嗎？」

和珅說：「正是。我隨侍萬歲之時，幾次見到萬歲呆呆發愣，口中念叨：『但願人長久，千里共嬋娟』……」

紀曉嵐心中暗樂：「蘇東坡的詞，想不到竟被萬歲用作相思了。」口中卻問道：「這病是從福建回來之後染上的吧？」

和珅胖胖的圓臉上愁雲密布，輕歎一口氣：「是啊，不能為萬歲解憂，我和珅就太無能了嗎？因此，我想煩請紀大人，想法子找到嬋娟，如此一來，萬歲龍心大悅，龍體康健，則社稷幸甚，萬民幸甚……」

紀曉嵐心中暗罵：「明明是投其所好，百般媚上，卻偏要找出這麼冠冕堂皇的理由，照此推論下去，到妓院嫖娼也是為國為民了。」口中卻一聲長歎，露出為難的神色：「嬋娟、明軒二人在福建時就已不辭而別，我一介書生，又能有什麼辦法……」

和珅懇切地說：「嬋娟對紀大人敬佩有加，只要你寫封信去，她還不乖乖前來？這可是為了萬歲，為了社稷，蒼生啊……」

紀曉嵐越聽越惱火，心想：「別說我不知道嬋娟現在何處，就是知道，也不能把她叫來呀，這不是把她往火坑裡推嗎？萬歲後宮妃嬪無數，難道還不夠……」

他站起身來，對和珅拱拱手，冷淡地說：「和珅大人心憂社稷，令我敬佩之至，只是實在無能為力，還請和珅大人海涵。」

和珅看見紀曉嵐擺出一副送客的姿態，頓感顏面無存，嘶聲叫道：「紀曉嵐，你……」下面的話還沒說出口，就硬咽回去了，心想：「事關重大，就再忍一忍吧！」於是強行擠出一臉笑容，更和氣地說道：「如此一來，就只有一個辦法了：萬歲這幾天來一直在盤算，要再次下江南。」

紀曉嵐大吃一驚。乾隆幾次三番下江南，耗費巨大，讓地方官員忙於迎接，苦不堪言，國庫空虛，百姓負擔沉重。現在竟然為了一名女子，又再下江南，豈不太過荒唐？他忙問道：「萬歲已經決定了？」

和珅點頭說道：「萬歲決心已下。萬歲說聖祖六下江南，值得仿效。巡視江南，也有助於安定江南局面，況且江南景色秀麗，佳麗迷人，讓萬歲留戀忘返……」

紀曉嵐沉吟著說：「萬歲年事已高，怎經得起舟車勞頓？和珅大人甚受萬歲寵信，又對萬歲極為關切，何不勸上一勸？」

和珅一聲苦笑：「我是勸過的，但萬歲不聽，除非……除非嬋娟回來……」

紀曉嵐心事重重，在房間裡踱來踱去。他知道說的是實情，但他能把嬋娟叫來，送入宮中侍奉皇上嗎？他不能。那麼只有勸諫乾隆改變下江南的決定了……

紀曉嵐雙眼放光，突然停住腳步問道：「和珅大人，你說朝中眾臣會不會勸諫呢？」

和珅面有憂色：「萬歲也正擔心這個，萬歲與我商議數次，想要找個名正言順的理由，堵住眾臣的嘴。這些天來我心中很亂，實在想不出，才來麻煩紀大人……」

紀曉嵐從口中抽去煙管，噴出一口濃煙，臉色在煙霧籠罩中顯得更凝重：「讓我想想，讓我想想……」

和珅也流露出少有的誠懇，動情地說：「有勞紀大人了。此事千萬不可外傳，切記，切記……」

＊＊＊

飯後，紀曉嵐吸著煙袋，負手走在街上，想到熟悉的幾家書鋪去坐坐。正走著，忽聽一陣馬蹄亂響，有個破鑼嗓門大聲吆喝著：「讓開，讓開！」

紀曉嵐向聲音來處望去，只見十幾輛大車排成一隊，每輛車前都是兩匹高頭大馬拉車，車側，車後各有五六個壯漢推車，車上放著一根根又粗又長、圓滾滾的楠木。

紀曉嵐很是驚訝，因為清王朝有嚴格規定，楠木只允許皇室使用，就是位居一品的王公大臣也沒有權力私用楠木。這些年來乾隆大興土木，宮殿蓋了一間又一間，像這樣上等的楠木已很難採伐得到。

紀曉嵐急忙避到路旁，看著一車一車的楠木從面前經過。這時押運楠木的一名軍官看見他，走到他面前，熱情地打招呼：「紀先生，您好！」

紀曉嵐瞇細眼睛，看了好幾遍，似乎有些面熟，卻想不起是誰，只好說道：「恕在下眼拙，不知閣下是哪一位？」

那軍官笑了：「紀先生當然認不得小人。小人是河間府人氏，與先生是同鄉。先生為鄉里爭光，哪位鄉民不以先生為豪？」

紀曉嵐連聲說：「不敢當，不敢當，」他指著楠木問道：「這些楠木從何處伐來？要運往何處？」

那軍官說：「哦，這哪是伐來的，是把明代皇陵的一座楠木殿拆了，要運往清東陵，準備建殿用的。」

「原來如此！」紀曉嵐目送車隊越走越遠，那軍官與他含笑告別，消失在街道拐角中。他的心情更沉重了，本來這一整天他都在為乾隆相思成疾、要再下江南而憂心忡忡，現在憑空遭遇挖陵拆殿的怪事，怎能不憂心如焚呢？

《大清律條》寫得非常明白，盜掘陵墓，罪大惡極，必須充軍發配。現在挖陵拆殿的行動如此明目張膽，分明是得到乾隆批准的，這種做法不正是自亂朝綱嗎？

紀曉嵐越想越煩，沒心情去書鋪了，手捧大煙袋在街上轉了幾個圈，忽然想起來，心中一動：「我何不這麼做，來個兩全其美……」

＊＊＊

第二天清晨，眾臣在朝房等候上朝。紀曉嵐吸著煙，面帶微笑，與大家談笑著。

這時和珅腆著大肚子，走了進來，他眼皮浮腫，顯然這兩天沒有好好休息。

紀曉嵐將和珅拉到一邊，說：「和珅大人精神不大好呢！該不是夜裡還在憂國憂民吧？」

和珅輕歎一聲：「唉，萬歲的心病就是我的心病，我能睡得好嗎？」

紀曉嵐神祕地說：「和珅大人，我倒想出一個辦法，不知能不能試試？」

「啊！」和珅驚喜得雙眼放光，「什麼辦法？說來聽聽。」

「唉……說出來就不靈了，」紀曉嵐露出高深莫測的表情，「我已連夜寫成一道密摺在此，和珅大人只須將這道密摺呈給萬歲，保證萬歲的心病不治而癒。」

「哦，有這麼神嗎？」和珅接過那道密摺，猜測不透裡面到底寫了什麼內容，很是狐疑。

「你放心，包在我身上。」紀曉嵐拍著胸脯說。

乾隆上朝了。眾臣在大殿上山呼已畢，然後按序站好。

和珅見乾隆仍是無精打采的樣子，就把心一橫，不管紀曉嵐用意如何，先把密摺呈上去再說。

和珅出班奏道：「臣有密摺在此，請萬歲御覽。」

太監將密摺接過，呈給乾隆。乾隆拆開封皮，展開細讀。一讀之下，精神陡然一振，再讀，臉上就有了怒容，等到讀完，已是勃然變色，猛地一拍御案，喝道：「和珅，你好大膽！」

和珅一看這密摺的效果果然是立竿見影，乾隆陡然間精神百倍，只是有點過於嚇人，急忙跪倒：「臣日思夜想，全是萬歲所托之事，因此才斗膽上奏。」

乾隆怒不可遏：「朕何時託付你去管東陵之事？挖幾個墓算得了什麼？用幾根楠木又算得了什麼？」

和珅懵了：「什麼？臣就是有天大的膽子，也不敢管修建東陵之事啊！」

乾隆連拍御案數聲，吼道：「還敢狡辯？白紙黑字，你還敢抵賴！」說著，將那道密摺擲還和珅。

和珅爬行幾步，從地上抓起密摺，展開一看，頓感天旋地轉。原來密摺上指明盜墓案屢禁不止，拆毀明代皇陵罪不容赦，必須追究案首，嚴懲不貸。

和珅在地上拚命磕頭：「萬歲，微臣冤枉，這道密摺是紀曉嵐寫的！」他感到有冤難伸，當眾出醜，禁不住失聲痛哭。

紀曉嵐走上前來，笑道：「萬歲，你冤枉大人了，這道密摺確實是出自臣的手筆。」

「啊？」乾隆滿腹疑惑，「你們兩個到底在搞什麼鬼？」

和珅氣得從地上跳起來，衝著紀曉嵐吼道：「姓紀的，你好狠！想害死我呀！」

「慢著，慢著，」紀曉嵐雙手連搖，「和珅大人，我這是在幫你呀！你如果不承情，這件功勞我就獨得了。」

「你這叫幫我嗎？差點連我的命都送了！」和珅急紅了眼，「這算什麼功勞？你想要，就拿去好了。」

紀曉嵐緊逼一句：「這可是你說的？」

和珅不再理他，轉向乾隆說：「萬歲，紀曉嵐目無聖上，惡意攻擊，請萬歲降旨嚴懲！」

乾隆本在盛怒頭上，忽被他們一攪，反而被攪糊塗了，連雷霆大怒都忘記了，說話不似剛才嚴厲：「紀曉嵐，你是什麼意思？」

紀曉嵐嚴肅地說：「萬歲容稟，拆殿修陵，觸犯《大清律條》。小偷小摸尚要定罪，盜墓毀陵更是罪不容赦。人常說：『王子犯法與庶民同罪』，臣斗膽上奏，懇請萬歲為萬民做表率，讓天下人等均知我《大清律條》嚴明無私，人人平等！」

乾隆聞聽，怒火又「騰」地直竄上來：「紀曉嵐，你倒說得義正辭嚴啊！朕倒想聽聽，你想給朕定什麼罪？」

紀曉嵐說：「觸犯刑律，要麼用刑，要麼流放。萬歲是真命天子，當然用不得刑。」

和珅嚷道：「紀曉嵐，你反了嗎？」

乾隆吼道：「說下去！」

紀曉嵐不慌不忙，莊重地說：「臣認為萬歲應當流放，流放江南！」

「流放江南！」乾隆重複了一遍，頓時心領神會，又喃喃念了幾遍，臉上的怒容已一掃而光，喜孜孜地叫道：「好，就依你所奏，朕這就流放江南！」

和珅這時才恍然大悟，急忙說道：「萬歲，這個辦法是臣請紀曉嵐想出來的。」

乾隆「哼」了一聲，冷冷地說：「和珅，你已說過此功不要，現在又想邀功來嗎？再說，將朕託付之事私自洩露出去，該當何罪？」

和珅面色蒼白，伏地請罪：「臣辜負萬歲重托，請萬歲處罰。」

紀曉嵐說：「萬歲，臣以為此次流放，不同以往，不能大肆招搖，必須扮作普通百姓，青衣小帽，才能令人信服。」

乾隆這時已是容光煥發，精神抖擻，說：「就這麼辦，朕准了，眾卿可有什麼不同意見？」

眾臣面面相覷，眼見他們君臣三人合演了一齣妙趣橫生的戲，結局都已定了，當觀眾的還能提出什麼意見？本有幾個大臣對數次下江南頗有微詞，執意要當朝死諫，現在見乾隆輕裝簡從，必與以往的鋪張大不相同，也就不好再表示反對。加上這一次又打上「流放」的旗號，眾臣又怎能表示異議？

於是，眾臣一齊跪倒，齊聲頌道：「萬歲執法如山，有罪必罰，可為萬民楷模。」

02

和珅一回府，就將劉全叫來，吩咐道：「我隨萬歲這次出巡，不同以往，紀大煙袋又詭計多端，不顧情面，少不得要吃一點苦頭。你將咱們府上最好的廚師帶上，暗地跟隨，隨時照應，不能讓萬歲衣食不周。」

劉全大感困惑，說：「何必如此大費周折，只要通知地方官員接待就是了。」

和珅歎息說：「唉，你有所不知，既說是流放，就必須有流放的模樣。萬歲雖不必像囚犯那樣戴枷押送，但畢竟不能演化成出巡那樣的前呼後擁。萬歲是做給朝中眾臣看的，等到出了直隸地界，就好辦了。」

「哎喲，路程真不少啊，難道都得一步一步走過去嗎？」劉全驚訝地問。

「當然了，」和珅苦笑，「紀大煙袋的餿主意，說他當初流放烏魯木齊，就是一步一步，走了八個月，幾千里路。」

「這什麼跟什麼呀，」劉全不滿地說：「萬歲的流放是說著玩的，何必當真？」

「哎，在外面可不許這麼說，」和珅沉著臉說：「流放就是流放，『王子犯法與庶民同罪』，萬歲在做表率呢！」

「都是誰陪伴萬歲一同流放？」劉全問。

和珅說：「萬歲看得起我和紀曉嵐，當然是我們兩人了。金殿上我已經輸了一陣，沿途照料萬歲是我的看家本領，可不能讓紀曉嵐再把功勞搶去。劉全，記住了嗎？」

「放心吧，大人，保證讓萬歲和你吃得有滋有味，不過，卻不能便宜了紀曉嵐，總要給他點罪受。」劉全想得還挺全面。

和珅說：「就這麼辦。路上見機行事，讓紀曉嵐吃點苦頭。我也要多帶一些銀票，以防萬一。」

＊ ＊ ＊

乾隆、和珅、紀曉嵐採取了普通百姓裝束，走在鄉間小道上。

初出皇宮，乾隆的興致很高，尤其是如此出遊，對他來說是生平第一遭，很感新鮮。每看見一樣以往不曾見過的物事，他總要停下來，觀看一會兒，胡謅幾句詩，自以為儒雅風流。和珅自是極盡逢迎之能事，把乾隆吹捧得忘乎所以。紀曉嵐自顧自地吸煙，只恰到好處地說上兩句，為乾隆的詩作增色不少，逗得乾隆眉開眼笑。

紀曉嵐看看天色，已近正午，說道：「照這樣走下去，十天半月也走不出京城地界，何時才能到江南？」

和珅埋怨道：「還不是你出的餿主意？什麼流放，什麼表率，這下倒好，淨在路上磨蹭了。以往南巡何等氣派，坐轎、騎馬、乘船，上百里路，轉眼就到了。運河上數百艘大船逶迤而下，旗幡招展，前呼後擁數十里，多大的場面，好大的氣派！」他的臉上流露出無限神往的表情。

乾隆卻意興盎然，阻止了和珅，說道：「朕倒覺得此行別有情趣，你不用再說了，這次是流放，不是出巡。不過，走了這麼久，朕肚子餓了，必須找個飯館吃點飯去。」

和珅說：「萬歲一提醒，我的肚子也咕嚕亂叫了。再走幾步，看有沒有飯館？」

紀曉嵐前後望望，到處是一塊一塊的梯田，麥苗在火辣辣的陽光下有氣無力地伸展著，他將煙袋從嘴裡拔出，悠然地吐出煙霧，說：「飯館只怕不好找吧。瞧這般旱情，今年的收成好不到哪裡去。到前面找一個農戶，湊和一頓吧。」

乾隆喜上眉梢：「如此甚好。朕很想過過普通百姓的生活，感受一番『農家樂』。你們都不可洩露朕的身分，朕要與民同樂。」

和珅大拍馬屁：「萬歲到百姓家中同吃一鍋飯，古為罕見，一旦傳揚開去，必成千古佳話。」

紀曉嵐微微一笑：「只怕事與願違，農家未必會與和珅大人同樂呀！」

又走出一里多路，小路旁出現了一間孤零零的民房。房子殘破不堪，院牆東倒西歪，被一根木料勉強撐住。

乾隆走得累了，說：「就這家吧。朕想歇歇了。」他突然意識到自己說漏了嘴，忙說：「不可洩露身分，你們叫我『金三爺』好了。」

和珅、紀曉嵐急忙答應：「是！」

推開柴門，走進院子：「老鄉，過路的客人想歇歇腳。」

房中寂無人聲。乾隆、紀曉嵐也走進院子，相互對視一眼，心中暗叫倒楣：「莫非家中沒人？」

和珅走到房門前，將門推開，頓時一股發黴的污穢之氣撲鼻而來，和珅打了兩個噴嚏，捂住鼻子。走進房中，房中比較陰暗，一個面黃肌瘦的老太婆，躺在破床上，睜著昏花的老眼，直盯盯地瞪著他。

和珅頓時毛骨悚然，三兩步竄出房來，喊道：「有鬼！有鬼！」

乾隆嚇了一跳，紀曉嵐伸手摸摸和珅的額頭：「小和珅，你是不是燒糊塗了？朗朗白日，哪來的鬼？」

和珅驚魂未定，說：「房子中有個老太婆，樣子真可怕，真是見鬼了。」

紀曉嵐晃晃手中的煙管：「讓我老紀去瞧瞧。」說著，他走進房中，果然看見一個老太婆蜷縮在床上。他伏下身子，輕聲問道：「大娘，妳怎麼了？妳家的人呢？」

老太婆呻吟兩聲，無力地說：「兒子殘廢了，勉強種一點地，又出不了力，收成也不好，養不活自己，討飯去了。等他回來，就有飯吃……」

紀曉嵐心中惻然，緩緩打量房中的布置，果真是窮得一無所有。走到灶邊，揭開鍋蓋，鍋都已生銹，顯然很長時間沒有做飯了。房中只有一個水缸，倒還儲有半缸水。

這時乾隆、和珅都已進來了。

乾隆也感非常淒涼，默立半晌，歎道：「想不到在天子腳下，尚有如此赤貧人家。」

紀曉嵐說：「金三爺，這裡尚有半缸水，可以喝兩口，解解渴。」

「算了。」乾隆擺擺手，心想：「這種不乾不淨的地方，我怎能喝得下去？」

和珅說：「咱們應該換個地方，再走一走，找家高門大戶，吃點飯去。」

乾隆似乎沒有聽見，站在老太婆床前沉思許久，忽然說道：「對這種赤貧人家不能給予救助，地方官員罪責難逃！」聲音無限悲憤。

紀曉嵐、和珅都注視著他，一時竟不知說什麼話。

乾隆轉向和珅，問道：「你帶的銀兩呢？給老太婆留下一些！」

和珅答道：「是！」從身上不情願地摸出一張銀票，遞給乾隆。乾隆將銀票放到床上。

紀曉嵐也把隨身攜帶的銀兩掏出，放到老太婆床頭，柔聲說道：「老大娘，別叫妳的兒子討飯了，買點小百貨，做點小生意，能過日子就行了。」

老太婆感動得熱淚直流，就要爬起身來，向紀曉嵐下拜：「大恩人哪……」

紀曉嵐忙把她扶著躺下，好言撫慰。

和珅大為不滿：「我這張銀票五百兩，紀曉嵐那些銀子加起來不足五十兩，怎麼他倒成了『大恩人』了？啊，是了，鄉下人眼拙，只識銀子，不曾見過銀票，倒便宜了紀曉嵐……」

乾隆也對老太婆的舉止有些不快，不過很快就置之腦後。他的心中已被老太婆的可憐處境佔滿，饑渴也被淡忘了。

三人走出房門，回望這間危房，乾隆大發感慨：「朕治理國家，不敢懈怠，辛勞無比，自認為百姓安居樂業，無不稱頌太平盛世，誰知才出京半天，就遇上如此慘景……」

和珅安慰道：「這只是極其偶然的現象。老太婆缺衣少食，是因為兒子殘疾。」

紀曉嵐說：「萬歲心憂黎民疾苦，如能讓殘疾百姓也能安居樂業，才是真正的太平盛世。」

乾隆說：「紀曉嵐說得不錯。和珅，拿筆墨來！」

和珅不明所以，急忙從隨身攜帶的包裹裡取出筆墨，呈給乾隆。乾隆提筆在手，飽蘸濃墨，在柴門的兩邊他分別寫下一副奇特的上下聯：

二三四五

六七八九

寫完之後，乾隆將筆遞給和珅，問道：「和珅，你知道朕這是何意？」

和珅摸摸後腦勺，難為情地說：「微臣愚鈍，請萬歲示下。」

乾隆又轉向紀曉嵐：「你知道嗎？」

紀曉嵐略一沉思，答道：「這上聯缺『一』，下聯缺『十』，臣猜萬歲之意，應該是『缺衣少食』吧？」

乾隆讚道：「說得好！」

和珅心中惱火：「這番鋒頭又被紀曉嵐搶去了，哼，自做聰明！」嘴上卻說著：「缺衣少食？是啊，咱們現在不也是肚中『少食』嗎？」

乾隆大笑：「不錯，咱們快走，趕快找個地方填飽肚子去。」

和珅前後望望，不見劉全等人的身影，心中暗罵：「劉全這個狗奴才，跑到哪裡去了，想餓死老爺我嗎？」

＊＊＊

路邊一間鄉村小店，空無一人，老闆娘坐在門口，百無聊賴地看著一隻花母雞在地上覓食。劉全與兩個廚師帶著一個挑著全副廚具的下人走進店門，老闆娘頓時來了精神：「客官，裡面請！本店廚藝無雙，保您滿意！」

劉全掏出一錠銀子，扔給老闆娘：「去把掌櫃叫來！」說著，一行四人走進店來。

掌櫃從後面走了出來，滿臉堆笑：「客官，您老人家想吃點什麼？」

劉全打量著店內簡單的擺設，不屑地說：「鄉村小店，能有什麼山珍海味？掌櫃的，你一年能賺下多少銀子？」

掌櫃說：「僅夠混口飯吃。」

劉全大大咧咧說：「今天爺要在這裡招待幾個客人，想借你這小店一用。剛才那錠銀子就當是訂金，招待得好，爺還有重賞！」

掌櫃心頭歡喜，但又有些疑惑：「這位爺，您不是開玩笑吧？」見劉全用力點了幾下頭，他頓時心花怒放：「不知是幾位什麼客人？需要小的做什麼？」

劉全說：「是三位客人。」他把乾隆、和珅、紀曉嵐三人的相貌詳細描述一遍，然後說：「你要記住，從現在起，其他客人一律不接待。你什麼都不用做，只要把他們三人迎進來，把茶獻上，把我們做好的飯端給他們，讓他們吃好喝好，就行了。做飯不用你管，我們自會安排。還有，不可讓他們知道我們在這裡，記住了嗎？」

掌櫃與老闆娘互視一眼，好生奇怪：「天底下還有如此請人吃飯的？」但禁不住那錠銀子的誘惑，一齊笑咪咪地答道：「是，就按爺的吩咐辦。」

午飯時分，先後來了幾波客人，都被掌櫃的攆走了。看看已過去一個時辰，乾隆三人還沒露面，劉全有些焦急了，心想：「他們不會改變路線吧？應該不會，剛才我們一路尾隨，直到他們進了那間破房子，我們才趕到前面來。路上又沒有岔道，這家小店又是第一家，肯定要到這裡來。要是把萬歲、和珅大人餓壞了，和珅大人回去還不剝了我的皮？」

正在焦慮不安之際，忽見乾隆三人從小路上轉了過來。劉全喜出望外，急忙奔進店內，嚷道：「客人來了！趕快準備！」

劉全四人進入廚房，立刻忙碌起來。掌櫃把乾隆三人迎進店內，沏好茶水端上來，三人咕咚咚喝個淨光。

乾隆說：「爺是第一次受這個罪。又餓又渴，腸子在打架。」

紀曉嵐抽著煙袋，慢條斯理地說：「金三爺，尋常百姓在這種日子裡還要下地勞碌，忍饑挨餓是常有的事。」

和珅撇撇嘴：「得了，老紀，你的話和煙味一樣讓人嗆得難受。」

乾隆說：「古人詩中說：『誰知盤中飧，粒粒皆辛苦』，現在爺是有了親身體會。走了這麼遠的路，才找到吃飯的地方，這碗飯也吃得夠辛苦。」

正說著話，掌櫃把一碗麵端了上來，按照劉全的吩咐，逕直端到乾隆面前，說道：「爺您慢用，鄉村小店，沒有什麼山珍海味，將就著填填肚子吧。」

乾隆一看，麵條上澆著糊糊的炸醬，倒是在宮中從未吃過的，於是問道：「這飯有個名目嗎？」

「有，有，」掌櫃想起劉全的囑咐，滿臉堆笑地說：「這叫『吃著明白』，您請用！」

乾隆很高興：「好，爺今兒個就做個明白人。」

掌櫃走進廚房，劉全把兩碗外表一模一樣的麵條遞給他，把門簾撩開一條縫，指點他該把哪碗給和珅，哪碗給紀曉嵐。

掌櫃答應著走進店內，把兩碗麵放到桌上，說：「這一碗叫『看著糊塗』，那一碗叫『自己清楚』，二位爺……」他突然說不下去了，兩碗麵實在太相像，他搞不清楚到底哪碗該給紀曉嵐，哪碗該給和珅了。

掌櫃只好扭頭向簾後望去，希望劉全給予指點。

劉全急得連比帶劃努嘴，掌櫃仍不得要領。紀曉嵐側對門簾，把一切全看在眼裡，心中完全明白是怎麼一回事。

紀曉嵐對和珅說：「小和珅，你總在關鍵問題上裝糊塗，這碗『看著糊塗』應該是你的了。」

和珅背對門簾，雖不曾看見剛才的一切，但已完全明白這是劉全的安排，現在見紀曉嵐硬把「看著糊塗」讓給自己，猜疑紀曉嵐已看穿這套把戲，故意要暗算自己，於是忙把那碗「自己清楚」端到自己面前，說：「誰說我糊塗？老紀，你聰明過頭了，這『看著糊塗』應該給你享用才對。」

紀曉嵐說：「好，人生難得糊塗，我就吃這碗『糊塗』麵吧！」

乾隆扒開麵糊，發現下面山珍海味應有盡有，叫道：「喂，這店中飯菜還是很不錯嘛！」他探頭看看紀曉嵐的麵，說：「老紀，你這碗也不錯嘛，牛肉，排骨，猴頭茹……看著糊塗，其實並不糊塗嘛！」

和珅正吃得齜牙咧嘴，原來他的麵糊下面全是野菜。

乾隆還要看看和珅的麵，和珅說：「都差不多，好吃，好吃，不用看了。」肚子裡卻是叫苦連天，暗罵：「又被紀大煙袋算計了！他媽的……」

03

乾隆三人在路上走走停停，這天來到滄州地界，站在運河邊上，遠望河中白帆點點，乾隆神往地說：「還是乘船好啊！」

和珅一路上吃了不少苦頭，自然是一百個贊成：「萬歲，臣這就想辦法尋船去。」

這裡距紀曉嵐家鄉河間府不遠，一路行來，紀曉嵐看到家鄉人民因旱災而生活窘迫，不由得心情萬分沉重。他望著河水，若有所思，對乾隆、和珅的對話竟恍若未聞。

乾隆順著紀曉嵐的目光望去，突然發現在一條小河注入運河的河口處，岸邊的土質變得異常鬆軟，竟被水沖成無數大大小小的浪窩。他不知道，當地人就把這種浪窩稱作「王八窩」。他稀奇地問道：「這些坑坑窩窩是什麼呀？」

和珅知道這是「王八窩」，這一路上又因為紀曉嵐窩了一肚子氣，於是不等紀曉嵐開口，就搶著不懷好意地答道：「萬歲，這是紀曉嵐的老家呀！」

和珅的含意相當露骨，紀曉嵐一聽便知，和珅是在罵自己「王八」。

乾隆卻沒聽出來：「答非所問，和珅，不懂就不要裝懂，不要多嘴！」

紀曉嵐微微一笑，一字一頓地說：「這穴窩密集的地方，就是河深的所在。」

「啊，明明在岸邊，怎麼是河深的所在？」乾隆沒聽明白。

紀曉嵐說：「這裡水流湍急，驚濤拍岸，才在河床上形成這些浪窩，現在水雖已退去，但仍可證明是河深的地方。」

和珅卻已完全聽懂了，紀曉嵐借「河深」與「和珅」同音，有意進行反唇相譏，但乾隆剛剛怪他多嘴，他不敢再胡亂開口，只好漲紅著臉，吃個啞巴虧。

乾隆無限感慨：「河深的所在竟滴水皆無，旱情實在罕見啊！」

正說著，一個髒兮兮的乞丐走到他們身邊伸出黑糊糊的雙手，可憐巴巴地說：「老爺，賞點吃的吧……」

紀曉嵐心如刀絞，家鄉人民被旱災折磨得如此痛苦，怎不讓他肝腸寸斷？他眼望乾隆，正要說什麼，卻見和珅伸手就去懷中掏出一錠銀子。和珅這次學了乖，決心也嘗嘗當「大恩人」的滋味。

不料乾隆卻一把攔住了，說：「小和珅，不用給他。爺我覺得真可憐。」

和珅很感意外，疑惑地說：「是啊，這乞丐真是可憐，我才想賞他幾個錢。」

乾隆說：「不是他可憐，是爺我可憐！你不覺得一國之君向叫化子行善，是世上最可憐的事嗎？百姓流離失所，沿街乞討，是可憐，但如果爺賞了這個錢，爺就更可憐，懂了嗎？」

和珅似懂非懂，茫然地點著頭：「三爺，我有點明白，這錢不能給了？」

乾隆堅決地說：「不給！」

和珅異常懊喪，心想：「這趟出門真是倒楣，『大恩人』還是沒當成！」

紀曉嵐卻聽得胸中熱浪翻滾，激動地說：「金三爺所說甚是！如果不是此地不太方便，我真想為天下百姓向您行大禮致謝呢！」

乾隆含笑擺擺手，說：「免了。」心裡卻異常歡暢。

紀曉嵐說：「不過這乞丐還是應該賞一點，不然他今天就不一定有飯吃。三爺不方便給，我給！」

乾隆說：「老紀想得周到，你就賞點吧！」

那乞丐在旁邊聽他們三人高談闊論，早已不耐煩，正打算到別處去乞討，忽聽紀曉嵐喊道：「來，這位兄弟，這點銀兩拿去買點飯吃！回去還是要好好種地，才能豐衣足食。」

乞丐喜出望外，將銀子接到手中，向紀曉嵐磕了幾個響頭，高聲說道：「老爺的大恩大德小人今生今世永不忘記。回去後定當燒香拜佛，祝老爺健康長壽！」說完，站起身來，衝著乾隆、和珅狠狠瞪了一眼，哼著小調，揚長而去。

和珅笑道：「得，這個『大恩人』又讓紀大煙袋做了。」

乾隆沉吟著說：「救濟一個乞丐，是小善。紀曉嵐應當做到讓普天之下再無乞丐，是大善，也是朕的本分。紀曉嵐行善行得好，朕無能，枉為一國之君，這大善卻行得差強人意。」

紀曉嵐誠懇地說：「萬歲能心念及此，足可證明是一代明君。臣代家鄉父老，衷心感謝萬歲的盛情。」說著匍匐在地，莊重行禮。

乾隆忙把他扶起，感慨地說：「這番出宮，不虛此行，朕看到了在宮中無法看到的事實。」

紀曉嵐說：「臣懇請萬歲撥款賑災，讓百姓度過災年，安居樂業。」

乾隆點頭道：「好吧！只有百姓安居樂業，朕才安心。」

紀曉嵐就要跪下再次行禮，乾隆說：「免了吧。那邊有人過來，別洩露了身分。」

和珅在心中暗罵：「紀曉嵐順竿就上，三言兩語就為家鄉父老立了大功德，真是滑頭！」嘴上卻不忘及時拍馬屁：「萬歲心憂黎民，實是蒼生之福……」

＊＊＊

和珅在碼頭雇了一艘快船，三人上船，船在運河上飛快地行駛。紀曉嵐本就知道「流放」只是一個旗號，不可太較真，再加上乾隆年齡已大，再不是壯年時候，不能太過勞累，因此也不表示反對。

三人在艙裡舒舒服服躺了半天，都有了精神，於是走到船頭，眺望兩岸景色。只見遠遠近近炊煙嫋嫋，來來往往車船奔忙。乾隆不由得詩興大發：「好一派繁忙景象，好一片人間美境！紀曉嵐，你可有詩作？」

紀曉嵐也是興致勃勃，略一思索，就高聲吟道：

「我朝百餘載，列聖司陶鈞，
屢籌疏論計，已荷生成恩！
皇帝撫六幕，宵旰憂黎元；
區畫萬年策，南顧猶頻頻。
一人勞謀此，萬姓安大矣！」

和珅大發感慨：「好一個『一人勞謀此，萬姓安大矣！』這運河兩岸如詩如畫的景致，不全是萬歲的功勞嗎？」

乾隆也深有感觸：「不錯，『區畫萬年策，南顧猶頻頻。』何等艱辛！朝中眾臣不念朕的辛勞，反而私下反對，甚是可恨！」

紀曉嵐把一口煙緩緩吸入腹中，再徐徐吐出，瞇細了眼睛，望著兩岸景致，心想：「真能做到上下同心，該有多好。給萬歲唱唱讚歌，也是做臣子的本分啊！以往我做得不夠，和珅卻做得太過了……」

乾隆說：「以往歷次南巡都不曾看見如此美景，卻是為何？」

紀曉嵐說：「地方官員迎來送往，把場面搞得過大，自然看不見平凡的生活。」

乾隆感慨連連：「想不到輕裝簡從，也別有情趣，朕倒覺得當一個老百姓真是太自在、太逍遙了，哪像朕整天悶在深宮批閱奏摺，煩都煩死了。」

和珅討好地說：「萬歲願與百姓同樂，自古罕見，大概只有堯舜這樣的先聖才有此念。」

和珅自以為這番恭維恰到好處，洋洋得意地等待乾隆誇獎，豈料紀曉嵐卻向他噴出一口濃煙，嗆得他連聲咳嗽，雙手亂舞。

紀曉嵐冷冷地說：「和珅大人莫非忘了，當一個叫花子的滋味不好受，餓得面黃肌瘦的模樣比鬼還可怕，百姓並不像我們想像的那麼逍遙自在。」

乾隆悚然一驚，頓時醒悟：「紀曉嵐說得好！朕苦點、累點不算什麼，也應讓老百姓安居樂業，『一人勞謀此，萬姓安大矣！』這是朕的本分……」

和珅被嗆得說不出話，心想：「連拍馬屁都輸給紀曉嵐，今後就沒好日子過了。」

正在這時，一艘大船揚著白帆，從後面追了上來，與乾隆三人所乘的小船並行。乾隆頓時來了興致，吩咐船夫：「搖快點，超過它！」

船夫拚命搖櫓，一時間兩船竟不相上下。

過了一會兒，掛著白帆的大船由於風的推動，竟慢慢超前。

乾隆急得直叫：「快點，快點！」和珅不敢怠慢，跑到船尾，一個勁地催促船夫，船夫雖已搖得大汗淋漓，仍難以扭轉局面，大船一點一點超到前面。

和珅急了，心想自己不能丟這個臉，於是不顧及身分，親自動手幫船夫搖櫓。

紀曉嵐吸著煙袋，看著和珅搖櫓的笨拙相，不禁笑道：「小和珅，別白費力氣了，人家有那麼大的帆，當然速度快了。」

和珅顧不上回答，不願就這麼認輸，仍拚命搖著櫓。

乾隆心中一動，笑著說道：「老紀，我想出一個上聯：『兩舟並行，櫓速不如帆快。』你能對上來嗎？」

這副上聯語意雙關，「櫓速」是三國時「魯肅」的諧音，「帆快」是漢朝時的「樊噲」，頗有些難度。

紀曉嵐口含煙袋，陷入沉思，正在這時，大船上忽然傳來一陣喜氣洋洋的簫聲，似在宣揚他們的勝利，大船就在這簫聲中駛到前面去了，而且越駛越快。

紀曉嵐眼睛一亮，叫道：「有了。我對的下聯是：八音齊奏，笛清怎比簫和。」

「笛清」、「簫和」分別是古人「狄青」、「蕭何」。這個下聯對得異常工整，妙趣天成。

乾隆讚道：「真不負我朝第一才子的美名！」

和珅從船尾氣喘吁吁地走過來，一連用袍袖擦著額頭的汗珠，一邊叫道：「累死了！」

乾隆說：「小和珅，你只會用笨力氣，可遠不如紀曉嵐了。」

和珅心中委屈，把紀曉嵐拉到一邊，說：「怎麼會這樣，出力流汗的挨訓，袖手旁觀的卻受讚美？」

紀曉嵐伸煙鍋在和珅的光腦門上敲了一下：「這就叫『勞心者治人，勞力者治於人』，懂不懂？」

＊＊＊

乘船行來果真舒坦得多，乾隆君臣興致頓增，一路有說有笑。食宿不用擔憂，早有劉全四人前後打點，忍饑挨餓的滋味再沒有品嘗過。

劉全有了上次教訓，再也不敢暗中算計紀曉嵐，紀曉嵐與和珅除了在嘴巴上鬥鬥智之外，倒也沒再玩出新花樣，一路平安無事。

況且和珅隨身攜帶大把的銀票，縱使與劉全走岔了，也盡可吃飽喝好。

說是流放，不驚動地方官員，實際上又怎能做得到？乾隆君臣在直隸地界尚要做給京中的眾臣看，因此嚴令不得走漏風聲，直隸官員被蒙在鼓裡，不曾前來迎送。

等出了直隸地界，乾隆就不再裝模做樣，他說：「朕貴為九五之遵，巡視江南還要找什麼藉口？紀曉嵐說得好：『一人勞謀此，萬姓安大矣！』朕明明是勞謀，又不是遊山玩水，誰還敢勸阻朕？」

紀曉嵐自是不敢勸阻，巴不得趕快結束這種受苦受累的「流放」生涯，對乾隆的話舉雙手贊成。於是「流放」就向「出巡」的方向發展，儘管乾隆一再強調輕裝簡從，但船隊還是具有一定的規模，大小船隻多達十幾艘。

乾隆獨佔一艘豪華遊船，侍奉在他身邊的下人竟達上百人。天天歌舞昇平，夜夜尋花問柳，儘管年事已高，但風流的興致卻絲毫未減。地方官員對此心領神會，每天都進獻美女數十名，任由乾隆播灑龍種。

和珅也為自己覓得一艘氣派的客船，劉全等人隨他上船，專門服侍他一人，他要風得風要雨得雨，非常自在。

紀曉嵐的座船卻遜色得多，不過還是比在滄州租下的快船好上一百倍。服侍的人不多，他也無所謂，只要有肉吃、有煙抽、有書讀，就快樂如神仙了。

船隊順著大運河，向南進發。沿途官員不斷前來迎送，儘管州縣小官乾隆都一概不見，但還是為此耽誤了不少行程。

紀曉嵐看乾隆日夜尋歡作樂，暗中猜測乾隆是否已把尋找嬋娟的初衷淡忘了，當他把這一猜測拿去詢問和珅時，和珅說：「不會，絕不會！昨天萬歲喝酒喝多了，恍惚間竟把一個舞女喚作『嬋娟』。還有，我聽侍奉過萬歲的那些美女講，萬歲在與她們尋歡做樂時，口中卻叫的是嬋娟的名字。可見萬歲是把她們都當成嬋娟的化身了。」

紀曉嵐只有苦笑：「想不到嬋娟竟有如此魔力，令萬歲癡迷到這種地步。」

和珅卻說：「依我看來，是在於嬋娟膽敢拒絕萬歲的恩寵。越是得不到的東西，就越覺得它的寶貴。那些美女招之即來，揮之即去，萬歲早已不稀罕了，稀罕的倒是嬋娟這種有骨氣的女子。」

紀曉嵐不由得憂心忡忡。他心想：「這下嬋娟是在劫難逃了。」

04

乾隆一路南下，船隊的規模越來越龐大。這令紀曉嵐憂心不已。他暗中自責：「早知如此，當初就不該獻此一計。紀曉嵐啊！你總被別人稱聰明過人，現在看來卻弄巧成拙，事與願違。不僅江南百姓又增重負，嬋娟的厄運也步步逼近了。」

乾隆一心嚮往江南的秀山麗水，船過山東地界，並不停留，順流而下，很快進入江蘇境內。沿途風光綺麗，山色空濛，江水浩浩蕩蕩，令人心醉。乾隆令紀曉嵐吟詩，紀曉嵐當即口占一絕：

「濃似春雲淡似煙，參差綠到大江邊。
斜陽流水推篷坐，翠色隨人欲上船。」

乾隆當即大聲叫好，興致很高。和珅也隨聲附和，意興很濃。

這段出巡歲月，和珅總算發揮出自己的特長。他善於察言觀色，能恰到好處為乾隆尋到各種娛樂項目，讓乾隆異常滿意，少不得對他大加讚賞。而紀曉嵐卻拙於此技，也不屑於花費心思去迎合乾隆的欲望，因此倒被乾隆冷落了不少，僅僅成為乾隆身邊的文學侍從大臣，吟詩唱和。

御船逶迤而下，直抵揚州。揚州是當時南北漕運與鹽運的咽喉，商鋪林立，人煙稠密，相當繁華，有「富甲天下」之譽。境內景色極美，名勝眾多，人們都說：「杭州以湖山勝，蘇州以市肆勝，揚州以圓亭勝。」歷次乾隆南巡，都在揚州駐留一段時間，這次當然也不例外。

當地官員早在重寧寺為乾隆建造了豪華的行宮，乾隆一行棄舟上岸，駐蹕重寧寺。

當晚，在重寧寺當地名旦專程為乾隆唱戲，和珅、紀曉嵐一左一右，侍奉在乾隆兩側。

紀曉嵐被劇情吸引，神情專注，心馳神往。和珅卻把一門心思全傾注在乾隆身上，雖說戲唱得相當出色，但乾隆似乎心不在焉，興致不高。

和珅調動全部智慧，也猜不透乾隆到底在想什麼。他聯想到近幾天來乾隆似乎一直心緒不佳，表面上談笑自若，但有時會忽然怔怔出神，似乎有什麼心思。

和珅想：「也許萬歲連日舟車勞頓，應該早些安歇吧？」他探頭過去，正要勸乾隆早早休息，忽聽乾隆喉嚨裡咕嚕了兩聲，依稀聽得好像是「嬋娟」二字。

和珅大吃一驚，暗責自己糊塗：「萬歲這趟出巡，本就為嬋娟而來，一路上興致很高，以為能夠如願以償，現在已到江南，定是醒悟嬋娟尚不知在何方，心神不寧才會如此啊！」

他悄悄離座，將劉全喚來，吩咐道：「你馬上親自到福建，讓福建督撫協助你，全力搜尋嬋娟的下落，一有消息，立即報我知道。」

劉全答應一聲，匆匆走了。

和珅回到座位下，乾隆問：「你不安心看戲，忙什麼呀？」

和珅神祕地一笑，湊近乾隆的耳朵，小聲說：「萬歲，嬋娟之事包在臣身上，半個月之內，保證會有回音。」

「啊，太好了！」乾隆興奮地一拍大腿，激動地說。這個聲量驚動了紀曉嵐，紀曉嵐向他們望望，對和珅反感之極，心想：「又在搞什麼鬼？連戲都不能讓人好好看。」但他卻絲毫不曾流露出來，而是雙手一拍，叫道：「好戲！唱得好！」

隨同乾隆看戲的當地官員見了，無不隨聲附和大聲鼓掌：「唱得好！唱得好！」

乾隆已經察覺自己的失態，正在尷尬，卻見紀曉嵐已巧妙為自己掩飾，使大家都認為他那一嗓子是在讚美戲唱得好。於是他向紀曉嵐讚賞一笑，心想：「紀曉嵐這人，有時候確實不討人喜歡，但卻是朕須臾不可離開的人物……」

第二天，乾隆帶領和珅、紀曉嵐微服出遊。揚州對乾隆來說是舊地重遊，輕車熟路，三人一邊觀賞景致，一邊談笑自若，興致很高。

迎面走來一個上穿淡紅衫、下穿淡藍裙的女子，嫋嫋婷婷，走入一家鹽行中，鹽行中的夥計躬身施禮：「老闆娘，您來了？」

乾隆被那女子所吸引，直到她走入櫃檯後面，消失了身影，才收回目光。

和珅揣摩著乾隆的心說道：「江南果然是地傑人靈，美女如雲，連已嫁人的女子都這麼水靈。」

乾隆微微一笑，突然想出了一個題目：「和珅，你既說此女水靈，那麼，你就以此女為題，做一首詩，必須寫出她的穿著、身分，但又不能出現『女』字，怎麼樣？」

和珅頓時大窘，喃喃半響，說不出一句話，額頭已沁出細密的汗珠。

乾隆轉向紀曉嵐：「還是你來吧！」

紀曉嵐在這功夫已經構思停當，見乾隆點了自己的名字，當即吟了出來：

「淡紅衫子淡藍裙，淡掃蛾眉淡點唇。
可憐一身都是淡，偏偏嫁與賣鹽人。」

乾隆聽完，開懷大笑：「有意思！紀曉嵐，真有你的！」

和珅在旁邊尷尬地陪著笑，心中惱怒不已：「紀大煙袋的腦袋瓜是怎麼長的，怎麼這麼才思敏捷？要能換到我的頭上該多好……」

乾隆說：「難得紀曉嵐如此佳作！紀曉嵐你第一次到揚州，想到哪裡去看看，朕帶你去。」

這幾天來紀曉嵐第一次遇到乾隆如此高興，他當然要湊趣：「臣聽說瘦西湖風景絕美，以清瘦秀麗著稱，可與杭州西湖媲美，有『園林之盛甲天下』之譽。虹橋周圍風景尤佳，臣想去看看。」

乾隆笑道：「真應了『秀才不出門，便知天下事』，既然你對虹橋如此傾慕，咱們就去看一看吧！」

和珅心中不樂意：「好啊！這一次竟要聽命於紀大煙袋了。」但乾隆已經同意，又不能不照辦，於是吩咐隨行的下人，預備三乘小轎，君臣三人坐轎向瘦西湖而去。

漫步在虹橋上，向遠方眺望，只見楊柳依依，湖水蕩漾，沿湖依山臨水，建有多組庭院，自然景色與人工建築渾然一體，北方雄渾與南方秀雅融為一爐，風景如畫，令人如醉如癡。乾隆詩興頓起，就命紀曉嵐吟詩一首。紀曉嵐毫不遲疑，張口就來：

「揚州好，第一是虹橋。楊柳綠齊三尺高，櫻花紅破一聲簫。處處駐蘭橈。」

卻是一首詞。

乾隆讚道：「好詞！為這湖光山色增色不少。」

紀曉嵐躬身答道：「此詞題為《夢香》，卻並非微臣所寫，臣不敢掠美。」

乾隆有些意外：「不是你寫的？那麼到底是何人所寫？」

紀曉嵐黯然地說：「是臣的姻親盧見曾。」原來盧見曾任兩淮鹽運使，就駐守揚州鹽院處理鹽務，曾到虹橋遊覽，寫了這首詞。紀曉嵐讀後，留下了深刻印象。現在虹橋仍在，詞作猶存，卻物是而人非，盧見曾因營私舞弊、虧空庫銀已死於獄中。至今已過去十幾個年頭，但仍讓紀曉嵐黯然神傷。

乾隆有些不痛快：「盧見曾罪不容赦，你是在為他鳴不平嗎？」

和珅立刻回想起當年自己一箭雙雕，迫使紀曉嵐流放戍邊的得意往事，也落井下石說：「只怕不僅是為盧見曾鳴不平，大概還想為自己翻案吧？」

紀曉嵐見乾隆的臉色十分陰沉，知道和珅的話已發生作用。乾隆一回獨斷專行，容不得別人對自己的決斷說三道四，紀曉嵐再長一個腦袋，也不敢翻案呀！

紀曉嵐忙說：「臣日日夜夜不敢忘懷萬歲的不殺之恩，豈敢有非分之想？皇天在上，如果臣真的像和珅大人說的那麼想，就叫臣即刻跳到瘦西湖裡淹死！臣只是觸景生情，想起了當年七千人和詩的盛況……」

當年盧見曾遊覽虹橋之後，做成四首七律，名動一時，海內外文人墨客紛紛依韻唱和。出乎盧見曾預料的是，和詩的人竟達七千多。盧見曾喜出望外，將這些詩作編成一部三百多卷的詩集，被人傳頌一時。

乾隆說：「七千人和詩的事朕也有所聞，盧見曾也是個講義氣的漢子，可惜……」

紀曉嵐聽乾隆對盧見曾的評價還算公平，不禁雙眼含淚，激動地說：「盧見曾九泉有知，也會為萬歲的這番話而欣慰。」

和珅接著乾隆的話，幸災樂禍說：「可惜盧見曾挪用庫銀，出手闊綽，罪大惡極，死有餘辜！」

紀曉嵐只覺胸中熱血上沖，正想痛快淋漓地回敬兩句，但轉念一想，又克制住了。他再不是十餘年前初涉宦海的小小翰林，經過這些年的風雨洗禮，他已懂得柔中帶剛、剛柔相濟。他只是瞪了和珅一眼，心中暗想：「和珅，你有資格說這番話嗎？你結黨營私、拚命聚斂財富，路人皆知。和你相比，盧見曾可算是兩袖清風的雅士了……」

君臣三人不再說話，在虹橋上漫步走著。清風吹拂，三人衣衫飄飄，清爽無比，頓時產生飄飄欲仙之感。

乾隆早已恢復談笑風生的神態，他眼望遠處青山秀水，腦中仍盤旋剛才和珅、紀曉嵐的對話，突然產生了一個連自己都難下斷語的問題，於是問道：「和珅、紀曉嵐，你們都給朕說說，怎麼樣才算得上『忠』？」

和珅一向以對乾隆的忠誠而自我標榜，這時搶先答道：「臣以為，忠就是時刻以萬歲為重，君叫臣死，臣不敢不死。」乾隆點點頭，似是默許，又轉向紀曉嵐問道：「你認為呢？」

紀曉嵐對和珅的處世哲學非常反感，本想說出自己的看法，但因為剛才的談論已使他心驚肉跳，他不敢再造次，就順著和珅的話說：「臣也這麼認為。」

乾隆追問一句：「你說說，你自己對朕到底忠不忠呢？」

紀曉嵐聽出此話很不尋常，但又猜不透乾隆的用意，只得強壓心中的惶恐，答道：「臣對萬歲忠心耿耿，就是萬歲叫臣死，臣也不敢不死。」

「說得好！」乾隆突然加重語氣，厲聲說道：「朕現在就叫你去死，你死不死呢？」

猶如晴天一聲霹靂，紀曉嵐驚呆了。他萬萬想不到，乾隆竟隨意一句話，就要置自己於死地。他驚慌地望望乾隆，只見乾隆面色嚴厲，毫無通融的餘地。他渾身冷汗直冒，但還是強作鎮定，響亮地說：「臣遵旨！」

乾隆的這個決定也讓和珅大感意外，他先是驚愕，繼而困惑，最終轉為大喜。他做夢都不曾想到，自己費盡心機都不曾達到的目的，今天竟不費吹灰之力就實現了。

紀曉嵐向乾隆行大禮永訣：「萬歲，臣這一去，只有來生來世，才能為萬歲效犬馬之勞。不知萬歲要臣如何死法？」

乾隆不動聲色看著紀曉嵐的一舉一動，冷冷地說：「剛才你既說要跳瘦西湖而死，現在就跳下去吧！」

紀曉嵐站起身來，向乾隆深深望了一眼，見乾隆的神態如此冷漠，不禁心灰意冷。又聽見和珅在說風涼話：「如此美景，有紀大才子相伴，也不枉此生。從此瘦西湖又添一處勝景，叫作『紀大才子投湖處』，傳為千古佳話啊！哈哈哈……」

紀曉嵐一步一步，腳步沉重地走到橋邊，心中瞬間翻過千百個念頭。他知道乾隆為統馭群臣，善玩權術，使群臣難以揣測他的心思，但即便如此，乾隆也絕對不曾毫無緣由地處死一個臣子啊……

扶著欄杆，他回頭望去，只見和珅仍是幸災樂禍，沾沾自喜，而乾隆臉上卻出現了難以捉摸的微笑，向他專注地看著。他心中一動：「莫非萬歲又在和我開玩笑？」

他頓時有了主意，扶著欄杆向著湖面自言自語，似乎湖中另有一人，正在和他對話。

乾隆、和珅都覺得滿頭霧水，不知他在玩什麼花招。

過了好一會兒，他才回轉身來，一步一步走回到乾隆面前。

乾隆又板起面孔，厲聲說道：「紀曉嵐，你怎麼還沒死呀？」

紀曉嵐異常嚴肅，莊重地說：「萬歲，不是臣不想死，而是臣遇到了一個人，他不讓臣死。」

「大膽！」乾隆厲聲說：「什麼人敢這麼做？」

和珅說：「這分明是你的藉口，別糊弄人了。」

紀曉嵐更加莊重，說：「回萬歲，臣正要跳湖，卻在湖中看到了楚大夫屈原。是他不讓臣死！他對臣說：『我屈原遇上了楚懷王那樣的昏君，才不惜一死，投入汨羅江，以自己的高潔使他遺臭萬年。而你呢？為什麼要死呢？死是容易的，你用一死讓你的聖上也背上惡名，豈是做臣子的本分？』臣仔細一想，屈原大夫說得不錯啊！萬歲是一代明君，臣不能讓萬歲背上惡名啊！因此臣特來稟明萬歲，請萬歲示下。」

乾隆哈哈大笑：「有你的！紀曉嵐，你就不用死了，朕還真捨不得你這個才思敏捷的大才子呢！」和珅這時才恍然大悟，原來乾隆又是在和紀曉嵐開玩笑，他心中一聲長歎：「可惜啊，如果紀大煙袋腦筋轉得慢一點，這個玩笑可就成了要命的符咒……」

君臣三人回到重寧寺，就有人前來向乾隆稟報，說皇后來了。乾隆大吃一驚，心想：「皇后不在宮中好好待著，竟不遠千里，追隨朕南下，到底有什麼事？」

果然，進寺走了不遠，就見皇后烏喇那拉氏跪在道旁接駕。

這烏喇那拉氏年紀不小，她僅比乾隆小七歲，早在乾隆登基以前，就已隨侍在乾隆身側，深受寵信。後來乾隆的第一個皇后孝賢皇后病逝，她就被封為皇后。她容貌出眾，深明大義，管理後宮井然有序，深受愛戴。現在雖已步入中年，但風韻猶存，儀態萬方。

乾隆說：「起來吧。妳是剛才到達的吧？」

皇后站起來說：「臣妾掛念萬歲，聽說萬歲流放江南，一路上受了不少罪，因此臣妾才連夜趕來照料，一直追到這裡才趕上。」

乾隆點點頭，心裡熱呼呼的，很有幾分感動。

和珅、紀曉嵐急忙上前跪倒施禮：「臣和珅、紀曉嵐叩見娘娘！」

皇后說：「免了吧，你們兩個！不伴著萬歲在宮中處理朝政，卻慫恿萬歲遠下江南，讓萬歲吃了不少苦，該當何罪？」

和珅、紀曉嵐都說：「臣一路照料萬歲，不敢稍有懈怠。」

乾隆說：「別拿他們開刀了，這次巡視江南，都是朕的主意。」口中說著話，心中已有些不快。

皇后低下頭來，恭順地說：「是，臣妾知錯了。」

當夜，重寧寺中再次有戲班獻藝。乾隆君臣仍一如昨夜，看得興致勃勃。正在興頭上，皇后忽然來了。她悄悄走到乾隆身邊，深施一禮，柔聲說道：「萬歲，夜色已深，還是早點安歇吧。」

乾隆正被臺上花旦的婀娜身段所吸引，嘴裡「唔唔」答應兩聲，卻不起身。

和珅見狀，忙替乾隆解圍：「娘娘，您一路奔波，早點歇息吧！看完這齣戲，萬歲自會安歇。」

紀曉嵐望望他們，想說什麼，卻又覺得不妥，於是索性裝作不曾看見，繼續看戲。

皇后又說：「萬歲，保重龍體要緊，臣妾認為是該歇息了。」

乾隆不耐煩地揮揮手：「朕知道了，妳先回去吧。」

皇后答應一聲，卻不離去，仍站在乾隆座旁，關切地看著他，嘴唇抖動著，卻說不出話來。

乾隆見她半晌無語，看戲的興致頓時大減，生氣地說：「妳沒看見朕在看戲嗎？多好的雅興都讓妳敗壞了！」

皇后臉色煞白，眼中含淚，身子搖搖晃晃，侍女倩雲急忙將她扶住。

紀曉嵐心中不忍，站起說道：「萬歲息怒，娘娘一片好心，全是憂慮聖上。」

乾隆鼻中「哼」了一聲，嚷道：「朕要做的事情，要她來管嗎？」

紀曉嵐說：「事不關己，高高掛起。正因為對萬歲情深意重，才會無意中觸犯萬歲，萬歲不可不察！」

發洩過後，乾隆的臉色已經緩和了許多，這時更感到自己有些過分，又不願自承其錯，仍舊強硬地說：「好吧，今天這戲就不看了，回去歇著吧！」

皇后向紀曉嵐投來感激的一瞥，紀曉嵐微微一笑，卻看見倩雲站在皇后身旁，無限敬佩望著自己，明眸皓齒，笑臉如花，他頓時一怔，大煙袋「啪」地一聲掉到地上。

第7章

孽海巨瀾，空餘明月照九州

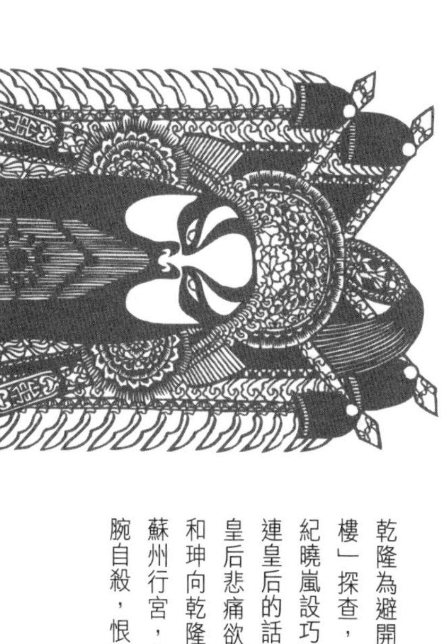

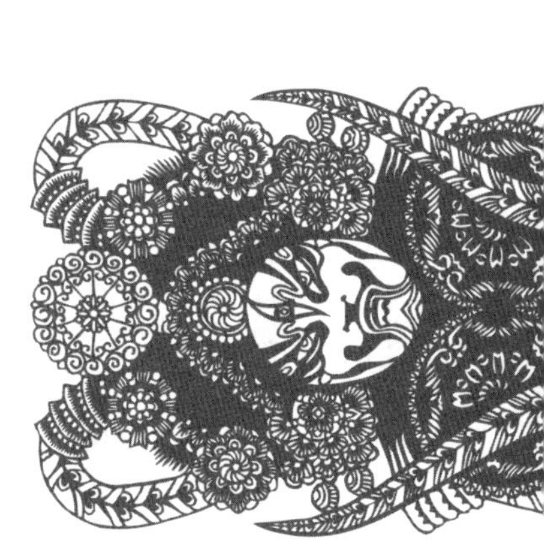

乾隆為避開皇后，竟要到妓院快活。和珅、紀曉嵐受命到「溢香樓」探查，紀曉嵐令和珅狼狽而歸。為勸諫乾隆不要縱欲過度，紀曉嵐設巧計搬出皇后，並令和珅受到訓斥。不料乾隆剛愎自用，連皇后的話也聽不進去，竟攜妓南巡。皇后勸阻，卻遭拳腳毆打，皇后悲痛欲絕，竟至跳河。紀曉嵐挺身而出，卻險遭殺頭大禍。和珅向乾隆建議以紀曉嵐為餌，到蘇州誘出嬋娟。嬋娟果然前來蘇州行宮，乾隆欣喜若狂，紀曉嵐遂獲自由。不料當夜嬋娟卻割腕自殺，恨海悠悠，空餘一輪明月，朗照九州……

01

揚州之行，紀曉嵐有了小小的收穫，讓他喜出望外。他在一個不起眼的文房四寶店鋪中發現一方硯臺，圭的形狀，玉的品質，讓他愛不釋手，急忙掏銀子買下，如獲至寶。一路小心翼翼地捧著，回到重寧寺自己的住房，反覆欣賞，陶醉不已。

他琢磨著要為這方圭硯寫一段不尋常的銘文，想了幾句，都覺得不妥，正繼續考慮下去，忽見和珅手搖羽扇，春風滿面地走進房來。

和珅笑道：「寶劍贈壯士，名硯配才子，老紀很有收穫嘛！」

紀曉嵐忙將圭硯收入書桌中，深恐和珅玷污他的寶貝，站起身來，也笑容滿面地說：「小和珅，興致很高嘛，只怕你也收穫甚豐吧？」

和珅哈哈大笑，笑得甚是得意。紀曉嵐也朗聲大笑，笑中卻含有幾分嘲諷。

和珅收住笑聲，神祕地湊近紀曉嵐，說：「我在揚州城內發現一所妙處，紀大才子是否有興趣前去遊玩？」

「啊，不知是何等妙處？」紀曉嵐心中一動，不知和珅又在打什麼主意了？

和珅搖頭晃腦地說：「才子佳人，風流韻事，離此不遠，有座『溢香樓』，裡面有幾位傾城之貌的絕色佳人，連萬歲都怦然心動，令我前去打探，紀大人何不與我同行？」

紀曉嵐頓時來了興致：「誰不知道我紀曉嵐是個風流才子？連萬歲都曾賞賜宮女給我呢！和珅大人一定還記得吧？」

原來，在《四庫全書》編纂過程中，乾隆要寫一篇序文，命紀曉嵐代筆，結果忙得紀曉嵐一連四、五夜都不曾回家，熬夜熬得雙眼紅腫，臉色潮紅。乾隆一問，才知紀曉嵐夜夜離不得女人，因此格外開恩，賞賜紀曉嵐兩個宮女，一時在朝野上下傳為笑談。

「那好啊，走吧！」和珅沒想到紀曉嵐如此爽快，當即興高采烈地說。

「慢著慢著。」紀曉嵐卻慢悠悠地坐了下來，往大煙鍋裡裝滿煙絲，點燃了，悠然地吞雲吐霧起來。

和珅有些急了，陪笑說道：「老紀，紀大人，抽煙可以邊走邊抽嘛！哪裡會少得了你這兩口煙癮？」

紀曉嵐晃著手裡的煙管說：「我紀曉嵐不在乎涉足風流場所，但有一件事必須說明：為萬歲操辦此類事務一向是你和珅大人的專長，今天為什麼要把我也拉扯進去？」

「唉，我就知道你老紀滑頭，」和珅不由得一聲苦笑，「實不相瞞，我也是迫不得已。皇后來了之後，萬歲才不能盡情盡興，因此才想瞞著皇后，另尋一處風流場所。你想想，皇后我能惹得起嗎？」

「哦，這就是你要我同去的原因，」紀曉嵐冷嘲道，「事情辦得好，得了萬歲的褒獎，是你和珅大人的；事情辦砸了，讓皇后懲處，我老紀就是替罪羊，是不是？」

「哪裡哪裡，」和珅神色之間極不自在，「你老紀腦子靈活，請你同去，也能想想辦法。咱們有福同享，有難同當，好不好？」

「好，好一個『有福同享，有難同當』，只怕到時候就翻臉不認人了。」紀曉嵐慢吞吞地說。

和珅說：「哪能這樣呢？我和珅說話肯定算話，走吧！」

紀曉嵐心想：「既然如此，那就跟他走上一趟，看看他搞些什麼名堂？只是萬歲偌大年紀，尚不知愛惜龍體，竟置皇后的苦口婆心於不顧，實在太過分了。我該想個什麼辦法，使這一荒唐行徑得以制止啊！」

紀曉嵐站起身來：「那就走吧！正巧，我老紀也想見識一下和珅大人的高明手段。只是我有一事不明：和珅大人對萬歲極為關切，為何不知縱欲過度，有損龍體，反而不加勸阻，一味助興呢？」

和珅滿臉都是無奈，一攤雙手：「萬歲就是萬歲，他的話我能不聽嗎？」

「那麼皇后的話呢？」紀曉嵐追問一句。

和珅說：「當然也要聽。偏偏他們的話又針鋒相對，我們這些做臣子的，處在夾縫之中，好難啊！」

紀曉嵐說：「為什麼不請皇后多勸勸萬歲呢？」

和珅氣惱地說：「別提皇后了！萬歲窩了一肚子火，一提皇后，他就發脾氣。」

「還是皇后的本事大，」紀曉嵐感慨地說，「有皇后在這裡，萬歲想風流一下，都得偷偷摸摸。」

「你有所不知，這其中自有奧妙，」和珅又做出一副神祕的表情，說：「皇后勸萬歲不聽，就站在那裡抹眼淚，或者一而再、再而三地哀求，萬歲最受不了的就是這個，這叫作『柔能克剛』」。

紀曉嵐大笑：「和珅大人厲害呀！難怪能在萬歲身邊左右逢源呢！」

＊＊＊

溢香樓內，歡歌笑語不絕於耳。和珅、紀曉嵐坐在一間布置豪華、典雅的雅室內，青樓名妓小如、嫦娥、鳳燕撫琴歌舞，姿態曼妙，楚楚動人。

和珅看得眼睛直了，忍不住咂舌叫好。紀曉嵐也忘記吸煙，心動神搖，專注於三妓的一舉一動、一顰一笑。

一曲既畢，和珅、紀曉嵐都鼓掌叫好。

和珅大喊：「好！果真是色藝俱佳，名不虛傳！」

雖醉於此等仙境，和珅仍不敢忘懷自己的正事。他知道青樓名妓都得高人指點，琴棋書畫都有一定造詣，但此次非同小可，是為萬歲打探虛實，一定要優中選優。要知道乾隆這個風流皇帝在琴棋書畫上面也下過很大功夫，國內高手輪番上陣，傾囊相授，使乾隆的才藝達到相當驚人的地步，尋常藝妓只怕不入乾隆的法眼，一定要有沉魚落雁之容、出類拔萃之藝，才能讓乾隆動心。因此他必須對這些名妓的才藝鑑賞一番，他惟恐自己才力有限，因此才不惜屈尊去求助紀曉嵐，只是他不願示弱於人，這層原因才沒有明說。

和珅興高采烈地說：「來，來，大家都坐下，咱們來行個酒令如何？」

紀曉嵐笑道：「和珅大人既有如此雅興，我雖說不飲酒，也要捨命陪君子。」

三妓都說：「那就恭敬不如從命，和珅大人，你出題目吧。」

和珅來此之前早就盤算許久，胸有成竹，這時微微一笑，說道：「我出一個上聯，大家依次來對下聯，用漏壺計時，必須在滴水一百響之內，對出下聯，否則罰酒三杯，好不好？」

紀曉嵐精於此技，只是微笑不語，看著那三個名妓。

小如一拍手，說道：「好嘛，我就獻一次醜吧！」嫦娥命人去準備漏壺，顯得興致很高。鳳燕微微一笑，並不答話，卻顯得嬌羞可愛。

和珅搖頭晃腦，吟出上聯：

「因火生煙，若不撇出終是苦；」

他接著解釋說：「必須各拆兩字，比如『烟』字拆成『因火』，『若』字撇出就是『苦』，要對得工整，語意通順，怎麼樣？」

小如一吐舌頭：「這麼難啊！」

嫦娥說：「我如對不出，和珅大人能否代勞？」

和珅正要答話，紀曉嵐卻說：「和珅大人定的規矩，豈能自己破壞？」氣得和珅向他翻了一個白眼，心想：「紀大煙袋總和我作對，敗我雅興！」

和珅只得打個哈哈，說道：「代勞應對是不行的，不過可以代勞喝酒。」

小如叫道：「和珅大人好偏心啊！」

和珅說：「看看人家鳳燕，只怕早想出下聯了。」

鳳燕只是羞澀地一笑：「還正想著呢。」說著又陷入沉思。

紀曉嵐說：「可以開始了吧！和珅大人，你就開這個頭吧！」

和珅說：「那是當然。」他清清嗓子，念出自己早就準備好的下聯：

「水酉為酒，入能回頭便成人。」

紀曉嵐毫不客氣，脫口而出：

「舛木為桀，全無人道也稱王。」

鳳燕坐在紀曉嵐身邊，這時拉拉紀曉嵐，悄聲說：「紀先生，我想出了一個，不知能不能對上？」

「啊，說嘛，大聲說出來！」紀曉嵐很是興奮，鼓勵她說。

大家的目光全都集中在鳳燕身上。

鳳燕害羞地笑了一下，吟道：

「少女為妙，大來無一不從夫。」

紀曉嵐鼓掌叫好，大家一致稱道，鳳燕興奮得滿面通紅，更顯楚楚動人。

小如有些急了：「唉喲，我還沒想出來呢，真急死人了！」

耳聽得漏壺嘀嘀答答，她蹙眉沉思，一臉苦相，忽然一拍手，笑逐顏開地嚷道：「有了！我的下聯是：『女卑為婢，女又何妨也稱奴』。唉，漏壺滴了多少下呀？」

和珅興奮地說：「剛剛四十六下，小如姑娘，不簡單嘛！」

「該我了！」嫦娥在這功夫早已想好，大大方方地說：「我對的下聯是：『採絲為彩，又加點綴便成文。』」

紀曉嵐笑道：「和珅大人，你代酒的責任可以免了。」

和珅白了他一眼，顯得十分歡快：「嫦娥姑娘才高八斗，和某敬佩之至。」

紀曉嵐心想：「和珅拍馬屁習慣成自然，在這種場合居然也用上了。」

嫦娥說：「才高八斗奴婢不敢當，早就聽說兩位大人是海內奇才，何不各出一聯互對，向我們露上一手？」

小如、鳳燕都一齊叫好。和珅、紀曉嵐在這種場合自然要百倍炫耀，因此爽快答應。

和珅有意賣弄，就搶先說道：「我出上聯：海棠！」

紀曉嵐立刻對道：「山藥！」

和珅說：「我這上聯可以添字，嫩海棠！」

紀曉嵐不假思索，對道：「老山藥！」

和珅接著添字：「帶葉嫩海棠！」

紀曉嵐應對非常迅速：「連毛老山藥！」

嫦娥、小如、鳳燕都專注地看著他們表演，臉上流露出欽佩的表情。

和珅有些慌亂，但仍不願認輸，於是接著加上兩字：「一枝帶葉嫩海棠！」

紀曉嵐說：「半截連毛老山藥！」

和珅用手在嫦娥鬢邊比劃著說：「斜插一枝帶葉嫩海棠！」

紀曉嵐用煙管在腰間晃了晃，說道：「懸掛半截連毛老山藥！」

鳳燕猛然醒悟紀曉嵐說的是什麼，不由得漲紅了臉，吃吃地笑。小如、嫦娥尚未明白，仍舊饒有興趣地看著他們兩人互對。

和珅亂了陣腳，只得咬牙硬起，再添兩字，說道：「鬢邊斜插一枝帶葉嫩海棠！」

紀曉嵐不懷好意地笑著：「腰間懸掛半截連毛老山藥！」

話到這裡，已經十分露骨，小如、嫦娥、鳳燕都羞得滿臉通紅，笑個不止。

和珅被戲弄得異常尷尬，但仍不願如此草草收場，他故意做出輕薄的姿態，盯著紀曉嵐說：「我愛你鬢邊斜插一枝帶葉嫩海棠！」

含義十分明確，就是要把紀曉嵐當作女性來玩弄，紀曉嵐怎能聽不出？紀曉嵐針鋒相對，也故作輕薄，響亮地說：「你怕我腰間懸掛半截連毛老山藥！」

三個名妓都是風月中人，對此等妙語自是心領神會，都盯住和珅笑得前仰後合，小如笑得眼淚都出來了，捂著肚子「哎喲」直叫。

和珅羞得無地自容，站起身來，狼狽而去。在他身後，紀曉嵐笑著吸了一口煙，煙霧在笑聲中歡快飛揚。

＊＊＊

乾隆捧著一本密摺，反覆看了幾遍，不由得臉上變色，「啪」地一聲將密摺甩到御案上，站起身來，怒聲大叫：「可恨！可惡！」

和珅、紀曉嵐全身一震，都驚恐地睜大眼睛，盯著乾隆的一舉一動，猜測著到底發生了什麼事。

乾隆走到和珅面前：「浙江巡撫牛德旺是不是你保薦的？和珅，你給朕說！他為官到底怎麼樣啊？」

和珅全身驚出一身冷汗：「牛德旺他……政績尚可……忠於聖上……」

「夠了！」乾隆面沉似水，厲聲說道：「有人告他借修海寧大堤之機，中飽私囊，虧空庫銀，又向百姓多方攤派，民怨沸騰，這一切都不會是空穴來風吧？」

和珅大驚，急忙跪下請罪：「臣罪該萬死，保薦失當，請萬歲降罪！」

乾隆臉色緩和了一些，說：「好吧，朕就給你一個補過的機會，立刻派人將牛德旺革職查辦，給朕一個交代！」

「臣遵旨！」和珅站起身來，匆匆走出大殿。

乾隆仍是激憤難平，歎息著說：「朕就不明白，為什麼貪官總也懲治不完？朕殺的貪官不少了，怎麼還有不怕死的人敢如此妄為？」

紀曉嵐說：「俗話說：『人為財死，鳥為食亡』，見利而忘義，貪圖一己之欲，而置百姓死活於不顧，正體現了他們人格的卑下。萬歲對他們進行嚴懲，收到殺一儆百之效，定能大快人心！」

乾隆盯住他，認真地問：「依你看來，怎樣才能清除吏治腐敗呢？」

紀曉嵐心想：「現放著一個大貪官被你寵著，護著，自然會『上樑不正下樑歪』了。」但這樣的話他又不能說出口，只得含糊答道：「萬歲明察萬里，縱有個別狂徒敢以身試法，也必將身敗名裂，不足為懼！」

乾隆受到吹捧，頗感欣慰，但對他的回答顯然並不滿意：「這麼說，朕就只能當『事後諸葛亮』了，發現一個懲處一個，而無法預先防範，是嗎？」

紀曉嵐說：「萬歲，看透一個人的本質是很難的，『人心隔肚皮』呀，再說，由於地位的變遷，環境的改變，人都是會變的。」

乾隆歎道：「你說得不錯。朕這些年來在朝政上日夜操勞，但還是常常出現疏漏，深感棘手啊！朕太累了，常想從朝政中暫時解脫一會兒，卻又免不了遭人非議，這個皇上，朕當得真苦啊！」他一臉無奈地說著。

紀曉嵐猛然想起乾隆打算到「溢香樓」風流快活的事，頓時同情起來：「萬歲畢竟還是人，怎能不讓他做些自己想做的事？只要適度就夠了。」於是說道：「萬歲的苦衷，做臣子的未必全能體諒，但萬歲心憂社稷，讓萬民沐浴浩蕩皇恩，則有目共睹，感天動地。」

和珅走進殿來，向乾隆稟報：「臣已委派吏部尚書前往浙江徹查此案。」

「好吧，」乾隆點點頭，「朕知道了。朕累了，想歇一歇，你們二位，就陪朕隨意走走。」

02

乾隆已經接連三天，都到「溢香樓」風流快活，樂而忘返。

紀曉嵐暗暗心焦：「適度即可，談何容易，必須想法子勸勸萬歲。」只有和珅興高采烈，乾隆的歡樂就是他的歡樂。看到乾隆如此高興，心裡比吃了蜜還快活。

紀曉嵐暗地裡對和珅說：「和珅大人，萬歲如此縱情聲色，決非好事。咱們身為臣子，不設法勸諫，一旦龍體欠佳，你我可都是罪人啊！」

和珅卻說：「人生在世，不就圖個風流快活嗎？『人生得意須盡歡，莫使金樽空對月』，紀大人，你太迂了。『牡丹花下死，做鬼也風流』，人生苦短，能快樂，就盡情快樂吧！」

紀曉嵐臉色大變：「你怎能這麼說？這是一個臣子該說的話嗎？和珅大人，你一向誇耀自己如何忠於萬歲，一旦萬歲有個三長兩短，難道你會有什麼好處嗎？」

這幾句話相當嚴厲，正擊中了和珅的要害。和珅深知自己在朝中權勢薰天，只是巴結住了乾隆一個而已，雖說自己黨羽眾多，也多是趨炎附勢之輩，一旦自己失去乾隆的寵信，就會樹倒猢猻散，一敗塗地，因此他對乾隆的關切遠遠超過朝中眾人。

和珅收起不在乎的神態，低聲下氣地問：「依你說，咱們該怎麼辦？」

紀曉嵐說：「咱們一起去勸勸萬歲，讓萬歲收斂一些。」

和珅一縮脖，臉上頓現為難之情：「這個我可不敢，萬歲脾氣越來越大，誰敢勸呢？連皇后的話都聽不進去。你不要命了，我還想多活幾天呢。」

紀曉嵐知道和珅說的是實情。乾隆到了晚年，越發剛愎自用，聽不進任何反對意見。別看乾隆儒雅風流，談笑風生，這都只是表面上的，實際上他心腸很硬，冷酷無情，翻臉不認人，在這多年的宦途中，紀曉嵐親眼見過好幾個被乾隆寵愛有加的臣子，是如何在轉眼之間丟掉性命的，因此朝中眾臣無不戰戰兢兢，深感「伴君如伴虎」的惶恐，就連和珅這樣位極人臣的人，也常常提心吊膽，為乾隆的片言隻語而驚恐不安。現在紀曉嵐公然要和珅去觸犯皇上，和珅怎麼敢呢？

紀曉嵐想起渥巴錫說過的：「草原上的雄鷹，都知道不可逆風而飛」，忽有所悟：「是啊，『逆風而飛』是萬萬不可的，和珅不敢，我紀曉嵐也不能以卵擊石呀！」

他沉吟片刻，說道：「這樣吧，咱們去面見皇后，由皇后出面勸諫萬歲，和珅大人，你說行不行？」

和珅頭搖得像個波浪鼓：「不行，不行，萬歲對我二人早有交待，對此事不可洩露一句。一旦萬歲知道是我們向皇后打小報告，還不扒了我們的皮？」

紀曉嵐大感失望，不由得一聲冷笑：「我原以為和珅大人在朝中敢作敢為，誰知今天才知道，並非如此。」

和珅顯然受不了這種嘲諷，滿臉怒容，吼道：「你不用激我！你有膽，你是忠臣，你自己去好了！」說完，氣呼呼地走了。

紀曉嵐一個人站在那裡出了一會兒神，想前去求見皇后，走了一段路，又覺得不妥，心想：「萬歲對皇后都疾言厲色，我這麼打個小報告，萬歲一定恨我入骨，和珅的擔憂不是沒有道理，必須想個什麼辦法，既讓皇后得知此事，又不把自己牽涉進去才好。」

他抬頭看看，已離皇后的寢宮不遠，頓感進又不是，退又不甘，嘴含大煙袋，在那裡打起轉轉來。

「紀先生，你在幹什麼呀？」一聲脆生生的招呼在他身後忽然響起。

紀曉嵐吃了一驚，回頭一看，正是倩雲。紀曉嵐慌得手足無措，語無倫次地說：「我……我……溜達溜達……」

倩雲甜甜一笑：「你是不是想見皇后呀？」

紀曉嵐雙手連搖：「不……不是……」轉身就想溜走，走了兩步，腦中忽然靈光一閃，想出一個主意，他又走了回來：「咳……是有一事，明天下午，有個姑娘要將一件重要事物交給皇后，妳可在寺外等候，由妳轉交，記住了嗎？」

倩雲很感奇怪，睜大了眼睛：「紀先生，到底是怎麼一回事呀？你能否說得詳細些，讓奴婢知道來龍去脈？」

紀曉嵐做出一副神祕的姿態說道：「此乃天機，不可洩露，切記切記！對了，皇后面前千萬不能說是我告訴妳的。」

「好吧！」倩雲滿腹疑惑，目送他匆匆離去。

紀曉嵐離開重寧寺，又匆匆趕往溢香樓，找到鳳燕，叮囑道：「明天萬歲再來的時候，妳設法留下萬歲的一件物事，下午送到重寧寺門口，有個宮女裝束的姑娘專程在等妳，妳只要將那物事交給她就行了，只稱是萬歲不慎遺落的，別的不可多說，更不要說是我安排的，記住了嗎？」

鳳燕對紀曉嵐很有好感，自是言聽計從，她眨著好看的大眼睛，很想問清楚到底是怎麼一回事，但見他臉色十分凝重，情知事關重大，只是點頭應道：「好吧，奴婢一切都聽紀大人的。」

＊　＊　＊

乾隆與和珅、紀曉嵐在溢香樓快活了一個早上，日當正午，才盡興而歸。走到半路，乾隆頭頂冒出了汗，就向和珅問道：「和珅，朕的御扇呢？」

和珅奇怪地說：「萬歲，不是一直由您拿著嗎？」

乾隆不高興了：「朕將扇子放在桌上，你沒有收起來嗎？」

和珅說：「是呀，臣是看見御扇在桌子上的，但後來就不見了，臣還以為萬歲您拿去了呢！紀大人，你見了嗎？」

紀曉嵐早已明白是怎麼一回事，卻故意裝聾作啞：「我沒看見呀！和珅大人，萬歲的物事不是一向由你保管嗎？」

和珅頓時慌了，萬歲的御扇遺落於青樓之中，傳揚出去，豈不成為天下笑談？再說，如果御扇落入歹人之手，被別有用心地利用，也不知會惹出什麼樣的波瀾。

和珅急忙說道：「萬歲，臣這就回去尋找。」

乾隆、紀曉嵐就揀了一間茶館坐下，邊品茶邊靜候和珅。過不多久，和珅滿頭大汗、氣喘吁吁地跑了回來：「回萬歲，臣在溢香樓內搜尋一遭，不曾發現御扇。」

乾隆臉色大變：「沒有?難道長了翅膀飛了?和珅，如果惹出什麼事來，朕唯你是問！」

和珅一臉驚恐，說：「回去之後，臣立刻派人將溢香樓翻個底朝天，不信找不出御扇！」

乾隆大怒：「你還嫌事情鬧得不夠大嗎？」他站起身來，拂袖而去。

和珅怔在那裡，臉上的肥肉不停抖動著，痛苦萬狀。紀曉嵐從他身邊走過，向他「嘿嘿」一笑，被他一把拉住了：「紀大人，教教我，救救我吧！」

紀曉嵐用煙管在他的腦門上一敲：「既有今日，何必當初?我再三勸你不要讓萬歲涉足這種場所，你不聽，咎由自取是不是？」說著邁步走出茶館，搖頭晃腦而去。

和珅從後面趕了上來：「紀大人，您有先見之明，大人大量，教我一招吧？」

紀曉嵐見和珅一副可憐相，不由得笑了：「你要找的東西往往找不見，不找時它就自己出現了，世事就是這麼怪，和珅大人何不安下心來，靜候佳音？」

和珅差點哭了出來：「我能安下心嗎？紀大人，你就別說風涼話了。」

紀曉嵐安慰他說：「和珅大人福大命大，一定能逢凶化吉。只要萬歲不再去這種場所，和珅大人的麻煩就自然會煙消雲散。」

「此話當真？」和珅疑惑地問。

紀曉嵐一想，再這樣說下去多半自己的安排會露餡，就故作親熱地一笑，說道：「這樣吧，我說一個辦法，和珅大人如果覺得可行，就試著用一用。」

和珅滿臉笑容，又作揖又打躬：「謝謝，謝謝！和某一定不忘紀大人的大恩大德。快說，是什麼辦法？」

紀曉嵐有滋有味地抽了一口煙，把和珅急得抓耳撓腮，他才慢條斯理地說道：「和珅大人人手眾多，可以發揮不小作用。御扇遺失不久，定在這方圓三十里之內，何不廣遣人手，嚴密關注，一旦御扇出現，就將持扇人生擒活捉？」

和珅頓時茅塞頓開，喜出望外：「不錯！不錯！」轉念一想，又皺起眉頭，「辦法是不錯，但仍如大海撈針，很不容易呀！」

紀曉嵐說：「對此扇感興趣的，不外乎這麼幾類人：風流書生、字畫店主、圖謀不軌的奸人。和珅大人，這下範圍縮小了吧？」

和珅心花怒放，嚷道：「紀大人真是人中諸葛，智計百出呀！明日我專程設宴款待紀大人，你可一定要賞光呀！」

紀曉嵐連說：「別客氣，別客氣！」他吸著大煙袋，滿面歡笑，心想：「和珅，把你的人手都遠遠派出去吧，只怕你做夢都想不到，這把御扇今天下午會出現在重寧寺吧？」

和珅忽然驚叫道：「哎喲，萬歲已經走遠了，咱們快點跟上去吧！」說著，加快腳步，挪動肥胖的身軀，向乾隆急急追去。

紀曉嵐微微一笑，也加快腳步。

＊ ＊ ＊

乾隆睡罷午覺，洗梳已畢，就有太監捧來厚厚一疊奏摺。乾隆坐在龍椅上，拿過奏摺，慢慢批閱起來。

忽聽太監在門口喊道：「皇后娘娘求見萬歲！」

乾隆一愣，放下奏摺，說：「讓她進來吧！」

皇后走進殿中，向乾隆施禮：「臣妾拜見萬歲！臣妾手中有一樣物事，請萬歲看看，可是萬歲之物？」

皇后做事極其細心、嚴謹，她派人打探得知乾隆午睡已起，才稍事收拾，匆匆趕來。現在她見殿中並無他人，才將御扇拿了出來，呈給乾隆。她並不願乾隆在大庭廣眾之中丟人現眼，因為那樣是會深深觸怒乾隆。

乾隆打開一看，正是自己的御扇，不由得又驚又慌：「這把扇子……妳從何處得來？」

皇后的眼淚撲簌簌地落了下來：「萬歲，是溢香樓一名青樓女子送來交還萬歲的，可巧遇見了臣妾……萬歲要善自珍重，那種場合，萬歲怎可去得？青樓女子慣於逢場作戲，不乾不淨，萬歲萬金之軀，豈容玷污？」

乾隆越聽越怒，聽到最後已是怒不可遏，他把御扇猛地甩到桌上，吼道：「朕的事輪到妳管嗎？妳算什麼東西，也膽敢來教訓朕？」

皇后哭拜於地，嗚咽連聲：「臣妾執掌六宮，萬歲起居，臣妾自當關懷備至……萬歲不為自己著想，也該為這大清江山著想啊……」

乾隆頓時怒火萬丈，猛拍御案：「妳反了妳？敢用這種口氣對朕說話？來人呀，把皇后拉出去！」

一個太監慌忙從殿外奔進來，嘴裡應答著「奴才遵旨！」卻不敢伸手去拉跪在地上的皇后，只是顫聲說道：「娘娘，您還是……回去……回去歇著吧……」

皇后跪在那裡，痛哭失聲：「萬歲……萬歲……您就聽臣妾一句話吧……」

乾隆怒吼道：「拉她走！」

太監無奈，只好伸手去攙皇后，但皇后就是不起來。

乾隆臉色鐵青，氣呼呼地向殿外衝去。出了大殿，剛走不遠，迎面正遇見和珅喜孜孜地走來。

和珅歡天喜地地叫道：「萬歲，有好消息！」

乾隆喝道：「好什麼好？」抬手就搧了和珅一個巴掌，搧得和珅眼冒金星，捂著腮幫子愣在那裡。

乾隆氣沖沖地罵道：「和珅！你這個狗奴才幹的好事！」

和珅這才反應過來，看見乾隆面目猙獰，嚇得手腳冰涼，魂飛天外，跪到地上拚命叩頭，卻一句話也說不出來。

乾隆厲聲問道：「和珅，那把扇子找到了嗎？」

和珅哆哆嗦嗦地說：「回萬歲，臣已派人……在方圓三十里撒下大網，保證……保證把扇子找回……」

乾隆冷笑道：「那麼，御扇怎麼到了皇后手中？哼，你倒給朕說說！」

「啊！」和珅目瞪口呆：「奴才……奴才不知，萬歲恕罪……」

「廢物！」乾隆抬腳就走：「要你何用？」

和珅跪在那裡，汗流滿面，卻不敢站起來，因為乾隆沒有發話。

眼看著乾隆越走越遠，和珅心中越來越冰涼，忽然想起自己剛剛得到的那件好消息，他把心一橫，牙一咬，叫道：「萬歲，臣千真萬確是有好消息稟告呀！」

乾隆遠遠站住了，回過頭來，仍是怒容滿面：「什麼好消息？」

和珅顫聲答道：「臣已派人在福建查到嬋娟的下落，特來稟明萬歲。」

「哦？」乾隆一喜，臉色緩和了許多，向和珅招招手：「你過來。」

和珅如蒙大赦，心中一塊石頭落了地，急忙爬起來，三兩步奔到乾隆身邊：「萬歲，嬋娟目前正在蘇州。」

「蘇州？」乾隆覺得很意外，「她怎麼到了蘇州呢？」

和珅說：「回萬歲。明軒祖居蘇州，嬋娟不願再在福建這塊傷心之地生活，就隨同明軒搬到了蘇州。」

「好，好，」乾隆臉上終於出現了笑容，「朕此次南巡正要到達蘇州。你可查清楚，她住在蘇州什麼地方？」

和珅說：「臣已派人前去查問。」

乾隆慢慢點點頭：「好吧，查到了速來報我，只是行事要慎重，不可再像這一次，惹出這麼多麻煩！」

「是，臣遵旨！」這時和珅才敢伸手揉揉火辣辣的腮幫子，心中暗自慶幸：「好險啊！真是九死一生……」

＊＊＊

紀曉嵐終於為自己愛不釋手的圭硯寫出了一段銘文：

圭肖其形，正比其德。藉汝研濡，資於翰墨，三復白圭，防言之疏。文亦匿瑕，慎哉自檢。圭本出棱，無顯於露。腹劍深藏，君子所惡。

他反覆吟詠這段《圭硯銘》，覺得異常滿意。他喃喃自語：「君子坦坦蕩蕩，就是棱角鋒銳，也比白圭還要珍貴。小人口蜜腹劍，就像和珅那般，就算表現得再假仁假義，也必得避而遠之，小心提防。」

正在這時，門口有人輕聲喚道：「紀先生在嗎？」

紀曉嵐急忙迎出門外，一看，竟是倩雲。

他忙含笑說道：「姑娘此來，可是奉了皇后懿旨？不知皇后有何差遣？」

倩雲笑道：「是我自己來的。我已給皇后說過，要拜你為師呢！紀先生，你可要收下我這個學生呀！」

紀曉嵐把倩雲請入屋內，下人獻了茶進來。

紀曉嵐笑道：「姑娘冰清玉潔，常在皇后身邊走動，見識自然不凡，這個老師我可當不起啊！」

倩雲說：「先生太謙虛了。」她收住笑容，心事重重地說：「奴婢此來尚有一事請教先生。我遵先生吩咐，把那把御扇交給皇后，皇后勸諫萬歲，卻令萬歲雷霆大怒。現在皇后整天以淚洗面，茶飯不思，紀先生可有什麼辦法，讓皇后振作起來？」

紀曉嵐聽倩雲詳細講明經過，不由得一聲長歎：「是我害了皇后啊！沒想到萬歲如此蠻橫，我這做臣子的，又能有什麼辦法……」

03

乾隆一得到嬋娟的消息，就迫不及待，下旨立刻離開揚州。當夜，天空一輪明月，大運河中波光粼粼，南巡的船隊浩浩蕩蕩，揚帆出發。

紀曉嵐、和珅都隨侍在乾隆的御船中。

乾隆心緒極佳，神采飛揚。揚州名妓嫦娥、小如、鳳燕奉旨上船，為乾隆歌舞助興。

乾隆眼望明月，忽然想出了一個題目，就滿面笑容地說：「朕剛剛想出一個上聯，你們都聽著，如果誰能對得上來，朕重重有賞！」他把在場五人一一掃視一遍，看見大家都表現出了濃厚的興趣，於是緩緩吟道：

「寸土為寺，寺旁言詩，詩云：明月揚帆離古寺；」

和珅一吐舌頭：「乖乖，這麼難啊！」這個上聯「寸土」合為「寺」，「寺旁言」合為「詩」，「明」可拆出「月」字，最後一句又引用《千家詩》中的句子，最後一字「寺」又與開頭的「寺」相同，難度之大，可想而知。和珅搜索枯腸，自知無能為力，索性放棄，轉頭去看其餘四人。

嫦娥、小如、鳳燕都蹙眉沉思，那副神態別有一番風韻，讓和珅呆呆出神。

乾隆忽然喝道：「和珅，你在想什麼？」

和珅一陣驚慌，忙說：「臣在……在想萬歲的對聯……」收回目光，再也不敢胡思亂想，裝模作樣地思考如何應對。

紀曉嵐忽然開口了：「萬歲，臣對出來了。」

乾隆大喜：「哦，快說！」

紀曉嵐不慌不忙，朗聲吟道：

「兩木成林，林下示禁，禁回：斧斤以時入山林。」

這副下聯自然貼切，「兩木」合為「林」，「林下示」合為「禁」，「斧」可拆出「斤」字，最後一句出自《孟子》，最後一字「林」同樣落到了開頭的「林」字上，妙奪天工，天衣無縫。更妙的是，乾隆的上聯切合當前之景，而紀曉嵐的下聯則隱有諷諭之意，勸乾隆把握時機、適可而止，乾隆如何聽不出來？

乾隆連聲誇獎：「好！好！」

揚州三妓都無比欽佩地望著紀曉嵐，只有和珅心情沮喪，歎道：「這種場合都讓紀曉嵐無限風光，露臉之極，沒辦法，我只能甘拜下風，認輸吧……」

乾隆說：「朕有言在先，要給你重賞。紀曉嵐，你想要什麼呢？」

紀曉嵐這些日子日思夜想的就是如何勸諫皇上，希望他不要縱欲過度，剛才他已在對聯中暗含諷諭之意，此時乾隆興致極高，不正是勸諫的千載難逢的良機嗎？更何況，他還有更深的考慮，想為他所敬重的嬋娟解脫厄運……

於是他躬身答道：「臣不想要什麼賞賜，臣有一個請求，請萬歲恩准！」

乾隆有些疑惑：「哦，什麼請求，你說吧！」

紀曉嵐說：「臣說出之後，請萬歲不要發怒。」他留了個心眼，要先為自己留條退路。

乾隆笑道：「說吧，不管你說出多麼令人難容之事，朕都不怪你。」

紀曉嵐說：「臣以為皇后的話很有道理，處處為萬歲著想，為大清社稷著想，臣懇請萬歲聽從皇后的勸告，同時諒解皇后觸犯萬歲的過失。」

乾隆的笑容立刻不見了，臉色陰沉下來，但想起自己有言在先，不便發作，於是說道：「朕知道了。朕也知道你們是為朕好，今後朕自會約束自己。至於皇后嘛，朕已經不生氣了。怎麼，皇后給你說過什麼嗎？」

紀曉嵐說：「皇后終日不曾拋頭露面，臣哪裡見過？只是臣聽說此事，心憂聖上，才冒昧懇求，請萬歲明察。」

乾隆說：「朕知道了。」臉上頗有幾分不悅。他想了想，對揚州三妓吩咐說：「妳們先下去吧！」

紀曉嵐露出了笑容，心想：「日思夜想的難題，先解決一半了。這個開頭不錯，必得更進一步，解脫嬋娟的厄運才是。」

他眉頭一皺，想出了主意，就說：「萬歲，臣還有一個建議。」

乾隆見他得寸進尺，不知他還會說出什麼更難接受的話來，就嘿嘿一笑，說道：「這已經是第二個了，朕可以不接受。」

和珅在身後扯扯紀曉嵐的衣袖，向他直使眼色：「算了吧。」

紀曉嵐毫不理會，繼續說道：「臣僅僅是個建議，如果不對，萬歲可以拒絕。」

乾隆說：「那好，你說吧。」

紀曉嵐說：「臣以為此番南下蘇州，即便找到了嬋娟，只怕也難以如願。嬋娟是個烈性女子，一味用強，只會適得其反，興許還會釀成悲劇，請萬歲三思。」

乾隆本在興頭上，對這些全未深思，如今忽聽紀曉嵐講明，猶如兜頭澆了一瓢涼水，又失望又懊惱，怔了一會兒，心緒煩亂地說：「你們都回去吧，容朕再想想。」

＊＊＊

第二天天剛亮，紀曉嵐就醒來了。他心中有事，無法預料此行是吉是凶，只覺自己如同一葉小舟，任憑命運的波濤把自己送往不可知的前方，儘管他極力想把握航程，但總是無可奈何。

正在梳洗之際，忽聽前方御船上一片大亂，人聲鼎沸，整個船隊都騷動起來。紀曉嵐大吃一驚，這在歷次南巡中是從所未有的事，御船上侍衛林立，高手如雲，怎麼會有狂徒膽敢滋事？

「莫非有刺客？」這是他的第一個反應。他搶出艙來，站在船舷上向前方眺望，可惜河上水霧瀰漫，他又是近視眼，竟什麼都看不清，只覺模模糊糊看見似乎有人接二連三地往水裡跳。

「一定出事了！萬歲不知怎麼樣？」想到這裡，他立刻叫人撐來小船，送自己到御船上去。剛剛上了御船，就見乾隆衣衫不整，怒容滿面，在甲板上走來走去，嘴裡不住地咒罵著。和珅早已經先到一步，驚慌失措地吩咐著水手，下水打撈什麼。

紀曉嵐跪下施禮：「臣護駕來遲，請萬歲恕罪。」

乾隆似乎並未聽見，也未曾看見他這個人，仍舊怒罵不止。

和珅看見了，忙把他拉到一邊，譏嘲地說：「就你這手無縛雞之力的書生，能護什麼駕？別想偏了，沒有什麼刺客，是皇后跳河了！」

「啊！」紀曉嵐猶如五雷轟頂一般，全身發麻，僵在那裡。

和珅推了他一把，見他仍無反應，不禁冷笑道：「到底是書生！不就是跳河嗎！就把你嚇成這樣？哎喲喲，這下好了，皇后救起來了！」

五六名水手將皇后從水中托出，御船上早有大內侍衛接著，將皇后抬入艙中。御醫們忙碌起來，號脈的號脈，急救的急救，亂作一團。乾隆站在那裡，冷冷地看了一會兒，就一聲不響地走進自己的書房。

和珅、紀曉嵐互相使了個眼色，都不約而同地尾隨在乾隆身後。紀曉嵐剛剛清醒過來，走起路來仍如僵屍一般，感覺胳膊、腿都似乎不是自己的。

乾隆一回頭發現了他倆，頓時大怒，厲聲喝道：「誰叫你們進來的？滾！」

兩人膽戰心驚，小聲應道：「臣遵旨！」雙雙倉皇退到門外。

紀曉嵐驚魂未定，心有餘悸地問：「和珅大人，怎麼會鬧出這麼大的事來？」

和珅搖搖頭，苦笑說：「我僅比你先到一步，詳細情況也不甚了解，只聽到三言兩語，似乎是皇后闖入萬歲寢室，勸諫萬歲，才使萬歲大發雷霆。聽說萬歲還踢了皇后一腳……」

紀曉嵐驚得臉色蒼白，只顧喃喃自語：「這可怎麼好，這可怎麼好……」

他轉眼看見和珅鎮定自若，不由得大為敬佩：「和珅大人真有大將氣度，泰山崩於前而色不變，一定有什麼好辦法了？」

和珅苦笑道：「我能有什麼辦法？說你是書生真不假，這種場面我見得多了，萬歲發起脾氣來，對我張嘴就罵、伸手說打，簡直是家常便飯。不是有句俗語叫做『打是親，罵是愛』嗎？不打不罵怎顯得親密無間？紀大人是才子，萬歲敬重有加，充其量罵兩句就完事，這種場面一定沒見過吧？皇后地位尊貴，也不曾受過此般侮辱，要尋短見，誰能有什麼辦法……」

和珅這番肺腑之言，紀曉嵐是第一次聽見，不由得百感交集：「想不到和珅大人也這麼不容易呀！原來我對和珅大人的了解太過膚淺，今天才了解你的苦衷……」

經過這場波折，再聽了和珅的苦衷，紀曉嵐已心平氣和了許多，覺得竟與和珅有同病相憐之感……

和珅歎道：「咱們鬥了這麼多年，何苦呢？侍奉的都是同一個皇上，乘的是同一艘船，何不同舟共濟，活得舒舒坦坦？」

紀曉嵐笑道：「不錯，咱們乘的是同一條船，但咱們行駛的方向卻不盡相同啊！」

和珅說：「你的意思我懂。你是忠臣，我是奸臣；你兩袖清風，我要權、要錢、要女人，可這些真的就那麼重要嗎？難道我對萬歲就不忠心耿耿？再說，航向把握在萬歲手裡，我們算什麼？我們能起多大作用？只要船不沉，就快活一天，享受一天，有何不可呢……」

紀曉嵐嚴肅地說：「和珅大人，你今天說了心裡話，我就也說兩句吧：在享受之外還有社稷、蒼生，還要讓船更長久地行駛下去，這船上的每個乘客都有責任……」

說到這裡，已是話不投機。和珅還想繼續辯下去，紀曉嵐卻突然發現倩雲從皇后艙中走了出來，忙喚到面前，問道：「皇后怎樣了？」

倩雲滿臉淚痕，傷心地說：「剛剛醒過來，正在床上痛哭呢……」

紀曉嵐又問：「怎麼會鬧出這樣的事？」

倩雲說：「皇后這幾天一直心煩意亂，想要勸阻萬歲的過當行為。船離揚州時，娘娘聽說皇上是去蘇州尋找一個叫什麼嬋娟的姑娘，心中很不痛快。過了不久，又聽說萬歲招了幾個妓女在船上，更是恨得徹夜不眠，就想連夜趕到御船上哭勸萬歲，被奴婢等死命攔住。好不容易捱到天濛濛亮，娘娘就再也無法忍耐，急急趕到御船上來，闖入萬歲寢室。當時萬歲尚與那幾個妓女在床上未起，皇后娘娘跪在地上背起祖訓。萬歲很是惱怒，跪聽祖訓完畢，就跳下床來，大罵娘娘，扇了娘娘兩個耳光，又踹了一腳。剛才御醫診斷，娘娘一根肋骨已斷。娘娘忍無可忍，這才跳河……」

說到最後，倩雲已是泣不成聲。

紀曉嵐與和珅面面相覷，都感此事十分棘手。置身於皇上與皇后之間，稍一不慎，就會惹下殺身大禍，但如果對此事袖手旁觀，不聞不問，也不是一個臣子應有的態度，日後萬歲怪罪下來，同樣後患無窮。

進不行，退不是，乾隆身邊這兩大名臣居然同時感到束手無策，這也是破天荒第一回。

和珅苦笑著說：「紀大人，這一次咱們是不是得同舟共濟一回？」

紀曉嵐說：「既如此，咱們就一同求見萬歲，懇請萬歲息怒，妥善處置此事。」

和珅連連搖頭：「不行不行，這時去萬萬不行。據我多年侍奉萬歲的經驗，這時前去定會火上澆油，使萬歲更加震怒，禍及自身。」

紀曉嵐問：「那麼，何時才能去呢？」

和珅滿有把握地說：「再過大半個時辰，萬歲怒火平息一些，你我二人同去，見機行事，或許能有成效。」

紀曉嵐說：「既如此，我們就攜手勸諫萬歲一回吧。」

＊　＊　＊

乾隆從書房中走出的時候，和珅、紀曉嵐剛剛看望了皇后出來，站在甲板上，眼望一河波濤，默默無語。

乾隆怒火已消去許多，緩緩走過來，站到他們兩人背後，也望著河水出了一會兒神，突然問道：「和珅、紀曉嵐，你們給朕說說，為什麼皇后要跟朕做對呢？」他嗓音嘶啞，話音低沉，顯然尚有餘怒。

和珅、紀曉嵐嚇了一跳，回轉身來，看見乾隆神色疲憊，在旭日的光輝裡眼窩深陷，可怕地瞪著他們。

兩人急忙跪倒施禮：「臣和珅、紀曉嵐叩見萬歲！」

乾隆也不叫他們起來，只是問道：「你們是不是在背後罵朕呢？朕冷酷無情，殘暴蠻橫，是不是？」

兩人全身的汗毛都乍了起來，戰戰兢兢地說：「臣不敢……臣縱使粉身碎骨，也不敢說萬歲一句壞話……」

乾隆低沉地說：「那好，你們認為朕做得對嗎？」

兩人互相望了一眼，都感到這個問題難以回答。本來他們盤算好要一起面見乾隆進行勸諫的，不料他們還沒去，乾隆先來找他們了。剛剛商量好的幾句開場白還沒來得及說，就被乾隆這幾個問題擊得粉碎。

即便乾隆做得不對，又有哪個臣子敢在乾隆盛怒之際當面指出來、惹火上身呢！兩人匍匐在地，不敢看乾隆一眼，只是心裡一個勁打鼓，卻說不得話。

乾隆等了一會兒，不見他們開口，就加重語氣，再次問道：「為什麼不說話？你們是敢怒不敢言嗎？是在心裡罵朕嗎？」

這一來，他們不開口也不可能了。

和珅把心一橫，說道：「萬歲高瞻遠矚，神思天外，非俗人所能理解……」

乾隆一聲冷笑：「少說廢話！你說朕做得對不對？朕是否應該廢后？」

和珅被震住了，心裡一個勁想：「天啊，萬歲竟要廢后……」這個問題萬分重大，和珅怎敢輕易表態？他匍匐在地，全身冷汗直冒，一句話也不敢說了。

乾隆又轉向紀曉嵐：「你說呢，紀曉嵐？」

在這片刻功夫，紀曉嵐心中已轉過千百個念頭。他知道在這個敏感問題上很難逃避，必須做出明智的選擇。這些年宦海沉浮，已使他變得越來越世故，他時刻提醒自己不要觸怒皇上，即便為民請命，也要做得機智、靈活，要把自身安危放在第一位。然而，現在，他還能再瞻前顧後嗎……

他在心中一聲長歎：「罷罷罷，古往今來，都是『文死諫，武死戰』，我不能看著萬歲做出如此大亂綱常之事，縱使今天力諫而死，也要留下一世清名……」

想到這裡，他挺起上身，直視乾隆的眼睛，響亮地說：「臣以為廢后之舉萬萬不可！」

乾隆頓時怒不可遏，恨聲問道：「不行？為什麼不行？」

紀曉嵐說：「皇后勸諫萬歲，一片好心，希望萬歲能以蒼生、社稷為重，如果竟因此而獲罪，則有損萬歲的一世英名，反倒成全了皇后的仁義之舉……」

乾隆瞪大眼睛，咆哮道：「你這是什麼意思？是說朕荒淫誤國嗎？哦，朕知道了，皇后把朕比作隋煬帝，你早就和皇后一鼻孔出氣，難怪昨夜要為皇后求情呢！你說，皇后到底給了你什麼好處？」

紀曉嵐聽了這番話，已知乾隆被怒火燒得喪失理智，多說無益，只能鼓足勇氣為自己辯白：「萬歲，臣只知忠於萬歲，時時處處為萬歲考慮，因此才大膽陳詞，懇請萬歲三思……」

乾隆繼續大發雷霆：「好你個銅齒鋼牙的紀曉嵐！你還敢說是為朕好？前番朕命你跳湖，你巧詞推託，這一次朕倒要看看你怎麼逃脫性命？來人呀，將紀曉嵐推到後面去，砍了！」

立刻走過來四個大內侍衛，把紀曉嵐連推帶搡，押向船尾。和珅早已驚得肝膽俱裂，眼見紀曉嵐要遭受砍頭大罪，再也顧不及其他，顫聲叫道：「萬歲……刀下……留人！」

乾隆血紅的眼睛瞪住和珅：「怎麼？你也想和朕做對？」

紀曉嵐已被推出十幾步遠，只聽見和珅喊了一聲「刀下留人」，心中暗自好笑：「和珅真想與我同舟共濟了，竟然為我求起情來？」然而下面的話卻再也聽不見了，他想：「以和珅的為人，又怎會觸犯萬歲呢？即便有為我開脫之心，也會選擇明哲保身之策。」他搖頭歎息一番，暗想此番性命不保，想不到這些年來處處謹慎，今天卻一時衝動，惹下如此大禍……

就快走到船尾了，忽聽乾隆大聲叫道：「把紀曉嵐押回來！」

紀曉嵐心中大喜，回到乾隆面前，叩謝不殺之恩。

乾隆冷笑道：「紀曉嵐，你現在還以為廢后不可嗎？」

紀曉嵐說：「臣認為此舉太過冒失，必遭朝野上下非議，請萬歲三思！」

乾隆又被激怒了，正要再度發作，忽見倩雲跌跌撞撞，哭天喊地地奔來：「不好了，不好了，皇后剪了頭髮，要出家為尼……」

紀曉嵐、和珅都驚得手足無措，只把眼睛盯住乾隆。

乾隆顯然很感意外，愣怔了片刻，咬牙切齒地叫道：「好！出家，就出家去吧！朕早就不想要這個皇后了……」

倩雲聞聽此言，猶如萬箭穿心，撕心裂肺地哭叫道：「萬歲，您去勸勸皇后吧，不然皇后就非要下船不可……」

乾隆吼道：「讓她下船去！好吧，前面到了鎮江，讓她到金山寺行宮暫住一時，朕會妥善安置她，為她尋一所尼姑庵，讓她清修去！還有，她的侍女也太多了，留兩人就足夠了，其餘全裁掉；每月的例錢、所領取的物品，也全都免了吧……」

倩雲「啊」的一聲驚叫，便昏厥在地。和珅嘴巴張得大大的，這突如其來的巨變顯然讓他無法接受，只是跪在那裡，如同一具失去生命的泥胎。紀曉嵐只覺全身發冷，雖是陽光燦爛的夏日，他卻感到好像在冰窖中冷藏了幾百年，全身的骨骼都凍僵了……

04

船過鎮江，皇后與倩雲上岸而去。紀曉嵐被限制了行動自由，四名大內侍衛在艙口虎視眈眈地盯著他，他除了吃飯、睡覺就是抽煙、看書，因此只能從視窗向皇后單薄的身影久久凝望，直到看不見了，才坐回椅上，一口一口地抽悶煙。

乾隆的訓斥仍在他的耳邊轟然作響：「你以為你算老幾，朕不過因為你才學較優，才留在身邊，你就不知天高地厚了！告訴你，朕不過是把你當倡優養著罷了！記著，朕現在不殺你，一路上你給朕好好反省，到了蘇州再算總帳！」

紀曉嵐心灰意冷到了極點，他痛心地感到，乾隆不再是當年那個善納忠言、從諫如流的明君了，多年唯我獨尊的帝王生活把乾隆的蠻橫殘暴、冷酷自私都推向極致，在這種情況下，身為一個仰人鼻息的臣子，他還有什麼話可說？他還能有一番怎樣的作為……

船隊在鎮江稍做停留，就繼續順大運河南下。紀曉嵐無所事事，除了看書，就是透過視窗眺望兩岸景致。事已至此，他已完全想通，反而不覺得難受了，心想：「連皇后都無可奈何，我一個倡優之臣，管那麼多幹什麼……」

這天，和珅忽然來到艙中，仍舊笑容滿面，似乎這場巨大變故未給他造成絲毫影響。他含笑拱手：「紀大人，這一向可好？」

紀曉嵐也拱拱手：「唉喲，和珅大人還沒忘記我這個罪人啊？那天你為我求情，我還要多謝你的救命之恩呢！」

和珅得意地笑笑：「舉手之勞，何足掛齒？不過你這命也僅僅救下一半而已，現在謝我還有些過早。知道我為什麼救你嗎？」

紀曉嵐說：「和珅大人該不是因為看得起我，要與我同舟共濟，才加以援手吧？」

和珅連連搖頭：「你只知其一，不知其二。告訴你，我是真的捨不得你呢！這些日子我算想明白了，有了你與我明爭暗鬥，我才不會寂寞。豈止是我，萬歲也捨不得你呢……」

紀曉嵐苦笑道：「我有那麼重要嗎？不過是個倡優而已……」

和珅搖頭晃腦，笑得異常神氣：「那只是萬歲的氣話，萬歲罵我還厲害呢，你沒有聽過罷了。萬歲離不開你，需要你的才學，為這太平盛世唱讚歌，為萬歲消愁解悶……」

紀曉嵐喟然歎道：「我的作用僅此而已，與一個倡優有多大區別？」

和珅正色說道：「唉，紀大人，你別想偏了，倡優怎能與你相比？萬歲在氣頭上要殺你，等冷靜下來還是要用你的。」

紀曉嵐問：「此話當真？」

和珅說：「我還能騙你？給你透個底吧，萬歲說了，只要你再不惹事生非，那麼這一次就權當給你個教訓。唉，你可知道我是怎樣給你求下這個情的嗎？」

紀曉嵐說：「和珅大人在這方面遠遠勝過紀某，我怎能猜得出來？」

和珅神祕一笑：「我對萬歲說：『如果這時殺了紀曉嵐，嬋娟就會為紀曉嵐抱不平，就永遠不能原諒萬歲；如果把紀曉嵐押到蘇州，四處宣揚要處決他，那麼嬋娟必會前來探望，到時萬歲做個順水人情，嬋娟還不乖乖就範？』萬歲就這樣被說動了……」

紀曉嵐如夢初醒：「我還以為和珅大人救我是一片好心，誰知是把我當餌呀……」

和珅有些不高興了：「什麼餌不餌的？多難聽呀！救你就是救你，要不是我那幾句話，你這會兒哪還有命在？」

紀曉嵐黯然地說：「如果因此害了嬋娟的話，我還不如被萬歲殺了的好……」

和珅譏嘲地說：「得了，真是多情才子呀！我告訴你，你這樣想，是肯定要吃虧的！只要自己過得好，別人都可以被我所利用，這樣才能活得舒坦、自在……」

紀曉嵐不再說話，他發現自己與和珅永遠無法在處世態度上取得一致，他鄙視和珅的自私、卑劣、無恥，不屑於與這樣的人為伍，再多費口舌也是徒勞無益，於是索性捧起大煙袋，猛吸起來。

和珅見他不語，就轉換了話題：「皇后太不識好歹，才咎由自取，那一幕，現在想起我還心驚肉跳呢！不過萬歲事後也有點後悔，說就把皇后封號保留下來吧，免得廢后之舉驚世駭俗，這下你該滿意了吧？」

紀曉嵐把一口煙霧狠狠噴出：「都鬧到這步田地，皇后這封號廢不廢又有多大區別？皇后現在只是徒有其表罷了……」

和珅悻悻地說：「你還想怎樣？萬歲認為已經對皇后不錯了……」

紀曉嵐默默地抽了幾口煙，忽然想起了什麼，問道：「那三個名妓呢？」

和珅嘿嘿笑了：「還在御船上。你還惦記著她們？萬歲說了，到了蘇州，就將她們遣返。這幾天萬歲還需要她們做陪……」

蘇州又稱姑蘇，原為吳國都城，歷史相當悠久。蘇州園林獨步天下，湖光山色、園林景致舉世聞名，小橋、流水、人家的水鄉風貌讓人賞心悅目，「四大名園」：拙政園、留園、滄浪亭、獅子林讓人流連忘返。乾隆每次南巡都要在蘇州逗留較長時間，這次有要事要辦，自然住得更久些。

蘇州織造府西側，專門為乾隆建造了一座豪華的行宮。乾隆君臣就住在這裡。

和珅每日跟隨乾隆遊山玩水，紀曉嵐卻被孤零零地關押在一間黑屋子裡，誰也不來探望他，似乎世間就不存在他這個人似的。

紀曉嵐的心情自然無法開朗，他憂的不僅僅是自己，更重要的是嬋娟，還有明軒。不知她們二人現在怎樣了？他悶悶地想著：「網已經張好，就等著妳們往裡投了，妳們可千萬別來啊……」

他可以想像得出，如今蘇州大街小巷定已貼滿處決自己的布告，也許在某一個布告別面前，嬋娟、明軒正憂慮地匆匆讀著……

＊　＊　＊

房門被打開了，久違的和珅終於露面了，他笑得似乎更燦爛了：「紀大人，恭喜你了！今天你就自由了！」

「啊！」紀曉嵐卻絲毫沒有重獲自由的欣喜，反而心頭一緊，慌亂地問：「嬋娟她……她真的來了……」

和珅向後一指：「你看看，那是誰來了？」

紀曉嵐順著他手指的方向望去，只見嬋娟、明軒二人都是蘇州鄉姑裝束，並肩走來。

紀曉嵐來不及問別後情形，就急得直跺腳，連聲埋怨：「妳們怎麼來了？妳們來幹什麼？妳們不該來呀……」

嬋娟淺淺一笑，深施一禮：「見到紀先生無恙，嬋娟就放心了。」

明軒爽朗地笑道：「嬋娟姐說了，紀先生是難得的好官，我們一定要來拜見紀先生，懇求萬歲高抬貴手。如果求不下這個情，我們也好給先生送終……」

嬋娟嗔怪道：「怎麼說這麼不吉利的話……」

明軒一吐舌頭，不好意思地笑了：「還好，嬋娟姐給萬歲一說，萬歲就點頭，嬋娟姐的話還挺管用！」

嬋娟默默望了紀曉嵐一會兒，眼神中含有幾分哀怨：「紀先生，你要多保重，朝中魚龍混雜，忠邪並立，你一定要謹慎從事……」

紀曉嵐心頭一熱，眼眶濕潤了：「嬋娟，妳不該為我……為我做這麼大的犧牲……」

和珅在旁邊聽得很不是滋味，如同打翻了醋罈子，全身都是醋味：「這個紀大煙袋，豔福真不淺！跟我的女子不少，但都是看中我的榮華富貴，何曾有人說過如此情真意切的話……媽呀，連我都要感動了……」

一個太監走過來，對嬋娟說：「萬歲有旨，宣嬋娟姑娘晉見！」

嬋娟向紀曉嵐深施一禮：「紀先生，我去了！」又對明軒說：「今後妳就多照料紀先生。紀先生，妳就將明軒收在身邊吧！」

紀曉嵐從嬋娟的話中突然聽出一種不祥的預感，眼看嬋娟走了幾步，他突然喊道：「嬋娟……」

嬋娟回過頭來，向他嫵媚一笑，說：「紀先生，還有事嗎？」

紀曉嵐脫口就想喊出：「妳別去！」但猛然清醒過來，知道這樣的事他無力阻止，只好招招手，依依不捨地說：「妳千萬小心……」

嬋娟又是淺淺一笑，轉身走了。

紀曉嵐怔在那裡，許久許久。明軒輕輕推了推他，附在他耳邊說：「放心吧，嬋娟姐會有辦法的。」

他恍若未聞，仍是呆呆地出神。

＊　＊　＊

夜已深了，在紀曉嵐臨時居住的小院裡，他心事重重，手捧大煙袋，不停地走來走去。明軒卻無憂無慮，顯得非常高興。

明軒說：「紀先生，你就不能坐下歇一會兒？你別操心了，嬋娟姐不會有事的！」

紀曉嵐說：「你怎麼知道？」

明軒說：「上次被皇上留下，嬋娟姐不就逃出來了嗎？再說，皇上對嬋娟姐有非分之想，自然不會加害她的。」

紀曉嵐長歎一口氣：「但願如此。」轉而又搖搖頭，說：「妳不了解皇上，想得太簡單了。這行宮可不比福建輕裝簡從的臨時住所，要想脫身比登天還難。再說，嬋娟有情有義，斷然不會為了逃命而連累我們……」

明軒頓時慌張起來：「那怎麼辦？」

紀曉嵐憂心忡忡地說：「現在，嬋娟除了屈從萬歲，還能……」

他說不下去了，他實在不願說出那個可怕的預感——太可怕了，可怕得讓他不寒而慄，讓他無法面對……

和珅大搖大擺地走了進來，老遠就打招呼：「紀大人，今天逃脫厄運，是否應該慶賀一番？」

他的身後跟著管家劉全，劉全因在蘇州遍尋嬋娟不得，返回向他稟報，被他訓斥一番，直到現在還有些垂頭喪氣。

紀曉嵐心裡很不痛快，勉強笑道：「有什麼可慶賀的？我可沒有和珅大人這麼好的興致……」

和珅哈哈一笑，裝作恍然大悟的樣子說：「哦，我明白了，紀大人在為嬋娟牽腸掛肚呢。唉，想開點，天下美女多的是。有嬋娟在萬歲身邊，日後紀大人可就鴻福齊天了……」

紀曉嵐大怒，冷冷地說：「鴻福齊天的是和珅大人，我可消受不起。和珅大人這次把嬋娟送到萬歲面前，定讓萬歲嘉獎不小吧？」

和珅得意洋洋，神氣地說：「那是自然。可恨劉全這幫奴才，什麼事都不會辦，要不是我想出這條妙計，只怕現在還在空忙活呢！不過，我還得謝謝紀大人，你這餌的效果真好啊……」

紀曉嵐「呸」的唾了一口，怒罵道：「姓和的！你不幫著萬歲治理江山，整天誘使萬歲縱情聲色，你枉為大臣！萬歲妃嬪無數，又有揚州三妓作陪，為何還要送一個好姑娘進去……」

和珅卻一點也不生氣，嘻皮笑臉地說：「那些妃嬪萬歲早玩膩了，揚州三妓也打發走了，現在萬歲感興趣的只有嬋娟姑娘。紀大人，你別橫眉豎眼地瞪我，你怎麼知道嬋娟進宮不是享受榮華富貴去了？多少女人做夢都想得到萬歲的寵愛，現放著天大的好事在面前，嬋娟能不動心？我和某只不過成人之美……」

紀曉嵐尚未開口，旁邊早氣壞的明軒，柳眉倒豎，怒喝道：「嬋娟姐不是那種人！姓和的，你再胡說八道，我把你的舌頭割下來……」

和珅一吐舌頭，故作驚慌嚷道：「姑奶奶，妳的厲害，我怕了，我怕了……」

正在這時，一個太監匆匆走進院來，神色甚是慌張，對紀曉嵐說：「紀大人，萬歲叫你和明軒姑娘去呢！」

和珅忙問：「萬歲沒叫我嗎？」

太監搖搖頭。

和珅頓感失落，酸溜溜地說：「看看，我說得不錯吧？紀大人的鴻福來了……」

紀曉嵐瞪了他一眼，轉身問太監：「公公，你可知道究竟有什麼事？」

太監說：「嬋娟姑娘割腕自殺，流了很多血，遍地都是，好嚇人喲……」他臉色蒼白，嘴唇哆嗦，說不下去了。

明軒一聲驚叫，栽倒在地，頓時不省人事。

紀曉嵐頹然坐在地上，手中的大煙袋也隨之跌落，他全身發抖，眼淚滾滾而下，只是一個勁地喃喃自語：「我為什麼不攔著妳？嬋娟，都怪我啊！我預感到了，為什麼還讓妳跳入火坑……妳是為救我而死的……我這條老命值幾個錢？嬋娟，可惜妳了，妳怎麼這麼傻……」

和珅、劉全聽到這個消息，都大感震驚，呆若木雞，站著發愣。過了好久，才搖了搖頭，不解地說：「世上竟還有這種傻子……」

紀曉嵐抬起頭來，只見一輪明月正掛在夜空，把皎潔的光輝灑滿人間。他淚流滿面，悲痛喊道：「嬋娟，妳這明月的化身，為什麼這麼快就消失了妳的光輝，為什麼……」

第章

生死抉擇，君王蒼生誰為重

浙江巡撫牛德旺被人告發貪贓枉法、橫徵暴斂，乾隆親至杭州御審，在與牛德旺祕密接觸後，竟獨自離開行宮，失去蹤影。和珅大為恐慌，向紀曉嵐講出一件祕聞，請紀曉嵐出謀劃策。原來乾隆竟是閣老陳世倌之子，剛出世就被雍王妃用自己所生的女嬰調換，於是格格流落民間。紀曉嵐從告發牛德旺的密摺上判斷告發之人是牛德旺的夫人，也就是流落民間的格格，於是紀曉嵐、和珅來到杭州大牢，動之以情，曉之以理，終於查明所謂的貪贓枉法案件竟是一個苦肉計，目的是為了引乾隆到海鹽去與牛夫人相見。觀潮勝地海鹽，怒潮如山，乾隆與牛夫人驚心動魄地相會……

01

蘇州城外，天平山下，山青水秀，景色宜人。如今這裡新修了一座新墳，墳前紀曉嵐、明軒跪倒在地，一臉悲痛。

乾隆、和珅站在他們身後，默默注視著。乾隆凝視著墓碑上的幾個大字：「嬋娟仙子之墓」。

乾隆心痛不已：「唉！嬋娟是一塵不染、冰清玉潔的仙子，朕怎麼昏了頭，要冒犯她、占有她呢？可憐，竟把她逼上絕路……」

紀曉嵐在嬋娟墳前焚化她的遺書，上面的文字他已讀了千百遍，早已深刻於心，只感到字字句句都飽含深情：

紀先生：

嬋娟與您永訣了。除了林爽文大哥之外，您是最讓我敬重的人。此番離去，我將追隨林大哥於九泉之下。塵世紛擾，難容先生這等高潔之士，先生要慎之又慎。

這段話寫完之後，嬋娟似乎很不放心明軒，又特意補上一句：「明軒與我情同姊妹，拜託先生照料。」

明軒聞知噩耗，幾番哭昏過去，幾次要尋短見，都被紀曉嵐死命攔住。

紀曉嵐悲痛地說：「明軒，如果妳再輕生，不僅使我愧對嬋娟，也使嬋娟在九泉之下難以瞑目……」

明軒總算打消輕生的念頭，卻又氣沖沖去找乾隆、和珅算帳。紀曉嵐硬攔不住，只顧用大煙袋敲著桌面，狠狠地說：「算帳是嗎？好，我陪妳一起去，死就死了，大家一塊死，這樣嬋娟就高興了，是不是？」明軒這才作罷。

乾隆的心情也很不好受，既震驚，又失望，還加上幾分自責。他不停問自己：「朕難道連一個女子也容不下？朕是否已成了一個暴君？」他用這個問題問身邊的侍衛、太監，沒人敢回答；又問和珅、紀曉嵐，聽到的回答同樣讓他深感失望。

只有和珅若無其事。對他來說，死個人又何必放在心上？在他向高官險位攀登的過程，不知把多少人踩在腳下，不知親手釀造了多少血淚悲劇，他已練就了鐵石心腸，他只關心自己，對別人的痛苦無動於衷。除了歎息幾聲、罵嬋娟「傻瓜」之外，他竟再無更多的哀痛。不過乾隆既已到了失魂落魄的地步，和珅也少不得要惺惺作態一番。

默祭許久，紀曉嵐與明軒站起身來，對乾隆說：「萬歲，咱們回去吧！」

乾隆默默點頭，卻不移動腳步，只是一遍一遍地打量周圍的景致。離此不遠的天平山莊，是宋朝范仲淹的義莊，他去過兩次，題過匾額，吟過詩。如今，他癡戀許久的女子也長眠於此，他不知從此一去，能否再有機會回到這裡憑弔一番。

和珅忽然手指稻田，驚喜地叫道：「萬歲，您看！」

乾隆順著他手指的方向望去，只見稻田裡五色交錯，竟繡出「天下太平、萬壽無疆」等字。

紀曉嵐也看見了，心中暗罵：「如今的官吏都把功夫用在逢迎巴結上，這大清江山岌岌可危啊！」

乾隆沉聲說道：「此地的租賦，就免了吧！嬋娟仙子在此，也該給當地帶來福音呀……」

＊＊＊

乾隆情緒不佳，在行宮裡悶了兩天，就要出外走走。傳召紀曉嵐，紀曉嵐託病不來，乾隆知道這件事對紀曉嵐刺激太大，也不勉強，只帶了和珅，在蘇州內外四處遊玩。

說是遊玩，其實哪有那般閒情逸致？前有皇后出家，後有嬋娟慘死，乾隆心煩意亂，再好的景致都無法使他心平氣和。和珅雖很會投其所好，對聲色犬馬很有研究，然而到了此時也無計可施，只在心中暗暗叫苦。

這天回到行宮，和珅收到一份奏摺，是吏部尚書從浙江送回來的，折內奏明牛德旺已被革職查辦，對橫徵暴斂、中飽私囊的罪行牛德旺供認不諱。

和珅心中大喜，心想：「萬歲對此事極為關注，或許能藉此減輕萬歲的哀痛，將注意力轉移到懲治貪官上。」

他深知乾隆對朝政極為關注，執政四十餘年仍事必躬親，事無鉅細一概過問。這等貪官，乾隆豈能置之不理？轉而一想，這牛德旺對自己極為孝敬，又時有厚禮相贈，關鍵時刻不拉他一把，似乎說不過去……

和珅盤算許久，終於下了決心：「無毒不丈夫！只要萬歲高興，就是殺了我親爹，也得認了！」

隨同奏摺送來的還有一個錦盒，內裝十二顆滾圓滾圓的東珠，似乎是宮中之物，連和珅府中都沒有。奏摺中寫明：「此十二顆東珠是牛德旺懇請呈給萬歲的，他說萬歲一看自知，不須多言。」

和珅不由得一陣冷笑：「牛德旺，你死到臨頭了，還想賄賂萬歲，不是太蠢了嗎？」

他把玩著東珠，愛不釋手，很想給自己留下兩顆，但想到此事萬分重大，不敢亂做手腳，只好貪婪地看了好一會兒，才把東珠放回盒中，然後命人將奏摺與錦盒一同呈給乾隆。

乾隆看了奏摺，咬牙切齒地罵道：「這等貪官，應當就地正法，淩遲處死！」他心情不暢，時不時想發洩一下，在牛德旺這件事上正好一抖虎威。

和珅驚得全身顫了一下，暗暗叫道：「牛德旺呀，不是我不想幫你，而是你撞在槍口上了，怪不得我呀！」於是他趨前一步，奉承道：「萬歲懲治貪官，大快民心！」

乾隆打開錦盒，看了一眼東珠，臉色忽然大變。他拿起一顆看了又看，放下去，又拿起另一顆仔細地看著……

越看，他的表情越奇特，既有奇怪，又有震驚，似乎還有幾分惶恐。一連看了六、七顆，他才將錦盒闔上，沉思了好一會兒，他才轉向和珅，十分嚴肅地問：「這十二顆東珠是從哪裡來的？」

和珅早就覺得惶恐不安，急忙惴惴不安地回答：「是牛德旺呈給萬歲的。」

乾隆說：「這個朕知道。朕要問的是，牛德旺是從哪裡弄來這些東珠的？」

和珅慌得連忙搖頭：「這個臣不知，奏摺裡不曾寫明，想必牛德旺沒說吧？」

乾隆似乎仍不放心，又追問道：「你真的不知道？」

和珅說：「臣千真萬確，不知此事！」多年侍奉乾隆累積的經驗告訴和珅，這些東珠非同尋常，他只差賭咒發誓，來證明自己所說非虛了。

乾隆鬆了一口氣，說：「好吧！給吏部尚書傳旨，令他將牛德旺暫押在杭州大牢裡，好生看管，朕即刻南下，親往御審！」

和珅倒吸一口涼氣，心裡納悶不已：「到底是什麼驚天動地的大案，竟使萬歲如此看重，非要御審不可？這個牛德旺還蠻不簡單哩，我倒是小看他了……」

＊＊＊

紀曉嵐坐在自己的書桌前，一筆一劃地寫下「明軒」二字，然後對明軒說：「看見了吧？這就是妳的名字！妳來寫寫試試……」

明軒笨拙地攥筆在手，皺著眉說：「以前嬋娟姐教我讀書寫字，我受不了，結果竟然一個字也不認識。不過，我實在想不通，讀書多了有什麼好？你們讀書人不是也說：『人生糊塗識字始』嗎？唉，如果不讀書，先生就不用做這狗官，害得嬋娟姐去送死了……」

明軒幾句話都離不開嬋娟，聽得紀曉嵐一陣心酸，他勉強笑道：「叫妳識兩個字，偏有這麼多廢話？妳要是真想念嬋娟姐的話，就要像她那樣，知書達禮……」

明軒不說話，眼圈漸漸紅了，忽然歎了一口氣，說道：「我覺得我不會很長壽的。女子過了四十歲就人老珠黃，看在別人眼裡都是一堆爛泥，我寧可在最光彩照人的時候死去，就像嬋娟姐那樣，讓人時時懷念……」

紀曉嵐大吃一驚，摸摸她的額頭，確認不發燒之後，才喊道：「妳怎麼滿嘴胡話？妳嬋娟姐盼妳好好活下去！」

明軒抿嘴一笑：「那好吧，不說了，從今天開始，我跟先生好好學寫字。」

明軒正在一筆一劃練字，和珅忽然不請自來，仍舊是一副志得意滿的樣子，神氣十足地走進屋來。

和珅嘻皮笑臉地說：「哦，我說嘛，難怪幾天都不見紀大人，萬歲跟前也不去走動，原來是金屋藏嬌，獨自風流快活呢！」

紀曉嵐看了他一眼，什麼話都不說。

明軒心中怒氣未消，這時又聽他的話不懷好意，不由得怒火萬丈：「哪來一隻狗在這兒亂叫？看我不把牠趕出去！」才說著，便氣呼呼地站起身來，就要去牆上摘取自己的寶劍。

紀曉嵐看見她要惹禍，急忙喝止道：「明軒，妳先出去歇一會兒！」

明軒停下腳步，不悅地說：「先生，我不願讓一隻狗攪了先生的清靜。」

紀曉嵐說：「人家不自重，咱們可還要自重呢！人怎能和狗一般見識？明軒，妳先去吧，到外面遛達遛達，消消氣，啊？」

明軒答應了一聲，瞪了和珅一眼，轉身出去。

和珅聽他們拐彎抹角，每句話都把自己罵做是狗，不禁心頭火起，但轉念一想，紀曉嵐已到這步田地，不過是被自己玩於股掌之上的小螞蟻，說兩句氣話又何足道哉？於是他哈哈一笑，故作大度地說：「罵得好！罵我和珅是隻狗，好！其實做狗有什麼不對？狗，主子都喜歡，為什麼？因為狗忠嘛！我就是萬歲面前的一隻忠狗！」

紀曉嵐聽和珅恬不知恥地表白自己，不由得放聲大笑：「哈哈哈，和珅大人忠狗做得好啊！不論有多少人遭殃，有多少血淚流成河，和珅大人的頂戴總是越來越亮堂，讓紀曉嵐羨慕不已啊……」

和珅再也無法忍耐了，紀曉嵐這番話已是當面指著鼻子罵他。

他氣哼哼地說：「姓紀的，你別以為我愛來搭理你，告訴你，萬歲說了，要即日南下杭州，你趕快收拾一下，準備出發！」

紀曉嵐倒有些驚奇了：「原來萬歲有旨啊，派個公公來宣諭就好了，何勞和珅大人的大駕，專程前來告知呢？」

和珅說：「是我自己要來的！一來是探望紀大人的病體是否痊癒，二來是提個醒，紀大人，這趟杭州之行非同尋常，千萬要小心留意啊！」

「多謝和珅大人的關心，」紀曉嵐淡淡一笑，「我倒沒什麼，只是不明白和珅大人為何如此在乎我的生死？難道我還有利用價值，可以使和珅大人攀得更高嗎？」

和珅被這番冷嘲熱諷弄得異常惱怒，他不耐煩地說：「好了，算我白操心，我吃飽撐的，好端端的，鹹吃蘿蔔淡操心！」

紀曉嵐聽他話中有話，似乎真有什麼重大隱情要相告，就暫且收起嘲諷的態度，問道：「萬歲在蘇州還沒玩夠，還有閒情逸致再去遊玩杭州？」

和珅瞪了他一眼：「就你這句話，就可以讓萬歲大發脾氣了。萬歲到杭州不是遊山玩水，而是御審貪官牛德旺！」

紀曉嵐頓感疑惑，「這個案子有什麼不妥嗎？萬歲為什麼要興師動眾，親自前往？何不把牛德旺押解蘇州？」

和珅欲言又止，張了幾次嘴，都把要說的話吞了回去，最後說：「詳情我也不甚了解，但我有個猜測，實在太重大、太可怕了……」他想了一會兒，又搖了搖頭：「但願只是我胡思亂想，到時候再說吧……」

和珅這種吞吞吐吐的態度使紀曉嵐猶如墮入五里霧中，茫然無緒。他下意識地點燃煙袋，吸了兩口，然後決然地說：「好，我立刻整理行裝，咱們這就隨萬歲前往杭州！」

02

杭州西湖，景色宜人。陽光燦爛，垂柳依依，水波蕩漾。在裡湖與外湖之間，有一座處於水中的孤零零小山，東連白堤，西接西泠橋，被稱為「孤山」，又因為山上梅樹眾多，還被稱作「梅嶼」。

乾隆南巡的行宮就位於孤山中央。他一到杭州，稍事休息，便命人提審牛德旺。這與他以往的習慣大不相同，他一向是雍容大度、風流瀟灑，遊玩尚未盡興，是不會如此匆忙處理令他大動肝火的事情，這一次讓紀曉嵐暗自納悶。

更讓紀曉嵐奇怪的是，乾隆此次御審竟摒退左右，連和珅這樣的寵臣也排斥在外，竟是獨自與牛德旺單獨面談。

紀曉嵐暗暗心驚：「看來這個案件確實重大而且撲朔迷離，難怪和珅要提前與我通氣！」

然而，最讓紀曉嵐震驚和不可思議的事情竟在第二天發生了。

乾隆僅帶了一名貼身太監，換上普通百姓裝束，沒有與任何人打招呼，便匆匆外出，不知所往。

當時紀曉嵐正帶明軒在孤山南麓的文瀾閣巡視。這個文瀾閣是欽定收藏《四庫全書》的七大書閣之一。此時《四庫全書》尚在京城緊鑼密鼓的編纂當中，此閣也剛剛建成不久，紀曉嵐自然極為關注，因此在到達杭州的第二天，就專程前來察看。

他一邊看，一邊對閣中小吏吩咐著。明軒東瞅瞅，西摸摸，顯得漫不經心，無意間一抬頭，正看見和珅移動肥胖的身軀，匆匆忙忙向這裡奔來。

明軒急忙來到紀曉嵐身旁，扯扯他的袍袖，輕聲說：「那條狗又來了！」

紀曉嵐莫名其妙地一回頭，就看見和珅已經滿頭大汗地奔進閣內。

和珅三兩步奔到面前，將紀曉嵐拉到角落，慌張又焦急地說：「不好了！不好了！萬歲不見了！」

「啊！」紀曉嵐頓時張口結舌，過了好一會兒才醒悟過來，「萬歲怎麼會不見？」

和珅說：「我也不知道。據宮中侍衛講，萬歲帶了趙公公一早外出，現在已過了午膳時分，仍未回來。大內侍衛四處尋找都不見蹤跡，你說會不會出什麼事啊？」

紀曉嵐鬆了一口氣，安慰他說：「萬歲行事，一向神鬼莫測，也許到傍晚時分就會回來了。萬歲不給大家打招呼，一定是不讓大家知道他的蹤影，你說是不是？和珅大人，你又何必這麼緊張？」

和珅卻絲毫不曾放鬆，仍是滿臉愁雲：「沒有那麼簡單……唉，這事，讓我怎麼說呢……」他急得直跺腳，突然沒頭沒腦地冒出一句話：「如果萬歲再也不能做皇上了，那該怎麼辦？」

紀曉嵐一聽，真覺此事非同小可，他作夢也想不到和珅會說出如此駭人的話，急忙說道：「和珅大人，此話怎講？可千萬別亂說呀！要讓別人知道了，可要掉腦袋的呀！」

和珅自知失言，尷尬地笑笑：「看把我急的，都急糊塗了！我來找紀大人，是來想辦法的。紀大人，有何高見？」

紀曉嵐心想：「用著我時就笑臉求我，用不著時就暗箭害我，或陰謀利用我，哪有這樣的好事？」於是不冷不熱地說：「別說高見，連『低見』都沒有！和珅大人自命為萬歲的『忠狗』，日夜跟隨，怎能把萬歲跟丟了呢？」

和珅被嗆得喉頭抖動，硬是說不出話來，只急得如熱鍋上的螞蟻，團團打轉。

過了好一會兒，他才漲紅著臉，硬憋出一句話：「紀大人，咱們的恩怨事小，萬歲的安危事大，這不光是我和某人的事，而是有關我大清王朝生死存亡的大事！」

話說到這份兒上，紀曉嵐也不能不重視，他鎮靜地說：「和珅大人，你是大學士，又是軍機大臣，此地以你的官職最大，你千萬不可慌張。萬歲才離開半天，不一定是失蹤，還是多派人手，繼續尋找。也許要不了多久，萬歲就會自己回來了。」

和珅擦擦額頭的汗水，連聲說：「對對，說得不錯！我太擔心萬歲，竟亂了方寸。我這就繼續尋找……」

和珅邊說話，邊移動腳步，很快就離開了文瀾閣，向行宮奔去。

紀曉嵐望著他的背影，連連搖頭：「這樣的人居然能權傾朝野，一手遮天，可憐啊！餓死千百人，他仍能繼續聚斂財富，毫無慈悲心腸，然而萬歲僅僅離開半天，他就如同死了親爹娘一般。君王、蒼生，孰重孰輕……」

然而，當天夜裡乾隆並未回歸行宮。這下杭州上下全亂了套，大內侍衛、宮中太監、八旗兵丁傾巢出動，四處尋找，直到天亮仍毫無音訊。

和珅在孤山行宮自己的房間徹夜未闔眼，他不僅親自跑遍孤山上下，而且還幾趟往返杭州府衙，與杭州府尹聯絡。到天亮時，他已是雙眼腫脹，神色憔悴。

紀曉嵐雖說心緒不寧，但仍躺在床上睡了半宿。他情知自己在找人上無能為力，索性逍遙自在。只有明軒幸災樂禍，笑道：「那個昏君，不見了才好呢！可以換一個好皇帝來執政，和珅那條狗就狂不起來了！」

紀曉嵐慌得急忙捂住她的嘴巴，哀求道：「小姑奶奶，這等話也能說得出口？要讓人聽見，可是謀逆大罪啊！」

不過紀曉嵐睡得並不安穩。全城上下人馬喧騰，刺激著他的神經，他心中惦念著乾隆的安危，因此天還沒亮，就醒了過來，走出屋門，在黎明的湖邊活動筋骨。

天光大亮的時候，和珅瞪著充血的眼睛，高一腳低一腳地奔了過來，看到紀曉嵐，一把拉住他，叫道：「紀大人快隨我來！」

紀曉嵐從未見過和珅如此恐怖的神態，驚叫一聲：「和珅大人，出了什麼事？」

和珅並不回答，拉了紀曉嵐一路急奔。紀曉嵐無奈，只好叫苦連天地隨他進入他的房間。

和珅出門叫來劉全，厲聲吩咐道：「你在門口守著，任何人都不許放進來！」

看到劉全答應了，和珅又奔進房內，將房門閂牢。接著，又打開牆側一道密室的門，請紀曉嵐進入密室，他跟著進去，又閂上了密室的門，這才心緒稍定，請紀曉嵐坐下。

紀曉嵐被和珅這番不尋常的舉動驚得目瞪口呆，這會兒才終於找到問話的時機：「和珅大人，究竟發生了什麼大事？」

和珅喘息了一會兒，才嘶啞著嗓子說：「這件事驚天動地，竟與我這些天的猜測完全吻合！沒想到，最害怕發生的事情還是發生了！」

紀曉嵐驚叫道：「怎麼，萬歲遇刺了？」

和珅說：「遇刺不遇刺目前還不知道，但可以肯定的是，萬歲遇到了有生以來最困難、最危機重重的局面，弄得不好，萬歲的皇位難保，我們該怎麼辦呢？」

紀曉嵐說：「原來和珅大人早知此事！」

和珅說：「此事極端祕密，凡是知道一鱗半爪的人，基本上都已失了性命。我守口如瓶，才能活到今天……」

紀曉嵐說：「如此說來，此事讓我知道了，和珅大人不是有些性命之憂？我不是也要整天提心吊膽，以防洩密？和珅大人還是不要講了，省得咱們都人人自危……」

紀曉嵐說著，站起身來就要走。他已經預感到他即將被捲入深不可測的漩渦，他不願再在這裡多待片刻，他寧願遠離是非之地，安寧度日。

和珅一把把他拉住，按他坐下：「這裡只有天知地知你知我知，你還不放心嗎？你且聽我講一個故事，此事說來話長……」

和珅講出了一件驚天動地、驚世駭俗的大事，紀曉嵐聽得目瞪口呆，魂不附體。

原來乾隆的父親雍正在登上皇位之前，被封為雍郡王。雍王府上人來人往，賓客眾多。閣老陳世倌也是座上常客，他時常攜帶自己的夫人同來，陳夫人與雍王妃就這麼熟識起來，成為無話不談的好姊妹。

偏巧陳夫人與雍王妃幾乎同時懷上孩子。陳夫人的孩子先出世，是個男孩；過了幾天，雍王妃也生了孩子，卻是個女孩。

雍王妃傷心不已，因為雍郡王一直渴望能生個兒子，好繼承自己的王位，甚至帝位。她恨自己的肚子不爭氣，就伏在床上抽泣不止。老媽子逢格氏心眼頗多，這時就想出了一個辦法，對外宣稱生下的是王子，暗中卻籌畫如何與陳夫人的兒子進行掉包。

雍王妃派人給陳夫人捎話，說想看看陳夫人的兒子。陳夫人不知是計，就親自將兒子抱進雍王府裡。雍王妃抱過孩子看了又看，親熱得不得了，過了好一會兒，才將孩子交給逢格氏，自己與陳夫人敘話。

在雍王府吃過飯，陳夫人要回家了，孩子正巧也睡熟了，被裹得嚴嚴實實，她也未及細看，抱了孩子就上了轎。雍王妃又送給她一個沉甸甸的盒子，說是給孩子的見面禮，她歡天喜地地接受了。

在轎中陳夫人打開那只盒子一看，當時就驚呆了，除了各類珠寶之外，尚有東珠十二顆，玻璃翠的簪子、羊脂玉的簪子、二十餘副翡翠寶石的耳環，價值連城。

陳夫人連聲念佛：「阿彌陀佛，我這兒子真有福氣啊！連未來兒媳婦的首飾都有了。」

她忍不住就要去看看孩子。孩子臉上覆蓋著一塊黃色繡著雙龍的綢帕，正是雍王府上的。她將綢帕揭下，仔細端詳孩子熟睡的姿態，卻突然發現孩子的模樣有些變化。她揉揉眼睛再看，千真萬確，這孩子長得與自己的孩子不一樣。

她慌得不知所措，在轎中大哭起來。孩子醒了，也「哇哇」大哭，連哭音都和自己的孩子不一樣。她哭得更傷心了。

轎子在哭聲中進了家門。陳世倌聞訊大驚，急忙抱過孩子，仔細檢查，竟然發現這是一個女嬰。他立刻醒悟這是怎麼一回事，就喝止夫人不要哭，並將下人全部趕出屋外，又仔細盤問了全部過程，心中有了數。然後對夫人嚴肅地說：「這件事非同小可，萬萬不可洩露出去，否則必然招致滅門大禍。」

經他利害陳說，陳夫人才忍住悲痛，將這女嬰——本來應當是格格，扶養起來，當作自己的孩子精心呵護。

陳世倌生怕日後有人洩露出去，招致滅門慘禍，就一再向康熙皇帝上書，請求告老還鄉。康熙雖一再挽留，但看他去意已決，就同意了。

陳閣老是浙江海寧人氏，於是他帶領著全家老小，回到故鄉，過起與世無爭的隱逸生活……

紀曉嵐聽到這裡，只感到一顆心劇跳不止，和珅的話說完了，他才問道：「你是說，當今的萬歲就是那個被調換的男嬰，也就是陳世倌的兒子？」他突然發現自己說話的聲音在發顫，這種顫抖蔓延開去，竟使自己的身體也如同得了瘧疾，不住抖動。

和珅肯定地點了點頭：「就是這麼回事！」看到紀曉嵐魂不守舍的樣子，他有些失望：「看他那副熊樣，還指望他出主意想辦法，能行嗎？」轉念一想，自己當初聽到這則消息，不也嚇得屁滾尿流嗎？

紀曉嵐從極度震驚中漸漸醒過神來，腦袋把這件大事細細梳理了一遍，理出了頭緒，然後問道：「這麼說，這件事做得極為隱密，又怎能傳揚出去？和珅大人又怎能得知？」

和珅說：「你說得不錯，這件事知道的人確實很少，當今萬歲也被矇騙了多年。陳閣老一家遠在浙江，又再三嚴令知情人保密，自然不會把消息透露到京城來。倒是先皇府中下人口風不緊，這才導致事情洩露出去。先皇登基執政，之後是當今萬歲君臨天下，可是那個逢格氏卻未得到足夠的好處，心懷不滿。她以為雍王妃成了太后，理應對她賞賜有加，然而卻沒有，因此心中暗暗叫苦，就忍不住對信得過的太監訴苦。她自然知道此事生死攸關，告知的也僅有三兩人。但是她卻料不到，這些她信任的太監竟會再講給別人，於是這件事就在極小的範圍內慢慢擴散。有個太監稟報了萬歲。萬歲很是吃驚，把逢格氏叫來盤問一遍，弄清了來龍去脈。萬歲逼逢格氏說出知情人，順藤摸瓜，將知情的人連同逢格氏一起處死。萬歲卻不知道，還有一個姓馮的太監是在一次當值中暗中偷聽到這一祕聞，無人知曉，才僥倖活命。馮公公與我過從甚密，一次在酒酣耳熱之際才將這一祕聞透露給我，讓我驚恐了很多年。值得慶幸的是，馮公公在那以後的第三個月，失足落水而死，但我仍是惶恐不安，深怕有一天讓萬歲知道我也是知情人……」

紀曉嵐說：「和珅大人真是幸運，馮公公死得太及時了，不知我是不是也會遭到馮公公那樣的下場……」從和珅的敘述以及神態中，他敏銳地覺察到馮公公絕不會那麼碰巧地死去，因此才有此一問。

和珅有些尷尬，但終於一咬牙，說道：「我還是說實話吧，馮公公是我派人殺了的，偽裝成失足落水。現在我將這一祕密告訴你，是因為情勢危急，必須盡快籌畫對策。咱們是一條線上的螞蚱，此次危機若能渡過，你我共用富貴，如果不能，結局就很難說了……」

紀曉嵐萬分後悔淌入這渾水之中，但此時為時已晚，只是說：「榮華富貴我不敢想，只要不落到馮公公那樣的下場，就很不錯了。既然萬歲把知情人都除掉了，和珅大人又小心謹慎，不敢透露絲毫口風，那麼這場危機又怎能爆發？」

和珅說：「人算不如天算，唉，誰也料不到會突如其來地出現這場危機。萬歲南巡多次，以前曾到海寧見過陳閣老，那時陳閣老已是八旬老人，現在早已不在人間。外界雖有一些傳說，但大都荒誕不經，不足為信，但還是株連了一些人，丟了性命。據我所知，當年的格格現在也應有五十開外了，只可惜她在十五歲上就無緣無故失了蹤，連同那盒珠寶。誰也料不到，格格竟嫁給了牛德旺，牛德旺呈獻給萬歲的那十二顆東珠，就是格格之物……」

「啊！」紀曉嵐驚叫道：「這裡面到底有什麼利害糾葛，為什麼東珠偏偏在此時出現？」

和珅搖頭歎道：「我也是一無所知。當我在蘇州看到這些東珠時，就懷疑可能與此事有關；到了杭州，又見萬歲一反常態地失蹤，在尋找未獲的情況下，我到杭州府衙提審牛德旺，然而牛德旺竟閉口不答，聲稱萬歲有旨，他不會向任何人洩露一句。前思後想，我深感此事神鬼莫測，危機四伏，頗難決斷，才想向紀大人討教一策……」

紀曉嵐沉吟半晌，說：「此事我們不便干預。萬歲既不願外人知曉，我們就不能無端插手進去。即便是一片好心，只怕也會遭萬歲猜忌，落得逢格氏那樣的下場。萬歲英明睿智，行事神鬼莫測，做臣子的企圖窺測聖意，雖說想為萬歲分憂，然而在萬歲看來，卻不免有圖謀不軌之嫌。和珅大人在宦海沉浮多年，難道連這點道理都不懂嗎？」

和珅大驚，滿頭冒汗，急得搓著雙手，在屋內打轉：「你說得不錯，這一點正是我最擔憂的。如果不是顧慮到這些，我就會對牛德旺嚴刑逼供，拷問一切了。但是，如果對這一大事置之不理，一旦萬歲遭遇不測，我這個軍機大臣，可就是罪臣啊！在這個朝廷上，還有我的立足之地嗎？」

紀曉嵐聽和珅無意中洩露真心話，不由得一聲冷笑：「和珅大人，這麼在乎這頂烏紗嗎？我擔心的倒是，我們一旦做了不該做的事，恐怕性命難保！」

和珅說：「然而如果我們什麼都不做，萬歲有個三長兩短，我們怎麼辦？要知道，格格這時出現定有非常目的，只怕是來者不善，善者不來，不能不防啊！」

紀曉嵐經過嬋娟慘死之後，對世事看淡了許多，這時只求盡量置身事外：「和珅大人，你認為萬歲那麼愚鈍嗎？會孤身犯險嗎？再說，對方是一個已經半百的老婦，又能危及萬歲什麼呢？和珅大人多慮了，萬歲一定做了全盤考慮，才獨自前往。」

和珅氣得跺著腳說：「早知你這麼說，我就不拉你前來了。你怎麼忘了！萬歲是陳閣老的兒子，是漢人，而格格卻具有皇室血統，如果格格存心不良，要披露此事，萬歲還能當皇帝嗎？」

紀曉嵐不慌不忙地說：「漢人滿人又有什麼分別？萬歲是漢人身分，你早就知道，萬歲自己也知道，不還照樣做滿清的皇帝？你是滿人，你反對過嗎？」

和珅說：「太后都不說，我哪敢反對？大家都認為萬歲是滿人，當然天下太平，可現在真相大白，世人皆知，滿清皇室怎能容許一個漢人來執政？」

紀曉嵐恍然大悟：「噢，我現在明白了，和珅大人想做的，只是設法掩蓋萬歲的漢人身分，讓萬歲繼續當朝聽政，是嗎？」

和珅大喜：「對對對，這就是我的初衷，紀大人可有什麼妙策？」

紀曉嵐搖搖頭：「妙策沒有，笑話倒有一句：和珅大人常常誇耀自己的忠誠，現在居然不分漢滿都願奉為君主，不知忠的還是不是大清王朝？倒讓人覺得好笑了。」

和珅臉上紅一陣青一陣，竟被噎得半天說不出話，最後才氣哼哼地說道：「萬歲還是當今聖上，我自然要替萬歲分憂。你這番話如果讓我奏明萬歲，就是謀逆大罪！」

紀曉嵐冷笑道：「不見得吧？和珅大人的一番言語如果讓滿清皇室來裁決，是不是也算謀逆呢？」

和珅惱怒地說：「滿清皇室有誰會承認萬歲是漢人？太后首先就不答應！所有那些故事都是憑空捏造，任意誹謗聖上，膽敢私下傳播者格殺勿論！」

紀曉嵐嘲諷地問道：「不知道咱們兩人之間，屬於『格殺勿論』的是哪一位呢？」

和珅瞪著血紅的眼睛，吼道：「好，我先殺了你！看有誰知道我私下傳播聖上的祕聞？」說著，他伸出胖乎乎的雙手，猛撲上來，就要掐紀曉嵐的脖子。

紀曉嵐手執大煙袋，用銅煙鍋在和珅的胖手上猛擊一下：「想殺人滅口嗎？讓我死在你的密室之內？你難道忘了，擅殺大臣是什麼大罪嗎？」

和珅的手背被擊得火辣辣的疼，他頭腦清醒了許多，像被打敗的癩皮狗一樣跌坐在椅子上，呼呼喘氣。

紀曉嵐慢條斯理地吸了一口煙，然後說：「派人往海寧方向找尋萬歲，杭州城裡就不必瞎折騰了！我還是那句話，咱們不便直接插手，即便間接干預也不太妥當！和珅大人，你能確保此地僅有你我二人知曉此事嗎？」

「那還有假？」和珅惡狠狠地說：「多一個人知道，就多殺一人滅口！哪怕把此地的所有人殺光，只要能確保萬歲皇位不倒，我和珅絕對做得出來！」

紀曉嵐聽得不寒而慄，心想：「總有一天，和珅會設法殺我的！」於是他故作輕鬆一笑：「緊張什麼？和珅大人，咱們就在此地坐等萬歲的好消息吧！」

03

乾隆已經離開行宮第三天了，派往海寧去的人報回訊來，不曾發現乾隆、趙公公的蹤影。和珅這時慌了手腳，急忙找紀曉嵐。

紀曉嵐這兩天表面上風平浪靜，其實心裡卻一刻也不曾安寧。他雖不願捲入宮廷紛爭之中，但又清楚知道，一旦乾隆遭遇不測，必將導致朝政動盪，給天下百姓帶來禍端。因此他儘管不曾像和珅那樣心急火燎，但對事態的關注程度也是極高的。

當他聽說乾隆不曾前去海寧，同樣吃了一驚。「難道我的判斷錯了？萬歲真的出事了？」他口含大煙袋，沉思默想。

和珅急了：「依我看來，當今之計，只有對牛德旺嚴刑烤打，逼出萬歲的去向，然後再做定奪。」

紀曉嵐緩緩搖頭：「不可不可，萬歲早有吩咐，任何人都不可能從牛德旺口中問出什麼。一旦莽撞行事，萬歲怪罪下來，你扛得起這罪嗎？」

這一層意思和珅早已想過，然而現在不比以往，乾隆已經失蹤三天，倘真有不測，和珅必須盡早謀劃對策。他雖說在朝中結黨營私，權勢龐大，但他深知，朝中反對他的人也相當多，首席軍機大臣阿桂就與他水火不容，迎面相遇連聲招呼都不願打。阿桂本就早於和珅得到乾隆器重，後來又因平定大小金川叛亂有功，地位更在和珅之上。雖說和珅倚仗乾隆的寵信，讓阿桂無可奈何，但和珅深知，一旦乾隆失去皇位，阿桂會率先把攻擊的矛頭指向他。更何況朝中尚有紀曉嵐這樣的人與阿桂遙相呼應，還有一些王孫貝勒也對他深懷不滿呢！利害攸關，和珅不能無動於衷。

和珅說：「紀大人，優柔寡斷會誤大事。我就不信，酷刑之下，牛德旺能不開口？你可以對萬歲的安危置之不理，我卻不能！不就是死了一個嬋娟嗎？紀大人，你竟對萬歲懷恨到如此地步，讓人驚詫莫名！」

紀曉嵐不禁大怒：「和珅大人竟會如此揣測我的心理，太小看我紀曉嵐了，紀曉嵐蒙受萬歲知遇之恩，日夜思報，怎敢對萬歲懷恨在心？只是我不明白，和珅大人為什麼執意認定萬歲已遭遇不測？難道和珅大人早就知道這種結局已經出現？」

這番話說得很重，和珅急忙加以否認：「我不是那種意思，我是說萬一……」

紀曉嵐說：「既是『萬一』，就沒有必要違背萬歲的旨意了。如果和珅大人仍執意要把『萬一』當事實，那就用你殘烈的手段，撬開牛德旺的嘴巴吧！」

和珅惱火地說：「好！我說不過你，你是有名的銅齒鋼牙嘛！現在怎麼辦，你說出一個更好的辦法來呀！」

紀曉嵐被將了一軍，一時也苦無良策，踱了幾步，忽然想起什麼，問道：「是誰告發牛德旺的？既然牛德旺不開口，那麼去問告發之人不也一樣嗎？」

和珅眼睛一亮，拍了一下光禿禿的前額，叫道：「唉，我怎麼沒想到呢？」想了一下，他的喜悅就消失了，「真奇怪，好像一直沒有見到告發之人。前天見到吏部尚書提起此案，他也沒有說告發之人是誰。」

紀曉嵐說：「告發之人定然知情，只要找到這個人，謎底就解開了。」

和珅大喜，匆匆而去，一個時辰之後，又匆匆返回，滿臉沮喪。他說：「這條路還是走不通。吏部尚書也不知道告發之人是誰，那道密摺未曾署名，只知是從浙江巡撫府上發出。吏部尚書在巡撫府上遍查告發之人，卻一無所獲。不料牛德旺卻很爽快，最初還拚命抵賴，等到看了那道密摺，他就臉色煞白，既驚慌又痛苦，最後竟全部承認了。」

「啊，竟有如此奇事！」紀曉嵐大為驚詫，「這個告發之人與牛德旺之間一定相當密切，只是不知他們為何會起內訌？」

和珅推測道：「很可能是分贓不均，告發之人與牛德旺是同謀。」

紀曉嵐說：「這種可能性很大。」

和珅立刻得意起來，心想：「這種事情我見得多了。」

紀曉嵐沉吟一會兒，又搖搖頭說：「還是不對。和珅大人，你說牛德旺為什麼不反咬一口，把告發之人也咬出來呢？」

和珅搔搔頭，說：「大概……牛德旺想遮掩什麼吧……」

紀曉嵐說：「牛德旺為什麼會這麼傻，難道他不知道這是殺頭大罪嗎？他要一個人把全部罪行獨自承擔嗎？「

和珅結結巴巴地說：「這只有問牛德旺了，只怕牛德旺還是不會說……」

紀曉嵐也感到十分棘手，吧噠了兩口煙，陷入沉思：「是啊，轉了一圈，還要回到牛德旺身上……」他來回踱步，忽然心中一動，一個異常清晰的念頭浮現出來，終於占據了他的全部腦海……

他停下腳步，對和珅說：「那道告發密摺在哪裡？能否拿來一閱？」

和珅疑惑地說：「有什麼問題嗎？嗯，我想，應該在萬歲的御案上……」

紀曉嵐右手的大煙袋猛揮了一下：「好吧，我跟你一起去！」

和珅帶領紀曉嵐直入乾隆的御書房。此時和珅已成為行宮的最高主宰，有誰敢加以阻攔？兩人很快在御案上找到密摺，頭湊在一起，細細閱讀一遍。內容無非是參奏牛德旺橫徵暴斂、侵吞公款的罪行，和珅不解地說：「看不出什麼來呀……」

紀曉嵐臉上卻露出喜色，說：「咱們這就去找牛德旺，讓他說出萬歲的下落！」

和珅擔憂地說：「不會吧？牛德旺不會說什麼的……」

紀曉嵐卻顯得胸有成竹：「我有辦法！」

和珅問：「難道不是嚴刑烤打？」

紀曉嵐神祕一笑：「天機不可洩露。」

＊＊＊

大牢內，牛德旺戴木枷，腳銬腳鐐，若有所思地斜倚在床鋪上。他是一個高大而文弱的人，面孔黝黑，額頭布滿皺紋，顯得一臉滄桑。

紀曉嵐、和珅一同走進牢內，將獄卒遠遠趕走，站到他的床前，低頭注視他。他卻僅僅望了他們一眼，就冷漠地將眼睛移開，盯著頂棚，一言不發。

和珅很是生氣，叫道：「牛德旺，你死到臨頭，還如此執迷不悟，難道你認為本官就奈何你不得嗎？」

牛德旺瞪了他一眼，冷冷一笑，又把頭轉向一邊。

和珅正要再次發作，卻見紀曉嵐向他擺擺手，就把一腔怒火硬壓下去。紀曉嵐不向牛德旺問話，卻轉問和珅道：「和珅大人，這位牛大人是你保薦的，你可知牛大人為官如何？」

和珅不明白紀曉嵐為何會有此一問，心想：「我保薦他，還不是因為他那份厚禮？」但這樣的話又怎能說得出口，只好勉強答道：「他……他在甘肅任職期間，為官……還算清正，沒聽說有什麼劣跡……」

「對呀，」紀曉嵐說，「剛才我也問過吏部尚書，吏部尚書也對牛德旺在甘肅任內的所作所為褒獎有加。以我的經驗推斷，牛大人斷無可能這麼快就改變秉性，成為橫徵暴斂的貪官，和珅大人，你說是不是？」

「是，是！」和珅口中應答，心裡卻不服氣：「甘肅地瘠民貧，又能搜刮出多少油水？那種清正多半是裝出來的，到了江浙富庶之地，本相自然露出來……」

紀曉嵐直視著牛德旺的臉龐，大聲說：「牛大人，你聽見了嗎？不是你做的，你為什麼要攬在自己身上？為什麼不設法洗脫冤情？說出實話，我們也好為你做主……」

和珅心中暗暗佩服：「紀大煙袋玩起了軟的一手，誘騙牛德旺開口，不知牛德旺會不會上當，開口說話……」

牛德旺臉上果然出現了瞬間感動，他向紀曉嵐凝視片刻，緩緩說道：「你就是紀曉嵐？好，果然名不虛傳！」說著，他歎了一口氣，那份感動瞬間煙消雲散，接著吐出一句硬梆梆的話：「冤不冤，我心自知；至於做主嘛，你們兩人都還差點，萬歲自會為我做主！」

和珅氣得直翻白眼，心想：「牛德旺真是軟硬不吃！前天夜裡我到這裡三趟，威逼利誘，什麼招都用了，全不頂用！紀大煙袋這番話蠻有水準，還以為頂事呢，誰知道……」

不容和珅想下去，紀曉嵐已厲聲喝道：「你認為萬歲還能救你嗎？告訴你，萬歲已失蹤三天，現在定已遇險！」

此話一出，不僅牛德旺大吃一驚，臉色變得鐵青，就連和珅也渾身一哆嗦，雙腿一軟，「撲通」一下，癱坐在地上。

和珅連聲埋怨：「紀曉嵐，萬歲真的遇害了？我早就說過要採取斷然行動，你不聽，這份罪責你逃脫不了……」

紀曉嵐不理和珅，仍舊面向牛德旺，嚴肅地說：「出賣你的人既能置你們多年的恩情於不顧，設下圈套，狠心將你出賣，難道那個人就不會將萬歲謀害嗎？牛德旺，你要明白，死你一人事小，讓萬歲遇害卻罪不容赦！現在你的罪名不僅僅是橫徵暴斂，貪贓枉法，還要加上一條：謀害萬歲！」

牛德旺從床上跳了起來，驚恐地大嚷大叫：「我沒有！我沒有！我沒有謀害萬歲……」

紀曉嵐手握煙管，直指牛德旺的臉面：「那你為什麼還不招？你認為除了我們，還會有誰來救你？」

牛德旺臉面扭曲，顯得痛苦已極：「好吧，我就告訴你們……」

和珅大喜，一挺身就從地上站起來，向紀曉嵐暗伸大拇指，心裡說：「紀大煙袋，真有你的！竟然把牛德旺的實話嚇出來了！不過，這番話也確實夠嚇人的，不知萬歲是否真的遇險……」想到這裡，只覺一顆心在胸中狂跳不已，手心也全是汗水。

不料牛德旺話到了嘴邊，卻突然態度大變，惡聲惡氣地說：「就憑你這幾句話，就想把我嚇倒，紀曉嵐，你認為我是嚇大的嗎？我所知道的這件祕聞，你們還是不要聽的好！紀大人，我敬你是個好官，才不想告訴你，否則就是害你……」

最後這幾句話竟說得相當真誠，令紀曉嵐怦然心動。

紀曉嵐感激地拱手說道：「多謝牛大人一片好心！我紀曉嵐雖不願捲入是非漩渦，但天下蒼生，如果因為我的一時膽怯，而遭流離之苦，我即便能苟活百歲，也是生不如死……」

牛德旺不由得肅然起敬，躬身施了一禮：「好！就憑這一番話，我牛德旺願以生死相托！只是此事駭人聽聞，萬歲一再叮囑不可洩露，我豈是那種背信棄義之人？」

和珅暗暗叫苦，心想：「這一招又不靈了！這個牛德旺，居然以萬歲為擋箭牌，很難對付呀！」於是插言道：「牛德旺，你說出來，對我們大家都有好處，只要救了萬歲，你的案子就可了結，你就自由了，是不是？」

和珅自以為這番話相當得體，正中牛德旺的要害，牛德旺一定會乖乖就範，豈知不然，牛德旺只冷冷一笑，說道：「二位大人一心想套問真相，我想問一句：你們可曾知道，告發我的人是誰？她又是什麼身分？」

和珅頓時啞了，心想：「牛德旺好厲害呀，專揀我們不知道的問題來問！」

紀曉嵐卻胸有成竹地說：「我知道！」

和珅眼睛瞪得有銅鈴大，嚷道：「紀大人，你何時知道的？為什麼不告訴我？」

牛德旺也異常震驚：「哦，你知道？那你說說，她到底是誰？」

紀曉嵐一字一頓地說：「她是牛大人府上的人，是牛大人今生今世最為密切的人，她與當今聖上有千絲萬縷的聯繫，她具有滿清皇室的血統，卻因為一個不可告人的原因，而離開皇宮，在出世不久就流落民間……」

牛德旺倒抽一口涼氣：「紀大人，你知道得太多了，我有一句良言相勸：趕快離開朝廷，找一處山青水秀之所隱居下來，才是求生之道，否則，你將時刻性命堪憂……」

和珅聽紀曉嵐描述出告發之人的身分，也是大吃一驚，心中暗叫：「莫非是格格？對了，肯定是她！她就是牛德旺的夫人，就是因為與聖上在滿月之內被太后掉換，才流落民間……唉呀，紀大煙袋怎麼看出來的呢？」他腦中飛快回想，猛然想起那道密摺，不由得暗叫慚愧：「那道密摺字跡清秀，分明是女子字體，又發自浙江巡撫府上，能做到這一點的，當然只有身為牛夫人的格格了，我怎麼這麼糊塗，沒想到這一層呢？對了，還有，吏部尚書初審牛德旺之時，牛德旺拚死不認，但一看到那道密摺，就供認不諱了……」

和珅猜得不錯，紀曉嵐正是根據這些蛛絲螞跡推斷出告發之人的身分。現在紀曉嵐微微一笑，向牛德旺拱手謝道：「牛大人的好意，紀曉嵐由衷感激！只是我一人生死事小，社稷安危、黎民疾苦事大！牛大人，依你看來，此事一旦處置不善，會招致什麼後果呢？」

牛德旺見事已至此，就坦誠相告：「這種後果我已反覆憂心了三十餘年，最可怕的後果就是：以『天地會』為首的反清勢力會藉機而起，意圖重建漢人江山，以滿清皇室為首的朝廷會大興刀兵，四處屠殺，到時滿漢之爭重起，不僅生靈塗炭，血流成河，而且這百餘年來創下的盛世將毀於一旦，滿漢兩族百姓休戚與共、和睦相處的局面將不復存在……」

紀曉嵐歎道：「唉，萬歲是漢人還是滿人，真的就那麼重要嗎？只要能給天下百姓帶來福音，就是好皇帝，和珅大人，你說是不是？」

和珅正在心中暗暗忌妒紀曉嵐智謀過人、洞察先機，忽聽問到自己。連忙回答：「是呀，是呀，只要是好皇帝，管他漢人還是滿人呢？你們是漢人，侍奉的皇帝不就是滿人嗎？我是滿人，侍奉一回漢人皇帝，又有什麼了不得的？」這番話雖說得很漂亮，他心中卻想：「不要以為我願意漢人做皇帝，只是萬歲一旦不當皇帝了，我還能再享榮華富貴嗎？你們也不必唱高調，你們漢人不知被殺了多少人，沒有辦法才低頭順從滿人主子……」

紀曉嵐、牛德旺卻不知他心裡這麼想，都撫掌笑道：「和珅大人說得好！只可惜滿清皇室卻不這麼想……」

和珅說：「是啊！我早說過要遮掩此事，有膽敢洩露的，一律滅口！」說著，他揮手做了一個砍頭的動作。

紀曉嵐望望牛德旺，牛德旺也正擔憂地望著和珅，紀曉嵐就笑了：「和珅大人的意思，是不是要先拿我們二人開刀？」

「不是，不是，二位別誤會，」和珅連連擺手，「此地只有我們三人，我們可對天盟誓，誰敢洩露此事，就天打五雷劈，不得好死！」

紀曉嵐、牛德旺都笑著同意了。於是三人相繼立下重誓，這才站起身來，相視一笑。

紀曉嵐在心中暗歎：「想不到我一向反對和珅結黨營私，今天卻會與和珅在這裡盟誓！只不過和珅此人心腸狠辣，誓言的約束力有多大很難預料，今後對他還要多加防範……」

和珅雖面帶微笑，心裡卻在想：「誰知道紀大煙袋會不會在哪天把我咬出來，為自身安全考慮，日後必須尋機將姓紀的除掉，才能了卻心頭大患，只是行事要慎重，必須尋找別的藉口，不能讓萬歲察知此事……」

只有牛德旺心中異常坦然：「你們出賣不出賣我又有什麼區別？萬歲早已知道我獲悉詳情，我的生死在萬歲手裡攥著呢！不過，我保證不出賣你們就是了……」

紀曉嵐說：「牛大人，尊夫人行事出人意表，令人無從捉摸，我們之所以如此憂慮萬歲的安危，實是迫不得已。還望牛大人體諒我們的苦衷，告知萬歲的去向，讓我們暗中隨護，確保萬歲的安全！」

牛德旺沉吟片刻，說道：「賤內自十五歲起離開陳閣老府上，就精神受到刺激，有時恍惚，有時亢奮，不過更多的時候還是正常的。經過三十餘年朝夕相處，我多方安慰、治療，已如正常人一般，很少復發。但是我也無法保證，她見到萬歲時能一如常態，因此你們前去保護萬歲，還是很有必要的！不過，我要在此提醒你們：不到萬不得已的情況下，你們都不要現身在萬歲面前，以免讓萬歲知道你們也是知情人，從而為你們惹來麻煩……」

紀曉嵐感激地說：「牛大人提醒得好，紀曉嵐永記在心！」

和珅已經有些不耐煩：「這個我們自然懂得，都不是三歲小孩子了，不用囉嗦了，快說！萬歲去了哪裡？」

牛德旺笑了笑，說道：「萬歲是去了……」他突然停住，搖了搖頭，說：「我不能說！」

和珅徹底洩氣了：「白費了半天勁，還是沒問出來……」他不由得惱羞成怒地吼道：「姓牛的，你是在耍我們嗎？剛才你不是還說，我們應該去保護萬歲嗎？」

紀曉嵐也有些失望：「為什麼不能說？」

牛德旺嚴肅地說：「我向萬歲保證，不向任何人洩露他的行蹤！如果說出去了，不就是犯了欺君之罪嗎？」

和珅嚷道：「只要我們不講，萬歲怎能知道？生死關頭，牛大人未免太迂了！」

牛德旺說：「上有天，下有地，我牛德旺豈能昧了良心，背信棄義！」

紀曉嵐敬佩地說：「現在我才知道，牛大人是個君子，佩服，佩服！」

和珅非常不滿，氣呼呼地說：「君子？君子光會誤事！牛德旺，你在這兒好好待著，做你的君子去吧！」說著，轉身就走。

和珅剛走到牢門口，就聽身後牛德旺輕聲吟誦道：

「萬人鼓噪駭吳儂，猶似浮江老阿童。
欲識潮頭高幾許，越山渾在浪花中。」

正是蘇東坡的〈八月十五日看潮五絕〉之二。

又聽紀曉嵐驚喜說：「這麼說，萬歲沒有到海寧陳閣老家？」

牛德旺說：「賤內自離開陳府之後，再沒回去過，陳府上下都以為當年的格格已死！」

紀曉嵐說：「多謝指教！」說完，快步走出牢門，對和珅說：「咱們走吧！」

和珅說：「去哪裡？」

紀曉嵐笑而不答，和珅抓著頭皮，只能迷惘地瞪著雙眼，不知所措。

04

八月十八，海寧鹽官鎮早已是熙熙攘攘，人潮湧動，聚集了天南海北前來觀潮的人們。

錢塘潮天下聞名，鹽官鎮為觀潮第一勝地。因為杭州灣狀如喇叭，外寬內窄，灣口寬達一百公里，到了鹽官附近驟然收縮為三公里，洶湧的海潮受到兩岸海堤的緊逼，頓時狂奔而起，造成高達九公尺的狂潮，蔚為壯觀。

紀曉嵐與和珅於三天前已到達此地，經過三天明察暗訪，仍未看到乾隆、趙公公的身影。和珅早已心慌意亂，紀曉嵐雖故作鎮定，但心中卻也是惴惴不安。

和珅埋怨：「牛德旺隨口念了一首詩，就騙我們在這裡瞎轉悠了三天，老紀，咱們是不是上當了？」

紀曉嵐卻堅定地說：「牛德旺沒有理由騙我們的！小和珅，你眼神好，瞧仔細點，萬歲肯定在今天出現，今天是觀潮的正日子呀！」

和珅一吐舌頭：「乖乖，這人山人海的，我眼神再好，也瞅不過來呀！」

紀曉嵐說：「瞅不過來也要瞅！是你吵著要來找萬歲的，你能不多出點力嗎？」

和珅氣呼呼地說：「牛德旺，如果今天再找不見萬歲，回去，我扒了你的皮！」

紀曉嵐不再說話，美滋滋地吸了口煙，望著海堤呆呆出神。海潮洶湧，拍打著海堤，而海堤宛若一道鋼鐵長城，橫亙在那裡，巋然不動。

和珅捅捅他，說：「老紀，看什麼呀！」

紀曉嵐說：「你看那海堤，築得多堅固，牛德旺如貪贓枉法，能把這項工程完成得如此完美嗎？」

和珅疑惑地說：「那麼，牛德旺為什麼要背黑鍋呢？」

紀曉嵐歎道：「如果我猜得不錯的話，這完全是一個『苦肉計』，目的是為了引萬歲前來會見牛夫人！」

和珅頓時驚恐萬狀：「牛夫人？就是格格了！她用心良苦，只怕要對萬歲不利呀！」

紀曉嵐說：「那倒未必！不過，到底會發生什麼事情，只有找到他們才能知道。」

兩個人在人群中東擠西撞，四隻眼睛瞪得大大的，瞅來瞅去，可惜觀潮的人實在太多，足有數萬之眾，一時之間怎能找得到？

忽聽一聲喳呼：「來了！看啊，海潮！」

人群頓時鼎沸起來，擁擁擠擠，由海面望去。只見遠方天際出現一條寬闊無邊的白鍊，向海堤急速奔來。到得近處，人們看清楚了，原來竟是數人高的水牆，在震耳欲聾、地動山搖的巨響聲中，猝然撲到了海堤上，濺起數丈高的雪白浪花，散作遍地玉珠。人們的腳下劇烈顫動，頭上、身上都落滿了海水，卻都不打算後退，興奮得狂呼：「好啊！好壯觀……」

和珅、紀曉嵐都忘記去尋找乾隆，被這眼前奇觀所深深吸引。

和珅讚歎地說：「這就是『一線潮』，上次南巡，我伴駕觀潮，被這聲勢嚇了一跳，深恐萬歲被潮水捲走……」

紀曉嵐說：「萬歲此時一定也在觀潮，只是不知身在何處，咱們趕快找去！」

和珅邁步剛要走，忽然發現一個熟悉的身影從不遠處的人堆中擠過去。他揉揉眼睛，仔細一看，那人瘦高身材，白淨無鬚，不正是萬歲的貼身太監趙公公嗎？

和珅興奮地說：「那不是趙公公嗎？趙……」

他剛要把下面的「公公」一齊喊出來，腮幫上就被紀曉嵐的煙袋鍋猛擊了一下，疼得他呲牙咧嘴。他轉頭瞪著紀曉嵐，口齒不清地嚷道：「你幹什麼？」

紀曉嵐說：「咱們不是有言在先，不可驚動萬歲嗎？」

和珅猛然想起出發之前的約定，頓時醒悟過來，仍舊不滿地說：「你也不能打我呀！我的腮幫子都腫起來了！」

紀曉嵐說：「萬歲定在附近，尋找萬歲要緊！」

和珅用手捂著腮幫子，顧不上疼痛，隨著紀曉嵐擠過人群，認真搜尋。果然，不到一頓飯的時間，就猛然發現他們朝思暮想的乾隆。

此時，乾隆正坐在遠離人群的一塊碩大的海石上，在他的旁邊，有一個滿頭銀絲的老太太微笑著坐在那裡，與他低頭交談著。

和珅大驚：「那個老太太就是格格嗎？不知要對萬歲怎麼樣？咱們快去護駕！」

紀曉嵐卻說：「別慌，別慌，你沒見他們相談甚歡嗎？咱們悄悄摸過去，觀察一番，如果不會出現不利局面，還是離得越遠越好。」

和珅點頭稱是。兩人謹慎地避開乾隆的視線，摸到那塊海石旁邊，悄悄接近乾隆二人，屏氣凝神，側耳細聽。

只聽乾隆歎了一口氣，說道：「讓出身高貴的格格流落民間，終身受苦，朕罪莫大焉！朕決定接妳回宮，安享晚年！」

牛夫人沙啞著嗓子，感動地說：「萬歲，你沒有錯，何必要把罪責攬到自己身上！我現在挺好，吃穿不愁，沒有什麼可擔憂的。」

「那麼，」乾隆沉吟片刻，說：「朕就將牛德旺升為軍機大臣，調入京城，妳也一同入京，如何？」

「謝謝萬歲，」牛夫人聲音顫抖，顯然心情十分激動，「年輕時，我做夢都想回到京城，問問太后，她既是我的親媽，為什麼狠得下心把我拋棄？唉，這麼多年了，都老了，我也懂了，她一定也有不得已的苦衷，只是我這心裡仍不能原諒她……」

乾隆沉默了好一會兒，顯然心裡也很不平靜，他終於問道：「這麼多年，妳是如何生活的？」

牛夫人陷入回憶之中，緩緩講述著，竟平靜了許多，似在講述別人的故事：「十五歲那年，我從兩個老家人的談話中偶然聽到了當年的一些情形，就去問陳夫人、陳閣老，他們開始死活都不說，但架不住我死纏硬磨。他們見瞞不住，就全告訴了我，還將那些珠寶交給我，囑我不可胡思亂想……萬歲，你看……」

說著，她將一塊繡著雙龍的綢帕遞給乾隆，乾隆拿在手裡，反覆觀看，歎道：「不錯，這確是宮中之物。皇額娘當初一念之差，意讓自己的骨肉飽受疾苦……」

牛夫人也歎了一口氣：「那時我真是氣昏了，恨生我的爹娘太狠心，也恨陳家人太窩囊，我幾天幾夜被怒火燒得睡不著，被憂愁折磨得吃不下，於是在一天夜裡，我攜帶那盒珠寶，離開陳家，準備到北京……」

「我走啊走，從未出過遠門的我不辨方向，不顧饑渴，只是被怒火、愁緒支撐著，向著北方走下去……終於我暈倒在一家農戶門前，後來我才得知，那就是牛德旺家。」

「我被救醒後，精神狀態卻很不好。牛家儘管不富裕，但還是盡力為我延醫吃藥。那盒珠寶他們雖見到了，卻分文不取，妥為保管。在治病休養期間，他們對我無微不至，悉心照料。我切切實實地感到人間親情，牛氏老倆口雖讀書不多，但卻比親爹娘還親。我將自己的委屈全部傾訴給他們聽。他們嚇壞了，幾天幾夜陪著我，安慰我，勸我不可進京尋死。我就這樣在他們家生活下來，之後又與他們的獨子牛德旺成了親。」

「後來，牛德旺中了舉人，到甘肅去做一個小小知縣。我就隨同他一起遠赴塞外，生活了三十餘年。我對宮廷恨之甚深，不願再見狠心的親生爹娘；對陳家的養育之恩雖也有所感激，但我清楚，他們對我只有敬，只有怕，卻絕無一分愛。只有在牛家，我才享受到人間最寶貴的愛……」

「牛德旺為人正直，不懂得逢迎巴結，因此三十餘年過去，仍舊升遷很慢，只做到知府。我老了，很想回到自己成長的海寧，葉落歸根。我絮叨了多日，牛德旺終於同意了。於是我將盒中的珠寶都拿出來，走通和珅的門路，才為牛德旺謀到了浙江巡撫的官職……」

乾隆感慨地說：「你們傻啊！何不到北京來找朕呢？朕難道不能滿足你們的願望嗎？」

牛夫人說：「這個辦法我不是沒想過，但牛德旺說，一旦把這件事公諸於世，不僅萬歲的皇位不保，還會帶來難以預料的腥風血雨。我是一個婦人，做不了什麼，但也不願因為自己的原因，而給天下百姓帶來災難……」

聽到這裡，紀曉嵐扯扯和珅的衣袖，對他說：「這下放心了吧？有驚無險，平安無事，走，咱們觀潮去！」

和珅說：「等等！牛夫人精神不太正常，牛德旺說過的，咱們不能掉以輕心！牛夫人引萬歲到這裡，意欲何為，必須弄清楚……」

紀曉嵐想想也有道理，就說：「那好吧，再聽片刻……」

果然，乾隆接著問到最為關心的問題：「牛夫人，妳處心積慮，引朕到此，是不是尚有什麼難處，要朕解決？」

牛夫人淒涼一笑：「難處？多大的難處我都熬過來了。我這身子骨不大好，自己也知道活不了幾年，老了就愛胡想，總是瞎琢磨我若還是格格，生活會怎麼樣。老是聽說萬歲聖明，我就想著入土之前見萬歲一面，讓萬歲知道世上還有我這麼一個苦命人……」

乾隆說話的聲音也有了幾分傷感：「咱們是該早早見上一面的，早知妳如此境況，我心中就更加不安了。妳為何不讓牛德旺上一道密摺給朕呢？」

牛夫人說：「這件事情應該永埋地下，豈敢寫入密摺？經過那麼多道關口，稍有閃失，不就天下大亂嗎？牛德旺堅決反對，不許我行此荒唐之舉。然而我已自感活不了幾年了，見到萬歲的願望就更加強烈，於是瞞著牛德旺，寫了一道參奏牛德旺貪贓枉法的密摺……」

乾隆接下去說：「你知道朕一定會查處此案，於是又將十二顆東珠托吏部尚書給朕捎來，讓朕憶及當年之事，前來杭州御審牛德旺，讓牛德旺指點朕到此處與妳相見，是嗎？」

牛夫人說：「能見到萬歲，我願已了，即便今日死去，也會含笑九泉……」

乾隆趕忙止住她的話，急切地說：「不管妳得的什麼病，朕即刻帶妳回宮，請御醫為妳診斷，定能藥到病除！」

牛夫人感激地說：「多謝萬歲，只是這病是我十五歲那年惹下的病根，又在甘肅多年得不到根治，積痾甚深，就是御醫也無力回春了。今天我願已了，唯一不放心的是牛德旺。他仍在杭州牢內，他為官清正，是個好人，而且守口如瓶，對此件祕聞三十餘年不曾向外人洩露一句，萬歲盡可放心。在這裡，我有一個不情之請……」

乾隆連連點頭：「朕明白，朕明白，朕即刻釋放牛德旺，讓他官復原職！」

紀曉嵐、和珅躲在海岩一側，偷眼望去，只見乾隆、牛夫人眼角都淚光閃爍，顯然兩人都已動了真情……

紀曉嵐向和珅努努嘴：「咱們走吧！」

和珅戀戀不捨地望了乾隆、牛夫人一眼，放下了心，說：「走吧！」

兩人擠進熙熙攘攘的觀潮人群中，感受著人們喜悅的氣氛，紀曉嵐心情激蕩，感慨地說：「天下蒼生的幸福安寧高於一切，牛夫人能獨自承受流離之苦，實為女中豪傑！」

和珅有些害怕地說：「好險啊！只要牛夫人一念之差，萬歲早就不是皇帝了，我此時尚不知要潦倒到何種地步……」

紀曉嵐瞪了和珅一眼，不再說話，他知道和珅心中只有巴結逢迎乾隆這一要務，與自己永遠無法談到一起去。他耳聽聲聲驚雷，眼望重重怒潮，不由得大聲吟道：「『潮來濺雪欲浮天，潮去奔雷又寂然』，壯哉，錢塘江潮……」

他忽然發現，這場突如其來的駭人事件，不也是如此嗎？

第9章　韜光養晦，榮辱不驚皆隨緣

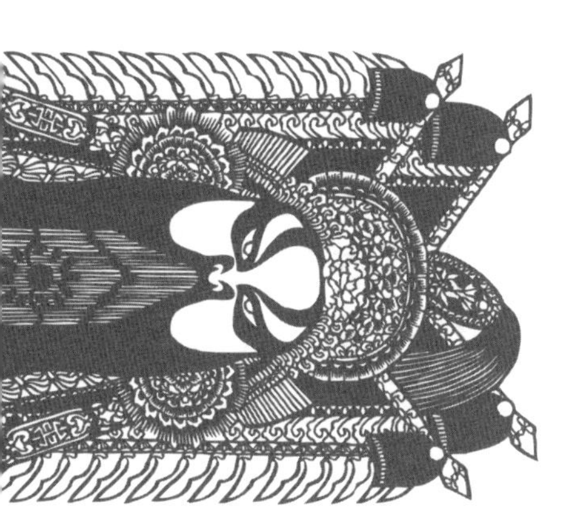

和珅在朝中一手遮天，對紀曉嵐採取咄咄逼人的攻勢。紀曉嵐自知對抗決無善終，便明智地採取韜光養晦、榮辱不驚的方針。在審訊海升毆死其妻吳雅氏一案中，他機智地避過大難；在和珅打擊林銳意圖株連他的陰謀中，林銳捨命保住了他；御史曹錫寶出於義憤，毅然呈遞彈劾奏章，又險使紀曉嵐遭遇劫難。林銳與倩雲這對有情人屢遇波折，但其情愈堅，感天動地。紀曉嵐深信善有善報，惡有惡報，樂觀等待這一天的到來。

01

乾隆南巡迴宮的第二年，皇后就病故了。而此時，乾隆正興高采烈地在熱河圍場率眾打獵，樂不思歸。

倩雲哭哭啼啼來到虎坊橋紀宅，向紀曉嵐報告這一噩耗。紀曉嵐黯然神傷，長歎一聲，說：「皇后真的太苦了……」

皇后隨南巡船隊返回皇宮之後，乾隆就將她打入冷宮，不聞不問，皇后應享受的一切待遇全被剝奪，氣得皇后只能日夜飲泣，病體日益沉重，又得不到及時治療，終於香消玉殞。

病中的皇后特意恩准倩雲離開皇宮，投入紀曉嵐門下，成為紀曉嵐的唯一女弟子。紀曉嵐對皇后的病體極為憂心，曾多次設法暗示乾隆多加體恤，可是乾隆無不臉上變色，把紀曉嵐訓斥一頓，最後嚴厲地說：「沒有廢掉皇后封號，朕已經夠對得起她了！你還想怎樣？她總想對朕指手劃腳，做朕的太上皇，不是罪有應得嗎？」

和珅在旁邊只顧幫腔：「萬歲聖明，皇后罪有應得！」

紀曉嵐不敢再說，情知觸怒乾隆，自己必無好果子吃，只好眼睜睜地看著皇后一天一天步入死亡之路。

倩雲每次從宮中出來向紀曉嵐談及皇后病況，他總是心情沉重，悶悶不樂。明軒聽了，常常義憤填膺，大罵乾隆寡情寡義，紀曉嵐只能連聲喝止。

皇后病故的噩耗被急速報至熱河，乾隆非但沒有趕回參加葬禮，反而傳來一道冷酷的聖旨，將皇后的喪儀降為皇貴妃等級。

紀曉嵐歎道：「萬歲對皇后竟反感到如此地步！即便皇后平時管束萬歲多一些，事情做得過火一些，也不能如此絕情啊！」

倩雲早已哭昏了好幾回，醒來只是哭叫：「先生，皇后她好冤啊……」

明軒也陪著掉了不少眼淚，恨聲罵道：「那個無情無義的暴君，我們還侍奉他幹什麼？先生，咱們還是離開朝廷，回歸民間，做一個閒雲野鶴的隱士吧！」

紀曉嵐長歎一聲：「我何嘗不想置身事外？但萬歲對我恩寵有加，不思圖報，於心不忍；朝中權奸當道，我若不占住這個位置，必使奸佞小人更加橫行，天下百姓更痛苦，我怎能坐視不管？」

倩雲、明軒都敬佩地望著他，由衷地說：「先生憂國憂民，感人至深，只可惜朝中像先生這樣的人太少了。」

倩雲心有餘悸地說：「先生要多加小心，皇后的命運就是前車之鑑啊！」

紀曉嵐心事重重，苦澀地說：「我知道。和珅如此飛揚跋扈，就是因為有萬歲的百般庇護，要想扳倒這座大山，只有等。等到惡有惡報的那一天到來……」

＊＊＊

這天，倩雲參加了皇后的葬禮，在墳前又獨自祭奠了許久。直到天已昏黑，才擦擦紅腫的眼睛，站起身來，離開皇陵，前往虎坊橋紀宅。

她走得很慢，一步一回頭，直到皇陵完全消失在夜色，她才猛然醒悟，趕緊加快腳步。她從小就在皇后身邊生活，對皇后的感情極其深厚，猝然間生離死別，怎不令她肝腸寸斷？她的眼淚不住地湧出來，雖說不停擦拭，卻總也沒有擦乾的時候。

到了城門口，城門還未關閉，她心頭一喜。原本她深恐返城較晚，無法進入城門，今夜就不得不露宿郊外。

城門守卒正在吆喝著關閉城門，她急了，連聲大叫：「等一等！」並立刻飛奔，跌跌撞撞撲倒在城門口。

一名衣飾鮮亮、相貌粗黑的漢子正坐在城門洞中，端著一壺酒，自得其樂地飲著，猛然看見容貌脫俗的女子失魂落魄地奔進城來，眼前頓時一亮，叫道：「幹什麼的？不許走，劉三爺我要盤查盤查！」

此人正是和珅的管家劉全，他還兼管崇文門關稅，沒事就來到這裡，趾高氣揚，炫耀手中的權力。

倩雲只好站住，虛弱地回答說：「民女倩雲，正要回家，不知大人有何吩咐？」

劉全搖搖晃晃地走過來，淫邪笑著說：「小妞長得蠻不錯嘛！到劉三爺府上去住幾天，保妳吃香喝辣！」說著就要動手動腳。

倩雲大驚，躲閃著尖叫道：「你要幹什麼？我是紀大學士府上的人，你們敢如此猖狂，看他不參奏萬歲，懲處你們！」

劉全不聽則已，一聽就更來勁，說道：「紀曉嵐，他天天和三爺我做對，三爺我正想找他的麻煩呢！妳搬他出來當靠山，三爺我偏不怕他！」說完，他向城門守卒命令道：「把這小妞給我抓住！送到三爺我府上去！」

三名守卒立刻過來，如老鷹抓小雞一般將倩雲抓住。

劉全摸摸倩雲的臉蛋，笑道：「模樣蠻俊嘛！紀大煙袋豔福不淺，府上丫頭個個像仙女一般，今天三爺我要分享一個！」

倩雲差點氣暈過去，連聲呼救。

劉全更加得意，吆喝道：「帶走！」

正在這時，忽從城門外如旋風般衝進三騎，前面那匹馬上端坐著一個武官裝扮人士，雖風塵僕僕、一臉疲憊，卻是雙目炯炯有神，身後兩人是他的隨從。

他一眼看見倩雲正被調戲，不由得勃然大怒，馬鞭一揮，在那三名守卒身上各抽一鞭，喝道：「放手！天子腳下，竟敢調戲民女，好大的狗膽！」

三名守卒慌不迭地後退，倩雲不顧一切地撲到他馬前，叫道：「將軍救我！」

劉全耀武揚威慣了，何曾受過此般侮辱？當即攔在馬前，瞪著眼嚷道：「你是何人？不認得劉三爺嗎？」

那武官一聲冷笑，輕蔑地說：「我當是誰呢？原來是和中堂府上的管家啊！我乃安南前線指揮官林銳，有緊急軍情上奏萬歲，劉三爺如想找我麻煩的話，隨時恭候！」

說著，將倩雲拉到馬上，一揮馬鞭，狂奔而去。

劉全哪敢阻攔，只好眼睜睜地看著他們消失在視線之外，心中惱怒不已，回頭看見守卒們都傻楞楞地站著，不由得火冒三丈，喝道：「還站著幹什麼？關城門！」

＊ ＊ ＊

天已全黑，倩雲還未回來，紀曉嵐、明軒都坐立不安，深恐倩雲遭遇意外。

正在提心吊膽之際，倩雲悄無聲息地走進門來，頓時令紀曉嵐喜出望外：「唉呀，妳可回來了，正打算出去找妳呢！」

明軒急忙握住倩雲的雙手，忙安慰她說：「倩雲，不要難過了，妳過得開心些，大家都快樂。」

倩雲猶自心驚肉跳，坐下喝了杯茶，才覺得好受一些，開始抽抽泣泣地講述了剛才的經過。不等聽完，明軒就跳了起來：「和珅真是無法無天，連一個狗奴才都敢如此猖狂，看我不打斷他的狗腿！」

紀曉嵐忙把她攔住，強壓怒火開導道：「目前我們不能惹事，只能忍，看他還能猖狂幾天！」他轉向倩雲問道：「你說林銳從安南前線回來了？」

倩雲說：「正是！林將軍將我送至街口，就趕往皇宮求見萬歲。他讓我問候先生，說叩拜萬歲之後，再來拜見先生。」

紀曉嵐點點頭，對明軒吩咐道：「送倩雲歇息去吧。妳好好陪伴倩雲，讓她吃好，睡好。」

明軒答應一聲，與倩雲相偕而去。

紀曉嵐將煙袋點燃，吸了兩口，陷入沉思。現在他迫切感到，和珅在朝中已達到為所欲為的程度，以自己目前的地位與能力，確實無法與之相抗衡。更何況現在他得知乾隆身世的祕聞，和珅更欲除他而後快，他怎能不萬分謹慎？

「看來，只能韜光養晦了，」他苦笑著對自己說：「還好，林銳回來了，只是前方軍情只怕不太順利……」

林銳因為在土爾扈特歸降、編纂《四庫全書》等事上明確站在紀曉嵐一邊，招致福康安忌恨，林銳無奈，上書懇請將自己調赴前線，為國效力。正巧，安南（即今天的越南）國內大亂，安南王被迫流亡廣西，向清廷求救。乾隆即令兩廣總督孫士毅率軍出征，林銳前往軍中效力。

最初的征戰還算順利，安南王在清兵的支持下重登王位。乾隆接到捷報，體驗到一個大國之君的赫赫神威，自是興高采烈，自我吹噓一番，然而現在……

等了兩個時辰，已交子時，林銳還沒來到。紀曉嵐猜想林銳不會來了，就心緒不寧地入睡了。

＊＊＊

第二天上朝，乾隆神情不悅，聽了幾個大臣的參奏，就說：「安南戰役我軍奏凱而還，現在林銳將軍已返回朝中，就向眾卿講述一番戰況吧！」

林銳聽到乾隆點名，急忙走出，將清軍如何浴血苦戰、克敵制勝的盛況渲染了一番。和珅帶頭歌功頌德：「萬歲指揮有方，王師奏凱而還，振我國威，功在社稷，可喜可賀！」

滿朝文武頓時一片阿諛之詞。乾隆勉強露出笑容，宣旨說：「對此次參戰將士朕各有賞賜，我軍攻無不克，戰無不勝，朕心甚慰！」

紀曉嵐心中暗暗納悶：「莫非我判斷錯了？竟是大獲全勝？」心中疑惑，卻又說不出口，只好隨口附和珅兩聲。

退朝回到家中不久，林銳就來了。林銳喝了口茶，放下茶杯，忽然伸手在桌上重重一拍，茶杯當場彈了起來，險些傾倒。

林銳氣憤喊道：「氣死我了！明明是慘敗而歸，和珅那奸賊竟硬要我篡改為奏凱而還，數千官兵的鮮血，就這樣被掩蓋了，可恨，可恨！萬歲竟向著他……」

紀曉嵐吃了一驚：「到底是怎麼回事？」

林銳滿腔悲憤，一一道來。原來安南叛軍捲土重來，孫士毅猝不及防，被叛軍用大象結成的戰陣擊敗。孫士毅為逃命，竟棄士卒於不顧，率先逃竄，為防叛軍追上，他竟斬斷富良江浮橋，使數千清兵失去退路，全部戰死。

林銳捨命死戰，迫不得已，跳入江水之中，泅渡逃生，回到朝中稟報軍情，使乾隆震怒不已。正巧和珅也在，聽完軍情，勸慰乾隆說：「萬歲，遠征安南得不償失，不如就此收兵，對陣亡將士厚加撫恤，向內只稱凱旋而歸……」

乾隆本就感到束手無策，再次遠征力不從心，很想找藉口遮掩過去，再加上他一向好大喜功，不願輕易在人前認輸，因此心中早已同意和珅的建議，但仍舊不好草率表示：「只是死傷太多了……」

和珅立刻聽出話外之音，說道：「萬歲，安南戰役我們明明勝利了，安南王不就順利返回王宮了嗎？現在，我軍是凱旋而歸……」

乾隆大喜：「好，天朝大軍戰功赫赫，奏凱還朝，舉國同慶……」

於是，慘敗就被描述成了勝利。林銳只好順著乾隆的意思，詳細渲染護送安南王重登王位的盛況，而將戰敗的慘況掩飾。

林銳沉痛地說：「昨夜我本想到先生府上來，但夜色已深，不便打擾，就沒有來。再加上心情不好，回到家中多喝了幾杯，不由得痛哭一場。先生，我是不是太沒出息？但我的心在滴血啊……」

紀曉嵐凝視著林銳的眼睛，深沉有力地說：「林銳，你是好樣的！過去，你是見義勇為的好漢子，今天，你仍是敢作敢為的好男兒！你心裡不痛快，我知道！我的心情也很沉痛啊！我們要學會忍耐，要有信心，相信這樣的日子終會過去……」

「先生，我明白了！」林銳眼中閃爍著希望的光芒，堅定地說。

「林將軍，真是你來了？」倩雲出現在門口，驚喜地說，「我還要多謝你的救命大恩呢！」

林銳慌忙站起：「姑娘言重了！在下不過是舉手之勞，何足掛齒？」

紀曉嵐忙為他們引見。他們互相看看，都笑了。

明軒正巧走進門來，也笑道：「先生真是的，他們昨天都認識了！」

紀曉嵐一拍腦門：「哎喲！瞧我，真是老了，老糊塗了……」

明軒爽朗地笑道：「倩雲專門下廚，親自炒了幾個小菜，要謝林將軍這位大恩人呢！」

倩雲臉上飛起紅霞，抿嘴笑著，卻不說話。

林銳被笑得有些忸怩不安，慌忙說道：「這怎麼敢當？這怎麼敢當？」

明軒說：「大恩人，還客氣什麼？走吧！」

紀曉嵐也說：「林銳，我這裡你也不是第一回來了，早就算得上半個主人了。還客氣什麼？一起去吃頓飯吧！」

飯桌上，大家邊吃邊談。倩雲說起皇后之死，林銳氣得猛擊桌案，怒斥乾隆做事太絕；林銳說起安南慘敗，乾隆不惜粉飾成赫赫戰功，倩雲憤怒不已，為傷亡的將士落下了傷心的眼淚……

兩人越說越投緣，越說話越多。

紀曉嵐與明軒起初還插進幾句話，到了後來，竟完全成了聽眾，不由得面面相覷，會心一笑，互相使了一個眼色，就端起飯碗離席而去……

都是經過劇創的年輕人，都有滿腹的哀傷要訴給對方聽，林銳、倩雲竟發現自己似乎找到了最知心的朋友一般，心裡話可以盡情說，心靈的創傷可以在對方的一顰一笑、一言一行中得以癒合……

他們一會兒說，一會兒笑，一同歎息，一同落淚，感到雙方的心在這一刻竟離得那麼近，近到可以感知對方的心跳，可以體驗到對方的喜怒哀樂……

這頓飯也不知吃了多長時間，明軒幾次來給他們添飯，竟然發現飯菜幾乎還是那麼多，不由得微微一笑，不敢打擾他們的雅興，又悄悄離去……

02

紀曉嵐採取韜光養晦的方針之後，居然很有成效。這天，乾隆頒下諭旨，將他提升為都察院左都御史。

都察院是清朝考察官吏的最高監察機構，左都御史是都察院的最高行政長官，從一品，在朝中擁有舉足輕重的權力。

和珅有些不痛快了。回到府中，向劉全發洩說：「紀大煙袋官運亨通，爬得蠻快嘛！這下倒好，我安置官吏，他考察官吏，專在後面揪我的小辮子，礙手礙腳，好多事情都不好辦了！唉，可恨！」

劉全這些天正為沒能得到倩雲而窩火，又聽說救走倩雲的林銳是紀宅的座上常客，更對紀曉嵐恨之入骨。前天他到紀宅門口窺探倩雲的蹤跡，竟發現倩雲與林銳相偕而出，形影不離，不由得醋意大發：「好一個英雄救美！便宜你了小子，橫刀奪愛，到劉三爺口邊奪肉吃，哼，走著瞧！」

現在聽了和珅這番言語，他自是借題發揮，把攻擊的矛頭直指紀曉嵐：「姓紀的這老東西，天天和我們做對，必須想辦法整倒他！還有那個林銳，吃裡扒外，不幫著福大人，反而投靠紀曉嵐，一塊往死裡整！」

和珅見劉全這番話兇相畢露，倒也有些驚詫，不過正合自己的心意：「紀大煙袋在萬歲心中很有份量，只怕不大容易整治吧？必須從長計議……」

劉全眼珠一轉，突然想起一事：「小人倒有一個辦法，即便整不倒姓紀的，也要給他找點麻煩，吃點苦頭！」

和珅大喜：「什麼辦法？」

劉全說：「老爺，你還記得三天前到府上來的那個貴寧嗎？」

「貴寧？」和珅想了一下，猛然記起來，「他姐姐是員外郎海升的夫人，因夫妻爭執，使他姐姐死亡。海升堅持說夫人是自縊而死，貴寧不認，請求刑部驗屍。我這兩天事多，都快把他的事忘了……」

劉全探過頭來，神祕地說：「海升是首席軍機大臣阿桂的親戚，大人不是一直鼓動貴寧上告，借他姐姐吳雅氏死亡的案件，整倒海升，並把禍水潑及阿桂身上嗎？現在剛好，刑部也不敢獨斷，不願得罪阿桂，大人何不奏請萬歲，由紀曉嵐主持驗屍？」

和珅大喜過望：「好！此計甚妙！沒人敢得罪阿桂，你紀大煙袋自命忠臣，看你如何處理這棘手案件？你偏向貴寧，就必然得罪阿桂；你包庇海升，我和珅就要藉機整倒你……」

和珅興奮得在屋裡轉了幾圈，拍著劉全的肩膀說：「想不到你這幾年長進不少啊，居然能想出如此高招！」

劉全也興奮得滿面紅光：「劉全是向大人學的。大人言傳身教，小人受益不淺……」

兩人互望一眼，感到得意非凡，狂笑了起來……

＊＊＊

養心殿御書房內，乾隆端坐在御案後面，翻閱著奏摺。紀曉嵐匆匆而來，跪拜已畢，站在一旁，心裡惴惴不安，他不清楚乾隆召他到來，如此匆忙，究竟為了何事。

乾隆將一紙奏摺遞給他，說：「紀曉嵐，你且看看，這個案子很有意思，朕想委派你與刑部侍郎景祿等人協同審訊。」

紀曉嵐接過一看，正是貴寧請求朝廷派員為姐姐吳雅氏驗屍的奏摺。紀曉嵐對此事有所風聞，深知此案並不複雜，但涉及軍機大臣阿桂與和珅這對生死冤家，頗難處理，因此沉吟不語。

乾隆等他看完，說道：「你新近擢升為左都御史，理應辦一件大案給朝臣看看，也好讓大家心服口服，怎麼樣？」

這番話是和珅向乾隆薦舉紀曉嵐審案的理由，乾隆順理成章地說給紀曉嵐聽，紀曉嵐怎能不接受？

這些日子以來，紀曉嵐為提醒自己不要捲入是非漩渦，特為自己取了別號「觀弈道人」，他擁有一副精緻的圍棋，是朝鮮使臣相贈。沒事時他就與好友下一局，在黑白世界裡自得其樂。為此，他還專門吟詩一首：

「局中局外兩沉吟，猶是人間勝負心。
哪似頑仙癡不醒，春風蝴蝶睡鄉深。」

現在，乾隆陡然讓他捲入是非漩渦，他心中很不樂意。他難以預料一旦參與其中，會給自己帶來怎樣的禍端？

沉吟片刻，他終於為自己找到一個推託的理由：「啟奏萬歲，臣對刑名案件並不熟悉，恐怕難當此任，而且臣的視力一向不好，萬一勘驗有誤，豈不誤了大事？請萬歲三思。」

乾隆笑了：「這倒是實情。不過，你還是要去的，驗傷的具體事宜由景祿等人負責，你就權當充個數，好嗎？」

紀曉嵐心裡有了底，急忙答道：「臣遵旨！」

＊＊＊

果然不出紀曉嵐所料，這個案件波瀾甚多。在開棺驗屍時，紀曉嵐有意裝聾作啞，說自己視力不好，靜待景祿等人做出結論。

景祿等人認為是自縊身死，紀曉嵐就隨聲附和，在驗屍結論上署上了自己的姓名。

和珅聞訊大喜，將貴寧召至自己府上，面授機宜。於是貴寧再次向乾隆上奏，將驗屍人員一併參劾，指稱他們有意偏袒，與阿桂同屬一黨，結黨營私，徇情枉法。與此同時，和珅到乾隆面前煽風點火，目標很明確，要一箭雙雕，同時扳倒阿桂與紀曉嵐。

乾隆對朝臣拉幫結派一向深惡痛絕，聽了和珅的話，自然怒不可遏，親自指派自己信任的朝臣再次審理，於是上次的結論被完全推翻。乾隆為慎重起見，再令和珅與阿桂會同刑部官員再行檢驗，不曾發現縊死證據。在事實面前，海升也不得不低頭認罪，承認吳雅氏是被自己踢傷致死。

案情大白，一干審案人員全受懲處。景祿等人罷官的罷官，流放的流放，首機軍機大臣阿桂也落了個革職留任的罪名，並罰俸五年。唯有紀曉嵐處置最輕，因為有言在先，「權當充個數」，只給了個「交刑部嚴加議處」的處分。

＊＊＊

紀曉嵐回到府中，幾天幾夜心神不寧，暗想：「好險！多虧我步步謹慎，才沒被和珅整倒！」明軒目睹審理此案的全部過程，憤憤地嚷道：「沒想到官場如此黑暗！不是官官相護，就是勾心鬥角，先生是鑽研學問的人，何必把精力耗費在這上面呢？不如告老還鄉吧！」

紀曉嵐默默地抽著煙，心中異常苦悶，他不知道在這樣爾虞我詐的官場，他還能否堅持自己剛正不阿的節操？他還能為百姓做些什麼？如今提心吊膽，也只能求得明哲保身，苟活性命，真不如就此歸去……

他長長歎了一口氣，卻仍下不了決心。

倩雲卻說：「權奸之所以得勢，就是因為朝中像先生這樣的忠臣太少。先生不能倒！先生在位一天，朝中就多一份亮色，百姓就多一份希望，和珅之徒在為非作歹之時也會多一份顧忌……」

林銳當時也在屋內，聽了此話，激昂地說：「說得好！不管多難多險，先生必須挺住，我林銳拚了這條性命不要，也要保護先生周全！」

紀曉嵐感動得熱淚盈眶：「我一個糟老頭子，被你們寄予如此厚望，慚愧啊！有你們在身邊，我就有了信心，不管多難，都要挺下去……」

＊＊＊

這麼大動干戈的案件，居然沒有收到預期的效果，和珅大失所望。「交刑部嚴加議處」的結果，使紀曉嵐落了個「革職留任」的懲處，僅僅過了幾個月，乾隆降旨連這個處分也免了，紀曉嵐又官復原職。

和珅氣呼呼地對劉全說：「萬歲太偏袒紀大煙袋了！別人都受處分了，就他逍遙事外，讓咱們無可奈何……」

劉全也很感慨：「姓紀的越來越滑頭，越來越難對付了……」

和珅說：「是啊，他並不與咱們正面對抗，可是不管咱們使出什麼招式打過去，全像打在棉花團上，多大的力氣都消失無蹤……」

劉全恨恨地說：「不能就這麼罷手！我就不信，難道他紀宅上下就是鐵板一塊，完全無法下手？」

和珅被他一言提醒，若有所思地說：「紀大煙袋難對付，不代表紀宅上下都一樣難啃。好，劉全，從現在開始，你要嚴密關注紀宅所有人員的動向，只要讓咱們抓住一點把柄，就讓紀宅雞犬不寧！」

「是！小人這就去辦！」劉全獰笑著，匆匆走了出去。

03

林銳做夢都沒有想到，心直口快的他竟成了劉全獵取的首要目標。

劉全之所以會把關注的重點放到林銳身上，主要原因還是因為林銳「橫刀奪愛」，壞了劉全的好事。再加上林銳是一介武夫，辦事喜歡直來直往，與人交往時只要言語投機，就會把心裡話合盤托出，容易對付。

林銳是個爽直漢子，喜歡飲酒，常和好友在酒館中開懷暢飲。劉全就暗中留意，記錄下那些與林銳共飲的人名，然後一一詳了解，抓住時機，收買其中一人，得到了一封告密信。

和珅拿著那張告密信，仔細閱讀了一遍，然後誇獎劉全說：「幹得不錯！這個林銳，居然敢背後大發牢騷，誹謗萬歲，說萬歲是非不分，獨斷專行……好，這下夠紀大煙袋受的……」

告密信很快就呈到乾隆手中，乾隆氣得臉色鐵青：「好一個林銳！誰給他這麼大膽子！敢說朕掩飾慘敗真相，是個昏君……」

這封告密信經過和珅的進一步加工，用詞更加犀利，讓乾隆心裡很不痛快，降下諭旨：「將林銳交刑部審訊，令他供出是何人指使！」

林銳尚蒙在鼓裡，就突然被抓入大牢。他被提上邢部大堂，經過與告密人對質，他才恍然大悟，知道自己被人暗算了！

好在林銳經過這麼多年的風雨歷練，早對官場黑暗深有認識，他拿定主意，不管告密人如何橫加誣衊，他對所加罪名一律不認帳。

和珅無奈，令劉全將林銳的酒友一一傳來指認，豈料那些酒友倒都有些骨氣，極力為林銳辯冤，使和珅無計可施。

為達到整治紀曉嵐的目的，和珅狠下心來，令邢部人員對林銳嚴刑烤打。林銳不愧是一條錚錚鐵漢，咬緊牙關，寧死不屈。

＊＊＊

與此同時，紀曉嵐面見乾隆，為林銳求情。

紀曉嵐懇切地說：「萬歲，林銳是個俠肝義膽的血性男兒，對萬歲忠貞不二，戰場上捨生忘死，怎會在背後誹謗萬歲？定是小人挑撥，欲陷害忠良，請萬歲明察！」

和珅立在一側，正為這些天的審訊毫無結果而心緒不寧，現在又豈能讓紀曉嵐把林銳的罪責全部開脫？於是走上一步，反駁說：「萬歲，酒後吐真言，林銳與酒友借酒消愁，發洩對萬歲的不滿，現有人證，豈能有假？」

乾隆對審訊林銳久無結果也早有疑惑，暗想林銳對篡改戰況微有不平，私下發洩一下也很有可能，於是說道：「朕認為林銳還是一員猛將，頗有戰功，即便有不當言詞，也可功過相抵。這樣吧，就將他罷為庶人，以示懲戒吧。」

紀曉嵐狠狠瞪了和珅一眼，躬身答道：「多謝萬歲！」

和珅暗歎一口氣：「唉，紀大煙袋又逃一劫，敲山震虎，目的並未達到，姓紀的仍舊毫髮未損，高官照做……」

＊＊＊

林銳出獄之時已是極度虛弱。紀曉嵐看著躺在床上、遍體鱗傷的林銳，淚水止不住滾落下來：「林銳，你受苦了……唉，人家明明是衝著我來的，卻把你害成這樣……」

林銳開心地笑道：「只要先生好好的，我就快活得不得了。我這條命不算什麼，先生比我重要千萬倍……」

倩雲眼眶紅紅的，忙著為他端水端藥，為他擦拭傷口，敷上膏藥。

紀曉嵐說：「林銳，你一個人住在這裡，也缺乏照應，還是搬到我那裡去吧。」

林銳感激地笑笑：「先生，我挺好的，不打擾府上了……」

倩雲也說：「林將軍，你就聽先生的話吧。你獨自在這裡，叫我……我們怎麼放心得下？」她在這瞬間把「我」改成了「我們」，但話中的款款深情，林銳怎能聽不出來？

林銳情深意切地望著倩雲，說：「好吧，我就恭敬不如從命……」

紀曉嵐高興得撫掌大笑：「太好了。我這就回去叫明軒收拾出一間屋子，再派一乘小轎來接你……」

＊＊＊

劉全得到報告，頓時心裡酸溜溜的：「姓林的小子居然因禍得福，住進了紀宅，天天由美人照料，快活似神仙，氣死我了……」

他帶了兩名家丁，在紀宅門口轉悠了幾天，也沒找到下手的機會。他雖說很能仗勢欺人，橫行霸道，但畢竟是家奴身分，在紀曉嵐這樣的高官門前，他也不敢太過放肆。

轉眼三個月過去了，林銳已完全得到恢復，與倩雲一起出雙入對，形影不離，陶醉在濃濃的愛意中。他們已經商定，過了春節，就擇吉日完婚。

他們回到林銳簡陋的家中，每天從早忙到晚，布置自己生活的新家，直到天近黃昏，才一起返回紀宅。

劉全心中那口惡氣一直未出，天天都在琢磨著如何對付林銳。雖說暗中窺測多次，但他都未敢下手。在紀宅門前沒有膽量；在半路截擊又路人太多，京城中兵來將往，一旦被哪個高官撞見，他自己多半要吃虧，更何況林銳是武將出身，劉全帶的家丁如果太少，也不敢輕易動手。

就這樣，林銳與倩雲度過了一段甜蜜而平安的短暫時光。眼看大婚將近，林銳卻發了愁。他平時出手闊綽，每月的俸祿大都用於結交朋友，因此積蓄很少，這些日子為籌備新婚，已花銷一空。紀曉嵐慷慨相贈了一些銀兩，但林銳深知紀曉嵐兩袖清風，收入也很有限，哪肯接受？紀曉嵐硬塞給他，說是他們紀家的賀禮，林銳才不得不收下。然而，現在這些銀子也花完了，他總不能將倩雲娶到家中，與自己一同討飯吧？

如今他無官無職，自然也沒有俸祿，住在紀宅吃白飯，已使他很不安，如何還能再開口求借？雖有一些好友能借來一些，但畢竟不是長久之計。他反覆盤算了好幾天，又與倩雲商議，最後決定到天橋賣藝。

紀曉嵐聞訊，趕來勸阻：「我這裡又不缺你這口飯吃，何苦賣藝呢？好好結了婚，再去謀條生路，現在急什麼？」

林銳笑道：「再養下去，我都胖得動不了了。趁現在招式還未生疏，出去活動活動筋骨，順便混口飯吃吧。」

倩雲也說：「先生，就讓他去吧。」

紀曉嵐只好同意，親自動手為林銳寫了旗幡，再三叮嚀一番。賣藝那天，紀曉嵐、明軒、倩雲陪伴林銳一同來到天橋，為林銳捧場。路人見到紀大學士親自出馬，無不駐足觀看。第一天賣藝收益頗多，林銳異常高興，硬把紀曉嵐、明軒、倩雲拉到一家酒樓，慶賀一番。

從此以後，林銳天天到天橋拉開場子賣藝，倒也逍遙自在，不受任何人的管束，正適合他那無拘無束、豪爽樂觀的性格。然而，他卻不曾料到，災難正向他步步逼來。

＊＊＊

這天，天氣很冷，寒風凜冽，似乎就要下雪。倩雲估計觀眾不會很多，勸他不要去了，但林銳看看天色，執拗地說：「只怕未必會下，還是去吧，否則閒著也是閒著。」

倩雲知他想多賺幾個錢，就為他收拾好器械，替他多披了件大衣，關心地說：「別太累著。早點回來，免得凍壞了。」

林銳感動地點點頭，就扛起刀槍，邁步來到天橋。

天橋附近比平日冷落了許多，人們都在寒風中瑟縮著身子，匆匆走著。林銳卻渾身是勁，活動了一番筋骨，就拉開架式，一板一眼地打了一趟拳。

觀眾果然不多，林銳略感失望，他抄刀在手，正要操練開來，忽見從大路上開來一隊兵丁，為首一人殺氣騰騰，直奔他的場地而來。他吃了一驚，仔細一看，來人正是和珅的管家劉全。

劉全來到林銳面前，奸笑著說：「唉喲，林大英雄，怎麼流落街頭了呢？沒有想到，真沒想到……」

林銳強壓心頭怒火，拱手說道：「這位大人有何見教？在下正忙著。」

劉全這些日子處心積慮想整治林銳，今天是專門找岔來了，見林銳不卑不亢，當即沉下臉來，喝道：「在此賣藝，得到本官的批准了嗎？向朝廷繳納稅銀了嗎？」

林銳心中有氣，說話也不客氣：「在下奉公守法，稅銀均按時繳納，大人似乎不是管理天橋的吧？」

劉全神氣地說：「告訴你，從今天開始，這天橋也由我劉三爺說了算！」原來他為了名正言順地打擊林銳，特意通過和珅，將天橋管理權弄到手中，把自己的魔爪伸到了這塊淨土。

林銳眼見今天要吃大虧，打算忍讓一時，說：「在下不知。現在在下要收工了，來日再去專門拜見大人。」說完，他收拾器械，轉身想離開這個是非之地。

「想走？沒那麼容易！」劉全吼道：「大夥兒一齊上，給我狠狠地打！」

眾兵丁一擁而上，對林銳拳打腳踢。林銳本不打算還手，只是招架，身上就挨了好幾拳。他頓時大怒，施展拳腳，與眾兵丁打成一團。雖說他異常神勇，但時間一久，還是漸漸處於下風。

劉全站在一旁觀戰，看見林銳被打得東倒西歪，高興地連聲叫好。劉全狂笑著說：「姓林的，你敢奪走劉三爺的小妞，真是吃了豹子膽了！哈哈哈，你不撒泡尿照照，一個臭賣藝的，配得上那麼俊的小妞嗎？哈哈哈，打得好，給我往死裡打！」

林銳已被打翻在地，臉上鮮血淋漓，但仍大罵不止。劉全得意地欣賞著自己的傑作，嘴裡同時罵咧咧：「臭賣藝的，癩蛤蟆想吃天鵝肉……」

忽聽一聲斷喝：「住手！」劉全等人吃了一驚，回頭一看，只見一個中等身材、相貌堂堂的年邁官員從一頂官轎中走出來，橫眉立目，怒聲喝止。

劉全見來人相貌很是陌生，料定不是什麼大官，他狗仗人勢慣了，這時更是狂妄，瞪著眼睛問道：「你是何人？敢阻劉三爺在此執行公務？」

那官員毫不畏懼，憤怒斥責道：「原來是大名鼎鼎的劉三爺，充其量也不過一個家奴罷了，敢在京城如此撒野！萬歲面前我定要參上一本，我就不信我大清王朝再無王法，任由小人橫行！」

劉全聽對方口氣不善，頓時軟了：「好，今天就給大人一個面子，饒了那廝！不敢請問大人是哪個衙門的？」

那官員冷笑道：「怎麼？你還想報復不成？告訴你，本官是陝西道監察御史曹錫寶，別人怕你，本官偏不怕！」

劉全暗罵道：「姓曹的，你等著，有你的好果子吃！」轉身對自己的兵丁吆喝道：「咱們走！」

劉全等人呼嘯而去，林銳忍著滿身傷痛，爬起身來，向曹錫寶拜謝：「在下林銳，多謝大人救命之恩！」

曹錫寶把他上下打量幾眼，讚道：「果然是條好漢！林銳，本官早就聽說你的大名，今日相見，名不虛傳！聽說你住在紀大學士府上，是不是？」

林銳說：「在下被人所害，被免去官職，多蒙紀先生抬愛，在他家暫住一時。」

曹錫寶點頭笑道：「你回去告訴紀先生，就說曹錫寶改日過府拜訪。你傷勢不輕，這樣吧，就坐我的轎子回去吧。」

林銳感激地說：「皮肉之傷，不礙事，我自己能走回去。」

說完，又向曹錫寶一揖到地，然後，他揹起自己的器械，邁步走去，雖走得一跛一拐，他仍咬牙堅持。

曹錫寶目送他的背影越來越遠，不禁搖頭歎道：「奸邪當道，忠賢被欺，身為御史，不聞不問，罪不容恕啊……」

林銳回到紀宅，倩雲大吃一驚，連連急問。

林銳簡單說了經過，歎了一口氣，說：「看這樣子，天橋以後去不成了……」

倩雲端來溫水，拿來藥膏，為他細心擦拭傷口，敷上藥膏。她禁不住淚如雨下，心痛不已：「算了，掙不了那幾個錢就不花，咱們吃糠咽菜，也一樣過……」

林銳苦笑一聲：「不礙事的。惹不起還能躲不起？京城這麼大，他劉全還能一手遮天，連一口飯也不留給我吃？」

倩雲說：「咱們怎能咽下這口氣？等紀先生下朝回來，咱們請他出面，向萬歲告上一狀，把那個姓劉的狗奴才懲治一番……」

「別，別，別……」林銳連連擺手，「別讓紀先生操心了。如果不是害怕連累紀先生，我一定會叫上幾個弟兄，把姓劉的狗命要了去！唉，從長遠考慮，還是忍忍吧……」

「好吧，」倩雲點點頭，為他把傷口包好，說道：「你歇歇，我去端飯。」

林銳望著倩雲的背影，耳邊又一次響起劉全的嘲罵：「一個臭賣藝的，癩蛤蟆想吃天鵝肉……」他心頭一酸，脫口叫道：「倩雲！」

倩雲已走到門口，回身問道：「怎麼了？」

林銳頓感心慌意亂，結結巴巴地說：「沒……沒什麼……」

倩雲向他笑了一笑：「別胡想，好好歇著。」轉身出去。

林銳獨自躺在床上，思緒澎湃。他有了強烈的自卑感，他覺得身為一個男子，無力使自己所愛的女人過得幸福是一種恥辱，他發現自己沒有資格承受倩雲那份沉甸甸的愛，倩雲那樣天仙般的女子理應過著天堂般的生活……

他喃喃地對自己說：「我真是癩蛤蟆，以目前的身分、地位、家庭狀況，都只能讓她跟我受罪。她可是在皇后面前長大的啊，能過慣這種生活嗎……」

04

兩天後，曹錫寶果然來到紀宅，拜訪紀曉嵐。兩人早就熟悉，對朝政的看法基本一致，寒暄不了三句，就開誠布公，談到了雙方共同關心的「權奸當道」這一敏感話題。

紀曉嵐深有感觸地說：「林銳這樣的有志青年，連吃飯都成了問題，真讓人憤憤不平啊。那天，要不是你出面相救，林銳只怕要被打成殘廢了。」

曹錫寶關心地問：「林銳傷勢怎樣？」

紀曉嵐說：「還好，只是情緒很低落。這樣的人都報國無門，我這樣的老傢伙卻位居高官，心中很是不安……」

曹錫寶在桌上重重一拍：「紀大人，你為何不出面抗爭？朝中之所以會這樣，是因為敢說真話的人太少！咱們合力彈劾和珅，不信扳不倒他！」

紀曉嵐急忙搖手：「曹大人不要衝動，這話在這裡說說尚可，出了這個門就要小心自己的嘴巴。善有善報，惡有惡報，但現在還遠遠不是時候，我們要學會忍……」

曹錫寶激憤地打斷他的話，不悅地說：「想不到紀大人如此膽小怕事，真讓人失望！人家都欺到門上來了，還忍，忍到哪裡去？忍到讓壞人把好人都害死嗎……」

紀曉嵐滿臉苦笑，無言以對。他既為曹錫寶的正直深深敬佩，又害怕他一旦說出不該說的話，而招致殺身大禍……

過了好一會兒，紀曉嵐才好心勸道：「千萬別意氣用事，一定要小心……」

曹錫寶點點頭，說：「紀大人的意思我懂，我會謹慎行事……」

＊＊＊

春節到了，紀宅內外布置一新，全家上下沉浸在喜悅的氣氛中。

然而紀曉嵐的心情卻無法開朗。他對朝中大事能忍則忍，能附和就附和，盡量做到「眼不見為淨」，但對倩雲、林銳這對青年人的婚事，他卻不能置之不理。

本來早就商定春節後完婚，新家也布置停當，林銳卻像完全變了一個人，對婚姻大事的興致變得極其低落，態度也很冷淡。他的傷勢早已痊癒，然而精神上的創傷卻很重，似乎被那件事完全擊倒了。

倩雲連日來暗自垂淚，被明軒無意中發現了。

明軒一問，倩雲哭得更厲害了，把心中的委屈一五一十說了。明軒很是生氣，找到林銳，怒沖沖地訓斥了一番：「林銳，看看你這熊樣，還自命為拿得起、放得下的男子漢呢！連這點挫折都承受不了！你怕了，不敢娶倩雲了，你沒出息！」

林銳默默聽完，痛苦地說：「是，我沒出息，我不能讓倩雲跟我受苦……」

明軒說了半天，毫無結果，只好去報告紀曉嵐。

紀曉嵐聞訊，心裡很是吃驚，急忙來找林銳，推心置腹地講了一個下午，說明倩雲並不在乎他的地位與家境，看重的是與他同甘共苦，共渡美好人生……

林銳聽了，半晌無語，最後好不容易迸出一句話：「先生，你說的我都明白，可我……我怎能讓倩雲受委屈呢……」

紀曉嵐又恨又氣：「還說都明白呢？我看你是糊塗透頂，笨到家了！」

無論紀曉嵐、明軒如何苦口婆心勸說，無論倩雲如何傷心欲絕，林銳都無法振作起來，承擔起照料倩雲一輩子的責任。他本是心高氣傲、敢作敢為的青年，然而在接二連三的打擊面前，他對自己的命運失去了信心……

＊＊＊

他很苦悶，一連三天都到酒館喝得大醉。這天傍晚，他醉醺醺地走出酒館，在街上東倒西歪地走著。家家戶戶都貼上春聯，到處都是節日氣氛。他身上燥熱，心裡卻感到異常寒冷。「我的出路在哪裡？難道我就只能這樣度過此生？」他無語問蒼天，但蒼天亦無語相對。

走著走著，他酒意湧上來了，扶著一處牆壁嘔了一地，感覺清醒了許多，便繼續往前走。他不想這麼早回到紀宅去，害怕面對紀宅上下關切的目光；他也不願回到布置一新的新房，他現在還沒有享用新房的權力。他還能到哪裡去？只能在別人歡慶春節的時候，孤獨在寒冷的大街上徘徊。

正在這時，一陣馬蹄聲響由遠及近緩緩而來，他猜想是巡夜的兵丁過來了，就本能地躲到路邊，不一會兒，那隊騎兵已來至面前，為首一員將官威風凜凜，一眼看見倚牆而立的他，詫異地說：「這不是林銳嗎？才不見幾年，怎麼變成這樣呢？」

林銳聽這聲音異常熟悉，抬頭看去，吃驚地發現這名將官竟是福康安。他很感恥辱，不願自己的狼狽相被福康安瞧去，就喃喃招呼一聲：「福大人，是你……」轉身就想溜走。

福康安喊道：「林銳，還是回到我這裡來吧！你跟著紀曉嵐，看看委屈成什麼樣子！過去你對我有誤解，我都可以不計較，你是一名猛將，我是很欣賞的！」

林銳只好站住，躬身答道：「福大人，林銳無德無能，不敢再給大人添麻煩……」

福康安咧開大嘴，得意大笑：「這是說哪裡話來？這兩天萬歲正與我商議，要對廓爾喀（即今天的尼泊爾等地）的騷擾進行反擊，我正加緊操練人馬，準備春暖花開之際大舉出征。現在帳下正缺一名能征善戰的先鋒，你在安南打得不錯，這個先鋒的位置就留給你吧！怎麼樣，願不願意呢？」

林銳很感意外，他萬沒料到福康安竟會說出這番話，他絕不相信福康安是出自一片好心，稍一思索他就明白了，福康安是想利用他衝鋒陷陣，建立赫赫戰功，他對福康安一味依附和珅的行為深感厭惡，就不加思索地推託道：「林銳現在是罪人，只怕不方便統兵作戰吧？」

福康安大手一揮：「我說沒罪就沒罪，你如果願意，年後就到軍中報到！回去好好想想，再答覆我！」

福康安一行人，消失在夜色中。林銳站在那裡，想了很久，很晚才回到紀宅，在床上又輾轉反側了半宿，終於下定決心。

＊＊＊

第二天，他起床很早，雖說眼中布滿血絲，但精神異常高昂。他來到院中打了一趟拳，又抓起石鎖活動了一番，全身上下熱汗蒸騰，自感連日來的煩悶已一掃而光，原有的活力已恢復到身上。

紀曉嵐起床來到院中，見到這番景象，很是驚異：「林銳，你今天起得很早嗎？」

林銳笑呵呵地說：「紀先生，我正有一事想要託付。請您照料倩雲！」

紀曉嵐更感驚訝：「好端端的，怎麼說出這樣的話呀？林銳，你到底怎麼了？」

林銳將昨夜遇見福康安的經過說了一遍，然後說：「我反覆考慮了一夜，覺得我這個人不適合忍氣吞聲、委委屈屈地做人，我喜歡明刀明槍地幹個痛快，還是上戰場吧！」

紀曉嵐很是傷感：「林銳，這些日子你跟著我，受了不少委屈，唉，都是我不好……」停頓片刻，他接著說：「你要率兵打仗，我不攔著，但你想過沒有，倩雲怎麼辦？你總得給她好好安置一下吧？」

林銳懇切地說：「正因為我對她放心不下，才要麻煩先生給予照料。」

紀曉嵐說：「照料倩雲是我的本分，你盡可放心。只是，我認為你們應該早日完婚，然後你再去打仗，否則，就這麼把她懸著，讓她年年月月等你，也不是個事啊……」

林銳低下頭去，默思良久，然後才滿臉歉然，說道：「我想，還是不能結婚。這些天我自慚形穢，不敢娶她；現在要上戰場，吉凶難料，唯恐誤了她，不能娶她。等到我得勝歸來，萬事順心，定會堂堂正正、風風光光地娶她過門，讓她過一輩子好日子！」

說到最後，林銳雙眼放光，神采奕奕，似乎那種風光場面就在眼前，他就要將人生最大的幸福完全擁有……

紀曉嵐讚道：「好樣的！有志氣！」隨後又長歎一聲：「可是，這下又要苦了倩雲了。林銳，還是你自己對她說吧……」

林銳點頭答應了。

早飯後，林銳來到倩雲房間，猶豫了好半天，才將自己的打算說了一遍。倩雲的眼淚當即滾落下來：「你幹嗎要這樣？要送死嗎？撇下我怎麼辦？我不想做什麼官太太，只要你在身邊，哪怕吃糠咽菜，我也願意！咱們明天就結婚，好嗎？」

林銳望著倩雲飽含深情的目光，感覺自己一顆心就要被完全融化了，他真想立刻答應，但是……他不能不為他們的將來打算啊！他把心一橫，堅絕地說：「不行！我不能讓妳跟我受一絲一毫的委屈！相信我，我一定會凱旋歸來，為咱們創造幸福的生活……」

這天，兩人相依相偎，傾訴了很久很久。倩雲無力阻止林銳出征，只好深情說：「你去吧，不管三年五年，我都等你，等你一輩子……」

林銳胸中春意蕩漾，感動撫弄著倩雲的髮絲，說道：「千萬不要這麼傻，萬一……萬一我有個三長兩短，妳就……」

他還不曾把下面的話說出來，嘴巴就被倩雲柔軟的小手堵住了：「不要亂說，啊？你一定要好好地、平安歸來……」

林銳眼眶中溢出了淚水，他激動得連連點頭，卻什麼話也不曾說出。事實上，此時此刻，一切話語都是多餘的了……

＊＊＊

元宵節過後，中國人傳統的新春佳節就過完了，朝廷上下又開始新一年的忙碌。林銳到福康安軍中報到，負責操練士卒，做出征前的各項準備工作，雖很辛苦，但他卻感到異常充實，他知道自己現在所做的這一切，都是為了自己心愛的女人，因此他不叫苦不叫累，臉上整天掛著笑容。

福康安對他的工作表現也非常滿意，雖說福康安對他與紀曉嵐的親密關係不滿，但眼前正值用人之際，福康安又是久經戰場的統帥，深深明白「千軍易得，一將難求」的道理，因此不惜專程向乾隆舉薦，力保他為前鋒，乾隆自然是同意了。

劉全得訊，雖心中惱怒，卻又不敢輕舉妄動，只好暗暗罵道：「姓林的小子，你別神氣，等你走了，我再把你那個小妞弄到手！最好老天保佑，讓你死在廓爾喀那樣的蠻荒之地，才算大快人心……」

05

曹錫寶這段日子也沒閒著，他一直暗中搜集劉全的罪證。他知道當前彈劾和珅必須要承擔相當大的風險，因此想出了一個自以為機智的辦法，把攻擊的矛頭指向劉全，以便投石問路，迂迴達到目的。劉全狗仗人勢，為非作歹，惡貫滿盈，搜集罪證異常容易。曹錫寶連續幾天幾夜苦苦思索，最後決定把彈劾的主要目標定在衣飾、車馬、居室逾制上。因為劉全身為家奴，在這些方面是受到嚴格限制的，如今劉全竟借著和珅的勢力，耀武揚威，肆意享受，在這些方面均達到，甚至超過王公大臣的規格。

曹錫寶反覆權衡，覺得如此彈劾名正言順，風險較小，為了進一步迴避和珅的打擊，他還特意在奏摺上添上一句：「服用奢侈，器具完美，苟非侵冒主財，克扣欺隱，或借主人名目，招搖撞騙，焉能如此？」

他把奏摺反覆細讀數百遍，自認為無懈可擊，但仍是忐忑不安，又特意趕來與紀曉嵐商議。

對他冒死上疏的行為，紀曉嵐是堅決反對的。並不是這種行為本身有什麼錯，而是當前和珅已經一手遮天，朝中耳目眾多，貿然彈劾，不僅於事無補，反會禍及自身。

曹錫寶聽了紀曉嵐的勸告，心情極度痛苦。他雖說很輕視紀曉嵐的明哲保身，但又不能不重視紀曉嵐的這番言語，權衡再三，他決定把彈劾的行動暫向後推，等待更好的時機，再做處理。

＊＊＊

轉眼到了春光明媚的季節，林銳率大軍浩浩蕩蕩地出征了。倩雲與他自有一番生離死別，其情其景，讓紀曉嵐等人潸然淚下。

三個月過去了，前方的消息斷斷續續地傳來，征戰並不順利，紀曉嵐日日夜夜為林銳提心吊膽。退朝回到家中，他也不敢將實情相告，只是揀一些得勝的喜訊說給倩雲聽，安慰倩雲那顆多愁善感的心。

然而，倩雲卻又遇到另一重威脅，劉全已把魔爪向她伸過來。有兩次她與明軒相伴上街，卻發現劉全帶領幾個家丁在身後一路尾隨，嚇得她們二人一路急奔，慌慌張張地逃回紀宅，從此再也不敢單獨出門。

紀曉嵐聽說之後，大為震怒，一次在紀宅門外與劉全相遇，劈頭蓋臉地把劉全罵個狗血噴頭，劉全只好灰溜溜地走了。從那以後，他再也沒有膽量到紀宅門外窺探。

為確保家宅安全，紀曉嵐把咸寧等下人聚集起來，特意叮囑要日夜防範，勿使奸人到府上搗亂。同時他又告誡倩雲、明軒，沒事不要出門，要買什麼東西都派咸寧等人去辦，如果萬不得已非要出門不可，也必須事先讓他知道，他要親自護送。

倩雲感激地說：「先生，您年紀大了，朝中又要操心許多大事，就不要為我花心思了，我會小心的……」

紀曉嵐卻說：「林銳走時把妳託付給我，我必須盡到責任……」

曹錫寶得知此事，氣得拍案大叫：「這叫什麼世道？紀大人，你是當朝一品大員，何苦如此委屈自己？」

紀曉嵐苦笑道：「我這一輩子活出一個經驗：小人不能惹！小人是真正的毒蛇，專會在你疏於防範的時候咬你，被咬一口，入骨三分啊……」

曹錫寶怒聲大嚷：「我忍無可忍了！紀大人，你不要攔我，這個彈劾奏章我一定要上！」

＊＊＊

這時已是赤日炎炎的盛夏，乾隆率和珅等人又到承德避暑山莊去消暑。曹錫寶認為這是一個好機會，和珅不在京城，藉機扳倒劉全，就多了一份勝算。

彈劾奏章呈上去，曹錫寶日夜坐臥不寧，不知會給自己帶來什麼樣的後果。但即便如此，他仍是無怨無悔。

和珅果真耳目眾多，奏摺還沒呈到乾隆手中，他已得知此事。雖說他無法分身趕回京城，但還是立刻派了一個心腹下人，回京向劉全傳令，要劉全立刻拆毀違制的府第，將超越規格的車馬、衣物統統轉移。

而這一切，曹錫寶自然預料不到，他還在做夢為民請命呢，豈料等來的卻是令他魂飛天外的結果。

乾隆看了奏摺，立刻從中嗅出了濃濃的火藥味。「明看是對劉全，其實是對和珅來的，」他滿腹不快，「朕對和珅好一些，這個曹錫寶就眼紅了，豈有此理！」

但奏摺既已呈上，豈能置之不理？他磨蹭了兩天，才派出一個姓王的大臣趕回京城，調查奏摺中陳述的事實。

結果可想而知，曹錫寶所陳述的事實俱不存在。於是，乾隆下旨，將曹錫寶星夜召至熱河，嚴加訓斥：「曹錫寶，你以虛言陳奏，意欲何為？和珅對下人管束一向甚嚴，你膽敢胡言亂語，肆意誣衊，想陷害忠良嗎？」

曹錫寶萬沒料到會得到如此結局，這才相信紀曉嵐的勸告確實明智，但事已至此，他別無選擇，只能自承冒昧：「臣聽別人都這麼說，身為御史，自當向萬歲奏明一切，以防微杜漸，防患於未然……」

「防微杜漸？你在指責朕用人不明嗎？」乾隆瞪著眼睛，生氣地說，「你本意就是要彈劾和珅，卻又沒有這個膽量，想拿下人開刀，旁敲側擊，波及和珅，用心極其險惡……」

乾隆口氣如此嚴厲，曹錫寶驚得肝膽俱裂，連忙為自己辯冤：「萬歲，微臣冤枉！臣就是有天大的膽子，也不敢對朝中重臣存心不軌……」

乾隆冷笑一聲，指著身邊的和珅說：「和珅就在這裡，你把你見到的事實都講給他聽吧！你說劉全車馬、衣物逾制，這還可說是你在街頭目睹；你指責劉全居室超越規格，難道你到他家裡專門看過嗎？你身為御史，怎麼會與一個家奴結交呢？」

和珅陰險地笑了笑，插話道：「劉全自知身分低賤，怎敢與堂堂的御史大人結交？連曹大人的相貌都從來不識，曹大人，莫非你有什麼神通，居然能到劉全家中勘察一遭？」

曹錫寶有口難辯，只好強壓悲憤，低聲說：「臣知罪……」

乾隆哼了一聲，沉臉說道：「現在知罪還為時不晚，朕料你也絕對不會無緣無故上此奏摺，定是背後有人指使，說出來，朕可對你從輕發落！」

曹錫寶沉默不語，此番彈劾和珅本就是他自作主張，他豈能株連他人？

和珅催促道：「說嘛，曹大人，我知道你也很冤枉，是被人利用，說出主使人是誰，不就萬事皆休了嗎？讓我猜一下，是不是紀曉嵐呀？去年他因為海升毆死其妻吳雅氏一案審判有誤，被我奏知萬歲，一直對我懷恨在心，現在又用這種方式向我報復，是不是啊？」

曹錫寶立刻察覺和珅的險惡用心，和珅不僅要整治得他有冤難伸，還要將紀曉嵐一併打倒，除掉這個眼中大患。曹錫寶痛心地想：「還是紀大人看得遠，如今我是自己伸脖子鑽進套中了，難道還能昧了良心，把紀大人也拉下水？豁出去，一人做事一人當，就是千刀萬剮，也只能我自己認了！」

想到這裡，他悲憤地說：「萬歲，此事是我一人所為，並無他人指使，萬歲要懲處的話，就懲處我一人吧……」

乾隆怒不可遏：「曹錫寶，你蠻有骨氣嘛，朕倒要看看，你能硬到幾時？和珅，你組織幾個人，對曹錫寶嚴加審訊，定要挖出主使之人！此風不遏制，我大清王朝不知會亂成什麼樣子！」

和珅得意洋洋，高聲答道：「臣遵旨！」

曹錫寶頓時癱在地上，他在心中一遍遍地吶喊：「萬歲，你怎麼如此糊塗呀！把一個貪官、奸臣當寶貝一樣寵著，逆耳忠言為什麼一句話也聽不進去……」

＊＊＊

紀曉嵐在家中坐臥不寧，為曹錫寶彈劾一事憂心如焚。這種悲慘局面他已經預料到了，他深深懊悔沒有在事前全力勸阻曹錫寶，現在大錯已經鑄成，一切後果他必須勇於面對。

乾隆已經專程派人向他傳旨，明確懷疑他就是站在曹錫寶身後的主使人，這足以使他百倍警惕，一言一行都慎之又慎。他可不想這麼輕易被和珅擊倒，他明白一旦和珅這次得手，那麼和珅在朝中就再也沒有心存顧忌的對手，朝野上下都要任其跋扈了。

聽說曹錫寶受到嚴刑烤打，仍舊不肯胡亂指認主使人，紀曉嵐才稍感放心。他深知，曹錫寶不僅是自己的下屬，更是密友，和珅虎視眈眈，早就想除掉自己，在這種危難局面中，他只好一面為曹錫寶禱告，一面做好各種最壞的打算。

「唉，我想置身事外，做個與世無爭的『觀弈道人』都不行啊，」他苦笑著對明軒說，「人在家中坐，禍從天上來啊……」

明軒激動地說：「走吧，先生，不要做這狗官了，整天提心吊膽的，有什麼意思？」

紀曉嵐一口一口地抽著煙，過了好久才說：「榮辱不驚，萬事隨緣，我就不信，這樣的日子會熬不完……」

值得慶幸的是，曹錫寶再次低頭認罪之後，乾隆就傳旨將他革職留任。所受處罰雖不嚴重，但在和珅等人的輪番逼供下，曹錫寶的肉體和精神都已到了崩潰的邊緣，在此次軒然大波結束之後不久，曹錫寶就在極度苦悶與憤恨中與世長辭，終年七十四歲。

紀曉嵐並沒被抓住任何把柄，但僅僅「幕後主使人」的這個嫌疑，已使紀曉嵐受到乾隆的嚴厲訓斥，最後還被剝奪了左都御史的官職，打發到極其清閒的禮部去做無所事事的尚書。

明軒、倩雲都為他憤憤不平，他卻恬淡地揮揮手：「禮部尚書，不挺好嗎？只有會試時忙上一陣，其他時間逍遙自在，官職不低，責任最小，足以安身立命，快哉快哉！」

話說得很淡然，但明軒、倩雲分明聽出其中的不平之音，尤其是「快哉快哉」四字說出口時，竟暗帶哽咽。

明軒、倩雲相顧黯然，卻無法找到合適的語言，來勸慰這位花白頭髮的剛直老人。

當曹錫寶去世的消息傳來時，紀曉嵐連續數夜無法成眠，他無法公開表達自己的哀悼，只能寫了一首《題曹劍亭綠波花霧圖》，含蓄記錄了自己的情感。其中有兩句是這樣的：「瀟落襟懷坎坷身，閒情偶付夢遊春。」他眼含熱淚，悲聲說道：「曹大人，你是為我而死的。你寧可受盡折磨，也要保住我這個糟老頭，我枉活這偌大年歲，不能為你洗脫沉冤，還有什麼生存價值……」

＊＊＊

遠征廓爾喀失利，林銳拚死保護福康安衝出重圍，收拾殘兵敗將，退回邊境線上。消息傳來，朝野震驚。乾隆無力再做任何掩飾，只好讓朝臣商議對策。

紀曉嵐的心情更加沉痛。這次慘敗不僅使朝廷受損，而且也將使林銳、倩雲的婚姻大事變得遙遙無期。不管再怎麼自欺欺人地安慰自己，也只能讓倩雲接受「萬事隨緣」這個冷酷的現實。

朝臣莫衷一是，有主張就此罷兵的，也有主張再派大軍繼續征戰的。紀曉嵐冷眼旁觀，發現主張罷兵的居多，不由得暗暗焦慮。

乾隆的信心果然受到了影響，他沉吟半晌，仍下不了決心。就此退兵，他不甘心；再次出征，又無必勝把握，他深感為難。過了一會兒，他終於說道：「朕想出了一個上聯，眾卿對對如何？朕的上聯是：一之謂甚豈可再？」

眾臣面面相覷，不明白乾隆要表達什麼意思。

紀曉嵐卻聽懂了，乾隆是說彈丸小國廓爾喀，被我大清征伐一次已經相當過分了，豈可再次出兵？紀曉嵐當即朗聲對道：「天且不違而況人。」意思是說，「天意尚且難料，更何況我們這些凡人呢？」這句話還可以繼續引申為「再次出兵也未嘗不可」；當然也可以引申成「既然人算不如天算，又何必為了一個彈丸小國而興師動眾呢？」

完全相反的兩種含義竟異常完美地結合於這個下聯中，不管乾隆持何種觀點，這個下聯都沒有錯！這不僅表現了紀曉嵐的世故，也充分體現了他的機智。

乾隆果然眉開眼笑：「好！『天且不達而況人』，朕就再次出兵，不信降服不了小小的廓爾喀！」

第10章 笑到最後，善惡到頭終有報

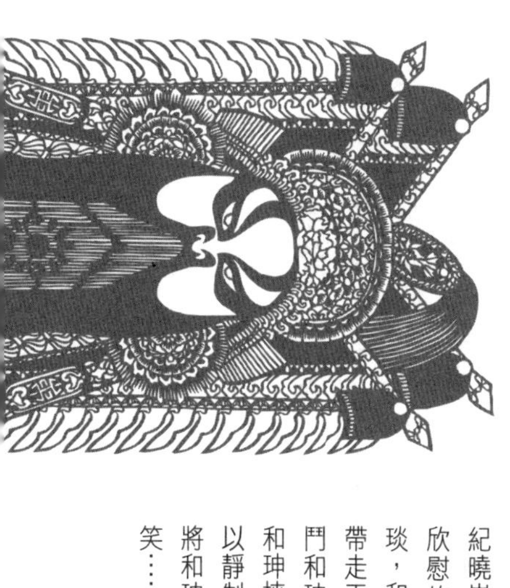

紀曉嵐的愛妾明軒、夫人馬月芳先後去世，在悲痛中，令他略感欣慰的是林鋭、倩雲喜結良緣。乾隆決定把皇位禪讓給兒子顒琰，和珅百般阻撓，卻毫無成果。在禪位大典上，和珅慫恿乾隆帶走玉璽，致使大典無法進行。主持大典的紀曉嵐挺身而出，勇鬥和珅，據理力爭，索回玉璽，協助顒琰登基即位為嘉慶皇帝。和珅挾乾隆之威，壓制嘉慶。紀曉嵐為嘉慶出謀劃策，韜光養晦，以靜制動。乾隆駕崩，紀曉嵐輔佐嘉慶，以迅雷不及掩耳之勢，將和珅處死。惡有惡報，善有善報，紀曉嵐終於露出了勝利的微笑……

01

乾隆五十六年四月，明軒不幸病逝。

自嬋娟去世之後，她無時無刻不沉浸於悲痛中。來到紀曉嵐身邊，她又時時憂慮紀曉嵐的安危，長期緊張的情緒，終於憂思成疾，不幸病故。死時才年滿三十歲。

她聰慧異常，在來到紀宅之前並不識字，經過紀曉嵐的教誨，她已能識文斷字，吟誦一些淺顯的詩句，讓紀曉嵐欣喜異常。她善解人意，對紀家上下照顧得無微不至，年事已高的紀曉嵐與夫人馬月芳都很滿意，對她讚不絕口。

她去世的前一晚，紀曉嵐奉旨正在圓明園文淵閣校勘《四庫全書》，一直感覺心神不寧，竟在夢中兩次出現了她。其中第二次他夢見自己與明軒一起盪秋千，卻有一只銅瓶突然墜地，他猛然驚醒，瞪著眼睛望著黑糊糊的頂棚，心中惦念病榻上的明軒，竟再無睡意。

第二天紀曉嵐急急回到家中，來到明軒床前。明軒告訴他：「先生，我昨晚做夢看到了你，正要對你說話，卻猛然聽到一聲巨響，我就醒了，而你不見了……」

說著說著，明軒眼中含淚，說不下去。

紀曉嵐很是吃驚，忙問明軒做夢的時辰，結果竟與自己做夢是同一時刻，他心中頓有一種不祥的預感。

明軒見到他，很是興奮，精神似乎也好轉許多：「先生，我剛才做了一首詩，你替我寫下來，好嗎？」

紀曉嵐點頭答應，忙去取來紙墨，明軒唸一句，他在紙上寫一句：

「三十年來夢一場，遺容手付女收藏，
他時話我平生事，認取姑蘇沈五娘。」

吟詩已畢，紀曉嵐回頭望去，沈明軒已含笑離開人世。紀曉嵐手中的筆「啪」地掉在地上，眼淚奪眶而出：「明軒，妳為什麼走得如此匆忙？白髮人送黑髮人，妳讓我痛死了啊……」他悲痛地吟詩一首：

「幾分相似幾分非，可是香魂月下歸。
春夢無痕時一瞥，最關情處在依稀。
到死春蠶尚有絲，離魂倩女不須疑。
一聲驚破梨花夢，恰記銅瓶墜地時。」

紀宅上下無不悲痛，倩雲更是哭得昏去。紀曉嵐流著眼淚，追憶往事，把明軒的故事充滿感情地寫進自己正在創作的《閱微草堂筆記》中。

＊＊＊

乾隆五十七年八月，福康安為統帥的清軍以林銳為先鋒，攻城掠地，所向披靡，以罕見的氣魄翻越喜馬拉雅山，直逼廓爾喀首都加德滿都。廓爾喀無力再戰，被迫投降。

捷報傳至皇宮，乾隆心花怒放，向滿朝文武自豪宣稱：「朕登基以來，做過兩件大事：一件是仿效聖祖，六下江南，然而朝野上下對此非議甚多；另一件卻是不容置疑的，朕開疆拓土，建立了赫赫的『十全武功』。」

他得意列出被稱為「十全武功」的十次軍事行動，分別是：平定準噶爾叛亂兩次，平定新疆維吾爾叛亂一次，平定大小金川藏民叛亂兩次，鎮壓林爽文起義一次，降服緬甸、安南兩次，反擊廓爾喀兩次。[5]

滿朝文武極力頌揚，紀曉嵐也連夜寫成《聖制十全老人之寶說恭跋》等文章，恰到好處地讚頌乾隆的文治武功。乾隆更是神氣，不僅自稱「十全老人」而且特製「十全老人之寶」，攜在身邊，自我陶醉，自得其樂。

紀曉嵐對這一勝利是極為歡欣鼓舞的，他不僅為朝廷高興，更為林銳、倩雲這對飽經憂患的年輕人而欣喜。

他興沖沖地對倩雲說：「林銳就要回來了，趕快準備準備，妳們的好日子終於盼來了！」

紀宅上下一片喜氣洋洋，裡裡外外收拾一新。林銳、倩雲的新居也重做布置，只等林銳凱旋歸來。日日等，月月盼，在大家望穿秋水的期盼中，這年年底，凱旋的大軍終於班師回朝。林銳成為備受矚

5 這些軍事行動維護了國家領土的完整，捍衛了大清王朝的尊嚴，但也付出慘重的代價，勞民傷財，不僅將士時有損傷，而且造成國庫空虛，為清朝統治埋下隱患。

目的英雄，受到乾隆與眾臣的熱烈歡迎。

有情人終成眷屬。在瀰漫著無限喜氣的新春佳節，林鋭、倩雲終於走進了洞房。

紀曉嵐滿臉喜悅地對馬夫人說：「這是這些年來我見到的最好的一件事，苦盡甘來，熬到這一天真不容易……」

＊＊＊

乾隆五十八年，高壽八十三歲的老皇帝乾隆不得不考慮「皇位更替」這一舉國關注的盛事。儘管他的精神尚可，但畢竟年紀不饒人，選擇什麼樣的方式讓新皇順利登基，已成為他最大的心病。

他向滿朝文武宣布：「朕在登基之日，曾經焚香告天，聖祖總攬朝綱六十一年，朕不敢妄自攀比，假如蒙天眷佑，朕在位六十年，也已達八十五歲高壽，朕定當退位讓賢！如今，歸政之期已餘三年，朕決定加開歸政恩科鄉試、會試，為天下儒士提供更多的進身之路。歸政之期一到，朕決不貪戀天位！」

滿朝文武一片頌揚之聲，同時又有一些大臣站出來，力諫乾隆繼續攝政。其中和珅表現得最積極，他難以想像，一旦新皇登基，他會得到什麼樣的結局。然而乾隆主意已定，拒絕了他們的勸諫。

禮部尚書紀曉嵐從這時開始忙碌起來，以往三年一次的科舉考試，竟打破常規，變成一年一次，甚至兩次。雖說很忙很辛苦，但紀曉嵐的心情是舒暢的，他明確地預感到善有善報，惡有惡報的大限就要到了。

乾隆五十九年，乾隆下旨將各省積下的歷年民欠錢糧悉行豁免，對各地災荒廣泛賑濟，以便創造一個良好的社會環境，為新皇登基渲染喜慶氣氛。

紀曉嵐抓住時機，再次為家鄉父老請求賑濟。得到乾隆恩准後，他又一次恭呈謝恩摺子，稱頌乾隆的恩德：「五十九年之內，加惠者筆不勝書；百冊三邑之中，食福者頌難縷述……」

＊＊＊

萬民翹望的乾隆六十年終於來到了。這一年承載著那麼多的希望，久被壓抑的人們渴盼改朝換代能給這個權奸當道的社會帶來轉機，迎來新生。

越到退位之日，乾隆越發留戀手中的權力，他遲遲不肯公布皇太子的名字，讓滿朝文武心中猜疑不定。哪位皇阿哥能夠登上皇位，大家莫衷一是，善於鑽營者多方奔走，力爭在第一時間為自己謀求到最好的位置。朝野上下人心思變，惶惶不可終日。

和珅自然是焦慮不安的。他抓住一切時機，想出各種巧妙的理由，勸諫乾隆不可退位，但毫無收效；又費盡心機打探新皇的名字，也不得而知，把他憂得寢食不安，坐臥不寧。

相比而言，紀曉嵐的心態平和得多。他不動聲色，忙碌於鄉試及會試，閱卷官、主考官當得不亦樂乎。

＊＊＊

十月初一是向百姓頒發第二年《時憲書》的日子，新皇定不下來，年號就不能確定，《時憲書》

也就無法頒發，因此再也不能拖下去了。

乾隆選擇了十月前的最後一個吉日——九月初三，隆重宣布皇太子的名字。早在乾隆三十八年，他就將皇太子的名字寫在密旨裡，密封在寶匣中，放在乾清宮正大光明匾後。現在，他將這道密旨取出，向皇子、皇孫、王公大臣嚴肅念道：「立皇十五子顒琰為皇太子。」

皇子、皇孫、王公大臣一齊三呼萬歲。顒琰的年號定為嘉慶，次年即為嘉慶元年。

禮部尚書紀曉嵐領受重任，精心籌辦隆重的禪位大典。

這個消息和珅是知道得比較早的。兩天前，也就是九月初一，乾隆特意召見阿桂、和珅等八大臣議事，將立顒琰為太子的決定講出來，阿桂等人均表贊同。眾臣退出之後，和珅卻獨自留下，痛哭流涕地苦勸乾隆收回成命。乾隆半晌無語，最後才蒼涼歎道：「朕老了！」

和珅說：「萬歲一點也不老！堯在位七十三年，舜在位九十年，他們實施禪讓時均已超過百歲，與他們相比，萬歲年輕得很呢！再攝朝政幾十年，也大有可能……」

乾隆心裡很難受，但又不願違背當初的誓言，傷感地說：

「滿朝文武之中，只有你最向著朕，但禪位之事已定，不可更改，你就別說了。」

和珅從乾隆的神色間猜透了他的心思，因此繼續勸說道：「太子僅僅三十五歲，太年輕，朝政大事只怕無法處置得體……」

乾隆說：「朕登基之時，剛剛二十五歲，不是更年幼無知嗎？和珅，你別勸了，太子將來處理朝政若不得體，朕自會訓導……」

和珅無奈，只好退出。當天他心慌意亂，有一種末日來臨的感覺。對於這些皇阿哥，和珅是熟悉的，他知道顒琰性格內向，老成持重，勤奮好學，極重仁孝，因此能得到乾隆的格外賞識。同時他也發現顒琰心機深沉，難以捉摸，尤其是對他這樣的寵臣一向敬而遠之，一旦顒琰登基，他的日子肯定不好過。

他知道乾隆不願讓出帝位，更深知現在已到了自己的生死關頭，因此當晚他暗中活動，聯絡了幾個親王，向乾隆上奏，懇請將禪位大事再向後推。乾隆的心果然被說動了，很想收回成命，然而話已出口，就如潑出去的水，豈能收回？身為一國之君，又怎能出爾反爾？於是只能痛苦地拒絕和珅等人的懇求。

和珅一夜都沒睡好，他不能不為自己的將來留一條退路。於是第二天，也就是九月初二，一大早，和珅就來求見顒琰，呈上一個玉如意，向顒琰恭賀大喜，極其巧妙地向顒琰暗示自己的保舉之功。顒琰深藏不露，一面掩飾內心的狂喜，一面對自己一向厭惡的和珅虛情假意地客套了一番，連最會算計別人的和珅也被蒙住了，誤以為自己已經得到新皇的青睞。

九月初三，當朝野上下都獲悉這一舉世震驚的消息時，和珅已經心神安定，自感穩操勝券了。他已為自己設計好了退路：如果順利的話，就巴結逢迎顒琰，繼續當自己的軍機大臣；如果發生意外，難以在朝中立足，就見好就收，告老還鄉，樂得晚年逍遙自在。

紀曉嵐對改朝換代的大事自然是敏感的。他一心一意地盼望新皇登基能為朝政帶來新氣象，能徹底掃蕩醜惡與腐敗，創造一個清明富強的社會。他率領禮部一干人馬，忙碌了三個月，才把禪位大典的儀式程式安排得隆重威嚴，得到了乾隆的認可。

凜冽的寒冬中，大清王朝的臣民都盼望著元月元日，那個眾所期待的禪位大典早早到來。

02

嘉慶元年元月元日，酷寒的天候，在金碧輝煌的太和殿前，王公大臣朝服燦然，整齊恭立於御道兩側，各國使臣分列班末。樂部操練嫻熟的龐大樂隊分布於太和殿簷下、太和門口內。仗馬、馴象也被這隆重的氣氛所感染，肅立在各自的位置上，靜候吉時的到來。

太陽漸漸升起了，冬日柔和的陽光給瑟縮的人們帶來些許溫暖。禮部尚書紀曉嵐雖已年過七旬，但仍是精神抖擻，容光煥發，受命主持這個千年難遇的盛大慶典。

吉時已到，午門上鐘鼓齊鳴，中和韶樂[6]在廣場上肅穆地奏起，乾隆乘轎，顒琰步行，離開乾清宮，經過保和殿，在樂聲中來到宏偉的太和殿前。

乾隆從黃屋小轎中走出。只見他身穿嶄新的明黃色龍袍，以一貫威嚴的視線緩緩掃過廣場上的王公大臣，心潮起伏，思緒萬千。在這裡，他總攬朝綱六十年，創造了一個萬民頌揚的盛世，如今他已心有餘而力不足，必須交出手中的權力，頤養天年了。

他一步一步，緩緩走向太和殿那張自己端坐了六十年的寶座。他步履有些蹣跚，心中歎息：「朕是真的老了！」

和珅急忙趨前一步，要去攙扶他，他搖搖手，制止了。他不願將老邁的形象留在這最後一刻，他緩緩地、然而堅定地走向寶座，安詳地坐了下去。

6 明清時代，在天壇舉行祭天大典時，所演奏的音樂。

與此同時，肅穆的中和韶樂戛然而止。

丹陛大樂[7]悠揚地奏響，專為這次大典填寫的《慶平之章》舒緩悠長被齊唱開來，在太和殿上方久久迴蕩著。大殿內外的王公大臣一齊下拜，整齊有序地向乾隆行三跪九叩大禮。

皇太子顒琰在阿桂、和珅的引導下，來到乾隆座前跪下，禪位大典最激動人心的時刻來了。

乾隆慈祥地望著這個自己親自選定的接班人、這個自己最信賴的兒子，捧起傳國玉璽，感覺似有千萬斤重，現在他就要將這千斤重任託付給顒琰，他突然產生了剎那間的猶豫。是對這個兒子不放心，還是留戀行使了六十年的無上權力，他說不清。

他的動作停了下來，時間在這一刻似乎凝固了，他撫摸著玉璽，一遍又一遍，似乎在撫摸一件此生最珍視的寶貝，他真捨不得就這麼交出去啊！

丹陛大樂仍在迴響，王公大臣都眼巴巴地看著，乾隆心中一聲長歎，很不情願地將玉璽交到顒琰手上。

王公大臣都深刻感受到改朝換代的深遠影響，各在心中謀劃未來的發展之路，因為他們都清楚地知道，從這一刻開始，顒琰成為嘉慶皇帝，成為大清王朝的最高主宰，而他們侍奉數十年的乾隆，將退位成為太上皇。

這次禪位大典，創造了一個交接皇位的完美典範，乾隆自豪認為，他又用自己的行動，為自己樹立了一座令人仰視的豐碑。

大典在紀曉嵐的主持下有條不紊地繼續進行。顒琰率王公大臣恭賀乾隆升至太上皇，恭送乾隆回

---

7 樂制名。專於清代皇帝、皇后、皇太后舉行朝會、受賀、大婚、頒詔等重大典禮時運用。

宮安歇。乾隆在三呼聲中，百感交集，他實在太留戀這裡的一切了，坐在寶座上，他環顧大殿內外，一遍又一遍，久久不願離開。

和珅早就看出了乾隆的心思，如今大典已成，反悔已難，他心念一動，決定抓住乾隆這種心理，不失時機地為自己爭取主動，扭轉嘉慶登基之後的不利處境。於是，他趨前幾步，來到乾隆座位旁，小聲說：「萬歲，理應傳位不傳璽，大寶由萬歲掌管更為穩妥。」

乾隆大喜，他實在不願放棄手中的權力，於是在離座回宮時，順手將放置在御案上的玉璽一併帶走。他想：「和珅說得不錯，大寶還須由朕掌管，朝政大事還應由朕說了算！」

乾隆離開太和殿之後，嘉慶皇帝顯琰無比激動地登上帝王寶座，卻突然發現，剛剛放置在御案上的玉璽竟不翼而飛。他大吃一驚，頓時臉色煞白，叫道：「且慢！」

紀曉嵐還正要宣布王公大臣分班朝賀、高呼萬歲，卻被突然阻止，急忙上前詢問，得知詳情，不由得方寸大亂：「沒有玉璽，新皇還能登基嗎？還能成為名正言順的大清皇帝嗎？」

和珅在旁邊得意洋洋，紀曉嵐頓時明白了一切：定是和珅為了保住他的榮華富貴，才想出這麼一個辦法，力保他的靠山乾隆不倒。

嘉慶也早已明白一切。和珅剛才在乾隆身邊小聲說話，他全看在眼裡，不由得對和珅恨之如骨：「姓和的，你屢次壞我大事，還要到我面前討好，獻玉如意向我表功，呸！一旦大權在握，我第一個收拾你！」

然而此時，嘉慶也束手無策，乾隆雖已退位，但虎威不倒，嘉慶能有什麼辦法呢？他只好焦急地盯著主持大典的紀曉嵐，盼紀曉嵐在這關鍵時刻拿出對策。

滿朝文武相顧愕然，議論紛紛，紀曉嵐急出一頭大汗，心中念叨：「這大典如何進行下去呢？」

千鈞一髮，刻不容緩，不容他再徬徨下去。他把心一橫，暗下決心：「我已是七十出頭的老人了，還沒活夠嗎？還沒忍夠嗎？豁出去了，捨得一身剮，敢把皇帝拉下馬，只要新皇能早日親政，整頓朝綱，我就是蒙冤而死，也無怨無悔……」

於是，他向嘉慶施禮，沉聲答道：「萬歲，請稍待片刻，臣即刻前去求見太上皇！」

嘉慶面露喜色：「好吧，快去快回！」

和珅聞言，吃了一驚：「紀大煙袋吃了豹子膽啦！敢去向太上皇索要玉璽，不行，我得趕去制止！」想到這裡，他走前一步，向嘉慶說：「萬歲，臣和珅願陪同紀大人前往！」

嘉慶見和珅也要去，搞不清和珅要搞什麼名堂，就沉吟道：「紀大人前去就夠了……」

和珅說：「萬歲，僅紀大人一人說話，太上皇未必肯聽，再加上我和珅，定能說服太上皇，使大典順利完成！」

真應了「病急亂投醫」這句話，嘉慶來不及分辨和珅此話是真是假，就匆忙點頭道：「好吧，你們一起去吧！」

＊ ＊ ＊

養心殿內，乾隆獨坐椅上，面對御桌上的玉璽，心神不寧。剛才和珅的勸說讓他心血來潮，不及細想，就把玉璽帶了回來，回來之後卻感到此舉甚是不妥，與自己聖明之君的身分不符，不由得大感懊悔。但事已止此，他也決無理由自己承認錯誤，再把玉璽送回去，就安慰自己說：「朕親掌大寶是為了社稷的長治久安，何錯之有？」

紀曉嵐與和珅一前一後走進養心殿，向他施禮。

他心明如鏡：「噢，我那好兒子派人要玉璽來了。」卻故作不懂，驚訝地問：「皇帝登基大典這麼快都結束了？」

紀曉嵐說：「回萬歲，朝賀儀式尚未舉行，王公大臣亂成一片。」

乾隆很是吃驚：「這是為何？」

紀曉嵐見乾隆仍裝糊塗，只能鼓足勇氣，把話挑明：「萬歲，皇帝君臨天下，必有大寶，如無大寶，則名不正言不順。百官朝賀，賀出無名，請萬歲賜大寶！」

乾隆無法再裝，只好為自己辯解：「朕思之再三，覺得大寶由朕掌管更為穩妥，和珅，你說對不對？」

和珅本來就是為乾隆助陣來的，此時理所當然地要幫腔：「不錯，太上皇的顧慮極有道理，嗣皇帝剛剛登基，尚須太上皇多方教誨，太上皇暫掌大寶，到時機成熟之時，再傳大寶也不遲！」

紀曉嵐聽他們一唱一和，配合得相當默契，頓感萬分為難，沉吟片刻，忽然想起乾隆對古典聖訓十分重視，於是靈機一動，說道：「臣籌備大典，歷覽古今傳禪大禮，都是傳禪與傳寶同時進行，臣未能向萬歲及時奏明，致有今日之誤，其罪在臣，萬歲可隨時降罪於臣。然而傳授大寶刻不容緩，萬歲理應遵循古例，即刻進行。」

還沒等乾隆說話，和珅已搶先反駁道：「此一時彼一時也，古往今來何曾有過今日的禪位盛事？漢獻帝禪位曹魏之類，都是脅迫之下，不得已的舉措，不傳大寶能行嗎？紀曉嵐，你如此攀比，居心何在？」

乾隆聽和珅慷慨激昂，義正辭嚴，更感欣慰，表面上卻言不由衷地說：「和珅，你言重了，紀曉嵐決無此意。傳寶只是早晚問題，朕對社稷還放心不下，等到嗣皇帝熟知朝政，處置得體之時，朕定會再行傳寶之禮。」

紀曉嵐頓時大急，他明白了，乾隆與和珅心意相通，今天是賴著不交出玉璽了，怎麼辦？他還能退讓嗎？現在已到了生死攸關的關頭，哪怕豁出性命不要，玉璽也必須為嘉慶帶回去！

於是，他直視著乾隆的眼睛，一針見血地揭破乾隆的心理：「萬歲，如果真為社稷著想，傳了大寶之後，萬歲還可以照樣訓示嗣皇帝。如今萬歲只肯禪位，而不願傳授大寶，朝野上下非議如潮，定說萬歲貪戀天位，禪位是假。」

乾隆渾身一震，他難以面對如此直率的抨擊，瞪著眼睛嚷道：「誰敢如此說朕？不想活了嗎？」

紀曉嵐昂首挺胸，響亮地回答：「臣正是這麼想的。臣知道，太和殿前的王公大臣也都這麼想！」

和珅從未見過紀曉嵐如此神勇，他氣急敗壞地叫道：「紀曉嵐！不許你誣衊太上皇！我告訴你，我就不曾這麼想過！」

乾隆似未聽見和珅的話，坐在椅子上呆呆發愣，他知道紀曉嵐所說全是實情，剛才他將玉璽帶回之時，已預感到會出現如此局面，只是礙於帝王尊嚴，他不願承認罷了。

默思良久，乾隆終於抬起頭來，顫聲問道：「紀曉嵐，你說王公大臣都認為朕在貪戀天位嗎？」

紀曉嵐說：「萬歲只要回到太和殿，聽聽大家的議論，就知道了。」

乾隆一聲長歎，為自己辯解說：「想不到朕對社稷一時放心不下，竟使大家如此誤解。罷了，紀曉嵐，和珅，你們就把大寶拿去吧！」

和珅驚得面如土色：「臣不敢！大寶六十年不曾離開萬歲，今後也理應擱在太上皇身邊，才是正理！」

紀曉嵐見目的已經達到，也樂得見好就收，給乾隆找個臺階下：「萬歲禪位於嗣皇帝，必將傳為萬世美談，臣認為應在禪位大典中，新增一項『傳授大寶』儀式，則更顯隆重！」

乾隆點點頭，微微一笑：「好！考慮得挺周全，就這麼辦！」

紀曉嵐匆匆趕回太和殿，安排這項「傳授大寶」儀式。過了不久，乾隆在和珅的陪同下來到殿外，嘉慶跪迎已畢，父子攜手來到殿中寶座前。

紀曉嵐嗓音洪亮地宣布：「傳授大寶！」

禮樂奏起，嘉慶跪在乾隆身前，乾隆莊重地捧起玉璽，雙手放到嘉慶高舉過頂的兩隻手上。然後乾隆離開太和殿，嘉慶志得意滿地在寶座上坐定，王公大臣一齊歡呼。大典告成，嘉慶順利登基！

＊＊＊

事後，嘉慶獲悉索要玉璽的全部經過，對和珅更加仇恨，對紀曉嵐卻是萬分感激，把紀曉嵐當作「定冊元勞」看待，常常召入宮中議事。

嘉慶元年就這樣拉開了帷幕，表面看一切都是不動聲色，實際上翻天覆地的變化正在暗中醞釀著。

03

嘉慶登基稱帝，但太上皇乾隆卻絲毫不肯放權。他明確宣布，對所有朝政大事他要親自處置，他所享受的禮儀規格和實際權力，都遠遠超過嘉慶。他不願像唐高祖李淵那樣，把權力都交付兒子，自己養尊處優，毫無實權。

乾隆仍自稱「朕」，他做的批示稱為「敕旨」，在題奏行文的時候，遇「太上皇」要高三格書寫，而嘉慶只能高二格。乾隆的生辰稱作「萬萬壽」，嘉慶只能屈尊稱作「萬壽」。所有朝政大事他都要御覽，所有文武大員的任命他都要過問。他仍然居住在養心殿內，不肯搬至專為他退位後頤養天年而修建的寧壽宮。嘉慶無奈，只好仍舊住在原來的毓慶宮。乾隆也覺得過意不去，特意給毓慶宮賜了一個名字，叫作「繼德堂」。

一個朝廷同時出現了兩個皇帝，而且都惹不起，都決定著自己的生殺大權，滿朝文武戰戰兢兢，周旋在兩個皇帝身邊，既要讓乾隆眉開眼笑，又要博得嘉慶的賞識，取得進一步升遷的資格，這份辛苦可想而知。

最高興的要算是和珅了。對嘉慶登基之後的境遇，他本來心中無數，日夜憂慮。現在看到太上皇仍一如既往，總攬朝綱，甚至在宮中也拒絕使用嘉慶年號，仍稱為乾隆六十一年，他那份高興勁就甭提了，走起路來都一蹦三跳，一點都不像一個八十多歲的老人。

嘉慶一肚子窩囊氣，也只能忍著。太上皇威權無限，他雖貴為皇帝，也無可奈何，只好看乾隆的臉色行事。太上皇出巡，他隨侍左右，異常恭謹侍候；在太和殿聽政，乾隆毫不客氣，坐在皇帝寶座上，面南而坐，他只能暗歎一聲，西向侍坐。每時每刻，他都高度警覺，留意著乾隆的一舉一動，乾隆高興，他也高興，乾隆生氣，他就愁眉不展。

他常常召紀曉嵐到自己的繼德堂商議對策。他滿腹委屈，摒退左右，向紀曉嵐低聲訴苦說：「你看看，朕還像一個皇帝嗎？」

紀曉嵐對他的境遇極為同情，但也只能耐心勸慰說：「萬歲不必憂慮，萬歲目前的處境在古今帝王中確屬罕見，但臣認為這種日子不會長久，萬歲理應韜光養晦，以靜制動！」

「韜光養晦，以靜制動！」嘉慶喃喃重複了兩遍，讚許地說：「不錯！朕必須忍耐。」

紀曉嵐說：「總有那麼一天，萬歲能夠揚眉吐氣地親政。」嘉慶眼中放射出希望的光芒，堅定地說：「好吧，朕就等著那一天早早到來。」

＊　＊　＊

嘉慶元年四月初八日戌時，紀曉嵐夫人馬月芳病逝，享年七十六歲。紀曉嵐在對朝政憂心的同時，更增一層痛斷肝腸的悲傷。他迫切預感自己也離那道門檻不遠了，他今年已達七十二歲高齡，不知能不能親眼看到嘉慶親政，不知來不來得及看到斬除權奸，萬民歡慶的場面。

「忍啊忍，哪一天才是盡頭啊？」他悲傷地對自己說。

乾隆聞訊，專程派使致祭，並特賜優厚的治喪費用，使這場喪事辦得相當隆重。這種待遇在文武大臣中是極其罕見的，因此紀曉嵐感激涕零，在喪事辦完之後，特意進宮謝恩。

乾隆問：「紀曉嵐，你被世人稱為『文宗』，文章天下馳名，此次夫人病故，可有悼亡之作？」

紀曉嵐沉吟片刻，答道：「臣垂垂老矣，文思衰退，文字頹唐，難登大雅之堂，只好抄襲古人一段文字，略表哀思。」

乾隆頓時興致來了：「哦？誦來聽聽。」

於是紀曉嵐高聲誦道：「夫人之相與，俯仰一世。或取諸懷抱，晤言一室之內；或因寄所託，放浪形骸之外。雖取捨萬殊，靜躁不同，當其欣於所遇，暫得於已，快然自足，不知老之將至。及其所之既倦，情隨事遷，感慨系之矣。向之所欣，俯仰之間，已為陳跡，猶不能不以之興懷！況修短隨化，終期於盡。古人云：『死生亦大矣。』豈不痛哉！」

乾隆說：「這不是王羲之《蘭亭序》的內容嗎？」

紀曉嵐說：「正是！太上皇只要將開頭的『夫』字改為『如』字，就明白臣的意思了。」

乾隆依言念了一遍，不禁大笑起來：「有意思！有意思！」王羲之只怕做夢都想不到，他的這段文字竟被你化為悼妻祭文了。」

王羲之的《蘭亭序》本是借地遊樂的記述，抒發自己對死生的感慨。紀曉嵐為討乾隆高興，有意摘取這一段，出人意表，妙趣天成，果然得到乾隆的誇獎。

＊＊＊

和珅有了太上皇乾隆的撐腰，更加飛揚跋扈。乾隆此時的精力大不如前，記憶力衰退得尤其厲害，前面說過的話後面就忘記了，雖對朝政大事時常干預，但又常常丟三落四，讓人無所適從。他把大量時間用於遊樂，和珅每時每刻都跟隨著他，讓他玩得異常盡興。

和珅對自己的出路有了進一步考慮，他見乾隆對自己言聽計從，嘉慶又是一副懦弱無能的樣子，只有紀曉嵐等人常到嘉慶宮中走動，他就想來個狐假虎威，在這段有利的時間裡，把嘉慶、紀曉嵐等人都收拾得服服帖帖，為日後自己獨斷朝綱打下基礎。因此，他常常抓住時機，向乾隆適時提出一些建議，得到乾隆的首肯，然後再把乾隆的口頭諭旨傳達給嘉慶等人。

嘉慶雖是乾隆的兒子，但每日與乾隆相處的時間卻遠遠不及和珅，對和珅轉述的乾隆諭旨更是真假難辯，但又不敢不執行。有好幾次，嘉慶都懷疑和珅轉述的並非乾隆本意，但又不敢到乾隆面前問個清楚，只好違心接受。萬般無奈之下，他將這一切都在心裡記著，留待日後清算。

嘉慶打算把自己的老師朱王圭由兩廣總督任上調至京師協助自己，經過多日慎重考慮，才向乾隆提了出來，乾隆同意了。嘉慶非常高興，心想有了朱王圭在身邊，和珅就不會如此張狂了，於是他馬上派人通知朱王圭入京。

和珅聞訊，立刻來到乾隆跟前，說：「萬歲提拔朱王圭，並非量才錄用，而是有意示恩故人。」乾隆一聽，立刻改變主意：「顒琰在人事安排上豈能如此草率？算了，讓朱王圭到安徽當巡撫去吧！」

嘉慶滿腔喜悅，被潑了一瓢涼水，心裡又失望又憤怒，暗自咬牙切齒地罵道：「朕親政之後，定將你和珅碎屍萬段！」

和珅更把紀曉嵐視為眼中釘。他派在嘉慶身邊的心腹經常向他報告紀曉嵐出入繼德堂，他就向乾隆打小報告：「太上皇，紀曉嵐見風使舵，見萬歲登基，就時時處處口稱萬歲如何如何，而把太上皇忘到九霄雲外，他三天兩頭到繼德堂去，巴結奉迎，卻不到太上皇面前侍候，老臣聽說了，也很是不平……」

乾隆惱怒地說：「朕知道了。紀曉嵐也不想想，沒有朕的恩寵，他豈有今天？真是人走茶涼啊……」

和珅討好地說：「太上皇不必為這樣的人傷感，老臣不是還在這裡嗎？」

乾隆讚賞地說：「好，好，『路遙知馬力，日久見人心』，朕現在才知道，滿朝文武只有和珅是朕的忠臣……」

於是，「忠臣」和珅更加不可一世，把自己的許多意見都變成乾隆諭旨，到處宣揚：「太上皇有旨，應該如何如何」，到處指手劃腳，把自己當成了太上皇的化身。滿朝文武敢怒不敢言，有個正直的大臣實在忍無可忍，就向嘉慶進言，要求挫挫和珅的囂張氣焰。

嘉慶深知身邊有耳，不敢貿然亂講，只好強壓怒火，和顏悅色地說：「和珅為我朝重臣，朕對他正欲委以重任，你若再胡言亂語，朕定要處治你！」

這麼一來，更沒有人膽敢對和珅說三道四，和珅更目中無人了，自以為普天之下，除了太上皇之外，他就是天下第一。

紀曉嵐看在眼中，憂在心裡，他向嘉慶獻計說：「老臣認為萬歲對和珅忍讓太過，致使和珅肆無忌憚，變本加厲，長此以往，萬歲在臣子心目中威信掃地，再想立威，就難了。」

嘉慶早就有同感：「不錯，朕忍的是太多了，不給他點厲害瞧瞧，他還以為朕是紙糊的呢！」

第二天，嘉慶命人將和珅召至繼德堂，也不賜座，也不說話，只是瞪著眼睛把和珅瞪了好半天。

和珅被瞪得心中發毛，一個勁兒嘀咕，終於忍不住了，惴惴不安地問道：「萬歲召老臣前來，不知有何吩咐？」

嘉慶冷笑道：「朕不召你來，你就不肯到朕這裡問候一聲嗎？」

和珅聽出了弦外之音，原來是嘉慶對自己侍奉太上皇太殷勤表示不滿。他毫不在意地說：「回萬歲，太上皇年事已高，更需要臣的侍候。」

嘉慶點點頭：「那麼，太上皇待你可好？」

和珅感恩戴德地說：「太上皇對臣恩重如山，臣做牛做馬，也難以報答。」

嘉慶緊逼一句：「那麼朕呢？朕待你如何？」

和珅說：「萬歲待老臣也很好，老臣願以死相報！」

嘉慶盯著和珅，似在回味和珅話中的含意，過了一會兒，他突如其來地問道：「和珅你說說，朕與太上皇，誰更賢明？」

和珅頓時驚慌失措，半晌無語。然而面對嘉慶緊迫逼人，接二連三的催問，和珅只好字斟句酌地回答：「太上皇有知人之明，而萬歲卻有容人之量。」

嘉慶頓時冷笑不止，笑得和珅毛骨悚然，這才說道：「不錯，朕是有『容人之量』，朕會叫你『以死相報』的，你好好等著吧！」

話中隱含無限殺機，和珅頓時恐懼起來，全身冷汗直冒，衣衫盡濕。他這才醒悟到近日自己的言行太過分了，已令嘉慶非常不滿。

一連幾天，他都在回味嘉慶的言語，盤算許久，覺得自己沒有能力把嘉慶從皇位上趕下來，乾隆百年之後，天下就是嘉慶說了算？想通這一層，他果然收斂許多，再也不敢對嘉慶傲慢無禮了。

＊＊＊

嘉慶二年，首席軍機大臣阿桂病故。在病重期間，紀曉嵐前去探望，阿桂拉著他的手，無限感慨地說：「我都活了八十歲了，該死了，位居將相，無人可比，子孫都遇恩寵，還有什麼可留戀的？之所以拖到今天，還不肯閉眼，是想等到萬歲親政那天，把我的心裡話說出來啊！可惜等不到那一天了……」

紀曉嵐眼中含淚，勸慰地說：「大人儘管安心養病，有什麼吩咐，紀曉嵐願效犬馬之勞……」

阿桂說：「紀大人，你很好，可惜你這樣的人太少太少了。太上皇英明一世，到了晚年，怎會判若兩人呢？吏治腐敗，國庫空虛，社會動盪，太上皇怎會視而不見？湖南、貴州苗民作亂還未平息，川楚陝三省白蓮教的叛亂又起，太上皇怎麼就是看不見呢？……」

說著說著，他痛哭失聲，涕泗縱橫，拳頭砸在床板上，「咚咚」作響，心中顯然憤慨已久。

紀曉嵐又能說什麼呢？位極人臣的阿桂尚且惆悵滿腹，他不過是一個文學侍從大臣，雖備受恩寵，對朝政大事也是無計可施。他只能好言勸慰，要阿桂放寬胸懷，養好身體。他充滿信心地說：「萬歲親政的日子總會來的，大人，讓我們一起等著那一天，好嗎？」

阿桂臉上露出微笑：「只怕我看不到那一天了，紀大人，我大清不能就此衰落啊！你要輔佐萬歲，重整朝綱！」

紀曉嵐連連點頭。兩位白髮蒼蒼的老人雙手有力地握在一起，共同期盼著那個扭轉乾坤、蕩滌塵埃的日子早些到來……

＊　＊　＊

阿桂去世之後，大學士一職出缺，按資歷與威望，紀曉嵐均有資格遞補此位，嘉慶也對他異常賞識，有意晉升他為大學士。然而，到了乾隆那裡，卻被無情駁回了。

和珅當時就在乾隆身邊，說了一句異常鋒利的話：「太上皇難道忘了，禪位大典上紀曉嵐對太上皇出言不遜嗎？」

乾隆怎麼會忘呢？紀曉嵐直來直去地抨擊他，毫不留情地向他索要玉璽，這一幕讓他牢記終生。他喉嚨咕嚕了兩聲，終於吐出幾句清晰的話：「紀曉嵐讀書雖多，但甚不明理，不過尋常供職，不能勝任大學士一職……」

於是，紀曉嵐又一次被排斥在軍機大臣之外。他的職位幾經變遷，也只是在都察院、兵部、禮部調來調去，並未進入朝廷中樞機構軍機處。

與此同時，由於阿桂的去世，使和珅慶幸自己少了一個強勁的對手，他終於成為朝中權位最高的大臣。儘管有時他對嘉慶還有所顧忌，但對其他朝臣卻仍是頤指氣使，趾高氣揚。

和珅達到了他一生中最輝煌的權力高峰，在小人得志的驕橫裡，他絲毫沒有意識到一場滅頂之災正向他悄悄逼近。

04

阿桂說乾隆看不到苗民作亂、白蓮教叛亂，是不盡正確的。乾隆對這兩場叛亂的關切程度，絲毫不亞於赫赫的「十全武功」。然而，乾隆確實閉目塞聽，自以為是，他看不到造成這場大規模叛亂的深層原因，仍舊陶醉在自我粉碎的「太平盛世」中，他看不到平叛的將官如何循私舞弊，卻為那些虛報的勝利而欣喜……

嘉慶三年，乾隆度過了自己的八十八歲「萬萬萬壽」，又特命和珅籌備隆重的九句「萬萬壽」慶典。然而，這次他註定無法看到這場隆重的慶典了。冬季以後，他的健康情況每況愈下，感冒不斷，眩暈時常發作。

嘉慶四年初三日，乾隆想起教匪作亂仍未平息，不禁望眼欲穿地寫下《望捷》一詩：

三年師旅開，實數不應猜。
邪教輕由誤，官軍剿復該。
領兵數觀望，殘赤不勝災。
執訊迅獲醜，都同逆首來。

寫畢，乾隆歎道：「費銀七千萬兩，歷時三年，教匪為何至今未平？難道朕就等不到那一天嗎？」

當天深夜，乾隆病危，他奄奄一息地躺在床上，已經說不出話，仍瞪圓雙眼，直視兩南方向。

嘉慶率和珅、紀曉嵐等眾臣，立於病榻前，見此情景，嘉慶顫聲說道：「父皇放心，兒臣定竭盡全力，撲滅白蓮教逆匪！」

乾隆欣慰地一笑，雙眼緩緩閉上。一代明君乾隆就此晏駕！

乾清宮中哭成一片，嘉慶君臣面對乾隆遺體，哭拜在地。

和珅失魂落魄，感覺整個世界已分崩離析。他幾次哭昏過去，醒來之後又接著痛哭。無論誰見了，都會為他的這份忠心感動。

紀曉嵐雖沒像和珅那般撕心裂肺，但也是心如刀絞，淚流不斷。他陪伴乾隆四十餘年，他一生中的大部分光陰都與乾隆緊密相連，他此生的榮耀、功德也全與乾隆息息相關，現在乾隆駕崩，他頓感失落，有一種無所依託的徬徨。

「這些年日日夜夜盼新皇親政，如今這個日子就在眼前，為什麼自己卻一點也不高興呢？」這個問題連紀曉嵐自己也回答不了。

＊＊＊

正月初三，嘉慶將乾隆駕崩的消息詔告天下，頓時華夏震動。朝野上下都在等著嘉慶親政後的第一個大動作，想要看看這個年輕的皇帝如何親政。

嘉慶召來紀曉嵐商議。

紀曉嵐說：「萬歲，當務之急是為太上皇治喪。」

嘉慶對他的回答很不滿意：「這個朕知道。朕現在想的是，如今我大清朝野上下已是危機重重，官貪吏虐，民怨沸騰，如不採取斷然措施，教匪作亂之類的大禍就會一再發生。老愛卿是先朝重臣，認為應該從何處下手呢？」

紀曉嵐立刻明白了，嘉慶忍到頭，要動手了。他不動聲色地問道：「萬歲認為官貪吏虐的根源在哪裡？」

「和珅！」嘉慶從牙縫裡擠出這兩個字，眼中放射出淩厲的凶光，咬牙切齒地說：「這個巨奸貪相，朕早就想動他了！」

「不錯，是時候了！」紀曉嵐說，「萬歲理應雷厲風行，早下決斷，向天下表明萬歲整頓吏治的決心，以免夜長夢多，反生禍患。」

「好！就在這幾天動手！」嘉慶果斷地說：「先皇大喪期間，和珅絕對想不到朕要拿他開刀，出其不意，必可成功。」

紀曉嵐提醒嘉慶：「萬歲在行動上要詳加籌畫，不可打草驚蛇。和珅手握大權，黨羽眾多，一旦激起事端，恐怕難以收拾。」

嘉慶也憂慮起來：「現在朕擔心的正是這個，許多朝臣、將官都聽命於和珅，怎樣才能把和珅孤立起來，不動聲色地削其官職，然後來個甕中捉鱉呢？」

紀曉嵐也感到十分棘手，沉思了好一會兒，他忽然靈機一動，想出一個主意，驚喜說道：「萬歲，何不令和珅主持太上皇的喪儀，在此期間免去他軍機大臣等職務，令他日夜守靈，不可擅離，然後再一舉擒獲？」

嘉慶大喜：「好！就這麼辦！」

嘉慶隨即下詔，任命十二個治喪大臣，和珅排除在眾臣之首，福康安也名列其中。

和珅、福康安本對嘉慶親政有所疑惑，接到這道詔諭，心裡頓時踏實了。因為只有皇帝信任的重臣才能成為治喪大臣，這不表明他們仍受重用，平安無事嗎？

嘉慶特意對和珅說：「和珅愛卿，先皇對你厚愛有加，主持喪儀你責無旁貸。為使你專心治喪，在喪儀期間，暫免你軍機大臣等職。喪儀已畢，再官復原職。」

福康安也得到同樣的安排。

和珅和福康安兩人都不曾有絲毫懷疑，因為乾隆對他們厚愛有加，在殯殿值守，他們自是義不容辭，在國喪期間，治喪大臣被暫時免職也非常常見，他們何曾想到，這是嘉慶早就安排好的圈套呢？

當天，和珅與福康安來到殯殿，為乾隆日夜守靈。與此同時，嘉慶調換了宮中的所有侍衛，嚴禁和珅、福康安與外界互通資訊。至此，他們二人已處於軟禁的狀態，可憐機警過人的和珅卻渾然不知。

嘉慶連夜召見那些不曾依附過和珅的可靠大臣，對他們各有委派，很快地將京城的防務神不知鬼不覺地抓到手中。

正月初四，嘉慶下了一道異常嚴厲的詔諭，令滿朝文武極為震驚。

詔諭指出，先皇建立「十全武功」，旌旗所指，無不一鼓蕩平，唯有此次，耗銀七千萬，歷時三年，教匪仍在橫行，原因何在？帶兵將官不以軍務為重，飛揚跋扈，是誰給他們的膽子？先皇年事已高，是誰盡揀吉祥話語蒙蔽多時，致使剿匪大業一再延誤……措辭異常淩厲，字字句句都指向和珅。

文武大臣無不悚然動容，親政的嘉慶皇帝要向和珅開刀了！

詔諭還異常明確地鼓勵大家彈劾和珅。久被壓抑的文武大臣群情激憤，彈劾奏章如雪片一般呈遞給嘉慶。

紀曉嵐想起因彈劾劉全而含冤去世的密友曹錫寶，便上了一道奏摺。請求為曹錫寶平反昭雪。

嘉慶把彈劾奏章一一細讀，不由驚心動魄地叫道：「朕憎恨和珅已久，卻也不曾想到和珅竟犯下這麼多十惡不赦的滔天罪行，真是罄竹難書，死有餘辜！」

和珅對這一切竟毫不知情，正月初八，嘉慶下旨，將和珅、福康安一併抓捕入獄，並削奪他們一切職務。隨後，嘉慶派出大隊人馬，將和珅府第團團圍住，查抄和珅所有家產。福康安府第也受到同樣的待遇。

不抄不知道，一抄嚇一跳，和珅的家產估價竟達白銀九億兩！而當時整個國家的財政收入，每年也僅有七千萬兩。和珅在當政期間搜刮的財富，竟相當於國庫十餘年的收入！

這讓嘉慶異常震驚，感慨地說：「和珅可以當之無愧地成為古今巨貪之冠了！」

震驚之餘，他又異常欣喜：「這一來，征剿教匪的軍餉有著落了！」這幾年他正為此事發愁，國庫空虛，庫銀所剩無幾，到哪裡去籌鉅資把仗打下去呢？現在這個問題解決了，他怎不眉開眼笑？

這些消息旋即傳至全國各地，百姓額手稱慶的同時，到處傳誦著：「和珅跌倒，嘉慶吃飽」的諺語。

事態發展的速度也大出紀曉嵐預料之外，經過御審，嘉慶於正月十五日公布和珅二十條大罪。正月十八日，嘉慶賜給和珅一條白綾，令和珅懸樑自盡，並令福康安到行刑現場，跪視和珅自盡。福康安暫且收監，秋後處決。

紀曉嵐心情激蕩，淚流滿面歎道：「善有善報，惡有惡報，這一天終於來了！」

＊＊＊

和珅臨刑的前一天，即正月十七日，紀曉嵐特意帶了酒菜，到牢中探視和珅。

出乎他意料的是，和珅雖知死在眼前，卻毫無頹唐之色，反而表現出一副毫不在乎、理所當然的表情。

紀曉嵐卻不知道，和珅初入牢時，先是大吵大鬧，後是追悔莫及，一會兒憂，一會兒喜，折騰了好幾天，直到得知最終的結局是難辭一死，他反而把一切都放下，把什麼都想開，能吃能睡，顯現出視死如歸的姿態。

紀曉嵐把酒菜一樣樣擺出來，對和珅說：「小和珅，還是讓我稱呼你『小和珅』吧，我覺得你做『小和珅』之時，還有幾分人情味，還顯得可愛些。一當了『和珅大人』就會發昏、發狂、不知天高地厚。小和珅，咱們同朝為官三十餘年，一直鬥個不停，也是一種緣分，今天緣分將盡，就在此為你送別吧！」

「老紀，好！我就稱呼你『老紀』吧！」和珅嘲諷地說：「這些年來，我一直想與你化干戈為玉帛，你總不肯！不管是『紀翰林』、『紀學士』還是『紀大人』，你總在和我鬥！就是當『老紀』，也一刻不忘把我扳倒。今天你勝利了，到這裡來，是在貓哭耗子嗎？」

紀曉嵐把酒斟好，捧給和珅，然後給自己斟了一杯茶，兩人碰杯，紀曉嵐說：「我到這裡來，不僅僅是與你告別，而且是與一個時代告別，與一個權奸橫行、官貪吏虐的時代告別！」

和珅聽紀曉嵐說得十分嚴肅，不由得冷嘲道：「還是老樣子，你飲茶，我飲酒，冰炭不同爐，正邪不兩立，是嗎？」

他端起酒杯，一飲而盡，讚道：「好酒！酒不醉人人自醉，老紀，你以為我死之後，世上就再無貪官了嗎？你就真的能與貪官時代訣別了嗎？你呀，白活一輩子，到底還是書生之見，哪朝哪代不出現我這樣的人？哪個帝王離開過我這樣的忠臣？」

紀曉嵐厲聲反駁道：「你還自以為『忠』嗎？你到朝野上下問問，哪個不對你切齒痛恨？」

和珅抬起頭，高傲地說：「太上皇誇我忠！太上皇駕崩，我就隨他而去，生生死死都追隨在太上皇身邊！」

紀曉嵐搖頭歎息，對他這種「以恥為榮」的態度有著說不出的厭惡。他冷笑一聲，說道：「小和珅，你還記得南巡時咱們在杭州西湖邊見到的秦檜塑像嗎？塑一回砸一回，千人唾萬人罵，假如秦檜九泉有知，不知作何感想？」

和珅立刻聽出話中深意，不滿地嚷道：「你怎能拿我與秦檜相比？」

紀曉嵐厲聲說：「你聚斂財富，無所不用其極，珍珠手串竟有二百多串，比皇宮多出數倍，收藏的大珍珠竟比御用冠頂之珠還碩大耀眼，寶石頂本是宮中之物，你卻私藏幾十個；在薊州興建自己的陵墓，竟豪奢如同皇陵，被百姓稱作『和珅陵』；家中私建楠木房屋，仿圓明園修建私宅，目無皇上；你把持吏部、刑部、理藩院、戶部大權，任意胡為；你隱匿軍情，欺瞞聖上；你私自洩露立儲機密，向當今萬歲獻玉如意以圖僥倖；在太上皇病重期間，你大聲談笑，照樣享樂……凡此種種，你能稱作『忠』嗎？你與秦檜又有多大區別？」

和珅臉色慘白，渾身顫抖，半晌無語。過了好一會兒，他才瘋狂嚷道：「不錯，這一切我都做了，怎麼樣？不能像你那樣流芳百世，我就豁出去，來個遺臭萬年！」

紀曉嵐浩然長歎：「可憐，遺臭萬年！小和珅，你做到了，不過我卻不知道，應不應該恭賀你？」

和珅仰脖喝下一杯酒，咂咂嘴唇，叫道：「痛快！痛快！老紀，你不用瞧不起我，告訴你，我還瞧不起你呢！我當軍機大臣才二十八歲，你呢，清正廉潔，熬了一輩子，現在呢？七十多歲了，才好不容易熬出一個協辦大學士，還是萬歲為了安慰你，半年前才賞給你的，你說冤不冤？」

紀曉嵐對這種不公正的現實本就有所不滿，感慨地說：「小和珅，我是沒有你那麼風光……」

和珅得意起來：「我享盡了榮華富貴，要風得風，要雨得雨，連當今萬歲都敢玩於股掌之上，怎麼樣？誰能比得上我？」

紀曉嵐說：「可惜你沒有聽到別人怎樣在背後咒罵你！你很光彩嗎？你的相公之寵也很光彩嗎？」

和珅如被猛抽一鞭，整個人突然像洩了氣的皮球，臉上青一陣紅一陣，說不出話來。

和珅正是依靠「相公之寵」，仰仗著與乾隆不正當的關係，在兩三年的時間內由一個抬轎子的御前侍衛一躍進入朝廷中樞機構。這段不光彩的經歷他一向諱之莫深，如今被紀曉嵐當面揭穿，他頓感無地自容。

過了一會兒，他才惱羞成怒地叫道：「不光彩又怎樣？誰敢這樣說？要不是我今天淪為階下囚，你老紀有天大的膽子，也敢說出口嗎？」

紀曉嵐歎道：「小和珅，說實話，我對你真有幾分佩服呢！你聰明，有眼色，能處理好複雜的人際關係，如果你沒有那些貪婪之心，狂妄之念，你該成為怎樣受人尊敬的名臣呢，真是可惜！」

和珅頓時流露出幾分傷感：「老紀，你以為我願意這樣嗎？你是書香門第，官宦之家，受過什麼苦？我呢，從小失去父母，家窮，被人歧視，遭人白眼。求告無門的遭遇你有過嗎？吃不飽肚子的滋味你體驗過嗎？你沒有，我可全部經歷過！我要奮鬥，我要出人頭地，我要得到人人仰視的權力，我要得到舉世無雙的財富……我做到了，我成功了……」

他突然哈哈狂笑起來，笑到最後，竟涕泗橫流，嗚咽有聲。

紀曉嵐心想：「他想到什麼呢？也許是在想聚斂一世，卻轉眼成空吧，把財、權看得過重，一旦失去，怎不萬念俱灰……」

等和珅平靜下來，紀曉嵐才動情地說：「小和珅，你出身貧苦，更應懂得窮人的苦難，更應為天下百姓謀利才是，為什麼你脫離苦海之後，反而向他們肆意搜刮掠奪，把他們逼上絕路呢？你於心何忍啊……」

和珅面有愧色，過了好久，才喃喃自語：「也許我是真的錯了，我太要強，太想出人頭地，才會無所不用其極……」

＊＊＊

正月十八日，和珅在大牢內上吊而死。

十天後，嘉慶下詔，為已故御史曹錫寶平反昭雪。詔書指出，查抄劉全家產竟有二十餘萬，可見曹錫寶的彈劾確是實情，尤其難能可貴的是，當時和珅氣焰薰天，而曹錫寶「獨能抗辭執奏，殊為可嘉，不愧諍臣之職」，因此追贈曹錫寶副都御史銜，予以表彰。

＊＊＊

陽光柔和的照耀著紀宅大院，照耀著院中滿頭白髮的紀曉嵐，他手執那支著名的大煙袋，悠悠然噴雲吐霧。燦爛的笑容掛在臉上，濃重的煙霧在他身邊飄散開來，在陽光中幻化成五色彩雲，他就如同出塵脫俗的神仙，在彩雲中慈祥地笑著。

後記

紀曉嵐是清朝第一大才子，和珅是清朝第一大貪官，他們共同侍奉在乾隆皇帝身邊，忠奸對立，智鬥了三十餘年，為我們描繪了一幕幕驚心動魄又忍俊不禁的精彩情節。

這本小說緊緊圍繞「智鬥」這一核心，觸及當時的重大史實，廣泛涉獵各種民間傳說，演繹成書，期待能為讀者帶來無上的閱讀樂趣。

必須提醒大家的是，這部長篇小說絕對不是正規的歷史小說，書中的許多情節都與史實有出入。例如，土爾扈特東歸、到達京城的時間，是在紀曉嵐遇赦回京之後，而書中卻處理成同時返京；再例如，乾隆六下江南，書中僅集中描寫一次，卻涵蓋了歷次南巡的逸聞趣事。凡此種種，就不一一列舉了。

如果讀了此書，能使朋友們對這段史實產生興趣，並進而開始涉獵相關書籍，增進知識，感悟人生，我們的欣慰便難以言表。

由於時間倉促，書中尚有一些地方必須進一步推敲，懇請朋友多多賜教。

鄭中

二〇〇一年六月於西安市和平門

國家圖書館出版品預行編目(CIP)資料

紀曉嵐智鬥和珅 / 鄭中作．——初版——新北市
：晶冠，2018.12
面；公分．——（新觀點；11）
ISBN 978-986-96429-7-2（平裝）

856.9 107021274

新觀點 11

紀曉嵐智鬥和珅

作　　者　鄭中
副總編輯　林美玲
特約編輯　李美麗
校　　對　謝函芳
封面設計　fusionlab｜斐類設計工作室
出版發行　晶冠出版有限公司
電　　話　02-7731-5558
傳　　真　02-2245-1479
E-mail　ace.reading@gmail.com
部 落 格　http://acereading.pixnet.net/blog
總 代 理　旭昇圖書有限公司
電　　話　02-2245-1480（代表號）
傳　　真　02-2245-1479
郵政劃撥　12935041 旭昇圖書有限公司
地　　址　新北市中和區中山路二段352號2樓
E-mail　s1686688@ms31.hinet.net
旭昇悅讀網　http://ubooks.tw/
印　　製　福霖印刷有限公司
定　　價　新台幣380元
出版日期　2019年01月 初版一刷
ISBN-13　978-986-96429-7-2